Ma VIE
est entre tes
MAINS

DE LA MÊME AUTEURE

ROMANS
Fanette, tome 7, *Honneur et disgrâce*, Libre Expression, 2014.
Fanette, tome 6, *Du côté des dames*, Libre Expression, 2013.
Fanette, tome 5, *Les ombres du passé*, Libre Expression, 2012.
Fanette, tome 4, *L'encre et le sang*, Libre Expression, 2011.
Fanette, tome 3, *Le secret d'Amanda*, Libre Expression, 2010.
Fanette, tome 2, *La vengeance du Lumber Lord*, Libre Expression, 2009.
Fanette, tome 1, *À la conquête de la haute ville*, Libre Expression, 2008.
Le Fort *intérieur*, Libre Expression, 2006 ; collection « 10/10 », 2012.

THÉÂTRE
La Nuit des p'tits couteaux, Leméac, 1987.

SUZANNE **AUBRY**

Ma VIE
est entre tes
MAINS

Libre Expression

Une société de Québecor Média

Catalogage avant publication de Bibliothèque et Archives nationales du Québec et Bibliothèque et Archives Canada

Aubry, Suzanne, 1956-

    Ma vie est entre tes mains
    ISBN 978-2-7648-1065-1
    I. Titre.
PS8551.U267M3 2015   C843'.54   C2015-941740-6
PS9551.U267M3 2015

Édition : Marie-Eve Gélinas
Révision et correction : Marie Pigeon Labrecque, Isabelle Lalonde
Couverture et mise en pages : Chantal Boyer
Image de couverture : ©Dave Reede/Getty Images
Photo de l'auteure : Michel Paquet

Cet ouvrage est une œuvre de fiction ; toute ressemblance avec des personnes ou des faits réels n'est que pure coïncidence.

Remerciements
Nous remercions le Conseil des Arts du Canada et la Société de développement des entreprises culturelles du Québec (SODEC) du soutien accordé à notre programme de publication. Gouvernement du Québec – Programme de crédit d'impôt pour l'édition de livres – gestion SODEC.

Financé par le gouvernement du Canada
Funded by the Government of Canada | Canadä

Les Éditions Libre Expression
Groupe Librex inc.
Une société de Québecor Média
La Tourelle
1055, boul. René-Lévesque Est
Bureau 300
Montréal (Québec) H2L 4S5
Tél. : 514 849-5259
Téléc. : 514 849-1388
www.edlibreexpression.com

Dépôt légal – Bibliothèque et Archives nationales du Québec et Bibliothèque et Archives Canada, 2015

ISBN : 978-2-7648-1065-1

Distribution au Canada
Messageries ADP inc.
2315, rue de la Province
Longueuil (Québec) J4G 1G4
Tél. : 450 640-1234
Sans frais : 1 800 771-3022
www.messageries-adp.com

Diffusion hors Canada
Interforum
Immeuble Paryseine
3, allée de la Seine
F-94854 Ivry-sur-Seine Cedex
Tél. : 33 (0)1 49 59 10 10
www.interforum.fr

« Se haïr… Il ne fallait pas être le plus grand savant pour
connaître que c'est la pire souffrance de l'homme. »
Gabrielle Roy

« Ils m'ont rayé de leur mémoire : me voilà comme
un mort, je suis comme un objet qu'on a jeté. »
David, Psaume 31

PROLOGUE

Vendredi 4 avril 1997, un peu avant l'aube
Cimetière Saint-Jean-Baptiste, près de la route 75, Manitoba

La pelle s'enfonce dans le sol, soulevant une poignée de terre qui atterrit sur un monticule déjà élevé. Fred Pothié se redresse, une cigarette éteinte au coin de la bouche. Il est en sueur, bien qu'il fasse froid. Une brume grisâtre enveloppe les monuments funéraires qui ressemblent à de petits fantômes. Il jette un coup d'œil à la fosse vaguement éclairée par une lampe de poche qu'il a déposée sur le sol. Presque six pieds. Il enlève sa casquette, découvrant des cheveux drus et noirs, essuie son front avec sa manche, remue ses doigts engourdis malgré ses gants. Il donnerait cher pour être chez lui, même si ce n'est qu'une bicoque mal chauffée, avec une toilette dont l'eau a gelé la nuit dernière, l'obligeant à se servir de l'ancienne chiotte, située au fond de la cour devenue un vrai dépotoir au fil des ans: un vieux bain rouillé, un téléviseur dont il a brisé l'écran un soir de beuverie, des monceaux de canettes de bière vides, des boîtes de pizza moisies. Les voisins se plaignent, il a reçu des avertissements de la municipalité, mais il s'en fout. C'est sa cour, il a le droit d'y jeter ce qu'il veut, c'est la seule liberté qu'il lui reste. Il crache le mégot et recommence à pelleter, pestant contre le froid et la terre trop dure.

Soudain, il entend un crissement de pneus et un froissement de tôle. Le son strident d'un klaxon déchire l'air. Il laisse tomber sa pelle, saisit sa lampe de poche et s'élance vers la route. Une voiture à moitié renversée dans un fossé apparaît dans le brouillard. Une fumée blanche s'échappe du capot. Fred traverse la route en courant. Le son du klaxon s'amplifie tandis qu'il s'approche du véhicule, dont le pare-brise est légèrement embué. Il frotte la vitre avec sa manche et braque sa lampe. Un homme aux cheveux blonds est assis sur le siège du conducteur, la tête sur le volant. Un filet de sang coule sur sa tempe gauche. Le siège du passager est vide, et la portière, grande ouverte. Le fossoyeur contourne la voiture par l'avant et aperçoit le corps d'un deuxième homme, étendu sur le ventre, dans le fossé. Fred se penche vers lui, éclaire son visage. *Michel Perreault.* Il ne le connaît pas beaucoup, mais il a fréquenté l'école Saint-Jean-Baptiste quelques années avant lui et il le croise de temps à autre à Saint-Boniface. Il tente de le retourner, mais le jeune homme geint de douleur. *Ne le touche pas. Il ne faut pas bouger les blessés.* Il a entendu ça dans *America's Wildest Police Chases*, qu'il regarde assidûment sur sa nouvelle télé, qui lui a coûté presque tout son salaire d'une semaine. Il se redresse, ne sachant que faire. C'est alors qu'il avise un revolver, à quelques pieds du blessé. Il a la tentation de le prendre, mais change d'idée. *Ne touche à rien.* En levant les yeux, il distingue une silhouette affalée sur la banquette arrière. Il s'en approche et reconnaît Léo Labrecque. Ce dernier est immobile et pâle comme la mort. Une tache sombre s'élargit en étoile sur son épaule droite.

Fred sent la peur lui nouer le ventre. L'envie de fuir est si forte qu'il se met à courir, mais un reste de sens civique le fait revenir sur ses pas. Il ne peut pas laisser ces pauvres gars crever sans bouger le petit doigt, il faut prévenir la police. L'idée qu'il pourrait passer à la télé et devenir un héros lui effleure l'esprit. *Grâce à Fred Pothié, trois hommes victimes d'un grave accident sont sauvés.* Il regarde autour de lui, mais la route est déserte. La ferme la plus proche, celle des Perreault, est à trois ou quatre kilomètres de là. Il décide de s'y rendre dans son vieux pick-up. Une fois à la ferme, il pourra avertir les parents de Michel que leur fils a eu un accident.

Au moment de retraverser la route, il entend un grincement sec. Le bruit provient de l'arrière de la voiture. Il marche dans cette direction. Le hayon du coffre s'est entrouvert. Il s'en approche, le cœur battant. Il hésite, puis le soulève entièrement. Il aperçoit un sac de sport et l'ouvre. À l'intérieur, trois cagoules, deux fusils et un serpent en métal pour crocheter une serrure. Au fond du coffre, un gros sac à ordures, attaché par un nœud. *Un cadavre*, pense Fred avec un frisson d'horreur mêlé d'excitation. La curiosité l'emporte sur la crainte. Il fouille dans une poche de son coupe-vent défraîchi, en sort un canif et tranche le nœud. Il regarde à l'intérieur du sac. Ce n'est pas un cadavre, mais des billets de banque, à ras bord, des billets de toutes les couleurs, comme dans un jeu de Monopoly. Un rire incrédule lui monte à la gorge. Il entend soudain le grondement lointain d'un moteur. Deux phares balaient la route au loin, perçant les derniers lambeaux de brume.

Sans réfléchir, Fred enfouit sa lampe de poche dans son coupe-vent, empoigne le sac. Celui-ci est lourd, mais le fossoyeur, sous l'effet de l'adrénaline, ne sent même pas l'effort. Un bref remords le gagne lorsqu'il pense aux trois hommes blessés, puis il secoue la tête. Ils seront secourus par l'autre conducteur. Il traîne sa charge jusqu'au cimetière, puis se retourne et distingue les contours d'un camion qui se rapproche. Pris de panique, il tire le sac jusqu'à la fosse qu'il vient de creuser et le fait rouler dans le trou. Il saisit sa pelle. Une première motte de terre atterrit dans la fosse avec un bruit mat. Il travaille avec frénésie, recouvrant le trou juste assez pour dissimuler le sac. L'inhumation du maire du village, Roméo Demers, est prévue à onze heures, ce matin. Il lui faudra récupérer l'argent avant l'enterrement.

Fred, suant à grosses gouttes, n'a que le temps de lancer une dernière pelletée de terre lorsque le camion s'arrête derrière la voiture accidentée dans un crissement de roues. Les phares, toujours allumés, jettent une lueur jaunâtre sur le coffre ouvert. Un homme bien charpenté descend du véhicule. Fred, malgré la distance, croit reconnaître le chauffeur. Mort de peur, il saisit sa pelle et se réfugie dans le cabanon jouxtant le cimetière, qui sert à ranger les outils. Il éteint sa lampe de poche et reste debout dans la pénombre, le souffle court, grelottant. Il attend, priant pour que Maurice Perreault ne l'ait pas aperçu en train de remplir la fosse et ne traverse pas la route pour lui demander de l'aide. La pensée de la fortune enfouie dans le trou lui donne un regain de courage. Bientôt, sa vie de misère sera chose du passé.

PREMIÈRE PARTIE

LA FUITE

1

Lundi 21 mars 2011, fin de l'après-midi
Parc La Fontaine, Montréal

Michel Sauvé courait depuis près d'une heure. Une vapeur blanche sortait de sa bouche. Il faisait froid pour le mois de mars, le parc était presque désert. Un vieil homme, assis sur un banc, émiettait un quignon de pain et le jetait aux pigeons. La surface glacée de l'étang, striée de traces bleutées, scintillait dans la lumière déclinante. Un sentiment de paix l'envahit, comme chaque fois qu'il courait. Il oubliait tout, son travail, sa famille. Surtout, il s'oubliait lui-même. Son identité se dissolvait dans l'étang, se dispersait à travers les arbres, dont les branches noires se déployaient dans le ciel comme un éventail. Il sentait les cailloux rouler sous ses pieds, respirait l'air astringent à pleins poumons. Ne plus être personne, enfin, pendant une parenthèse de quarante-cinq minutes. Ne plus avoir de passé ni d'avenir. Juste un présent, dans la clarté irisée de la tombée du jour.

Deux jours auparavant, il avait trouvé Jérémie par terre, dans sa chambre, baignant dans son sang. L'adolescent de seize ans avait tenté de se suicider en se tailladant les poignets avec un couteau qu'il avait sans doute chipé à la cafétéria et dissimulé dans son chandail, après le déjeuner. Michel avait aussitôt alerté Xavier Guillaume, le directeur du centre, puis déchiré un drap et improvisé un garrot pour arrêter le sang en attendant l'arrivée de l'ambulance. Le garçon avait été transporté à l'hôpital. Lorsque Michel était entré dans la petite chambre d'un jaune criard, il avait regardé la forme frêle du garçon étendu sur un lit blanc, près de la fenêtre. Son visage blême et chiffonné semblait écrasé par tout ce jaune qui l'entourait. Ses poignets étaient pansés. Michel s'était assis près de l'adolescent.

— T'aurais dû me laisser crever, avait murmuré Jérémie.

Michel n'avait pas répondu tout de suite, réfléchissant aux mots qui pourraient apaiser le jeune homme, jeter un pont, aussi fragile soit-il, entre celui-ci et les bien-portants, les bien-nantis, ceux qui ont une famille aimante, de bons amis, de bons résultats scolaires, un avenir doré.

— Ça fait pas partie de ma définition de tâches.

Un faible sourire avait étiré les lèvres minces du garçon. Michel s'y était accroché, guettant le moindre signe de communication, le plus petit indice de retour à l'humanité.

— Pourquoi t'es venu me voir?

— Parce que t'es important pour moi.

— *Pourquoi?*

Jérémie ne pouvait pas croire que quelqu'un puisse tenir à lui. Battu et agressé sexuellement par son père, ballotté depuis l'âge de sept ans d'un foyer d'accueil à un autre, il avait fini par commettre des larcins, puis des crimes plus graves, dont un vol de dépanneur qui avait mal tourné.

— Pourquoi je suis important pour toi? avait insisté Jérémie.

— Parce que tu me fais penser à moi, à ton âge.

Michel avait éprouvé la même révolte, le même mal de vivre, cette soif d'affection, ce trou dans le cœur. Lui aussi avait commis l'irréparable et, depuis ce temps, il essayait d'oublier, de juguler les remords, de les enfermer dans un tiroir qu'il tentait de ne jamais ouvrir. Mais le passé ne meurt jamais, il s'est insinué dans ses veines, dans sa tête, dans ses rêves.

2

Hôpital Royal Victoria, Montréal

Émilie prit la température de sa patiente, une femme d'une quarantaine d'années dont le crâne rond et lisse luisait dans la lumière crue du plafonnier. La photo d'une jeune adolescente était scotchée sur le mur en face du lit. La femme leva les yeux vers l'infirmière. Elle avait le regard transparent de quelqu'un qui a beaucoup souffert.

— Je fais de la fièvre ? demanda-t-elle d'une voix qu'elle tentait de raffermir.

— Votre température est normale, madame Grenier. Pas de fièvre. C'est bon signe.

— Avez-vous eu les résultats de mes derniers tests sanguins ?

Émilie acquiesça.

— Les comptes n'ont pas encore remonté, mais vos traitements de chimio datent seulement d'hier, il faut plusieurs jours avant que les globules rouges se régénèrent.

Mme Grenier continuait à la fixer, comme pour s'assurer que l'infirmière lui disait la vérité. Émilie avait vu si souvent ce regard rempli d'espoir et de doute…

— Vous dites ça pour me rassurer ?

— Ça va faire bientôt sept ans que je travaille ici. Beaucoup de mes patients s'en sont sortis.

— J'ai fait des recherches sur Internet. J'ai des anomalies chromosomiques défavorables, mon nombre de globules blancs est supérieur à cent mille. Je suis un « mauvais cas », comme on dit.

Émilie connaissait ces données par cœur, mais refusait de leur accorder de l'importance. *Surtout maintenant. Depuis que la Terre a arrêté de tourner. Que toutes mes certitudes se sont envolées.*

— Vous n'êtes pas une statistique, madame Grenier.

La porte s'ouvrit. Une jeune fille d'environ douze ans entra dans la chambre. La patiente tourna la tête dans sa direction. Un sourire illumina ses traits émaciés.

— Delphine, murmura-t-elle, quelle belle surprise !

Elle s'empressa de nouer un foulard autour de sa tête. Elle ne voulait pas que sa fille voie son crâne nu. L'adolescente, l'air intimidé, s'avança vers le lit. Elle portait un anorak et un sac d'école sur le dos. Une longue frange lui couvrait les yeux. Émilie lui sourit à son tour.

— Bonjour, Delphine. T'es-tu lavé les mains avant d'entrer ?

La jeune fille acquiesça. Sa mère lui fit signe d'approcher et dut s'appuyer sur les montants du lit d'hôpital pour pouvoir l'embrasser. Dans son geste, elle déplaça un fil, ce qui déclencha une sonnerie. L'adolescente jeta un regard anxieux à l'infirmière, qui s'empressa de la rassurer.

— Ce n'est rien. Le fil du cathéter s'est déplacé.

Émilie le remit en place et la sonnerie cessa.

— Enlève ton manteau, ma chouette, tu vas avoir chaud, suggéra sa mère.

Delphine obéit, le déposa sur le dossier d'une chaise dont le siège en cuirette était fendu, laissant échapper de la rembourrure, puis s'assit. Elle resta là, sans rien dire, la tête baissée, repoussant ses mèches de cheveux d'un geste furtif. Sa mère l'observait avec une tendresse inquiète.

— Ta frange commence à être longue, tu pourrais demander à ta tante Marie-Ève de la couper.

— Ça me dérange pas.

Le silence s'installa, ponctué par le son des appels grésillant sur l'interphone. Delphine leva les yeux vers l'horloge murale.

Émilie les laissa discrètement pour faire la tournée de ses autres patients, mais la pensée de Mme Grenier ne la quittait pas. Cette dernière lui avait confié que son mari l'avait laissée peu après qu'elle lui eut annoncé le «verdict», comme elle nommait le diagnostic de leucémie. Il avait accepté un poste à Toronto et n'avait pas donné signe de vie depuis son départ, sauf quelques courriels ou textos, dans lesquels il ne mentionnait pas sa nouvelle adresse et se contentait d'écrire des généralités, sans donner de détails sur sa nouvelle vie. «Quel salaud!» s'était spontanément exclamée Émilie, en s'excusant aussitôt. Mme Grenier avait dit, avec le sourire caustique qu'elle employait comme un bouclier: «J'aurais peut-être fait la même chose à sa place.» Mais Émilie était convaincue du contraire. Elle ne connaissait sa patiente que depuis quelques mois, mais suffisamment pour savoir que ce n'était pas le genre de personne à abandonner quelqu'un en détresse. Le regard tendre qu'elle posait sur sa fille, sa sensibilité à fleur de peau, son attention aux autres, malgré sa maladie, dénotaient un caractère doux et altruiste. Émilie n'avait pas cette douceur, cet altruisme. Si son mari l'abandonnait, elle serait incapable de lui pardonner. L'évocation de Michel la plongea dans un désarroi sans nom. N'était-ce pas ce qu'elle-même s'apprêtait à faire?

Émilie revint dans la chambre 817 une demi-heure plus tard. Delphine était partie. Mme Grenier s'étirait pour prendre un mouchoir. La douleur lui donnait un teint de cendre. Elle se tamponna les yeux.

— Ma fille s'ennuyait à périr. Elle refusait de me regarder. Elle n'arrêtait pas de fixer l'horloge.

— Ce n'est pas parce qu'elle s'ennuie. Elle a du chagrin et ne veut pas vous le montrer.

— Merci. Vous ne pouvez pas savoir à quel point vous me faites du bien.

La patiente l'embrassa spontanément sur une joue. Émilie, qui était pourtant témoin chaque jour de souffrances et d'émotions de toutes sortes, fut submergée par la compassion.

— Voulez-vous que je demande à Mme Fielding de passer vous voir?

— Vous savez ce que votre psy m'a dit, à sa dernière visite? Que mon corps était un temple, et qu'il fallait que je le remplisse de pensées positives pour qu'il guérisse. Vous croyez vraiment que ces niaiseries m'aident ?

— Excusez-moi.

— Ne vous excusez pas, Émilie.

C'était la première fois que sa patiente l'appelait par son prénom.

— Ça va peut-être vous surprendre, poursuivit-elle, mais ce matin, en me réveillant, j'ai regardé par la fenêtre de ma chambre. Je voyais les passants défiler sur le trottoir, la tête penchée pour se protéger du vent et de la neige, et je me suis dit que je ne voudrais pas échanger ma vie contre la leur. Pour rien au monde. Même malade. Même si mes jours sont comptés. Étrange, non ?

Il n'y avait plus de patiente ni d'infirmière dans la chambre blanche et anonyme de l'hôpital, seulement deux femmes qui partageaient un moment de grâce.

— Vous êtes quelqu'un de très bien, madame Grenier.

Émilie hésita, puis poursuivit.

— Je dois prendre congé pendant quelque temps. Je tenais à vous dire au revoir.

Mme Grenier s'inquiéta.

— Un congé ?

— Pour des raisons familiales.

Émilie prit la main de la femme dans la sienne. Ses doigts délicats étaient blancs comme de la craie et de fines veines bleues sillonnaient sa paume.

— Tout ira bien. Je vous le promets.

Après avoir fait une dernière tournée, Émilie se changea au vestiaire, salua ses collègues, puis attendit devant les ascenseurs. L'un d'eux était réservé aux employés. Il y avait un septième étage et demi, donnant sur une autre aile du vieil édifice. Émilie avait toujours trouvé ce septième étage et demi bizarre, comme s'il menait à un monde parallèle. *C'est cela, la leucémie*, pensa-t-elle. *Un entre-deux-étages, un monde parallèle.*

Une fois au rez-de-chaussée, Émilie parcourut un long corridor, dont les murs étaient tapissés de photos des directeurs de l'hôpital depuis sa fondation. Dehors, un vent glacial lui fouetta le visage. Des fumeurs en fauteuil roulant, branchés à leur poteau, étaient agglutinés devant l'entrée. Un nuage de tabac créait un halo autour de leur misère. Émilie marcha vers sa voiture. Elle croisa un homme qui parlait fort en gesticulant, les lèvres collées à son cellulaire. « L'autobus est pas encore arrivé, je devrais être à la maison dans à peu près une demi-heure. » Elle lui envia sa banalité, son besoin de donner son emploi du temps, d'accorder de l'importance à ces petits riens dont la vie est parsemée, qui nous rendent aveugles à la douleur, à la peur. *J'ai si peur.*

3

Hôpital Saint-Boniface, Manitoba

Une femme aux cheveux poivre et sel était assise au chevet d'un homme sans âge, dont le visage, blême et figé, ressemblait à un masque. Elle lisait à haute voix un roman de Chrystine Brouillet qu'elle avait trouvé dans la petite bibliothèque de l'hôpital, lentement, avec application, prononçant chaque syllabe, comme elle le faisait lorsqu'elle enseignait aux enfants de première année.

— « Elle se rappelait l'odeur d'ozone de cette nuit-là, l'orage qui fouettait le bitume, la terre sur le bas-côté de la route, le gémissement du vent dans les arbres, la peur qui lui nouait le ventre, qui lui faisait oublier qu'elle avait mal aux pieds à cause de ses sandales neuves. Non ! Ne plus penser à l'accident. À quoi bon[1] ? »

Sa voix avait fléchi en prononçant le mot « accident ». Elle regarda son fils pour guetter une réaction, mais son visage resta impassible. Son mari, qui faisait les cent pas dans la chambre, l'air d'un lion en cage, éclata soudain.

— À quoi ça sert de lui faire la lecture ? Il entend rien, il comprend rien !

— Il a ouvert les yeux, ce matin.

— Des réflexes ! Juste des maudits réflexes !

— Les médecins disent qu'il faut continuer à le stimuler.

---

1. Extrait de *Sous surveillance*, de Chrystine Brouillet.

L'homme s'était approché du lit. Des rides amères sillonnaient ses joues. Il avait la peau jaunâtre des grands fumeurs.

— Regarde-le, Murielle. Regarde ton fils bien comme il faut. Il est mort, comprends-tu?

Elle secoua la tête sans répondre.

— Benoit est gardé en vie avec cette maudite patente! cria-t-il en désignant le sac de soluté nutritif suspendu à un poteau. C'est un cadavre ambulant! Pourquoi tu l'admets pas, une bonne fois pour toutes?

Elle referma le livre, faisant un effort pour ne pas hurler.

— Tais-toi. Je veux plus t'entendre.

— Ça fait quatorze ans que je le vois dépérir à petit feu. J'suis plus capable, comprends-tu? J'suis plus capable!

Sa voix s'était étouffée. Un infirmier entra dans la chambre.

— Tout va bien, ici?

— Comment voulez-vous que ça aille bien? Mon fils est un légume puis ma femme est sourde et aveugle!

Il sortit en claquant la porte. L'infirmier jeta un regard compatissant à Murielle.

— Je sais que c'est difficile, mais il faut pas perdre espoir.

Elle lui montra le livre qu'elle tenait sur ses genoux.

— Pensez-vous que je fais tout ça pour rien?

L'infirmier hésita une fraction de seconde, puis il sourit, de ce sourire qu'il réservait aux causes désespérées.

— Non, c'est pas pour rien, madame Forest. Ce qui compte, c'est que vous, vous y croyez.

Il vérifia la sonde de l'intraveineuse et sortit à son tour.

Murielle fixa le visage de son fils avec intensité, dans l'espoir de détecter le moindre mouvement. Il bougea une main, puis bâilla. La première fois qu'il avait bâillé ainsi, quelques mois après l'accident, Murielle avait couru chercher une infirmière: «Il a bâillé! Il est en train de se réveiller!» L'infirmière lui avait expliqué qu'il s'agissait d'un réflexe habituel pour un patient en état végétatif, mais Murielle avait insisté pour qu'elle aille voir son fils. L'infirmière l'avait examiné, puis avait secoué la tête. «C'est juste un réflexe, madame Forest.»

Elle prit la main du jeune homme.

— Je sais que tu es encore là, Benoit, murmura-t-elle. C'est comme un long, un très long voyage. Tu vas revenir, tu vas retrouver ta vie d'avant...

Le visage pâle de Benoit restait pétrifié. Pas même le frémissement d'une paupière. Sa mère reprit la lecture, mais le désespoir comprimait sa gorge. Quatorze ans qu'elle s'accrochait à l'espoir que son fils se réveille. Quatorze ans à se rendre chaque jour à l'hôpital, à s'asseoir sur la même chaise bancale, à parler à Benoit comme s'il pouvait l'entendre, à lui lire des livres ou des journaux, en essayant d'ignorer le regard enragé et sceptique de son mari. *Louis a autant de peine que moi, mais il l'exprime autrement, c'est tout,* se répétait-elle souvent pour ne pas lui en vouloir, pour ne pas en arriver à le détester.

Benoit était leur seul enfant. Elle l'avait tant désiré, avait tant prié pour devenir enceinte ! Elle n'était pas de nature superstitieuse, mais elle avait adopté des manies, comme de ne pas marcher sur les « craques » des trottoirs en pensant très fort *je vais avoir un enfant, je vais avoir un enfant,* tout en sachant que c'était puéril. Chaque mois, une déception affreuse s'emparait d'elle lorsqu'elle avait ses règles. Les premiers temps, elle se confiait à son mari et ce dernier se montrait encourageant, mais plus le temps passait, plus elle percevait un reproche implicite dans son attitude à son égard, sa façon de détourner la tête sans rien dire, de hausser les épaules, de serrer les lèvres. Elle avait cessé d'aborder le sujet, s'emmurant dans sa peine.

Jamais elle n'avait oublié le matin où, après un retard de quelques jours, elle s'était rendue à la pharmacie pour y acheter un test de grossesse, composé d'un compte-gouttes et d'une éprouvette. Ses mains tremblaient lorsqu'elle avait enlevé l'emballage de plastique. Elle était tellement nerveuse qu'elle avait eu de la difficulté à uriner. Il avait fallu deux longues heures avant qu'elle obtienne le résultat.

Murielle était sortie de la salle de bain et était allée retrouver son mari, qui tondait le gazon. Elle avait dû crier à plusieurs reprises pour qu'il l'entende. Il avait arrêté sa tondeuse et s'était tourné vers sa femme, qui lui avait souri de toutes ses dents. Au début, il n'avait pas compris, puis la réalité l'avait saisi comme un coup de fouet. Ils s'étaient étreints en silence.

Benoit avait été son premier et son dernier enfant. Elle l'avait porté comme si elle avait eu une charge extrêmement rare et précieuse dans son ventre. Ayant lu quelque part que les fœtus étaient très sensibles à la voix de leur mère, qu'ils l'entendaient et pouvaient sentir ses humeurs, elle lui avait parlé pendant toute la grossesse, lui avait chanté tout son répertoire, évitant les chansons tristes comme *Le Prisonnier de la tour* ou *À la claire fontaine*. Elle lui fredonnait souvent *Une chanson douce*, d'Henri Salvador, dont elle aimait les paroles simples et charmantes. *Mon petit m'entend, il me comprend,* se disait-elle. *Si je suis heureuse, alors il le sera lui aussi.*

Puis le pire était arrivé. Bien longtemps après sa naissance, après cette chaîne de petits moments remplis de joie, d'inquiétude, de nuits sans sommeil. Elle n'avait rien vu venir, n'avait rien pressenti. L'événement qui avait brisé leur vie leur était tombé dessus sans crier gare, telle une bombe qui détruit tout dans son explosion.

Elle regarda de nouveau le visage de Benoit, ce visage de papier mâché qui était devenu celui de son fils. Elle se mit à fredonner des mots sans suite, puis des paroles précises lui revinrent, qu'elle croyait avoir oubliées.

> *Une chanson douce, que me chantait ma maman*
> *En suçant mon pouce, j'écoutais en m'endormant*
> *Cette chanson douce, je veux la chanter pour toi*
> *Car ta peau est douce, comme la mousse des bois*

Elle scruta son fils, espérant que ces paroles du passé le ressusciteraient. Il resta immobile, comme ces gisants qu'elle avait vus à la cathédrale de Saint-Denis, lors du seul voyage en France qu'elle avait fait avec une classe d'élèves, quelques années avant sa retraite.

L'espoir la déserta soudain. Benoit ne l'entendait pas. Il ne la voyait pas. Si son mari était revenu à la chambre à cet instant précis, elle lui aurait donné la permission de le débrancher. Puis une paupière de son fils cligna. Elle se pencha vers lui.

— Reviens, Benoit, je suis là. Je ne t'abandonnerai pas.

4

«Reviens, Benoit, je suis là. Je ne t'abandonnerai pas.» Il entend la voix de sa mère, ses paroles lui parviennent comme à travers un épais brouillard, ou comme s'il était plongé dans une eau profonde. Il tente de bouger, mais il est incapable de faire un geste. C'est horrible, cette sensation de paralysie. Il voudrait crier : *Maman, je suis réveillé, je suis vivant !* Mais il ne sait pas s'il a encore une bouche, ou même un corps. Il vit dans un état d'apesanteur, dans un monde parallèle, séparé des autres par une cloison étanche et impénétrable.

5

Montréal

En sueur et les vêtements détrempés, Michel entra dans le logement, à deux pas du parc La Fontaine. Il jeta un coup d'œil machinal à la patère. Le manteau blanc d'Émilie y était suspendu, à côté de l'anorak rouge de Thomas. Cette vue le rassura. Il était inquiet de nature, ou plutôt, la vie avait fait de lui un être inquiet. Il enleva ses chaussures pour ne pas salir le plancher, puis alla vers la chambre de son fils, dont la porte était fermée. Il frappa doucement et entra. Des dessins et des photos d'avions étaient épinglés partout sur les murs. Thomas, assis à un pupitre, jouait à un jeu vidéo tout en se balançant d'avant en arrière. Michel le regarda longuement, attendri. Ses longs cils, ses taches de rousseur, la tache de naissance en forme de cœur au creux du cou, *c'est mon fils*.

— Salut, Thomas !

L'enfant leva la tête vers son père, mais ne montra aucune émotion. Chaque fois, Michel recevait ce regard vide comme un coup de poignard. *Où es-tu, Thomas ? Où te caches-tu ?* Il aurait tout donné pour comprendre ce qui se passait dans la tête de son garçon. Les premiers signes de l'autisme s'étaient manifestés dès l'âge de quatre ans. Thomas restait pétrifié dans son lit, les yeux perdus dans le vide, ou bien il tournait sur lui-même comme une toupie en poussant de petits cris. Il répétait souvent les mêmes phrases, sans faire de lien avec les questions qu'on lui posait, alignait compulsivement ses jouets en des rangées rectilignes. Bien qu'elle fût infirmière, Émilie avait refusé de reconnaître ses symptômes, affirmant que chaque enfant avait son propre rythme de développement et que Thomas était parfaitement normal, mais elle avait dû se rendre à l'évidence et accepter de prendre rendez-vous avec un médecin. Celui-ci avait rapidement décelé un problème cognitif, confirmé par une neurologue : Thomas souffrait du syndrome d'Asperger[2], une forme d'autisme. Le diagnostic avait dévasté Émilie. Elle était convaincue que c'était sa faute, qu'elle avait dû faire preuve de négligence durant sa grossesse. Michel avait tenté de la raisonner, mais elle n'en démordait pas. Avec le temps, elle avait fini par se résigner à la maladie de son fils, sans vraiment l'accepter. Le choix d'une école avait été tout aussi difficile. Michel tenait à ce que Thomas fréquente une école normale, quitte à ce qu'il ait des services particuliers pour l'aider dans son apprentissage, afin de faciliter son intégration. De son côté, Émilie craignait qu'il soit rejeté par les élèves « normaux » et privilégiait une école spécialisée. En fin de compte, il avait eu gain de cause. Thomas avait eu du mal à s'adapter au début, mais il avait fini par s'acclimater à son environnement et avait même fait des progrès importants.

L'enfant était retourné à son jeu vidéo. Michel lui frotta affectueusement la tête.

— As-tu faim, mon bonhomme ?

Le garçon ne répondit pas. Michel quitta la pièce et laissa la porte entrouverte, mais Thomas se leva et la referma.

*

Michel entra dans la chambre et aperçut sa femme étendue sur le lit, tout habillée. Elle avait dû avoir une journée épuisante à l'hôpital. Il s'approcha d'elle, marchant à pas feutrés pour ne pas la réveiller. Il contempla son visage fin, ses cheveux sombres répandus sur l'oreiller. Une tendresse infinie

---

2. De nos jours, on parle plutôt de trouble du spectre de l'autisme.

lui serra la gorge. Il effleura d'un doigt la petite cicatrice qu'elle avait sur le front, juste au-dessus de l'arcade sourcilière. Au début de leur relation, elle lui avait raconté que son frère Léo, lorsqu'ils étaient enfants, s'était amusé à lui lancer des pierres à l'aide d'une fronde qu'il avait fabriquée. Un caillou avait entaillé son front et laissé une marque. Il remonta la couverture pour qu'Émilie n'ait pas froid. Elle ouvrit les yeux.

— Je voulais pas te réveiller, dit Michel en lui entourant tendrement les épaules.

— Je dormais plus.

Il lui caressa doucement une joue.

— T'es un peu pâle. La journée a été difficile?

Elle l'embrassa près de l'oreille, là où la peau était si tendre, en évitant de le regarder.

— Je t'aime, même si tu sens le chien mouillé.

Il lui jeta un coup d'œil amusé.

— Quelle déclaration!

Il sourit, de ce sourire de gamin qu'elle aimait tant, et disparut dans la salle de bain. Elle écouta le crépitement de la douche, puis se redressa sur ses coudes et s'assit sur le bord du lit en tâchant de se concentrer sur ce qu'elle devait accomplir. Elle avait quelques économies dans son compte de banque, assez pour acheter deux billets d'avion et subsister pendant au moins une semaine. Le plus difficile serait de préparer Thomas. Le moindre changement dans sa routine le perturbait. Lorsque Michel et elle avaient fait le tour de la Gaspésie avec lui, deux ans auparavant, ils lui avaient confectionné un cahier de pictogrammes et d'images illustrant chaque étape du périple: le trajet en voiture, les repas au restaurant, les arrêts dans les motels, les lieux visités, les horaires des activités. Il faudrait y ajouter des images du départ pour l'aéroport en taxi, l'avion, le décollage et l'atterrissage, l'arrivée à l'hôtel. Elle apporterait également des objets auxquels il était attaché: son toutou aviateur, son livre de contes préféré, son iPod, dont les jeux pouvaient le tenir absorbé pendant de précieuses minutes. Aucun être humain n'avait ce pouvoir sur lui. La perspective de faire du mal à

Michel lui donnait la nausée, mais elle n'avait pas le choix. Elle devait partir sans lui.

Michel sortit de la salle de bain, une serviette nouée autour de la taille. Émilie s'y rendit à son tour, détournant la tête pour éviter le regard de son mari. Il la connaissait si bien, elle craignait qu'il ne devine sa duplicité sur son visage. Elle ferma soigneusement la porte, frotta la surface du miroir embué avec sa manche. Elle observa le reflet d'une femme au teint pâle, dont les yeux verts étaient légèrement ombrés de mauve. *C'est moi, c'est mon visage, mais je suis de l'autre côté du miroir, dans un pays que je ne connais pas. Je n'ai pas de carte, pas de boussole. Ma solitude est si grande qu'elle me donne le vertige.*

6

Mardi 22 mars 2011
Prison de Headingley, à l'ouest de Winnipeg

Étendu sur le dos, à l'étage supérieur d'un lit superposé, Léo Labrecque, les yeux grands ouverts, fixait le plafond. Ses nuits ressemblaient à ses jours, vides, éteints, d'une monotonie à hurler. Il n'entendait même plus les bruits habituels de sa cellule, le ronflement des cinq autres détenus qui y étaient entassés, leurs gémissements à cause d'un mauvais rêve ou d'une jouissance triste et solitaire, la chasse d'eau, le claquement des portes, l'écho des voix qui se réverbérait dans le couloir. Il était emprisonné dans un présent mortifère. Une aube morne entrait par la fenêtre grillagée. Il observa une longue lézarde qui traversait le plafond et en suivit des yeux le tracé sinueux. Il était devenu cette lézarde, cette fêlure, qui s'agrandissait un peu plus chaque jour.

Cela faisait quatorze ans qu'il était enfermé à Headingley. Durant toutes ces années, il n'avait reçu qu'une douzaine de visites, toutes du curé Biron. Ce dernier s'était montré compatissant au début, puis, au fil du temps, il avait graduellement cessé de venir le voir. Ses parents n'avaient pas daigné lui rendre visite, mais ça n'avait rien d'étonnant. Ce qui lui avait fait mal, l'avait blessé au plus profond de lui-même, c'est qu'il n'avait pas eu signe de vie de sa sœur Émilie. Pas une visite, une lettre, ou même un téléphone, comme s'il était devenu un pestiféré. Quant à Michel, il avait disparu dans la brume. Du moins, c'est ce que le curé Biron lui avait dit.

« Michel a quitté le Manitoba. On n'a plus entendu parler de lui. » *Et c'est moi qui ai payé les pots cassés.*

Une sirène stridente s'éleva. Léo sursauta, comme si on l'avait marqué au fer rouge. Il ne s'était jamais habitué à ce son aigre, qui avait pour but de rappeler à tous les prisonniers, chaque matin de leur vie, qu'ils avaient perdu leur statut d'êtres humains. Il ne se leva pas tout de suite. Il n'en avait pas le courage. Pour quoi faire ? Une autre journée grise, informe, sans but l'attendait. Il entendit le grincement de la grille. La silhouette massive de Don Shepherd se découpa dans un rectangle de lumière fade. Le gardien, un homme aux manières frustes et brutales, était détesté par les détenus, qui se moquaient de lui dans son dos en l'appelant « Fat Ass », car il avait des fesses proéminentes, qui tendaient le tissu en polyester de son pantalon.

— Get moving, Labrecque. The boss wants to see you.

« Fat Ass ! » fut tenté de rétorquer Léo, mais, avec ce salaud, il suffisait d'un regard ou d'un mot de travers pour se faire jeter au trou. Pour rien au monde il ne voulait y retourner. Quand une émeute avait éclaté, deux ans après son incarcération, Léo se trouvait à la cafétéria. Il avait entendu un bruit qui ressemblait à une explosion, puis une fumée épaisse avait déclenché les gicleurs. Des détenus en avaient profité pour désarmer des gardiens, des détonations avaient éclaté, comme des pétards dans une fête foraine, un gardien s'était écroulé. Une sirène d'alarme perçait les tympans. Jeff, son voisin de cellule, un autochtone Blackfoot, l'avait saisi par le bras. « Come on, let's get the fuck out of here ! » Jeff s'était mis à courir. Léo l'avait suivi, la tête vide, toussant à cause de la fumée âcre qui avait envahi les couloirs bétonnés, tâchant de ne pas perdre le Blackfoot de vue. Des détenus, pris de panique, s'enfuyaient dans toutes les directions tandis que des gardiens hurlaient des ordres. Quelqu'un le bouscula, lui faisant perdre l'équilibre. Il tomba sur le sol. Une douleur aiguë perça sa cheville. Lorsqu'il reprit connaissance, il était recroquevillé dans un espace à peine assez grand pour se tenir debout. Un bandage entourait sa cheville. Une lumière blanche éclairait violemment le réduit, une clarté permanente qui l'aveuglait au point que tout était devenu noir. Il était resté au trou pendant ce qui lui avait semblé une éternité, mais, en réalité, il n'y avait séjourné que trois jours. Il avait appris par un de ses codétenus que Jeff avait réussi à s'enfuir et n'avait jamais été retrouvé.

— What are you waiting for, Labrecque? cria le gardien. I don't have all fucking day.

Léo se leva. La haine faisait battre ses tempes. Il s'habilla, fit une toilette sommaire, se contentant de se rincer le visage dans l'évier minuscule qui jouxtait la toilette. Son esprit était tellement embrumé qu'il ne se demanda même pas ce que lui voulait le directeur de la prison.

7

Montréal

Thomas était réveillé, les bras déployés comme les ailes d'un oiseau. Il avait rêvé qu'il volait très haut dans les airs et que personne ne pouvait l'attraper. Il n'entendit pas la voix derrière la porte.

— Thomas, debout !

Il agita les bras de plus belle. La porte s'ouvrit. Il vit la silhouette de son père sur le seuil.

— Il faut se lever, mon bonhomme.

Son père s'approcha de lui, le prit dans ses bras et le souleva dans les airs. Thomas se mit à rire.

— Regarde, papa ! Je suis capable de voler !

Michel le déposa par terre.

— Maintenant, c'est le temps de t'habiller. Il faut pas être en retard à l'école.

Le garçon déploya ses bras à nouveau et se mit à courir dans la chambre en imitant le bruit d'un avion. Son père le saisit par la taille. Thomas tenta de se dégager, mais Michel ne lâchait pas prise.

— Thomas, calme-toi !

Surpris par le ton ferme, il cessa de s'agiter.

— Je dois t'amener à l'école. Il faut que tu t'habilles, tu comprends ?

— Je veux Snoopy.

— Tu vas l'avoir, mais d'abord, habille-toi.

Des larmes mouillèrent ses joues. Il se mit à répéter d'une voix mécanique :

— Je veux Snoopy, je veux Snoopy, je veux Snoopy, je veux Snoopy, je veux Snoopy…

— Thomas, sois raisonnable !

L'enfant mit ses mains sur ses oreilles pour ne pas entendre la voix fâchée de son papa. Des sanglots lui étouffaient la gorge. Sa mère entra à son tour dans la chambre.

— Qu'est-ce qui se passe ?

— Thomas veut son toutou.

Émilie fouilla dans la pièce et finit par trouver la peluche en dessous du lit. C'était un Snoopy portant un casque et des lunettes d'aviateur. Elle le tendit à Thomas, qui le serra très fort contre sa petite poitrine. Ce geste le calma aussitôt. Il laissa sa mère lui enlever son pyjama et lui enfiler un chandail et un pantalon. Il ne vit pas le regard découragé échangé par ses parents, la fatigue qui étirait le visage de sa mère tandis qu'elle l'aidait à s'habiller.

*

Michel fut soulagé de voir Thomas manger avec appétit. La plupart du temps, il fallait utiliser des ruses de Sioux pour réussir à lui faire avaler une bouchée. Après l'avoir aidé à se brosser les dents, il lui mit son anorak rouge et ses bottes. Il jeta un coup d'œil à sa montre. Déjà huit heures trente ! Il avait tout juste le temps d'aller conduire l'enfant à l'école et de se rendre à son travail.

— Allez, mon bonhomme, on se dépêche !

Il embrassa rapidement sa femme et ouvrit la porte. De gros flocons voletaient dans l'air froid. Michel descendit l'escalier en colimaçon, tenant Thomas par la main pour qu'il ne glisse pas. L'enfant, serrant son toutou aviateur contre lui, sortit la langue et tenta d'attraper un flocon. Michel dut le tirer par le bras vers sa voiture, une vieille Jetta qu'il avait retapée souvent. Une journée sur deux, c'était Michel qui gardait la voiture, menait Thomas à l'école et allait le chercher à la fin de l'après-midi. Le lendemain, c'était le tour d'Émilie. Le couple avait mis au point cet arrangement, car il n'avait pas les moyens d'avoir deux voitures, et Thomas n'était pas encore assez autonome pour prendre l'autobus scolaire.

Avant d'ouvrir la portière, Michel leva les yeux vers le deuxième étage. Il entrevit la silhouette d'Émilie derrière les rideaux entrouverts. Il lui envoya un baiser de la main. Elle fit de même. Une étrange angoisse l'étreignit, comme s'il avait l'intuition qu'une chose irrémédiable allait se produire.

8

Village de Saint-Jean-Baptiste, Manitoba

Marie-Louise Perreault se rendit à pied au bureau de poste. De lourds nuages roulaient dans le ciel. Des bourrasques soulevaient la poussière du chemin. Elle releva le col de son manteau et enfouit ses mains dans ses poches en respirant à fond. L'air vif lui fit du bien. L'atmosphère était à couper au couteau à la maison. Maurice n'avait pas dormi de la nuit à cause d'une vache qui avait vêlé et il était d'humeur massacrante. Il était trop vieux pour ce travail, mais il refusait obstinément de l'admettre. Une rancune impuissante lui fit presser le pas. Maurice aurait pu céder la ferme à leur fille, qui était vétérinaire et avait même obtenu un diplôme en gestion des affaires, deux ans auparavant. Il aurait pu prendre la retraite qu'il méritait et profiter des années qu'il lui restait, mais il s'entêtait à garder mainmise sur tout, comme s'il ne se résignait pas à ce qu'une femme prenne sa relève. Ou peut-être pressentait-il qu'en abandonnant la ferme, à laquelle il avait consacré son existence, celle-ci perdrait son sens ? C'était difficile de savoir avec lui. Il cachait ses sentiments comme on barricade un fort.

Le bureau de poste était presque vide lorsque Marie-Louise y entra. La postière, Mme Veillette, qui semblait s'ennuyer ferme derrière son comptoir, la salua en souriant, visiblement en quête d'une conversation.

— Bonjour, madame Perreault !

Marie-Louise lui fit un signe discret de la main et s'empressa d'aller vers les cases postales, situées au fond de la salle, afin d'éviter de lui parler, même si elle savait qu'elle passerait encore une fois pour une « snob » qui levait le nez sur les gens « de la place ». Pourtant, elle habitait à Saint-Jean-Baptiste depuis son mariage avec Maurice, il y avait plus de cinquante ans. Elle avait tout quitté pour lui : la ville de Québec, où elle était née, sa famille, ses amis, et même une carrière prometteuse comme pianiste de concert. Malgré tout cela, elle était considérée comme une étrangère. Oh, elle aurait pu faire un effort et subir avec patience le bavardage de la postière, dont elle apprendrait sans doute les petits travers, les manies, les maladies des gens du village, tout en se doutant que Mme Veillette parlait de ses propres travers dans son dos, mais elle n'en avait pas le courage. Elle ouvrit un casier à l'aide d'une clé et en retira des circulaires et quelques lettres. Elle mit la publicité dans un panier de récupération et s'empressa de sortir, sentant le regard vexé de la postière dans son dos.

Une fois dehors, Marie-Louise jeta un coup d'œil au courrier tout en marchant. Il y avait une lettre de la banque adressée à Maurice ainsi qu'une facture de téléphone et une autre de Manitoba Hydro. Une déception familière l'envahit. Chaque fois qu'elle se rendait au bureau de poste, elle espérait y trouver une lettre de son fils. Elle avait beau savoir que c'était une chimère, elle s'y accrochait comme un noyé s'accroche à une bouée. Michel n'avait pas donné signe de vie depuis son départ, quatorze ans auparavant. Il était parti brusquement, le soir du 4 avril 1997, sans même lui dire au revoir. Elle ignorait où il vivait, s'il était marié, s'il avait des enfants. Tout ce qu'il restait de lui était des photos dans des albums de famille qui accumulaient la poussière.

En approchant de la ferme, Marie-Louise observa les énormes élévateurs à grains, qui ressemblaient à des pachydermes échoués. Elle aperçut son mari nettoyant l'entrée de l'étable à l'aide d'une fourche. *Il va se tuer à la tâche*, pensa-t-elle, et elle éprouva de la compassion pour lui, cette maudite compassion qui, au fil des ans, insidieusement, avait remplacé l'amour.

À peine rentrée chez elle, sans prendre le temps d'enlever son manteau, Marie-Louise jeta son sac à main sur un fauteuil, se mit au piano et commença à jouer. Pour une fois, la musique ne réussit pas à l'apaiser.

Le téléphone sonna. Elle fut tentée de ne pas répondre, mais comme la sonnerie persistait, elle se décida à quitter son piano et prit le combiné. Le passé, qu'elle avait si longtemps enfoui dans un tiroir secret au point de l'y oublier, lui sauta au visage, avec sa cohorte de remords et de regrets.

9

Montréal

Émilie avait attendu que la porte d'entrée se referme avant de se rendre au salon. Elle avait entrouvert les rideaux de la fenêtre et avait regardé dehors. Son cœur s'était serré en voyant Michel tenant leur fils par la main pour l'aider à descendre l'escalier. Il avait levé la tête vers elle et lui avait envoyé un baiser de la main. Elle l'avait imité, sentant la honte l'envahir. Sa décision avait déjà mis une distance infranchissable entre eux.

Après s'être assurée que la voiture avait disparu à un tournant, elle s'efforça de manger un morceau, bien qu'elle n'eût pas d'appétit. Il lui faudrait des forces pour affronter la longue journée qui l'attendait. Elle lava son assiette, l'essuya et la rangea. Ces gestes quotidiens l'aidaient à juguler l'angoisse qui l'habitait depuis qu'elle *savait*.

Elle prit sa douche, s'habilla et se maquilla, mettant un peu de rouge sur ses joues pâles, puis elle ouvrit la porte de la garde-robe, se dressa sur la pointe des pieds et saisit une valise qu'elle déposa sur le lit, se concentrant sur ce qu'elle avait à faire afin d'éviter de réfléchir. Elle remplit la valise, la transporta jusqu'à l'entrée et se dirigea ensuite vers la chambre de son fils. Elle se pencha et tira vers elle un sac à dos neuf qu'elle avait dissimulé sous le lit. Elle ouvrit les tiroirs de la commode et sélectionna des vêtements, assez pour un voyage d'une semaine, qu'elle plaça dans le sac à dos. Elle avisa le cahier de pictogrammes sur le pupitre. *Surtout, ne pas oublier d'ajouter des images.* Elle ferma le sac et le déposa dans l'entrée, à côté du sien. La veille, elle avait réservé par téléphone deux billets d'avion, qu'elle avait payés avec sa carte de crédit. Elle aurait pu faire la transaction sur l'ordinateur que Michel et elle possédaient, mais elle ne voulait pas laisser de trace. Il ne fallait à aucun prix que Michel sache où elle allait.

Une grande lassitude s'empara soudain d'elle, au point où elle dut s'asseoir. Elle s'essuya le front du plat de la main, puis appela un taxi, qu'elle décida d'attendre dehors. De gros flocons tombaient toujours dans le ciel d'un gris ardoise.

10

Prison de Headingley

Léo, assis sur une chaise de plastique inconfortable adossée à un mur beige, en face du bureau du directeur, attendait toujours. Le gardien, debout à côté de lui, ne le quittait pas des yeux, la main sur son pistolet de service. Les mots « David Clarkson, Director » étaient gravés sur une plaque de cuivre apposée sur la porte du bureau. Finalement, celle-ci s'ouvrit. Shepherd laissa entrer le prisonnier, puis fit le guet devant l'entrée.

David Clarkson, un homme d'une quarantaine d'années au visage glabre et terne, était installé derrière un bureau encombré de dossiers. Léo ne l'avait rencontré qu'une fois en quatorze ans : le jour où il avait été incarcéré.

— Assoyez-vous, monsieur Labrecque.

Le directeur parlait français avec un accent cassé, mais au moins il le parlait et il était poli. Léo prit place dans un fauteuil. Il examina la photo encadrée d'une femme aux joues rondes qui souriait à pleines dents. Il y en avait une autre de la même femme, posant cette fois avec David Clarkson, trois enfants et un golden retriever. Ils souriaient tous, même le chien. *Une famille heureuse,* songea Léo avec amertume.

*

C'est le matin de son anniversaire. Un samedi. Il vient d'avoir treize ans. À son réveil, il sent les draps humides sous lui. La honte le submerge. Il a dû avoir une autre crise et faire sur lui sans s'en rendre compte. Il s'empresse de se lever, enlève son pyjama et les draps souillés, les roule en boule, enfile prestement un pantalon et se rend dans le sous-sol, où se trouve la machine à laver. Il y jette le linge, ajoute du savon et de l'eau de Javel, met la machine en marche. Il a fait ces gestes si souvent, il a l'habitude, mais la honte est toujours aussi vive.

Lorsqu'il revient à l'étage, sa mère l'attend. Elle a une mine à la fois désolée et contrainte. «Léo, ton père et moi, on aurait quelque chose d'important à te dire.» Il comprend aussitôt qu'il y a de l'eau dans le gaz. Il cherche sa sœur Émilie des yeux. Devinant sa pensée, sa mère ajoute: «Ta sœur est à son cours de ballet. Viens, on va s'asseoir au salon.» Léo prend place sur un divan recouvert d'une housse en plastique. Il n'a jamais compris pourquoi ses parents veulent protéger des meubles qui ne servent presque jamais.

Son père, portant son gilet à losanges beige et brun, est déjà installé dans son fauteuil préféré et lit le journal *La Liberté* en fumant la pipe. Il ne semble pas se rendre compte de sa présence. Sa mère se racle la gorge. «Tu dois te douter de la raison pour laquelle on veut te parler», reprend-elle, les mains croisées sur ses genoux, le regard comme tourné à l'intérieur d'elle-même. Léo est incapable de répondre. Une boule d'angoisse lui comprime la gorge. Sa mère croise et décroise nerveusement les mains. Elle regarde furtivement son mari, qui est toujours plongé dans son journal. «J'ai parlé au curé Biron. Mme Joly, la ménagère, a dit que tu avais volé cent cinquante dollars dans la caisse du presbytère.» Léo veut se défendre, crier: *C'est pas moi, j'ai rien fait*, mais la vérité serait trop humiliante. De toute manière, qui le croirait? Sa mère poursuit. «Ça, c'est sans compter la… la drogue qui a été trouvée dans ton casier, tes mauvaises notes à l'école, et puis… le reste.» Elle s'interrompt, embarrassée. Il devine sans peine ce qu'elle ne nomme pas. Depuis l'âge de huit ans, il fait parfois des crises. C'est comme si un étranger s'emparait de son corps, il hurle, se débat, perd connaissance. Après ses crises, il ne se rappelle plus rien, il se sent vide, épuisé. Une fois, son père a dû l'emmener à l'urgence parce qu'il avait eu des convulsions. À l'hôpital, le médecin et lui ont parlé tout bas. Léo a tendu l'oreille, mais n'a perçu que des chuchotements. Après, dans l'auto qui les ramenait à la maison, quand il lui a demandé de quoi il avait parlé avec le médecin, son père s'est contenté de hocher la tête et a prononcé un mot qu'il ne connaissait pas. Ce n'est que quelques années plus tard, à l'âge de douze ans, qu'il a su de quoi il souffrait, après avoir fait une crise en pleine classe, au collège Louis-Riel. Il a senti les premiers symptômes venir, les tremblements, le picotement sur sa langue, puis après, un trou noir. Lorsqu'il a repris connaissance, il a vu des têtes penchées au-dessus de lui. Michel, son meilleur ami, le regardait avec inquiétude. Benoit, le bollé de la classe, celui qui sait toujours tout, lui a dit après le cours qu'il souffrait d'épilepsie. Ça venait d'un mot grec signifiant « être saisi », lui a-t-il expliqué. C'est une maladie nerveuse, possiblement héréditaire. Léo n'a pas compris grand-chose, sinon qu'il était atteint d'une maladie de fous, qui le distinguait des autres humains, en faisait un être à part, un taré, un anormal.

Il entend toujours la voix de sa mère. Cette fois, elle est plus ferme : « On a fait notre possible, mais ça peut plus continuer comme ça. Ton père et moi, on est au bout du rouleau. » Léo sait ce qui l'attend. L'odeur de la pipe lui donne mal au cœur. « On a pris la décision de te placer dans un… un centre pour les garçons qui ont des problèmes. » *Des garçons qui ont des problèmes. Des tarés, des anormaux…*

Sa vie aurait été complètement différente si ses parents ne l'avaient pas fait enfermer dans un centre pour jeunes délinquants à Winnipeg, s'ils ne l'avaient pas jeté comme un sac à déchets. Il aurait poursuivi ses études, serait tombé amoureux, aurait fondé une famille. Lui aussi poserait sur une photo avec une femme, des enfants, un golden retriever…

*

— Monsieur Labrecque ?
Léo tressaillit et fixa le directeur.

— J'ai une bonne nouvelle à vous annoncer. Votre demande de libération conditionnelle a été acceptée.

Léo aurait dû éprouver de la joie ou du soulagement, mais il ne ressentait rien, c'est à peine si son cœur battait plus vite.

— Vous devrez vivre en maison de transition pendant six mois et vous rapporter chaque semaine à votre agent de probation. Il vous sera interdit de consommer de l'alcool et de posséder une arme.

— Même pas un canif?

Le directeur sourit, ce qui le rajeunit soudain.

— Un canif, c'est OK.

M. Clarkson déposa un contrat devant lui et lui tendit un stylo.

— Vous devez signer. Juste en bas.

Il prit le stylo et signa.

— Avec la date, s'il vous plaît.

Léo se rendit compte qu'il ne la connaissait pas. Les jours en prison se ressemblaient tous, gris et fades. Le directeur comprit.

— On est le 22 mars 2011.

Après avoir inscrit la date, Léo fut escorté vers sa cellule par Fat Ass, qui grimaça un sourire.

— Good riddance.

Léo haussa les épaules et mit les quelques vêtements et accessoires de toilette qu'il possédait dans une petite valise en plastique, la même qu'il avait apportée à son arrivée à Headingley, puis il enfila un vieux perfecto qui avait été à la mode au milieu des années 1990. Le blouson était un peu serré aux épaules – Léo avait fait des haltères en prison pour tuer le temps et ses épaules étaient plus larges, sur un corps maigre – et il y avait une déchirure sur l'épaule droite. Le gardien le conduisit vers la guérite, où un employé lui remit un portefeuille, un trousseau de clés de son ancien logement, un canif, des lunettes de soleil de style aviateur avec des verres miroir et une montre Timex, qui s'était arrêtée à quatre heures onze du matin, le 4 avril 1997. Il y avait aussi une enveloppe contenant deux mille trois cent quatre-vingt-dix-huit dollars et vingt-neuf sous, somme qu'il avait gagnée en travaillant à l'atelier de menuiserie de la prison.

Lorsqu'il fut dehors, Léo cligna des yeux tellement la lumière du jour était aveuglante. Il s'était habitué à l'éclairage artificiel de la prison. Les détenus avaient accès à une cour intérieure une heure par jour, mais on ne voyait qu'un bout de ciel, découpé par les murs de la prison. Et durant l'hiver, presque personne ne voulait sortir, il faisait trop froid.

Un homme d'une trentaine d'années, le crâne rasé et portant une boucle d'oreille, l'attendait. Il lui sourit en lui tendant la main.

— Salut, Léo. Je m'appelle Andy Guibault, je suis ton agent de probation.

Il désigna une voiture.

— Je vais te conduire à la maison de transition. Tu vas voir, c'est pas mal mieux qu'ici.

11

La voiture filait sur la transcanadienne en direction de Winnipeg. Durant le trajet, Léo sentit une nausée monter dans sa gorge. Il descendit la vitre et sortit la tête, comme le font les chiens pour prendre de l'air.

— Ça va ? demanda Guibault.

Léo acquiesça. Quatorze ans qu'il n'avait pas été dans une voiture. La vitesse, la circulation l'étourdissaient. L'agent de probation conduisait en silence, sans tenter de le briser avec des banalités. Sortir de prison était un choc pour les anciens détenus. Ils avaient eu beau souffrir de l'enfermement, ils avaient fini par s'en accommoder. La liberté, le monde extérieur étaient devenus irréels, un rêve inaccessible et angoissant. Il le savait, lui-même était passé par là.

L'avenue Portage devint Broadway. La circulation était de plus en plus dense. Lorsque la voiture parvint au centre-ville de Winnipeg, Léo jeta un regard surpris à un pont qui enjambait la rivière Rouge. Au milieu du pont, une structure métallique en forme de voilier semblait escalader le ciel.

— Qu'est-ce que c'est ?

— L'Esplanade Riel. C'est un pont piétonnier. Il a été construit en 2003 pour relier le quartier de La Fourche à Saint-Boniface.

Plus loin, Léo remarqua un immeuble en construction, entouré de palissades.

— Et ça?

— C'est le futur Musée pour les droits de la personne. Ça fait des années que le chantier a commencé. Le Musée devait coûter cent millions de dollars et être financé entièrement par le privé, mais, *guess what,* les coûts ont triplé et le gouvernement a ouvert les cordons de la bourse. Toujours la même chanson.

Léo l'écoutait d'une oreille distraite. Il regardait les rues défiler, les passants, les nouvelles tours qui s'élevaient un peu partout, obstruant l'horizon. Il ne reconnaissait plus les façades des commerces, autrefois si familières. Il était devenu un étranger dans sa propre ville.

La voiture s'engagea dans l'avenue Regent, puis se gara devant une maison en briques. La construction semblait récente, mais déjà, des coulisses d'humidité suintaient sur les murs, la peinture s'écaillait, lui donnant un air d'abandon. Léo se tourna vers les fenêtres, garnies de rideaux impersonnels, comme ceux d'un hôtel.

— Bienvenue chez toi! s'écria l'agent de probation, adoptant un ton guilleret.

Il fit faire à Léo le «tour du propriétaire», comme il disait. Il y avait une cuisine, un petit réfectoire, une salle de séjour, une dizaine de chambres. Celle de Léo avait des murs nus et blancs, un lit à une place, une commode, une chaise, un évier, une toilette, comme en prison, à l'exception de la fenêtre, qui n'avait pas de barreaux. Léo alla vers celle-ci et l'ouvrit. Elle donnait sur une cour de ciment. Quelques touffes d'herbe poussaient dans les fissures. Il prit une grande inspiration. L'air sentait l'essence et la poussière, mais c'était tout de même l'air de la liberté.

— On se revoit la semaine prochaine, dit Andy.

La porte se referma. Léo resta debout devant la fenêtre, sans bouger, écoutant des cris d'enfants à distance. Il y avait sûrement une école près de la résidence. Après quelques instants, il retourna vers le lit. L'agent de probation y avait déposé sa valise. Léo rangea ses vêtements dans la commode, déposa un rasoir et une brosse à dents sur l'évier. Lorsqu'il referma la valise, une photo s'en échappa et glissa par terre.

Il se pencha pour la ramasser. Elle était jaunie et craquelée. Les couleurs avaient pâli. Trois jeunes hommes, portant des anoraks, se tenaient épaule contre épaule et regardaient l'objectif en riant.

Il contempla longuement la photo. C'était Émilie qui l'avait prise, lors du Festival du Voyageur, en février 1996. Il s'en souvenait comme si c'était hier, la chanson *Le Cœur de dire*, de Hart Rouge, qui jouait à tue-tête dans les haut-parleurs, le froid sibérien, les sculptures de glace illuminées par des faisceaux de couleur, les feux de joie, les tipis blancs… Ses parents ayant interdit à sa sœur de le fréquenter, elle leur avait fait croire qu'elle sortait avec des copines et ils s'étaient donné rendez-vous au festival, à Saint-Boniface. Il l'avait présentée à Michel et à Benoit, fier comme un paon, comme si elle avait été sa petite amie. Il avait remarqué aussitôt l'étincelle dans les yeux sombres de Michel et avait éprouvé un étrange sentiment, qu'il n'arrivait pas à nommer, comme si ce regard venait de lui arracher quelque chose de précieux, mais c'était le visage de sa sœur qui l'avait frappé encore davantage, tourné vers celui de Michel comme un tournesol se tourne vers le soleil.

La photo craqua entre ses doigts. Il avait du mal à se reconnaître, mais c'était bien lui, le petit gringalet, à gauche, avec le sourire frondeur. Benoit était au milieu. Une mèche blonde lui barrait le front. Il avait des dents blanches et bien rangées, ses yeux bleus étaient légèrement plissés à cause du flash. À droite, Michel, grand, bien charpenté, les yeux et les cheveux d'un noir de charbon. *Celui qui se disait mon ami. Qui a fui comme un lâche.* Une haine froide lui serra les tripes. Il sortit le canif de sa poche, dégagea la lame dont il appuya la pointe sur le cou du jeune homme aux cheveux noirs, puis il la fit glisser d'un mouvement sec, lui tranchant la gorge.

12

Michel roulait vers l'école tout en songeant à sa journée de travail, qui s'était somme toute bien déroulée. Jérémie avait accepté de suivre une thérapie, ce qui était un pas dans la bonne direction. Son patron, Xavier Guillaume, pourtant avare de compliments, l'avait convoqué dans son bureau et l'avait félicité pour son succès auprès du jeune délinquant.

La neige avait cessé, mais s'était transformée en gadoue. Sans le vouloir, Michel éclaboussa un passant, qui l'injuria. Lorsqu'il parvint à l'école, il dut en faire le tour à plusieurs reprises avant de trouver une place libre. Les élèves sortaient en grappes par les portes grandes ouvertes qui donnaient sur le stationnement et la cour de récréation. Michel chercha son fils des yeux, mais ne le vit pas parmi les enfants qui couraient rejoindre la voiture de leurs parents ou se tenaient bras dessus, bras dessous en se dirigeant vers le trottoir. Il attendit quelques minutes. Bientôt, la cour fut déserte, à part un concierge qui s'apprêtait à refermer les portes. Michel s'élança vers lui.

— Excusez-moi, je suis venu chercher mon fils, mais il n'était pas là.

L'homme haussa les épaules.

— Il vous a peut-être pas attendu.

— Est-ce que je peux faire le tour des casiers ?

Le concierge fit non de la tête.

— L'école est fermée.

Michel perdit patience.

— Mon fils est autiste, il ne peut pas se débrouiller tout seul, je dois absolument le trouver !

— Dans ce cas-là, allez au secrétariat, par la porte d'en avant.

Les portes claquèrent. Michel, contenant mal sa colère, courut vers sa voiture, démarra et contourna le bâtiment. Il s'arrêta devant l'école, grimpa l'escalier quatre à quatre et tira sur la porte, mais elle était verrouillée. Pris de panique, il la secoua de toutes ses forces. Quelqu'un finit par ouvrir. Le visage ébahi d'une femme apparut dans l'embrasure. Elle portait un manteau et un sac à main en bandoulière, comme si elle s'apprêtait à sortir. Il la reconnut avec soulagement. C'était la directrice adjointe de l'école.

— Vous m'avez fait une de ces peurs ! Un peu plus et j'appelais le gardien de sécurité…

— Avez-vous vu Thomas ? Thomas Sauvé… Je suis son père. Il n'était pas là, à la sortie des classes.

Elle fronça les sourcils, tâchant de se souvenir, puis sa mine s'éclaira.

— Oui, oui, je me rappelle, votre femme est venue le chercher, en fin de matinée.

Michel fut surpris. Quand il était parti ce matin, Émilie ne lui en avait pas parlé.

— Est-ce qu'elle vous a dit pourquoi elle venait le prendre si tôt ?

— Un rendez-vous chez le médecin.

Voyant son visage inquiet, elle s'empressa de le rassurer.

— Votre femme m'a expliqué que c'était pour un examen de routine.

*

Lorsque Michel revint chez lui, il constata que le manteau d'Émilie et l'anorak de Thomas n'étaient pas suspendus à la patère. Leurs bottes ne se trouvaient pas à leur place habituelle, sur le tapis. Émilie avait peut-être décidé de faire des courses après la visite chez le médecin. Pourtant, il avait vérifié sa messagerie vocale, elle était vide.

Il enleva ses bottes, alla à la cuisine, ouvrit la porte du frigo, couverte de photos, de recettes, de listes d'épicerie, et prit une bière, qu'il but à même le goulot. Il se rendit dans le salon, se cala dans le vieux fauteuil et alluma la télé. Des images de guerres, d'incendies, de séismes se succédaient sur l'écran. Au moment où il s'apprêtait à changer de poste, son attention fut attirée par un paysage familier. La rivière Rouge, reconnaissable entre toutes, avec ses sinuosités de serpent. Une jeune reporter expliquait que les nombreux embâcles causaient des inquiétudes dans les villages situés au sud de Winnipeg et que les habitants craignaient des crues importantes. La province du Manitoba se préparait au pire et avait fait appel à l'armée, qui s'affairait à construire des digues à l'aide de sacs de sable. Michel sentit l'angoisse l'étreindre. *Le regard égaré du vieil homme, ses lèvres exsangues, le sang formant une large flaque autour de lui, le visage paniqué de Benoit, celui de Léo, dur comme de l'airain.*

Il éteignit le téléviseur. Une lumière rougeâtre s'infiltrait à travers les lattes des stores vénitiens, traçant des lignes obliques sur le sol. Michel consulta sa montre. Il était près de dix-neuf heures, et Émilie et Thomas n'étaient toujours pas rentrés. Il sortit son cellulaire de sa poche et consulta de nouveau la messagerie. Rien. Il se dirigea alors vers le téléphone sans fil qui se trouvait sur un guéridon, dans le hall. Il y avait plusieurs messages anodins. Puis la voix d'Émilie, qui se perdait dans le bourdonnement d'une foule.

— Il fallait que je parte, Michel. Ne cherche surtout pas à me retrouver. Thomas va bien, ne t'inquiète pas pour lui. Je te donnerai d'autres nouvelles plus tard. Pardonne-moi. Je t'aime.

Le clic d'un téléphone qu'on raccroche. Il eut l'impression que le sol se dérobait sous ses pieds. *Il fallait que je parte, Michel.* Il composa le numéro du portable de sa femme, mais elle ne répondit pas. Il laissa un message.

— Émilie, c'est moi. S'il te plaît, rappelle-moi.

Serrant le combiné du téléphone dans sa main, il courut vers leur chambre et ouvrit la porte de la garde-robe. Une bonne partie des vêtements d'Émilie avait disparu. Sa valise, qu'elle plaçait habituellement sur une tablette de la penderie, n'était plus là. Il se rendit à la chambre de Thomas, sachant d'avance qu'il trouverait les tiroirs de sa commode vides. Il s'assit sur le lit de son fils, la tête lourde, la poitrine comprimée, tentant de mettre de l'ordre dans ses idées. Émilie avait prétexté un rendez-vous chez le médecin pour aller chercher leur fils à l'école. Cette préméditation, ces mensonges lui ressemblaient si peu… Il réécouta attentivement le message, tâchant de déchiffrer le mystère de son départ entre les mots. La voix était presque enterrée par un bruit de fond. Michel distingua les bribes d'une annonce adressée à des voyageurs. Il fit repasser le message et comprit qu'Émilie était dans un endroit public lorsqu'elle l'avait appelé, une gare, peut-être, ou un aéroport.

Le téléphone sonna. Michel répondit aussitôt, rempli d'espoir.

— Émilie?

C'était une voix automatisée, appelant au nom d'une agence de recouvrement. Michel lança le combiné sur le mur dans un geste d'impuissance. Il s'empara de l'oreiller de son fils et le serra contre sa poitrine, respirant l'odeur légèrement acidulée qui s'en dégageait.

*

C'est l'été, à la fin du mois de juin. Émilie et Michel sont assis sur un banc, devant le lac aux Castors, où s'ébrouent des colverts. Les mains d'Émilie sont posées sur son ventre rond, qui ressemble à un gros ballon de plage. Des enfants déposent un voilier miniature dans l'eau iridescente, d'autres se poursuivent dans un sentier en riant. Quelques cerfs-volants font des taches de couleur dans le ciel où s'étirent des cumulus. Un jeune couple promène un bébé dans un landau. Émilie sourit en voyant la tête rose d'un poupon et ses menottes qui émergent d'une couverture. «Bientôt, on promènera notre bébé, comme eux », dit-elle en tournant la tête vers Michel. Ce dernier suit la poussette des yeux. Il pense à l'image du fœtus qu'il a vue lorsqu'il a accompagné Émilie à l'hôpital pour une échographie. La tête, les mains, les pieds, minuscules, mais déjà formés. Un garçon.

Ils égrènent des prénoms : Laurent, Guillaume, Tristan… Émilie plisse légèrement les yeux, comme elle le fait parfois lorsqu'elle réfléchit. « J'aime bien Tristan, mais c'est un peu triste. Pourquoi pas Thomas ? » Puis elle baisse la voix, évitant de regarder Michel, sachant à l'avance comment il réagira. « Après mon accouchement, quand notre petit pourra voyager, je voudrais retourner à Saint-Boniface. Mes parents seraient tellement heureux ! » Michel ne répond pas. Une angoisse familière lui noue le ventre. Émilie lui jette un regard suppliant. « Laisse-moi partir, Michel ! » Elle lui parle de ses parents, qui ont fait preuve de tant de dévouement envers elle et qu'elle n'a pas revus depuis cinq ans, elle lui parle du ciel sans fin des Prairies, du parfum des herbes hautes, des baignades dans le lac Winnipeg ; elle lui parle de l'hiver, des cristaux qui se forment dans l'air glacial comme des diamants, des nuées blanches qui couvrent les routes droites. Michel secoue obstinément la tête. « On en a discuté souvent. C'est trop risqué. » Émilie met une main sur son bras, qu'elle serre avec une force surprenante. « C'est ton passé, Michel, pas le mien ! » Il est heurté, en colère. Lorsque Émilie est venue le rejoindre à Montréal, elle s'est engagée à faire définitivement une croix sur les siens, à ne plus jamais retourner au Manitoba. « T'avais promis, Émilie. » Il y a un autre long silence entre eux. Puis Michel lui dit la vérité au sujet de la nuit du 4 avril 1997. Les cris des enfants, les sourires des passants, le ciel si bleu sont noyés dans le sang.

*

Michel pressait toujours l'oreiller contre sa poitrine, comme si ce geste pouvait ramener sa femme et son fils. Puis il fit un effort surhumain pour surmonter son désespoir, remit l'oreiller à sa place, ramassa le combiné du téléphone qu'il trouva au pied du lit et appela son directeur. Par chance, Xavier Guillaume était chez lui. Michel distinguait des babillages d'enfants et le son d'une radio ou d'un téléviseur.

— Xavier, je dois prendre congé pour une semaine, peut-être plus.

La voix de Xavier résonna dans l'appareil.

— Je comprends pas. T'as pris tes vacances il y a quelques mois.

— C'est personnel.

Il y eut un petit silence au bout du fil.

— As-tu des problèmes ?

Il n'y avait pas de jugement dans la voix de son patron, mais une sollicitude inquiète. Michel lui avait confié son passé de délinquant lorsqu'il avait fait une entrevue pour le poste d'intervenant auprès des jeunes en difficulté. D'origine haïtienne, Xavier avait connu une enfance difficile dans le quartier Saint-Michel, mais s'en était sorti grâce à la résilience de sa mère, qui s'était échinée à faire des ménages dans les maisons cossues du boulevard Gouin pour l'aider à payer ses études collégiales. Après l'avoir écouté en silence, il lui avait dit qu'il croyait à la rédemption et l'avait engagé sur-le-champ.

— Je peux pas t'en dire plus pour le moment.

— Ça sera pas facile de trouver un remplaçant, à la dernière minute.

— Je suis vraiment désolé de te mettre dans le pétrin. Je te revaudrai ça.

Pris de remords, Michel s'empressa de mettre fin à l'appel. Sans perdre de temps, il réserva un aller simple pour Winnipeg, puis retourna dans sa chambre et fit rapidement sa valise. Son avion devait décoller à vingt et une heures, il avait tout juste le temps de se rendre à l'aéroport. Avant de quitter la pièce, il avisa deux photos sur la commode. Sur la première, Émilie, sur un lit d'hôpital, un sourire épuisé aux lèvres, tenait Thomas, encore tout fripé, dans ses bras. Michel avait assisté à l'accouchement, qui avait duré toute la nuit. Pour la première fois, il avait véritablement compris le mot « délivrance ». La deuxième photo avait été prise en Gaspésie, lors d'un voyage qu'ils avaient fait durant l'été 2009. Thomas venait d'avoir sept ans. Le couple se tenait par la taille, devant le rocher Percé. Émilie souriait, radieuse. Thomas, debout devant eux, ne regardait pas la caméra, mais fixait quelque chose dans le ciel. Un oiseau, ou peut-être un avion. Michel se souvenait que, durant le voyage, son fils avait perdu une dent de lait. Il avait mis une pièce de vingt-cinq cents sous son oreiller, lui faisant croire que c'était la fée des dents qui l'avait cachée là pour le récompenser, mais Thomas n'avait pas compris. Rien des jeux ordinaires de l'enfance ne le touchait.

Michel plaça la photo de la Gaspésie dans sa valise et la referma aussitôt, pour ne pas s'attendrir. Il décida de faire le trajet jusqu'à l'aéroport dans sa voiture, qu'il laisserait dans un stationnement de longue durée. Il ne savait pas quand il reviendrait, ni même s'il reviendrait.

DEUXIÈME PARTIE

LA QUÊTE

13

À travers le hublot de l'avion, une masse de nuages sombres bouchait le ciel. Michel n'éprouvait rien, sinon une profonde lassitude. À son arrivée à l'aéroport, il avait fait le tour des compagnies canadiennes qui effectuaient le trajet Montréal-Winnipeg pour leur demander si sa femme et son fils étaient sur la liste des passagers, mais aucun employé n'avait voulu le renseigner : il leur était interdit de divulguer ce genre de renseignement, même à un membre de la famille. Les mêmes questions lancinantes revenaient continuellement le narguer. *Pourquoi tu es partie ? Pourquoi tu as emmené Thomas ? Pourquoi tu ne m'as rien dit ?* Le passager à côté de lui, un pasteur de Steinbach, une ville située à une soixantaine de kilomètres de Winnipeg, engagea la conversation, lui disant qu'il revenait d'une visite à une église mennonite établie à Saint-Eustache.

— Il y a plusieurs communautés mennonites au Québec, expliqua-t-il dans un français convenable. Je m'y rends de temps en temps pour prêcher.

Le pasteur parla de ses arrière-grands-parents, qui avaient dû quitter la Russie après la révolution de 1917 afin d'échapper aux persécutions dont les mennonites étaient victimes, et du courage qu'il leur avait fallu pour recommencer une nouvelle vie dans un pays inconnu. Puis il s'intéressa gentiment à Michel.

— Êtes-vous de Winnipeg ?

Michel donna une réponse évasive, ne voulant surtout pas attirer l'attention sur sa personne.

— Je suis né au Manitoba, mais j'habite à Montréal depuis quelques années.

Il s'empara d'un journal et commença à le feuilleter afin d'éviter d'autres questions, mais son voisin, qui avait visiblement envie de bavarder, lui tendit la main.

— Je m'appelle Peter Steiner.

— Moi, c'est Michel. Michel Sauvé.

Il ne pouvait se l'expliquer, mais le fait de mentir sur son identité à un homme d'Église le mettait mal à l'aise. Il avait l'impression de revenir à son enfance, aux prêches interminables du curé Biron, aux messes ennuyeuses pendant lesquelles il s'amusait avec Léo à lancer des boulettes de papier sur la tête des paroissiens, du haut de la balustrade qui surmontait la nef, avant que Léo ne devienne enfant de chœur.

— *Sauvé*, dit le pasteur. Quel nom évocateur. Dans notre religion, le Christ est le Sauveur de tous les êtres humains qui croient en lui.

Michel resta silencieux. Il n'avait pas la foi. Enfant, il croyait que le bon Dieu était une sorte de père Noël, avec une longue barbe blanche et des yeux bleus bienveillants, comme ceux de Peter Steiner. Ce Dieu pouvait voler dans les airs, deviner vos pensées et vous voir, même quand vous faisiez pipi. Mais cette foi naïve avait disparu depuis bien longtemps. Et il ne l'avait jamais retrouvée. *Les yeux déjà vitreux du vieillard. Sa main levée, comme un noyé qui appelle à l'aide. Le regard suppliant de sa femme.*

Michel entendit la voix de son voisin comme à travers de la brume.

— Avez-vous des enfants?

— Un fils, répondit-il d'une voix étouffée, tournant la tête vers le hublot pour que son compagnon de voyage ne puisse voir son visage.

— It's such a blessing to have children, poursuivit le pasteur, sans se rendre compte que chacune de ses paroles mettait Michel au supplice. J'ai quatre filles.

Il fouilla dans la poche de son veston et en sortit un portefeuille, qu'il ouvrit. Il lui montra des photos de ses enfants, dont deux jumelles.

— Léa et Jennifer. Leur mère est la seule à être capable de faire la différence.

— Très mignonnes.

Michel aurait voulu échapper à la gentillesse de cet homme, à sa curiosité pleine de bonnes intentions. Il ferma les yeux, dans une dernière tentative de mettre fin à la conversation. Le pasteur sembla comprendre, car il referma son portefeuille et le remit dans sa poche.

— Désolé de vous avoir dérangé avec mes bavardages, dit-il avec une nuance de froideur.

Michel aurait voulu lui expliquer : *Ce n'est pas de votre faute, ma femme m'a quitté sans que je sache pourquoi, elle a emmené notre fils, il est autiste, j'ai peur pour lui, pour elle, pour moi, je croyais avoir tourné la page sur mon passé, mais le passé s'est jeté sur moi, sans crier gare, comprenez-vous ?*

Il se contenta de s'excuser, prétextant la fatigue. Ce Peter Steiner n'était qu'un étranger pour lui, mais Michel avait l'intuition qu'il avait vu clair en lui. *Mon existence tissée de mensonges. Le sang sur mes mains.*

La voix de la chef de cabine annonça le début de la descente. Michel, qui avait somnolé durant le reste du voyage, sortit brusquement de sa léthargie. Bientôt, il reverrait les lieux de son enfance, de son adolescence, ses dix-huit ans remplis de bruit et de fureur, de lumière et d'ombre, d'ombre surtout.

14

Après l'atterrissage, Michel s'empressa de prendre son unique valise et se dirigea vers la sortie. Il songea à louer une voiture, mais il était trop épuisé pour conduire. Il en louerait une plus tard, une fois installé dans un hôtel. Il rejoignit une file de voyageurs aux visages et aux manteaux froissés qui attendaient devant la station de taxis. Il se sentait dans un état second, comme en apesanteur. Il finit par monter dans une voiture et demanda au chauffeur de le déposer dans n'importe quel hôtel, au centre-ville de Winnipeg. Le chauffeur, un sikh à la mine taciturne, le conduisit à un Best Western. La banalité de l'endroit lui convenait parfaitement. Il voulait se fondre dans l'anonymat.

Une jeune femme à la réception lui sourit avec une amabilité neutre.

— What can I do for you ?

Michel demanda une chambre pour une nuit, peut-être davantage.

La chambre était immense, dotée d'un lit « king » qui ressemblait à un paquebot et d'un téléviseur presque aussi large que le mur. L'ameublement et la moquette étaient beiges. Michel posa sa valise sur un support à bagages et s'étendit sur le lit sans défaire les draps. *Dormir, il faut dormir.* Il avait l'impression d'être sur un radeau à la dérive. *Sauvé, quel nom évocateur. Dans notre religion, le Christ est le Sauveur de tous les êtres humains qui croient en lui.* N'arrivant pas à trouver le sommeil, il se leva et alla vers le frigo, rempli de petites bouteilles d'alcool, d'eau, de boissons gazeuses. Il savait que ce n'était pas la chose à faire, mais il voulait étouffer son angoisse, ne plus penser à rien. Il prit tous les flacons qu'il trouva, gin, vodka, rhum, rye, qu'il siffla l'un après l'autre, puis il retourna s'étendre. Sa tête tournait légèrement, mais ce n'était pas désagréable. Des points noirs dansaient devant ses yeux. Émilie, Thomas. Il sombra dans un sommeil de plomb.

15

Michel se réveilla avec un affreux mal de tête. Il s'assit sur le bord du lit, nauséeux. Après avoir pris une douche très chaude, il se rasa et commanda un petit-déjeuner qu'il s'efforça de manger, espérant que le mal de tête disparaîtrait. Il s'habilla, enfila son manteau, mit une casquette qui lui masquait en partie le visage et quitta la chambre. Un couple dans la jeune trentaine attendait devant l'ascenseur avec deux enfants, un garçon et une fille. Ces derniers portaient un maillot de bain et une serviette sur les épaules. Le garçon se mit à tirer sur les tresses de sa sœur, qui protesta. La mère intervint:
— Ethan, stop it!
Les enfants se calmèrent un moment, puis recommencèrent à se chamailler. Une famille normale. Michel fixa le plancher pour ne pas les voir. L'ascenseur était presque plein. Des adolescents parlaient avec excitation d'un party qui avait eu lieu la veille, un couple dans la cinquantaine fixait les numéros d'étage. Michel ferma les yeux. Son mal de tête avait empiré, la douleur lui vrillait le crâne. Une vieille dame, dont les cheveux blancs étaient rincés au bleu, s'adressa à lui avec sollicitude.
— Are you alright, dear?
— Yes, thank you.
Ne pas se faire remarquer. Se confondre avec les murs. L'air sentait le savon, la lavande, la gomme à mâcher, le déodorant.

Le garçon qui s'appelait Ethan s'amusa à appuyer sur tous les boutons de l'ascenseur, qui s'arrêta à chaque étage. Enfin, les portes s'ouvrirent sur le rez-de-chaussée. Michel se rendit au comptoir du concierge afin de louer une voiture, mais plusieurs clients faisaient déjà la queue. Il renonça à attendre et sortit.

Une bruine froide tombait. Les trottoirs et la chaussée luisaient dans la clarté brumeuse. Michel aperçut un taxi garé à proximité de l'hôtel et le héla. En y entrant, il sentit une forte odeur de friture. Un jeune homme aux cheveux dressés en épis sur la tête était au volant.

— Je voudrais aller à Saint-Boniface, s'il vous plaît, demanda Michel.

— Sorry, I don't speak French.

Il expliqua en anglais qu'il souhaitait se rendre dans le quartier francophone de Winnipeg, de l'autre côté de la rivière Rouge, rue Dubuc.

— Du… what?

— Du-buc, répéta Michel, réfrénant son impatience.

Il dut épeler à plusieurs reprises. En fin de compte, il écrivit le nom de la rue sur un bout de papier. Durant le trajet, il entrouvrit la fenêtre pour chasser l'odeur de graillon, mais évita de regarder à l'extérieur. *Surtout, ne pas se souvenir.* Le chauffeur alluma la radio, la voix de Jennifer Lopez envahit l'espace, la musique jouait à tue-tête, les paroles *new generation, party people, get on the floor* se bousculaient dans un rythme saccadé. Michel demanda au conducteur de baisser le son, mais ce dernier fit comme s'il ne l'entendait pas. *Get on the floor, get on the floor,* la basse et la batterie qui martelaient. Les fenêtres vibraient tellement la musique était forte. Le mal de tête de Michel s'était transformé en migraine. La nausée lui serrait la gorge.

— Stop! hurla-t-il, à bout de nerfs.

Le chauffeur le fixa dans son rétroviseur.

— We're not there yet.

— I don't care! Laissez-moi ici. *Stop here!*

Le conducteur freina brusquement. Michel s'agrippa au dossier du siège pour ne pas se heurter le front. Il paya, ouvrit la portière et s'extirpa de la voiture. Il titubait presque. Des épines lui perçaient les yeux. La bruine avait fait place à une pluie lourde et glaciale. Il regarda autour de lui pour s'orienter. Le chauffeur l'avait laissé dans le quartier de La Fourche, là où la rivière Assiniboine et la rivière Rouge se rencontrent. Tout avait changé. De nouveaux immeubles avaient été construits, le marché public avait été entièrement rebâti. Un joli parc avait été aménagé autour des rives. Il avait le sentiment d'être un touriste en visite, mais, d'une certaine manière, cela le rassurait. *Le passé enterré sous les constructions neuves.*

Une force irrésistible le poussa vers un sentier bordé d'arbres. Des plaques de neige formaient des taches pâles sur les talus, au bord de l'eau. Il contempla la rivière Rouge, déjà haute, dont les flots bouillonnaient sous la pluie battante.

*

Un quartier de lune se profile au-dessus des sapins argentés, comme une image des *Mille et Une Nuits*, dont sa mère lui lisait un conte chaque soir, quand il était enfant. Les stridulations des grillons montent et descendent, une douce mélopée dans le soir d'été. Émilie s'assoit sur un talus, au bord de la rivière, ses longs cheveux noirs flottent sur ses épaules, elle a enlevé ses sandales et trempe ses pieds dans l'eau. « C'est froid ! » s'exclame-t-elle en riant. Michel s'assoit à côté d'elle. Il respire le parfum de ses cheveux. La timidité paralyse ses membres. D'un mouvement maladroit, il lui saisit une main. Elle est glacée. Il la porte à ses lèvres pour la réchauffer. Émilie le regarde, ses prunelles vertes luisent dans la clarté vespérale. « Qu'est-ce que tu attends pour m'embrasser ? » dit-elle avec une nuance d'impatience dans la voix. Il se penche vers elle, leurs bouches se joignent. Celle d'Émilie a la fraîcheur d'un fruit. La jeune femme est la première à s'arracher à leur étreinte. « Il faut que je rentre. » Il insiste pour l'accompagner à pied jusque chez elle. Elle habite une jolie maison blanche dans la rue Dubuc, à Saint-Boniface. Ils s'embrassent de nouveau sous un grand pin, devant la maison. Une lumière s'allume à l'une des fenêtres. Une voix masculine s'élève.

— Émilie, c'est toi?

— C'est mon père, chuchote la jeune femme, la voix soudain tendue.

Elle court vers l'entrée. Le vent fait virevolter ses cheveux sombres.

*

Michel se détourna et revint sur ses pas en marchant le plus vite possible. *Fuir*. Il croisa un homme assis sur un banc de parc, malgré le mauvais temps. Ce dernier portait une redingote noire et un chapeau d'une autre époque. Un nœud de velours était noué autour de son col blanc. Une moustache tombante encadrait sa bouche, lui donnant une mine sévère et triste. Michel l'entendit marmonner quelque chose et s'approcha de lui.

> *Ô Jésus-Christ! je veux n'entendre*
> *Et n'écouter que votre voix.*
> *Je veux obéir et me rendre*
> *En tout, à l'Esprit de vos lois.*
> *Je m'attache à vous: je veux suivre*
> *Le sens de vos instructions.*
> *Guidez-moi: je ne veux pas vivre*
> *Au gré de mes illusions.*
> *Dans l'état actuel des choses,*
> *Vous vous cachez dans l'univers,*
> *Comme, dans les rosiers, les roses*
> *Se cachent durant nos hivers.*

Michel reconnut un poème de Louis Riel, qu'il avait étudié au collège. Quelque chose dans l'expression grave de l'inconnu, l'eau qui ruisselait sur le bord de son chapeau, sa voix râpeuse l'émouvaient. L'homme lui adressa la parole. Ses yeux sombres brillaient dans ses traits émaciés.

— J'ai écrit ce poème en 1879, lors de mon exil au Montana. J'étais seul, abandonné de tous. Même le Christ ne semblait plus entendre mes prières.

Michel remarqua que son habit était usé aux manches. Son visage maigre, ses épaules frêles laissaient supposer qu'il ne mangeait pas toujours à sa faim. Il fouilla dans la poche de son manteau et en sortit son portefeuille. Il prit quelques billets et les tendit avec maladresse.

L'homme à la redingote leva la tête avec dignité.

— Je ne suis pas un mendiant, jeune homme. Je suis Louis Riel.

Michel rougit et s'éloigna sans demander son reste. Il ne s'était jamais vraiment intéressé à l'histoire. Il en avait retenu des bribes, le soulèvement de la rivière Rouge, la condamnation et la pendaison de Riel, l'interdiction d'enseigner le français à une certaine époque, mais ces événements lui avaient toujours semblé abstraits, un brin poussiéreux, comme ces gravures en noir et blanc qui illustraient parfois ses livres de classe. Ce faux Louis Riel, avec son habit et son haut-de-forme, son regard de braise, leur avait singulièrement donné vie.

Michel continua à marcher en direction de Saint-Boniface. La pluie avait cessé, laissant une légère brume qui donnait une allure fantomatique aux immeubles et aux voitures qui roulaient à distance dans les rues encore humides. Puis un rayon de soleil s'infiltra à travers les arbres. Il se rendit compte que sa migraine avait disparu. Il en fut soulagé au point d'éprouver de l'espoir, pour la première fois depuis la fuite d'Émilie avec leur fils. Il les retrouverait, elle lui expliquerait son geste, il comprendrait enfin pourquoi elle l'avait quitté aussi brutalement, en ne lui laissant qu'un simple message sur leur boîte vocale.

Il pressa le pas et parvint à une intersection animée, en amont du pont Provencher, qui enjambait la rivière Rouge jusqu'à Saint-Boniface. À sa grande surprise, il distingua un autre pont longeant l'ancien avec, en plein centre, une structure d'acier qui évoquait un voilier. Cette construction n'existait pas lorsqu'il avait quitté Winnipeg, en 1997. Des goélands voletaient autour du mât, accentuant l'illusion d'un navire. Des passants allaient et venaient sur la passerelle. Le soleil commençait à dissiper le brouillard, faisant rutiler la rivière et les arches gracieuses. Un vent vif ramenait le parfum limoneux des algues. Deux silhouettes attirèrent soudain son attention. À une vingtaine de mètres devant lui, une jeune femme aux longs cheveux noirs, portant un manteau blanc, marchait sur le trottoir. Elle tenait par la main un petit garçon vêtu d'un anorak rouge. Le cœur de Michel bondit dans sa poitrine.

— Émilie ! Thomas !

Il courut dans leur direction et, en arrivant à leur hauteur, effleura l'épaule de la femme. Celle-ci se retourna, l'air effrayé.

— Excusez-moi, je vous ai prise pour quelqu'un d'autre, balbutia Michel.

16

Maison de transition, Winnipeg

Il était passé neuf heures du matin lorsque Léo se réveilla. Il avait dormi comme une souche pendant vingt heures d'affilée, ce qui ne lui était pas arrivé depuis quatorze ans. D'abord, il ne se rappela pas où il était et faillit avoir une crise de panique en voyant les murs blancs de sa chambre, qu'il ne reconnaissait pas. Puis le souvenir des derniers événements lui revint peu à peu. *Je suis libre*, se dit-il. *Je suis libre.* Il répéta ces mots en prenant sa douche dans la salle de bain commune, à l'étage. Chaque geste lui paraissait étrange, presque incongru, tellement il avait l'habitude de les accomplir dans la présence constante des gardiens et des autres détenus.

Lorsqu'il descendit à la cuisine, il aperçut trois hommes qui finissaient leur petit-déjeuner. Le plus jeune avait les bras couverts de tatouages, au point qu'on ne voyait plus la couleur de sa peau. Des plumes, des tortues Ninja, un serpent dont le corps se déroulait en anneaux jusqu'à une épaule. Lui n'avait qu'un tatouage sur l'avant-bras droit, un cœur percé d'une flèche accompagné du prénom de Lucie, qu'il s'était fait faire à l'âge de dix-sept ans, et dont les détenus se moquaient.

Les hommes le saluèrent de la tête, sans dire un mot. Chacun était enfermé dans son monde, comme si la vie carcérale se poursuivait, même en dehors des murs de la prison.

Léo trouva du pain et du beurre d'arachide sur le comptoir. Il restait du café sur un réchaud. Le jeune aux tatouages lui expliqua que, pour cette fois-ci, ça allait, mais que chacun devait fournir sa part pour la nourriture.

Tout en mangeant avec appétit, Léo demanda à ses colocataires s'ils connaissaient un garage qui vendait des voitures d'occasion. Le plus vieux, Bill, un autochtone dont les cheveux gris étaient noués derrière la nuque et qui portait un t-shirt arborant le slogan «We were here first», lui conseilla Pete's Auto Repairs & Parts, rue Main, dans le centre-ville, qui réparait des voitures, mais en vendait également à un prix d'ami. Un de ses neveux en était le propriétaire.

Après avoir lavé son assiette et sa tasse, Léo se rendit à pied vers la rue Main. Une pluie glaciale tombait. Il releva le col de son perfecto et glissa ses mains dans ses poches. Il avait oublié ces giboulées qui pouvaient perdurer jusqu'au mois de mai quand, soudain, l'été leur tombait dessus, sans crier gare, et une chaleur écrasante s'installait à demeure, comme si l'hiver n'avait jamais existé.

Léo marcha pendant une quinzaine de minutes, puis il avisa l'enseigne du garage. Des voitures d'occasion étaient rangées dans le stationnement. Parmi celles-ci, un vieux pick-up au prix imbattable de huit cents dollars. La camionnette était rouillée et un marchepied manquait, mais ça ferait l'affaire. Il paya comptant et se mit au volant, même s'il n'avait plus de permis de conduire. Il resta immobile sur la banquette pendant de longues minutes, comme paralysé. Il n'avait pas conduit depuis quatorze ans et craignait de ne plus savoir comment faire. Sa lâcheté lui fit honte. Il se secoua et tourna la clé de contact.

Lorsqu'il s'engagea dans la rue, Léo se fit klaxonner par une voiture qui arrivait en trombe sur sa gauche et il dut freiner brusquement. Il s'en était fallu d'un cheveu qu'il y ait une collision. Le cœur battant, il attendit que la voiture passe et reprit la route. Il conduisit avec prudence. Ce n'était surtout pas le moment d'avoir un accident. Il finit par apercevoir une enseigne lumineuse, dont les mots «Soul Survivors Tattoo» s'allumaient et s'éteignaient à intervalles réguliers. Jeff, son voisin de cellule Blackfoot, lui avait parlé de ce magasin de tatouages, situé dans la rue Osborne, qui vendait des armes illégales. Léo fut soulagé en constatant que le commerce était toujours ouvert. Dans l'arrière-boutique, le vendeur, un homme de petite taille, d'allure étonnamment frêle, qui ressemblait à Yoda, lui vanta les vertus d'un revolver de calibre .45, avec une capacité de sept coups et un canon court, « a beauty », selon lui. Le prix de l'arme, qui frôlait les mille dollars, était élevé, mais l'homme lui expliqua que c'était un pistolet très populaire, facile à utiliser, avec une portée intéressante. Léo déposa l'argent sur le comptoir. Le commerçant compta soigneusement les billets, puis plaça l'arme et des cartouches dans un sac en plastique opaque.

— Good luck, lui dit-il en lui tendant le sac.

De la chance, Léo en aurait besoin. Il risquait gros, et il le savait. Peut-être même reprendrait-il le chemin de la prison, mais il était prêt à tout pour remettre la main sur le magot et se venger de Michel. Il avait eu quatorze ans pour peaufiner son plan. Il avait répété les actions dans sa tête si souvent qu'il avait une impression de déjà-vu en les accomplissant pour de vrai. Il se remit au volant, rangea le sac de plastique dans la boîte à gants, puis sortit un paquet de cigarettes de sa poche et en alluma une. La fumée l'apaisa. Il redémarra et retourna à la maison de transition.

En entrant, il aperçut un manteau blanc suspendu à un crochet, dans le hall. Un parapluie avait été déposé contre le mur. Bill, une bière à la main, apparut sur le seuil de la cuisine et lui fit un clin d'œil égrillard en désignant de la tête le salon communautaire.

— There's a cute babe waiting to see you.

Léo se demanda s'il s'agissait de Lucie. Durant ses années de prison, il n'avait reçu aucune visite de sa copine, pas une lettre, pas même un téléphone. Elle aussi l'avait abandonné, comme les autres. Il replaça ses cheveux humides avec ses doigts, puis, les poings serrés dans ses poches, fit quelques pas vers le salon, affûtant ses reproches comme un couteau.

Une femme était assise, bien droite, sur un vieux canapé de velours râpé. Elle lui tournait le dos. Il s'avança vers elle, se racla la gorge pour attirer son attention. Elle se leva d'un bond, l'air d'une biche aux abois. De longs cheveux noirs encadraient son visage fin et pâle. Il la reconnut, bien qu'il ne l'ait pas revue depuis quatorze ans.

17

Léo observa sa sœur avec un étonnement empreint d'hostilité. Elle avait changé. Toujours aussi belle, mais ses traits étaient tirés par la fatigue, et ses yeux, marqués de cernes violets. Émilie fut la première à parler.

— J'ai téléphoné à la prison de Headingley. On m'a dit qu'on t'avait libéré et que tu vivais ici.

Léo eut un sourire amer.

— C'est gentil de venir me voir après si longtemps. Combien de temps ? Quatorze ans ?

— Je pouvais pas te rendre visite.

— Qu'est-ce qui t'en empêchait ?

Il détesta son ton à la fois vindicatif et plaignard. Étrangement, son ressentiment se dissolvait, laissant la place à un amour d'écorché vif.

— Je suis partie au Québec pour faire mes études. Je suis devenue infirmière.

— Ça t'empêchait pas de m'écrire.

Elle ne répondit pas. Il sentit qu'elle lui cachait quelque chose. Cela avait un rapport avec Michel, il en aurait mis sa main au feu. La dernière fois qu'il avait vu Émilie, c'était à la quincaillerie où il travaillait depuis plusieurs semaines comme manutentionnaire. Sa sœur lui avait annoncé qu'elle et Michel s'aimaient et qu'ils avaient l'intention de se marier. Il avait ressenti une jalousie atroce, dont il avait eu honte, parce qu'il souhaitait qu'Émilie soit heureuse, mais, en même temps, il n'acceptait pas qu'elle le soit sans lui, en dehors de lui. Le lendemain, il y avait eu la terrible nuit qui avait brisé leurs vies, où un homme avait perdu la sienne, et il ne l'avait plus revue. Jusqu'à aujourd'hui.

— La dernière fois qu'on s'est vus, tu te rappelles, tu m'as annoncé que toi et Michel vous alliez vous marier. Après, vous êtes disparus dans la nature, j'ai plus jamais eu de vos nouvelles.

Émilie semblait mal à l'aise. Elle évitait de le regarder.

— J'ai pas revu Michel depuis mon départ du Manitoba. Je sais pas ce qu'il est devenu.

Elle avait rougi en parlant. Léo eut la conviction qu'elle mentait. Il s'avança vers elle, parcouru de tremblements.

— Pourquoi je suis pas capable de te croire?

Il la saisit par les épaules.

— Pourquoi tu me mens en pleine face, toi, la petite fille modèle, qui disait jamais un mot plus haut que l'autre, qui était gentille avec tout le monde, que tout le monde aimait?

— Léo, j'ai besoin de ton aide.

Il s'attendait si peu à ces mots qu'il en fut bouleversé. C'était la première fois qu'Émilie avait besoin de lui. Bien qu'elle fût sa cadette, c'était toujours elle qui l'avait tiré d'affaire lorsqu'il se mettait dans le pétrin, qui le défendait lorsque tous les autres le condamnaient. Il leva doucement la main et effleura de l'index la cicatrice qui se trouvait au-dessus de l'arcade sourcilière, là où il l'avait blessée avec une pierre, lorsqu'ils étaient enfants.

— Y a rien que je ferais pas pour toi, ma p'tite sœur.

Elle leva les yeux vers lui. Des gouttes de sueur perlaient sur son front.

— Il faut d'abord que tu me promettes de laisser Michel tranquille, dit-elle. Cherche pas à le revoir.

Il comprit alors qu'Émilie savait où était Michel. Non seulement elle le savait, mais elle voulait à tout prix le protéger. Une haine sourde coula en lui. Il tâcha de ne rien montrer.

— Je veux bien t'aider, ma p'tite sœur, mais avant, je veux savoir où est Michel. Question de nous rappeler le bon vieux temps.

Elle le regarda longuement, comme si elle cherchait à lire ses intentions.

— J'aurais pas dû venir ici.

Elle se dégagea de son étreinte et fit un mouvement pour partir. Il la retint par un bras.

— Reste, Émilie. Je te promets que je parlerai plus de Michel, je te jure que je lui veux pas de mal.

Sa voix était devenue suppliante. Il se serait jeté à genoux devant elle si ce geste avait pu la convaincre de ne pas partir, de ne pas l'abandonner, mais il savait qu'elle n'en serait que plus méfiante, qu'elle devinerait, sous cette apparente humilité, une nouvelle tentative de la manipuler.

— Laisse-moi partir.

Il y avait une sorte de désespoir dans sa voix. Il lâcha son bras et la suivit des yeux tandis qu'elle retournait vers le hall. Quelques instants s'écoulèrent, puis la porte se referma. Il savait maintenant qu'il irait jusqu'au bout. Plus rien ni personne ne pouvait l'arrêter, pas même Émilie.

Saint-Boniface

Michel avait franchi l'Esplanade Riel à pied. Il aperçut à distance les premières maisons de Saint-Boniface. Des rangées d'ormes enjolivaient les rues rectilignes. Il y avait de nouveaux immeubles, mais la plupart des commerces et des maisons étaient restés les mêmes. Il reconnut avec émotion le casse-croûte où il allait souvent avec Benoit et Léo, après l'école. La patronne, Mme Courtemanche, une femme ronde et accorte, les accueillait avec bonhomie : « Mes petits bonjours, vous allez user mes banquettes à force de vous asseoir dessus ! » Il s'arracha à ses réminiscences et marcha vers l'avenue Taché, qui longeait la rivière. Le soleil avait fait fondre les derniers nuages. Il tourna à droite sur le boulevard Provencher et passa devant le collège Louis-Riel, où il avait fait ses études secondaires avec Léo et Benoit. Il enfonça instinctivement sa casquette sur ses yeux. *Ne pas penser à eux. Ne plus revenir sur le passé.* Mais chaque coin de rue, chaque maison l'y ramenaient inexorablement, témoins silencieux de sa vie d'avant, *avant* le déluge qui avait fait tant de ravages.

Il parvint à la rue Dubuc. Des habitations modestes mais coquettes s'alignaient de chaque côté de la rue résidentielle, bordée de clôtures et d'arbustes soigneusement taillés. Un garçon d'environ quatre ans, installé sur un tricycle dont les poignées étaient munies de rubans colorés, tournait en rond dans l'allée d'un garage en faisant tinter sa sonnette. Michel s'arrêta devant une maison blanche, au toit pentu. Un grand pin gris se dressait au milieu du jardin. Bien que la terre fût encore gelée, un parfum suave de sève s'en dégageait. Émilie et lui s'étaient embrassés si souvent, étendus sur le sol tapissé d'épines, à l'abri des branches… Il s'avança dans l'allée. Un ballon rouge traînait près de l'escalier du perron. Un bonhomme de neige achevait de fondre.

Rempli d'espoir et d'appréhension, Michel franchit les marches du perron et sonna à la porte. Il entendit des bruits de pas, une voix féminine, un rire d'enfant. Émilie, Thomas. La porte s'ouvrit. Une jeune femme rousse se tenait sur le seuil, un bébé dans les bras, une serviette-éponge sur l'épaule. Une fillette était suspendue à son pantalon.

— Bonjour, dit-elle avec un sourire fatigué.

Michel lui jeta un regard surpris.

— Je m'excuse de vous déranger. Je suis bien chez les Labrecque?

— Mme Labrecque a vendu la maison, l'an dernier.

Il eut du mal à masquer son émotion.

— Savez-vous où elle est allée?

Elle secoua la tête, puis s'adressa à la fillette.

— Anaïs, lâche mes jambes, tu vois bien que je parle au monsieur…

Puis elle se tourna de nouveau vers lui.

— Vous êtes la deuxième personne à me poser la question. Une jeune femme est venue ici, hier. Elle m'a dit qu'elle avait vécu son enfance et son adolescence dans notre maison. La pauvre, elle est devenue pâle comme un linge quand je lui ai appris que sa mère ne vivait plus ici.

Le cœur de Michel battit plus vite. Son intuition ne l'avait pas trompé. Émilie était bel et bien retournée au Manitoba. Son premier geste avait été de rendre visite à sa mère.

— Est-ce qu'elle était accompagnée d'un enfant? Un garçon de neuf ans?

La jeune femme observa Michel de plus près.

— Vous êtes de la famille? demanda-t-elle.

Il hésita, puis décida de lui dire la vérité. Après tout, il était un parfait étranger pour elle.

— Je suis son mari.

La fillette tira sa mère par la manche.

— Maman, je veux jouer!

— Anaïs, s'il te plaît, laisse maman tranquille!

Puis avec réticence, elle fit oui de la tête. *Thomas.* Michel prit le temps de réfléchir. Il avait l'impression de marcher sur des œufs.

— Je suis sans nouvelles de ma femme. Elle ne vous aurait pas laissé une adresse, par hasard? Le nom d'un hôtel?

Le visage de la mère de famille se rembrunit.

— Non, je suis désolée.

Michel se rendit compte qu'elle était devenue méfiante. Il s'en voulut de sa maladresse.

— Mon enfant est autiste. Il a besoin de beaucoup d'attention… Si vous pouviez me donner au moins le nom de l'agent d'immeuble qui vous a vendu la maison, ça me serait bien utile.

— Je suis désolée, j'ai oublié.

Elle fit un mouvement pour refermer la porte. Michel s'avança d'un pas. Le désespoir lui donna le courage d'insister:

— Vous vous rappelez sûrement le nom de l'agence?

Le bébé s'agita et se mit à geindre.

— Je peux pas vous aider.

Elle referma la porte. Il entendit le cliquetis d'une chaîne, mais s'attarda sur le seuil, incapable de se résoudre à partir. Il avait été si proche du but… Il pensa sonner de nouveau, mais comprit que cela ne ferait qu'empirer les choses. Elle le prendrait peut-être pour un mari violent et risquait d'alerter la police. C'était la dernière chose dont il avait besoin.

Il attendit encore un moment, puis s'éloigna à contre-cœur. Un vent froid commença à souffler, faisant bruisser les branches d'arbres. Il mit son capuchon par-dessus sa casquette, tâchant de rassembler ses idées. Il fallait qu'il sache où habitait désormais Mme Labrecque. C'était sa seule piste concrète pour tenter de retrouver sa femme et son fils.

Saint-Jean-Baptiste

L'endroit ressemblait à ces villages idylliques enfermés dans des boules de verre : une église, un petit bureau de poste, un magasin général, des maisons coquettes aux volets peints de couleurs vives. Léo trouva facilement une place libre, à proximité de l'église. Il sortit de son pick-up et jeta un coup d'œil à la ronde. Rien n'avait changé. Seuls les frênes qui bordaient la rue principale avaient poussé, formant un ombrage dentelé sur les trottoirs. Il se dirigea vers le presbytère qui jouxtait l'église. Par chance, il n'avait encore croisé personne. Il ne se sentait pas prêt à affronter le regard des gens, leur jugement, leur mépris. Il sonna. Après quelques secondes, la porte s'ouvrit. Une femme d'environ soixante-dix ans, au visage maigre et aux yeux fureteurs, était sur le seuil. Léo reconnut la ménagère du curé.

— Bonjour, madame Joly.

Elle l'observa du coin de l'œil. Léo enleva ses lunettes de soleil et fit un effort pour sourire.

— Vous me reconnaissez pas ? Léo. Léo Labrecque.

Elle le dévisagea sans aménité.

— Je te croyais en prison. Tu t'es pas évadé, toujours ?

— Je suis sorti hier. Libéré pour bonne conduite.

Elle pinça les lèvres.

— *Bonne conduite.* Ils sont pas bien exigeants, faut croire !

Vieille vache ! faillit s'écrier Léo. Il se contint. Rien ne devait le faire dévier de sa route.

— Je voudrais voir le curé Biron.

— Il est en train de prendre son repas.

— C'est important.

Elle hésita, puis le laissa entrer.

— Je vais lui demander s'il peut te recevoir.

Léo resta debout dans le hall, écoutant distraitement le tic-tac d'une horloge, qui sonna les douze coups de midi. Un gros crucifix trônait au-dessus d'une vieille commode. Une odeur délicieuse de nourriture lui parvint. Il avait beau avoir déjeuné, il se sentit le ventre creux.

Mme Joly revint, la mine désapprobatrice.

— M'sieur le curé t'attend.

Léo suivit la ménagère, qui s'arrêta devant une porte vitrée.

— Abuse pas de son temps, dit-elle à mi-voix. Il se fatigue vite, à cause de son diabète.

Elle ouvrit la porte. Léo entra dans une salle à manger, dont les murs étaient lambrissés de boiseries sombres. Quelques gravures pieuses aux couleurs un peu criardes y étaient accrochées. Un homme aux cheveux blancs et clairsemés était installé au bout d'une table de merisier. Il avait dû être de grande taille dans sa jeunesse, mais son dos voûté et ses épaules tombantes le rapetissaient. Léo l'observa froidement. Comme il avait vieilli en quatorze ans! Dire qu'il avait déjà été terrorisé par lui, son haleine chargée d'alcool, son regard fixe et avide, ses mains moites, lorsqu'il le caressait et glissait ensuite un vingt dollars dans sa poche, sous son surplis blanc d'enfant de chœur…

En les entendant entrer, le curé glissa furtivement quelque chose dans son veston. La ménagère s'attarda.

— Vous pouvez nous laisser, Thérèse.

Elle s'éclipsa, mais laissa la porte entrouverte.

— Et refermez la porte, s'il vous plaît.

Mme Joly obtempéra avec réticence. Le curé se tourna vers Léo. Ses yeux d'un bleu délavé étaient injectés de sang. Il avait le nez bourgeonnant d'un alcoolique.

— Je t'en prie, assieds-toi.

Léo prit place sur une chaise droite.

— Thérèse m'a dit que tu venais de sortir de prison.

Léo acquiesça.

— J'ai prié pour toi.

— Pour ce que ça m'a donné… commenta Léo avec amertume.

Le curé, mal à l'aise, se racla la gorge.

— Maintenant que t'as retrouvé ta liberté, j'imagine que t'as des plans pour ton avenir ? J'espère que tu vas chercher un travail honnête ?

Léo dévisagea l'homme d'Église avec une colère froide.

— Connaissez-vous quelqu'un qui voudrait engager un ex-prisonnier accusé de meurtre ?

Le vieux prêtre fut incapable de soutenir son regard.

— Si tu veux te confesser, viens me voir après la messe, dimanche.

— C'est pas pour me confesser que je suis venu ici.

Le curé Biron lui jeta un coup d'œil anxieux. Ses mains, parcourues de grosses veines bleues, tremblaient légèrement.

— Je veux savoir où est Michel Perreault.

Le prêtre eut l'air effaré.

— Je te l'ai déjà dit quand je t'ai rendu visite en prison. Il a quitté le Manitoba, après le…

Il fut incapable de prononcer le mot « meurtre ».

— Pour aller où ?

— J'en sais rien. Il a jamais donné signe de vie depuis son départ.

L'ancien prisonnier scruta le prêtre avec méfiance.

— Y a des choses que je pourrais révéler sur vous, m'sieur le curé. Des choses pas très jolies…

Le tremblement des mains de l'homme d'Église s'accentua. Il eut soudain l'impression que son col romain l'étouffait.

— C'est la vérité ! s'écria-t-il.

Il leva des yeux inquiets vers la porte, puis baissa la voix.

— Plus personne a entendu parler de lui, même pas ses parents.

Léo ravala sa déception.

— Et Benoit ?

— Pourquoi tu veux avoir de ses nouvelles?

— C'était mon meilleur ami, ma seule vraie famille.

Le prêtre le regarda pensivement. Le visage de son ancien enfant de chœur trahissait une réelle détresse.

— Benoit est toujours à l'hôpital Saint-Boniface, dans un état végétatif.

Léo fut saisi.

— Il n'est jamais sorti du coma, expliqua le curé. Il y a peu d'espoir qu'il puisse reprendre une vie normale.

Léo était sous le choc. Il avait appris par le curé Biron, lors de l'une de ses visites à Headingley, que Benoit avait sombré dans le coma après leur accident de voiture et qu'il avait été admis à l'hôpital, mais il ignorait que son ami était resté dans un état végétatif pendant toutes ces années. Il lui fallut du temps avant de reprendre ses esprits.

— Et le bon vieux Jacques, qu'est-ce qu'il est devenu?

— Qu'est-ce que tu lui veux? demanda le prêtre, sur ses gardes.

— Je lui dois de l'argent, mentit Léo. Les bons comptes font les bons amis.

Le curé hésita, mais Léo lui parut sincère.

— Il a quitté la ferme familiale, il y a un bon bout de temps. Il s'est installé dans le village de Saint-Laurent.

— Merci, m'sieur le curé. À la revoyure!

Léo se leva et sortit. Le prêtre le suivit anxieusement du regard. Il attendit quelques instants, puis fouilla dans son veston et en extirpa une flasque. Il dévissa le bouchon et but une longue gorgée de gin. L'alcool lui brûla la gorge et lui fit monter des larmes aux yeux. Son médecin lui avait interdit de boire, à cause de son diabète. Thérèse avait des yeux de lynx, s'il fallait qu'elle le surprenne… Il prit une autre gorgée, puis revissa le bouchon et remit le flacon dans sa poche intérieure. Il s'épongea le front avec sa serviette de table. Léo lui faisait peur. Il savait des choses sur lui, des choses qui pouvaient détruire sa réputation, ruiner sa vie à jamais. Toutes ses années de dévouement pour ses paroissiens, la chorale, ses œuvres de charité iraient à vau-l'eau. Il ne pouvait imaginer finir ses jours dans un bled perdu, honni de tous.

20

Saint-Boniface

Michel prit place sur un banc de parc, devant la rivière Rouge, à proximité de la cathédrale de Saint-Boniface, qui avait été incendiée en 1968 et dont on n'avait pu préserver que la façade. Un bout de ciel bleu apparaissait à travers ce qui avait été une fenêtre. Il avait visité quatre agences immobilières. La dernière avait bel et bien effectué la vente de la maison, mais l'agent immobilier n'avait pas voulu lui divulguer la nouvelle adresse de Mme Labrecque « pour des raisons de confidentialité et de respect de la vie privée de ma cliente ». Il avait repéré un B. Labrecque sur Internet, mais l'adresse indiquée était celle de la maison rue Dubuc.

Complètement découragé, il se leva et se mit à marcher sans but. Émilie et Thomas étaient peut-être tout près de lui, mais il n'avait plus aucun moyen de trouver leur trace. Il sentit le bourdonnement de son téléphone et fouilla fébrilement dans sa poche de pantalon.

— Allô ?

Il reconnut aussitôt la voix.

— Émilie ! T'appelles d'où ? Est-ce que Thomas est avec toi ?

Il écouta la réponse, le cœur chaviré.

— D'où t'appelles ? répéta-t-il en criant presque.

La communication fut coupée. Michel eut un sursaut de révolte contre sa femme. Il ne quitterait pas Winnipeg tant qu'il ne les aurait pas retrouvés, elle et son fils.

Une voix s'éleva derrière lui.

— Michel? C'est toi?

Il tourna brusquement la tête. Une femme dans les soixante-dix ans, portant des sacs d'épicerie, le regardait d'un drôle d'air. Il la reconnut tout de suite. Elle avait à peine changé : le même visage rond et jovial, des yeux d'un marron velouté. Seuls ses cheveux, auparavant poivre et sel, étaient devenus entièrement blancs.

— Ma tante, dit-il, saisi.

Il s'était préparé à la possibilité de tomber sur quelqu'un qu'il connaissait, mais le fait de revoir sa tante Claire, à laquelle il était très attaché, le submergea de sentiments contradictoires. La vieille femme déposa ses sacs d'épicerie sur un banc public et serra son neveu contre elle à l'étouffer.

— Michel... Mon petit Michel... Ça fait si longtemps...

Elle finit par se dégager. Ses yeux étaient remplis de larmes. Elle se moucha dans un kleenex froissé qu'elle avait sorti d'une poche de son manteau.

— J'ai pensé à toi si souvent! Viens faire un tour à la maison!

— Je voudrais bien, mais...

— S'il tc plaît, ça me ferait tellement plaisir!

Michel n'eut pas le cœur de refuser. Il souleva les sacs de papier.

— Depuis quand vous faites votre épicerie toute seule?

Sa tante se rembrunit sans répondre.

*

Michel et sa tante s'arrêtèrent devant une maison de briques rouges. Il contempla la façade familière avec émotion. Il n'avait rien oublié, les volets vert pomme, les rideaux de dentelle aux fenêtres, la haie de thuyas, impeccablement taillée par son oncle Paul. Il remarqua que des branches poussaient en désordre et que le gazon, autrefois si bien entretenu, était couvert d'herbes hautes. Sa tante fouilla dans un grand sac à main en tapisserie. Elle avait le même lorsqu'il habitait chez elle. Il avait toujours trouvé qu'il ressemblait à celui de Mary

Poppins. Elle y prit un trousseau de clés et ouvrit la porte. Une étrange odeur régnait dans le hall. Claire sourit.

— Je fais ma gelée aux pimbinas. Tu te souviens ? Tu trouvais que ça sentait les bas sales. N'empêche que tu t'en régalais !

Michel sourit à son tour. Il suivit sa tante dans la cuisine, qui se trouvait derrière la maison et donnait sur une cour. Il reconnut la batterie en cuivre astiquée, les pots en porcelaine rangés côte à côte par ordre de grandeur, la nappe cirée à carreaux. Chaque détail lui rappelait des souvenirs doux-amers. Une casserole fumait sur la cuisinière.

— Tu veux une tasse de café ? J'en ai gardé sur le réchaud. Puis j'ai de la bonne tarte aux pommes.

Elle ouvrit le frigo sans attendre sa réponse et déposa un plat à tarte sur la table. Elle continuait à parler tout en s'activant.

— J'ai su par ta mère que tu avais quitté le Manitoba. Où habites-tu ? Es-tu marié, as-tu des enfants ? Mon Dieu, excuse-moi, je te pose trop de questions, mais je sais plus par quel bout commencer !

Michel réfléchit avant de répondre. Il ne voulait pas blesser sa tante, mais il était condamné au silence.

— J'habite… loin d'ici.

Elle lui jeta un regard pensif, puis versa du café dans deux tasses.

— Je me souviens, tu le prenais sans sucre et sans lait, dit-elle en déposant une tasse fumante devant son neveu.

Michel, touché par ses attentions, la remercia. Il but une gorgée, puis vit qu'il y avait deux couverts sur la table.

— Où est mon oncle Paul ?

Le visage rond de sa tante s'assombrit.

— Il est mort d'un cancer, il y a trois ans. Je garde son couvert par habitude.

Michel reçut la nouvelle comme un coup de poing. Il avait beaucoup d'affection pour son oncle, qui l'avait accueilli à bras ouverts lorsque son père l'avait mis à la porte, à l'âge de seize ans, et l'avait ensuite engagé comme pompiste à son garage.

— Les poumons, poursuivit sa tante tout en plaçant un énorme morceau de tarte devant son neveu. Tu te rappelles combien il fumait… Presque deux paquets par jour. J'avais beau le supplier d'arrêter, lui dire que c'était mauvais pour sa santé, il me répondait chaque fois que son père fumait comme une cheminée et était mort à quatre-vingt-cinq ans.

Elle s'assit en face de Michel et sirota distraitement son café.

— Il a été très brave! Il a subi tous les traitements sans une plainte, pas un mot plus haut que l'autre. Dans la dernière semaine, il m'a pris la main puis il m'a dit: « Claire, c'est assez. Je veux plus de chimio. Je suis prêt à partir. »

Elle éclata soudain en sanglots. Michel, bouleversé, se leva d'un bond, alla vers sa tante et l'enlaça. Elle appuya sa tête blanche sur son épaule.

— Excuse-moi, je voulais pas m'épancher. C'est encore difficile.

Elle se tamponna les yeux avec un mouchoir qu'elle trouva dans une manche de son cardigan.

— Tu peux pas savoir comme je suis heureuse de te revoir.

Michel la serra contre lui, respirant son parfum de lavande. Le même qu'avant.

— Prends-le surtout pas pour un reproche, mais… Paul et moi… On n'a jamais compris pourquoi t'étais parti sans même nous dire au revoir. T'étais pas heureux, avec nous autres?

— C'était pas à cause de vous deux. Il fallait que je m'en aille.

— Ta mère a eu beaucoup de peine. Chaque fois qu'on parle de toi, elle devient triste, comme une lampe qui s'éteint.

Il se dégagea doucement et retourna s'asseoir. Leur complicité avait fait place à un vague malaise à l'évocation de sa mère. Il n'avait pas faim, mais il prit une bouchée de tarte pour faire plaisir à sa tante.

— Es-tu de retour pour de bon? finit par demander celle-ci pour briser le silence.

— Quelques jours, une semaine.

— Tu restes où?

— À l'hôtel.

Elle protesta.

— Si ç'a du bon sens! Il est pas question que mon neveu reste à l'hôtel, comme un étranger! Tu vas rester chez nous. J'ai gardé ta chambre. J'espérais tellement que tu reviendrais…

— Ma tante…

— Y a pas de « ma tante » qui tienne! Va chercher tes affaires à l'hôtel, pendant ce temps-là, je vais préparer ton lit. J'ai pas gardé ta chambre pendant tout ce temps-là pour rien!

Encore une fois, il fut pris dans le filet de ses sentiments. Comment résister à cette femme têtue et attachante?

— Pouvez-vous m'appeler un taxi?

— Figure-toi que j'ai gardé la vieille Buick de Paul. J'avais pas le cœur de la vendre…

Ravie d'avoir trouvé un nouveau prétexte pour retenir son neveu, elle le mena au garage attenant à la maison.

— Tu vas voir, elle est comme une neuve!

Michel souleva la porte du garage, qui résista un peu. Elle n'avait pas été ouverte depuis longtemps. Il reconnut la Buick blanche que son oncle conduisait lorsqu'il habitait chez eux. La voiture semblait être en très bon état.

— Paul y tenait comme à la prunelle de ses yeux, observa sa tante avec une note de tristesse dans la voix. Il la bichonnait au point que j'en étais quasiment jalouse… J'ai arrêté de conduire à cause de mon glaucome, mais j'ai renouvelé les assurances chaque année depuis la mort de Paul. Attends-moi, je vais aller chercher la clé.

Pendant l'absence de sa tante, Michel regarda autour de lui. Quatre pneus étaient rangés contre un mur. L'établi que son oncle avait bâti dans un coin du garage était en parfait ordre, mais une poussière fine le recouvrait. Sa tante revint et lui tendit un trousseau.

— Je te laisse une clé pour la maison et une pour la voiture. Comme ça, tu pourras aller et venir à ta guise. Comme dans le bon vieux temps!

Michel s'installa dans la Buick, qui fleurait la cuirette et le tabac. Cette odeur lui rappela son oncle. Il le revoyait avec sa cigarette au coin de la bouche, son sourire indulgent, ses mains calleuses, dont les doigts étaient jaunis.

La voiture démarra du premier coup. Claire sourit.

— Qu'est-ce que je te disais ? Comme une neuve !

*

Michel retourna à son hôtel et fit sa valise. Il regrettait d'avoir accepté l'offre de sa tante. C'était une femme adorable et généreuse, mais la discrétion n'était pas son fort. Il craignait qu'elle soit incapable de tenir sa langue, sans compter qu'à Saint-Boniface il lui serait beaucoup plus difficile de passer inaperçu. Tôt ou tard, quelqu'un le reconnaîtrait : un ancien élève du collège Louis-Riel, un client du garage de son oncle, ou même sa sœur Geneviève ou ses parents, qui venaient parfois faire leurs emplettes en ville. Le passé se refermerait sur lui comme un piège à loups.

Hôpital Saint-Boniface

Léo, portant ses lunettes d'aviateur, se gara dans l'avenue Taché et se dirigea vers l'hôpital. La vue de l'édifice, dont les deux ailes dominaient la rue, le plongea dans une sourde anxiété. *La chambre blanche. Les visites de l'inspecteur, qui ne le lâchait pas d'un pouce.* Il glissa sa main dans la poche intérieure de son blouson de cuir et sentit la crosse froide de son revolver sous ses doigts. Ce contact le rassura. Il entra dans le hall et s'informa à l'accueil.

— Je voudrais voir Benoit Forest.

La préposée pianota sur le clavier de son ordinateur.

— Il est aux soins prolongés, sixième étage. Prenez le couloir à votre gauche, puis les ascenseurs au fond. Chambre 602, à droite du poste des infirmières.

Léo suivit les instructions de l'employée. L'odeur d'éther et d'urine lui souleva le cœur. Le souvenir pénible de son séjour à l'hôpital Saint-Boniface l'assaillit de nouveau. Il dut aller aux toilettes et s'asperger le visage d'eau fraîche pour calmer sa nausée.

Lorsqu'il entra dans la chambre, une infirmière remplaçait un sac de soluté. Elle se tourna vers lui et sourit.

— Bonjour.

Il enleva ses lunettes de soleil et fit quelques pas dans la pièce. Il s'était préparé mentalement à cette visite, mais la vue de Benoit, pâle comme un mort, les traits ramollis, comme s'ils avaient été faits de pâte à modeler, lui causa un choc.

— Il me semble que c'est la première fois que je vous vois, dit l'infirmière. Vous êtes de la famille ?

— Un ami, répondit-il vaguement.

— C'est gentil de lui rendre visite.

Elle sortit. Léo prit une chaise et l'avança près du lit. Il s'assit et contempla son ancien complice. Une mèche d'un blond fade lui barrait le front. Il lui parla doucement.

— Salut, Benoit.

Le visage de Benoit resta figé. Sa bouche émettait des sons étranges, comme ceux d'un nourrisson qui cherche le sein de sa mère. Léo remarqua qu'il était branché à un sac, dont le contenu s'écoulait goutte à goutte dans un tuyau rattaché à son estomac par une intraveineuse. Il sentit la nausée revenir et regarda par la fenêtre.

— C'est le curé Biron qui m'a dit que t'étais toujours à l'hôpital. Coma végétatif, qu'il a dit. Pauvre vieux. C'est aussi pire que la prison.

Benoit cligna des paupières. Léo se pencha au-dessus de lui.

— Tu m'as entendu ? Benoit ?

Il lui saisit un poignet.

— Si t'es capable de m'entendre, bouge ta main.

La main resta immobile. Léo parla à l'oreille de son ancien ami.

— Quand les policiers ont retrouvé la voiture, l'argent avait disparu. Y a juste une personne qui peut avoir mis la main dessus, une seule, c'est Michel. J'ai su par le curé qu'il avait quitté le Manitoba. Sais-tu où il est ? Est-ce qu'il t'a donné de ses nouvelles ? Si tu comprends ce que je te dis, fais-moi un signe.

Les paupières mauves clignèrent. Tout à coup, Benoit ouvrit les yeux. Ceux-ci étaient vitreux, bordés de rouge. Léo étouffa un cri de frayeur.

— Benoit ? Benoit, c'est moi, Léo. Est-ce que tu me reconnais ?

Une voix s'éleva derrière lui.

— Qu'est-ce que tu fais ici?

Léo se retourna. Une femme aux cheveux poivre et sel se tenait près de la porte. Il eut du mal à la reconnaître tellement elle avait maigri. Ses joues étaient creuses et grises.

— Bonjour, madame Forest.

— T'es pas le bienvenu ici. Sors avant que j'appelle la sécurité.

— J'ai le droit de rendre visite à mon meilleur ami.

— Ton meilleur ami? dit-elle, la voix chargée d'une colère blanche.

Elle s'avança vers lui.

— Regarde ce qu'il est devenu à cause de toi!

— Il vient d'ouvrir les yeux! s'écria Léo. Venez voir par vous-même, il s'est réveillé!

— C'est juste des réflexes!

Elle s'approcha de lui. Des larmes roulaient sur ses joues maigres.

— Benoit avait été admis à la Faculté des sciences de l'Université de Saint-Boniface, avant l'accident. C'était un des étudiants les plus prometteurs. Si tu l'avais pas entraîné dans tes histoires de fous, il serait devenu biochimiste ou aurait peut-être fait sa médecine, il aurait eu une belle carrière, au lieu de mourir à petit feu dans un lit d'hôpital!

Léo leva les mains comme pour demander une trêve.

— Je regrette ce qui s'est passé, madame Forest. Vraiment.

Elle le gifla, puis recula d'un pas, se heurta un coude contre la ridelle du lit.

— Va-t'en, Léo. Tu nous as fait déjà assez de mal. Va-t'en.

Elle sanglotait maintenant, des sanglots douloureux, qui lui déchiraient la gorge. Il voulut faire un geste pour lui toucher un bras, mais se ravisa. Il jeta un dernier coup d'œil à Benoit, dont les yeux fixaient le vide.

— Tu vois, tout est pareil, dit sa tante, un sourire radieux aux lèvres. J'ai même gardé le trophée que t'avais gagné au tournoi de football, au collège.

Michel, sa valise à la main, s'avança dans son ancienne chambre, qui sentait la naphtaline et la cire d'abeille. Sa tante avait raison, la pièce n'avait pas changé : les murs couverts de planches de pin, le trophée, placé au centre d'une commode, luisant comme un sou neuf, l'édredon vert et jaune, les fanions rouges d'une course à relais, les affiches de Nirvana et des Smashing Pumpkins, deux groupes rock qu'il avait adorés à l'âge de seize ans.

*

Été 1996
Saint-Jean-Baptiste

La voiture démarre sur les chapeaux de roue, Léo éclate d'un grand rire, ses dents petites et pointues luisent dans la demi-obscurité. « Tu vois ? Qu'est-ce que j'te disais ? Voler un char, y a rien là ! Même un enfant de cinq ans pourrait le faire ! » Michel, assis sur le siège du passager, rit nerveusement. Léo allume la radio, les accords de guitare et la voix de Billy Corgan chantant *Blew Away* remplissent l'habitacle, la voiture roule à toute allure sur la rue principale, file devant la mairie, le magasin général, l'église. Léo fait un doigt d'honneur vers le presbytère. Son pied enfonce l'accélérateur, il roule sur la route 75 en faisant crisser les pneus, la vitesse le grise, il pousse un hurlement sauvage. Soudain, le son aigu d'une sirène. Léo jette un coup d'œil dans le rétroviseur, aperçoit le clignotement d'un gyrophare. « Ostie, les chiens sont après nous ! » lance-t-il entre ses dents. Michel tourne la tête, voit une auto-patrouille de la GRC. « Léo, on ferait mieux d'arrêter ! » s'écrie-t-il, tétanisé par la peur. Les yeux de Léo sont comme des éclats d'obsidienne dans la lumière des phares qui s'approchent. Il roule beaucoup trop vite. Michel crispe les mains sur l'accoudoir. Puis, voyant que la voiture de police les rattrape, Léo bloque les freins. Le véhicule dérape et s'arrête sur l'accotement dans un grincement de roues. Il ouvre la portière et s'enfuit dans un champ avoisinant.

Un patrouilleur en uniforme s'avance vers l'auto immobilisée et braque le faisceau d'une lampe de poche sur le visage de Michel. Les accords stridents de la guitare électrique continuent de résonner dans la voiture. « Éteins-moi ça, qu'on s'entende parler ! » crie le policier pour couvrir la musique.

Michel appuie sur le bouton d'un doigt tremblant. Il a reconnu l'agent. C'est Gérald Lavallée, un ami de son père. Ils vont parfois à la pêche ensemble. Ses oreilles bourdonnent dans le silence. « Tes papiers ! »

Évidemment, Michel n'en a pas. « Descends. » Il obéit, les jambes en coton. « Mon père va me tuer », réussit-il à prononcer. « Fallait y penser avant », répond sèchement Lavallée en le menant vers la voiture de police.

Un deuxième agent est assis sur le siège du passager. Michel est convaincu que Lavallée l'emmène au poste, mais la voiture file sur la route 75 et s'arrête devant la ferme familiale. Deux immenses silos se découpent dans le ciel sombre. Le policier sonne à la porte. Une lumière s'allume, puis Maurice Perreault apparaît sur le seuil, en robe de chambre, les yeux ensommeillés, les cheveux hirsutes. « Saint ciboire, qu'est-ce qui se passe ? »

Le policier lui explique que son fils a volé une voiture, sans doute avec l'aide d'un complice. Il est prêt à passer l'éponge pour cette fois, mais s'il y a récidive, ce sera le juge et la détention dans un centre pour jeunes délinquants. Après le départ du gendarme, son père referme brusquement la porte, saisit son fils par le col. «T'étais encore avec le maudit bum à Léo?» Michel essaie de se dégager. «Lâche-moi!» «Je te lâcherai pas tant que tu m'auras pas dit la vérité!»

Sa mère survient en robe de chambre, ses cheveux sombres répandus sur les épaules. «Qu'est-ce qui arrive, pour l'amour?» Maurice se tourne vers elle, furieux. «Y arrive que *ton* fils a volé une voiture!» Elle secoue la tête, refusant de le croire. Maurice éclate. «Si tu l'élevais comme du monde, on en serait pas là! Toujours à le protéger, à le garder dans tes jupes, comme pour Serge, pour Jacques, puis regarde où ça les a menés!»

Michel réussit à échapper à l'étreinte de son père, mais ce dernier le rattrape et lui assène un coup de poing au visage. L'adolescent s'appuie contre le mur, son nez commence à saigner. Sa sœur Geneviève, en pyjama, apparaît en haut de l'escalier, pâle et effrayée. Maurice ne décolère pas. «Prends tes cliques et tes claques puis sacre ton camp d'ici. Je veux plus jamais te voir la face!»

Il remonte à sa chambre d'un pas pesant, épuisé par sa propre colère. Marie-Louise se tourne vers sa fille: «Retourne te coucher.» Geneviève jette un coup d'œil inquiet à son frère, puis obtempère. Sa mère se rend dans la cuisine, revient avec un linge humide et essuie le visage de son fils. «Où tu vas aller, en pleine nuit?» Michel, dont la lèvre supérieure commence à gonfler, hausse les épaules, amer. «N'importe où, sauf ici.»

Marie-Louise va chercher son sac à main et en sort quelques billets qu'elle glisse dans une poche de son blouson. «Pour que tu puisses voir venir. Ton oncle Paul cherche un apprenti, à son garage. J'appellerai ta tante Claire pour préparer le terrain.»

Michel quitte la maison sans se retourner, le cœur rempli de haine et de remords, sentant le regard désespéré de sa mère dans son dos. Il marche sur le bas-côté de la route, éclairé par la pleine lune. Une brise chargée de l'odeur âpre des champs lui rafraîchit le front. Il ressent soudain une étrange allégresse, malgré son sentiment de malheur et son visage tuméfié. Il a seize ans, il est libre, le regard tourné vers le ciel criblé d'étoiles.

*

Michel sentit une main sur son bras. Il tressaillit légèrement. Sa tante le regardait avec une tendresse inquiète.

— T'as été comme un fils pour Paul et moi. Tu seras toujours le bienvenu ici, tu le sais.

Elle hésita, puis poursuivit:

— Ta mère vient me chercher demain, en début d'après-midi, pour une répétition de la chorale. Elle serait tellement heureuse de te revoir!

Michel la prit par les épaules.

— Ma tante, promettez-moi de dire à personne que je suis de retour.

Elle fut frappée par la gravité de sa voix.

— Même pas à ta mère?

— Ni à ma mère, ni à ma sœur, encore moins à mon père. À *personne*, comprenez-vous?

Elle secoua la tête.

— Non, je comprends pas, avoua-t-elle. Mais je te promets de rester motus et bouche cousue, comme on dit.

Elle l'embrassa.

— Je te laisse ranger tes affaires. Si t'as besoin de quoi que ce soit, tu sais où me trouver…

Elle sortit en refermant discrètement la porte. Michel déposa sa valise sur le lit et l'ouvrit. La photo de sa femme et de son fils était sur le dessus. Il la prit et la contempla longuement. *Pourquoi, Émilie?*

23

Route 75, Manitoba

Le pick-up filait sur la route 75, toute droite, dominée par le ciel. Il n'y avait pas d'arbres, juste l'horizon plat et les nuages gris qui s'étageaient à l'infini. Léo n'entendait que le sifflement du vent qui faisait trembler les vitres. *Les yeux hagards du vieux, l'éclair orange, la douleur atroce à l'épaule, le cri de la femme aux cheveux blancs, le revolver…* Il éprouva soudain de l'angoisse à être enfermé dans l'habitacle d'un camion, sans autre compagnie que la sienne. Il alluma la radio. Une voix familière brisa le silence.

— Saviez-vous que je suis à la barre de mon émission depuis trente ans? Puis j'ai pas l'intention de lever les pattes avant un autre vingt ans!

Léo reconnut la voix de JP Gaudry, un vieux de la vieille qui animait déjà son émission lorsqu'il était enfant.

— Pour fêter cet anniversaire mémorable, voici *Le cœur ne vieillit pas*, chanté par Lisiane Deblois.

Les premières notes de guitare s'élevèrent. Léo écoutait distraitement, fixant la route déserte.

Moi, quand vient le temps d'une fête
J'ai toujours le cœur gai.
Je dis de bien belles choses
À tous mes invités

C'est alors que Léo repéra l'endroit, juste en face du cimetière. Il se rangea sur l'accotement, sortit de la camionnette, s'appuya sur la portière et prit une grande respiration. L'air froid lui fit du bien. Des cris rauques se firent entendre. Il regarda le ciel. Des centaines d'oies formaient des colliers géants au-dessus de sa tête. Il les suivit des yeux, puis retourna dans son véhicule.

Jamais le cœur ne change, le cœur ne vieillit pas.

Il redémarra et poursuivit sa route en sifflotant.

*

Ferme des Perreault

Maurice Perreault, le visage blême de fatigue, les yeux cernés, jetait de la paille fraîche dans un gros incubateur à l'aide d'une fourche. L'avant-veille, pendant la nuit, l'une des vaches avait mis bas. C'est à peine s'il avait fermé l'œil depuis deux jours. Une jolie femme rondelette s'approcha de lui.

— Papa, tu devrais aller te reposer.

— Je suis pas fatigué.

— Tête de cochon, murmura-t-elle.

Il se tourna vers elle. Bien qu'il eût soixante-douze ans, ses cheveux étaient encore fournis et sombres.

— Qu'est-ce que t'as dit ?

Elle serra les dents.

— Rien.

Il haussa les épaules et souleva une autre pelletée de paille. Il ahanait sous l'effort, mais sa fille ne fit pas un geste pour l'aider. *Tant pis pour lui. S'il crève d'une crise cardiaque, ce sera de sa faute.* Elle s'en voulut aussitôt de sa pensée. Elle adorait son père, mais ne pouvait pas le supporter. Lorsqu'il avait eu un AVC, un an auparavant, elle avait eu un choc en le voyant à l'hôpital, la moitié droite de son visage paralysée, son grand corps soudain si fragile, comme un chêne foudroyé. Celui qu'elle croyait indestructible, éternel, allait mourir un jour, et le peu de certitudes qu'elle possédait avait volé en éclats. Lui qui n'acceptait jamais l'aide ni les conseils de personne s'était soumis au programme de rééducation de ses médecins avec une étonnante docilité. Il lui avait fallu plus de neuf mois pour revenir à un état à peu près normal. Il avait beau être rétabli, elle avait des craintes lorsqu'il avait du mal à respirer ou tentait de soulever un poids trop lourd pour lui. Il s'en rendait compte et s'en irritait chaque fois. «Arrête de me surveiller, je suis pas un infirme, torrieu!» Elle admirait son courage, mais souffrait de ses impatiences. Lorsqu'il laissait tomber un objet ou avait de la difficulté à transporter une charge, c'était elle qu'il blâmait. Elle savait qu'au fond il était profondément attaché à elle et regrettait ses mouvements d'humeur, mais il était trop orgueilleux pour s'en excuser.

Cent fois, elle avait été sur le point de quitter la ferme, mais chaque fois elle y avait renoncé. Elle ne comprenait pas pourquoi elle était incapable de partir. Pourtant, elle avait obtenu son diplôme de vétérinaire depuis belle lurette. Elle aurait pu ouvrir sa propre clinique ou travailler dans le privé, mais quelque chose la retenait, un sentiment de culpabilité peut-être, ou bien la certitude que son père, malgré son comportement tyrannique, n'aurait pas digéré qu'elle abandonne la ferme à son tour. Il ne s'était pas remis de la mort de Serge, son fils aîné, celui en qui il avait mis tous ses espoirs, toute sa fierté. Elle n'avait qu'un an lorsque Serge s'était noyé, mais sa mort et le mystère qui l'entourait avaient laissé une marque profonde dans la famille. Son père n'en parlait jamais, mais il s'enfermait parfois pendant des heures dans sa chambre, contemplant les vieux albums de photos. Elle n'arrivait pas à comprendre pourquoi il traitait aussi mal le pauvre Jacques, qui acceptait sans rechigner d'accomplir les tâches les plus ingrates. Sa mère lui avait confié, un soir où Maurice avait été particulièrement dur avec son fils, qu'il le tenait pour responsable de la noyade de Serge. Puis il y avait eu Michel, *le petit Michel*, comme tout le monde l'appelait. Son père l'adorait, ne jurait que par lui, convaincu qu'un jour son plus jeune reprendrait les rênes de la ferme.

Mais là aussi, ses espoirs avaient été cruellement déçus. Elle se souvenait d'une nuit où Michel était rentré, escorté par la police, à cause d'un vol de voiture. Son père lui avait asséné un coup de poing et l'avait jeté à la porte. Ils ne s'étaient plus revus, jusqu'au jour où leur père avait ramené Michel, le visage en sang, si pâle qu'elle l'avait cru mort. Sa mère avait voulu appeler l'ambulance, mais Maurice l'en avait empêchée. Bien qu'elle ne soit pas médecin, Geneviève, qui terminait sa formation de vétérinaire, avait dû soigner son frère. Par chance, ses blessures étaient sans gravité, mais une chape de silence était tombée sur ce qui les avait causées. Un accident ? Une bagarre ? Encore aujourd'hui, elle l'ignorait. Ce soir-là, Michel avait disparu sans plus donner de nouvelles. Elle n'avait jamais su la raison pour laquelle il avait quitté le Manitoba, ni ce qu'il était advenu de lui. Il était peut-être mort, à l'heure qu'il était.

— Va donc aider Gilles au lieu de rester dans mes jambes ! aboya son père.

Irritée, Geneviève se rendit dans l'enclos où se trouvaient les deux nouveau-nés. Dès les premiers signes de la mise bas, son père l'avait réveillée et lui avait demandé d'aller chercher Gilles, un vieux vétérinaire à la retraite qui acceptait de venir à la ferme de temps en temps pour lui rendre service. Cela avait exaspéré Geneviève. «Papa, on dirait que tu oublies que je suis vétérinaire. Pourquoi tu me fais pas confiance ? » «T'as un diplôme, mais t'as pas d'expérience. Gilles est un maudit bon vétérinaire. Il a beaucoup de choses à t'apprendre. » «J'ai trente-six ans, et *quatorze ans* d'expérience ! » Il avait haussé les épaules et s'était obstiné à ce qu'elle aille chercher Gilles. Ce dernier avait soigné les veaux, puis avait promis de revenir le lendemain.

Le vieux vétérinaire, assis sur un tabouret, examinait l'un des veaux, qui était couché près de sa mère. Il se tourna vers Geneviève en souriant.

— Tout va bien. La mère se porte à merveille et les veaux sont en bonne santé.

Geneviève se pencha et ausculta l'un des petits, qui était parcouru de frissons.

— Papa est en train de préparer les incubateurs, mais il veut rien savoir de mon aide. Il va vouloir placer les veaux lui-même, essayez donc de le raisonner.

Le vétérinaire lui tapota maladroitement une épaule.

— Je vais faire mon possible, mais tu connais ton père, une vraie tête de mule.

La silhouette massive de Maurice apparut sur le seuil de l'étable.

— Encore en train de dire des messes basses dans mon dos, vous deux?

Geneviève rougit de confusion et se maudit intérieurement d'être incapable de garder ses sentiments pour elle.

— Gilles va te donner un coup de main pour les veaux, dit-elle d'une voix mal assurée.

— Je suis pas encore à l'article de la mort, tu sauras. Je vais me débrouiller tout seul.

Geneviève regarda Gilles, excédée. Ce dernier lui fit un sourire apaisant. Maurice souleva un veau. Ses jambes vacillèrent, mais il réussit à garder son équilibre et retourna en direction des incubateurs avec sa charge. Geneviève hocha la tête, partagée entre l'exaspération et l'inquiétude.

— C'est tout le temps comme ça. Je sais plus par quel bout le prendre.

— T'en fais pas pour lui, il est plus solide que tu penses.

Ce n'était pas seulement à son père qu'elle pensait, mais à elle-même. Quand aurait-elle le courage de partir, de faire son chemin toute seule, loin de sa famille, de son père, de son maudit sens du devoir, qui lui entravait les mains aussi solidement que des menottes? Elle était si préoccupée qu'elle n'entendit pas le bruit d'une voiture qui s'approchait de la ferme.

24

Marie-Louise, assise à son piano, jouait *La Fille aux cheveux de lin*, de Claude Debussy, l'une de ses pièces favorites. Une vieille partition jaunie et écornée, qui avait appartenu à son ancien professeur de piano, du temps qu'elle habitait à Québec, était déployée devant elle, mais elle la connaissait par cœur et n'avait pas besoin de la regarder. Elle avait fermé les yeux sans s'en rendre compte, son beau visage levé vers le plafond. Ses cheveux gris étaient attachés en un chignon dont s'échappaient quelques mèches. Ses longs doigts parcouraient délicatement les touches, ses pieds marquaient la mesure. Il n'y avait que la musique pour lui faire tout oublier. Elle ne formait plus qu'un avec son piano, n'avait plus de passé, plus d'avenir, elle vivait dans un présent tout en sons cristallins qui la transportaient dans un autre monde, pur, transparent, léger, délivré des soucis et des malheurs.

Elle n'entendit pas la sonnette de l'entrée. Ce n'est que lorsqu'elle eut complété les dernières mesures qu'elle distingua un son insistant, qui la fit sortir de son songe éveillé. Elle se leva à contrecœur. Peut-être que Geneviève ou Maurice avaient oublié leur clé? Pourtant, elle laissait toujours la porte d'en avant déverrouillée, au grand dam de son mari, qui avait une phobie des voleurs depuis qu'un jeune d'un village voisin avait tenté de s'introduire chez eux, quelques mois auparavant.

L'état de santé de Maurice la préoccupait. Il n'avait jamais eu un caractère facile, mais, depuis son AVC, il était devenu plus taciturne et s'irritait d'un rien. Elle avait remarqué qu'il prenait souvent Geneviève comme bouc émissaire, ce qui la désolait. Elle avait tenté de lui en parler à quelques reprises, mais il se fermait aussitôt comme une huître, refusant même de reconnaître qu'il agissait mal avec sa fille. « C'est pas de ma faute si elle est trop sensible. Une vraie princesse au petit pois ! » Marie-Louise renonçait à se battre. Son besoin de paix, de sérénité était plus fort que sa volonté de protéger sa fille. Elle s'en voulait de sa lâcheté et en voulait à Maurice de se comporter en tyran domestique, la forçant à jouer les arbitres, rôle qu'elle détestait et dont elle s'acquittait bien mal.

La sonnette bourdonnait toujours. Marie-Louise lissa machinalement ses cheveux, tira sur sa jupe et alla répondre. Un homme aux épaules trop larges pour son torse étroit, portant un blouson noir avec une étrange écorchure à l'épaule droite et des lunettes de soleil qui le faisaient ressembler à un insecte, se tenait sur le seuil. Elle lui fit un sourire incertain. Quelque chose chez cet homme lui était vaguement familier.

— Bonjour, madame Perreault.

Elle le reconnut à sa voix. Une peur animale lui noua le ventre.

— Mon Dieu, Léo.

Il enleva ses lunettes. Des rides amères marquaient son visage maigre.

— J'ai changé tant que ça ? Y faut dire que, quatorze ans en dedans, ça magane son homme.

Marie-Louise ne répondit pas, évitant son regard. *Maurice a raison*, se dit-elle. *J'aurais dû fermer la porte à clé. J'aurais dû laisser sonner, ne pas répondre.* Léo fit un pas vers elle. Elle recula d'un mouvement instinctif.

— Y faut pas avoir peur, madame Perreault. Je vous veux pas de mal. Vous m'invitez pas à entrer ?

Elle ne fit pas un geste, non par courage, mais parce que la peur la clouait sur place. Léo se rembrunit.

— Je suis pas un paria, vous savez. J'ai payé ma dette à la société, comme ils disent.

Marie-Louise pensa à la partition de *La Fille aux cheveux de lin*, rejoua les notes dans sa tête. Cela la rasséréna. Pour la première fois, elle fut capable de regarder Léo en face. Elle fut surprise d'éprouver de la compassion pour cet homme au torse trop maigre, au visage prématurément vieilli. Combien de fois elle l'avait accueilli chez elle lorsqu'il était enfant et revenait d'une expédition avec Michel ! Elle leur débarbouillait le visage, leur donnait un verre de lait et des biscuits. Léo avait l'air d'un chien sans collier, assoiffé d'attention et d'amour. Il ressemblait toujours à un chien sans collier, mais il était devenu dangereux et imprévisible.

— Qu'est-ce que tu veux, Léo ?

Il sifflota les premières mesures de la chanson *Le cœur ne vieillit pas* tout en s'avançant dans le hall. Marie-Louise n'osa pas s'interposer. Elle referma lentement la porte.

— La maison a pas changé, dit Léo. Je me sentais tellement bien chez vous !

Il se tourna vers elle. Un rayon de lumière faisait luire ses prunelles sombres.

— Vous êtes une bonne personne, madame Perreault. Vous avez toujours été gentille avec moi.

Elle ne répondit pas, mais Léo sentit qu'elle était émue malgré elle.

— Je regrette le passé, renchérit-il. Tout ce que je veux, c'est refaire ma vie.

Elle gardait un silence prudent.

— Je suis allé voir Benoit à l'hôpital. Pauvre lui. Il faisait pitié à voir.

— C'est très difficile pour ses parents.

Il fit quelques pas dans la pièce, s'arrêta devant le piano.

— Vous jouez encore ?

Elle fit oui de la tête. Il feuilleta machinalement la partition.

— Ça serait important pour moi de revoir Michel, dit-il d'une voix faussement neutre. C'était mon meilleur ami.

Marie-Louise redevint craintive.

— Michel a quitté le Manitoba.

Léo la fixa, mais elle ne cilla pas. Cela confirmait ce que le curé Biron lui avait appris.

— Vous êtes sa mère. Vous devez sûrement savoir où il est allé.

— Il a jamais donné signe de vie.

Elle s'approcha de lui. Il se rendit compte qu'elle avait peur.

— Maintenant que t'as retrouvé ta liberté, s'il te plaît, laisse le passé derrière toi, murmura-t-elle.

« Laisse Michel tranquille, lui avait dit sa sœur. Cherche pas à le revoir. » La rage monta en lui comme de la bile. Au même moment, une porte claqua. Léo sursauta. En prison, il avait appris à être sur ses gardes au moindre bruit. Maurice Perreault entra dans le salon. Son front était couvert de sueur, malgré le froid qui régnait dehors. Lorsqu'il vit Léo, son visage se durcit.

— Qu'est-ce que tu fais ici ?

Léo soutint son regard. Un tic agitait sa paupière droite.

— Je suis un homme libre, j'ai le droit d'aller où je veux.

— Va-t'en, où je te mets dehors à coups de pied au cul.

Léo serra les poings. Marie-Louise s'avança vers son mari, mit une main sur son bras pour le pacifier.

— Maurice…

Il se dégagea sans répondre, les yeux toujours fixés sur Léo.

— Je te le dirai pas deux fois.

Léo glissa la main dans son blouson et sentit le froid du métal sous ses doigts. *Le coup de feu. Le visage apeuré de la vieille femme. Le regard paniqué de Benoit.* Il croisa les bras pour se donner une contenance.

— Je finirai bien par retrouver votre fils. Les amis, c'est pour la vie, pas vrai ?

Il se tourna de nouveau vers Marie-Louise.

— Merci pour votre accueil, madame Perreault. Je vous oublierai pas dans mes prières.

Il retourna vers le hall en sifflotant. Maurice le suivit des yeux jusqu'à ce qu'il entende la porte se refermer, puis il alla en direction de la fenêtre et écarta les rideaux. Il vit l'ancien prisonnier monter dans un vieux pick-up. La camionnette démarra et s'éloigna sur le chemin de gravier, faisant tournoyer la poussière. Il attendit que la voiture ait disparu à un tournant avant de s'adresser à sa femme, qui l'avait rejoint.

— Je pensais qu'il était en prison, celui-là. Qu'est-ce qu'il voulait?

— Revoir Michel. Il prétend qu'il veut faire la paix avec le passé, ou quelque chose de la même eau.

Maurice secoua la tête.

— T'aurais pas dû le laisser entrer. Il peut juste nous apporter du trouble.

— Je l'ai pas reconnu tout de suite! protesta-t-elle.

Ils gardèrent un silence anxieux.

— Il prépare un mauvais coup, reprit Marie-Louise, le visage inquiet. Ça me dit rien de bon.

Son mari haussa les épaules.

— Michel est parti. Léo a aucune chance de lui mettre la main dessus.

Il referma les rideaux d'un geste sec.

— Puis même si ça arrivait, ça me ferait pas un pli. J'ai plus de fils. Il est mort il y a quatorze ans.

25

Saint-Boniface

Tout en faisant les préparatifs du souper, Claire racontait à son neveu les événements qui avaient marqué la vie de la région pendant sa longue absence. Michel ne tenta pas de résister au tourbillon de mots et d'affection dont sa tante l'entourait. D'une certaine manière, son flot de paroles atténuait son angoisse.

— Il y a deux ans, la rivière Rouge est encore sortie de son lit, plusieurs villages du sud ont été inondés. J'ai accueilli tes parents chez moi, comme de raison, le temps que la rivière redescende. Par chance, la ferme et les bâtiments ont été épargnés.

Elle hésita avant de poursuivre.

— J'imagine que t'es au courant pour ton père.

Michel la regarda sans comprendre.

— Il a fait un AVC, l'année dernière. On a eu peur de le perdre.

Michel garda un silence atterré. Son frère Jacques était la seule personne qui savait où le joindre à Montréal, mais ce dernier ne lui en avait rien dit, sans doute pour l'épargner. Sentant le trouble de son neveu, Claire s'empressa de le rassurer :

— Il va beaucoup mieux. Tu le connais, il a une volonté de fer. Chaque jour, il faisait de la physiothérapie. Il s'est même mis à la natation, lui qui déteste nager.

— Ç'a dû être difficile pour ma mère.

Claire disposa deux couverts sur la table.

— Ton père a jamais eu un caractère facile. Disons que la maladie a pas aidé. Marie-Louise a failli tomber d'épuisement tellement elle se dévouait pour lui. Mais tout est revenu à la normale, ajouta-t-elle pour ne pas l'inquiéter davantage.

Michel se sentait affreusement coupable. Son père avait failli mourir, et lui était loin, si loin, dans cette nouvelle vie qu'il s'était construite pour échapper à l'innommable. Claire se rendit compte que les traits de son neveu s'étaient altérés.

— J'aurais pas dû t'en parler. Ce qu'on sait pas peut pas nous faire de mal.

Il fut frappé par ces mots. Le fait de ne pas avoir su que son père avait failli mourir l'avait protégé, lui avait permis de juguler les remords, de garder les mauvais souvenirs enfermés dans des oubliettes. Mais ce qu'on sait ne s'oublie plus, s'inscrit inexorablement dans les fibres de la mémoire.

— Tes relations avec ton père étaient pas toujours au beau fixe, poursuivit sa tante, mais il n'est pas trop tard pour faire la paix avec lui. La vie passe vite. Parfois, il faut savoir pardonner.

Claire avait parlé avec une fausse légèreté, sachant à quel point le sujet était délicat. Michel prit la mouche.

— Ça sert à rien de revenir là-dessus ! Je veux plus jamais revoir mon père, comprenez-vous ?

Elle se mordit les lèvres et des larmes lui vinrent aux yeux. Michel regretta aussitôt son emportement.

— Je m'excuse, ma tante. Je voulais pas vous faire de la peine.

Ils mangèrent en silence. Claire toussota pour alléger l'atmosphère.

— Ce soir, j'ai mon bridge chez une voisine. J'espère que ça te dérange pas trop si je vais faire un tour ?

— Pas du tout. Il faut pas changer vos habitudes à cause de moi.

— Avant, j'étais abonnée au club de bridge de Saint-Boniface, mais depuis que Lorraine a cessé d'y aller, j'ai moins le goût.

— Lorraine ? demanda Michel, soudain attentif.

— Lorraine Labrecque, une bonne amie à moi. On faisait partie du même club. C'est la mère de la petite Émilie, tu dois sûrement te rappeler d'elle, tu lui faisais des yeux doux, dans le temps…

Michel fit un effort pour garder un ton neutre.

— Oui, je me souviens.

Claire, soulagée de tenir un sujet de conversation qui semblait capter l'attention de son neveu, poursuivit sur sa lancée :

— Lorraine a perdu son mari, il y a deux ans. Un accident bête. Il a été happé par un camion.

— Qu'est-ce qu'elle est devenue ?

— Elle a cassé maison et est allée vivre dans une résidence pour personnes âgées.

— Quelle résidence ?

— Le château Belle-Rive, à Saint-Boniface. Je sais pas pour quoi ils ont appelé ça Belle-Rive, y a aucun cours d'eau à proximité. Pauvre Lorraine, elle n'a plus toute sa tête, mais c'est une bonne personne. Je lui rends visite une fois par semaine.

Elle s'interrompit et lança un regard intrigué à son neveu.

— Pourquoi tu veux savoir tout ça ?

Il mentit.

— J'ai été absent longtemps. C'est important pour moi d'avoir des nouvelles des personnes que j'ai connues.

Après le souper, Michel aida sa tante à faire la vaisselle, puis attendit qu'elle parte pour son bridge et chercha l'adresse de la résidence Belle-Rive sur son portable. Lorraine Labrecque était sa seule chance de retrouver sa femme et son fils.

26

La nuit était tombée lorsque Michel gara la Buick dans la rue Despins, à quelques pâtés de maisons du château Belle-Rive, un immeuble moderne, sans charme, sans arbres. En chemin, il s'était arrêté à un dépanneur pour y acheter des fleurs, mais il n'avait trouvé qu'un bouquet de roses qui commençaient à flétrir. Tenant le bouquet dans une main, il appuya de l'autre sur un bouton, à droite de l'entrée. Les portes coulissantes s'ouvrirent. Il pénétra dans un hall brillamment éclairé. Une musique d'ascenseur égrenait des notes aseptisées. Des vieillards étaient installés dans des fauteuils roulants alignés contre un mur, leur canne posée à côté d'eux. L'un d'eux cognait des clous. Les autres l'observèrent avec curiosité. Chaque nouveau visiteur était une source de distraction. Une dame lui sourit en agitant une main pour le saluer, comme si elle le connaissait. Il la salua en retour, mal à l'aise, puis se dirigea vers la réception et s'adressa à un homme d'une soixantaine d'années.

— J'aimerais visiter Lorraine Labrecque.

— Vous êtes de la famille?

— Je suis son neveu, mentit Michel.

— Vous devez signer le registre des visiteurs, avec l'heure de votre arrivée.

L'homme lui tendit un cahier à anneaux et un stylo. Michel signa « M. Sauvé », puis ajouta « 19 h 40 ».

— L'appartement de Mme Labrecque est au quatrième étage, porte 403, à droite de l'ascenseur.

— Merci.

Une infirmière était debout devant l'ascenseur, une tablette à pinces sous le bras. Une vieille dame en fauteuil roulant, poussé par une préposée, dodelinait de la tête en murmurant des phrases incohérentes. Incapable d'attendre, Michel se dirigea vers l'escalier de service. Une fois parvenu au quatrième étage, il tourna à droite et s'arrêta devant la porte 403. Une couronne de Noël en pin synthétique, que personne n'avait pris la peine d'enlever, y était suspendue. Le nom de Lorraine Labrecque était affiché sur un bristol. Michel hésita avant de frapper. La perspective de revoir la mère d'Émilie le rendait nerveux. Elle n'avait jamais eu d'affection pour lui et n'approuvait pas que sa fille fréquente un «jeune homme qui n'est pas de notre milieu». C'est Émilie qui lui avait rapporté les paroles de sa mère, en prenant un ton haut perché et en pinçant comiquement les lèvres. Pourtant, elle était très attachée à cette femme qui n'avait pas eu la chance d'aller à l'université et qui tenait à tout prix à ce que sa fille poursuive ses études.

Michel cogna à la porte. Personne ne vint répondre. Il tourna doucement la poignée et entra. Il fit quelques pas dans l'appartement, composé d'une cuisinette et d'une chambre. La chaleur était suffocante. Il enleva son manteau, le déposa sur le dossier d'une chaise. Au bout de la pièce étroite, il aperçut un lit simple, un fauteuil et un téléviseur allumé, dont le son avait été coupé. Les images d'un quiz se succédaient sur l'écran. Une femme était assise dans le fauteuil, une couverture déposée sur les jambes, malgré la chaleur. Elle fixait le téléviseur, le visage sans expression. Michel, son bouquet de roses à la main, s'approcha d'elle et se racla la gorge pour l'avertir de sa présence. Elle ne semblait pas l'avoir entendu. Il prit place sur une chaise à côté d'elle.

— Bonsoir, madame Labrecque.

Elle le scruta de ses yeux bleus voilés par la cataracte. Ses cheveux blancs, courts et bouclés, lui donnaient un air juvénile. Il lui tendit le bouquet.

— C'est pour vous.

Elle eut un sourire ravi, mais ne fit pas un geste pour prendre les fleurs.

— Bernard, murmura-t-elle.

— Je suis Michel. Vous vous souvenez pas de moi ?

— Michel, répéta-t-elle avec l'application d'une élève qui veut faire plaisir à son professeur.

— Je venais parfois chez vous pour voir Émilie.

Au nom d'Émilie, le visage de Mme Labrecque s'anima.

— Émilie… C'est une gentille petite fille. Je l'aime beaucoup.

— C'est *votre* fille, madame Labrecque. Elle a trente et un ans et un beau garçon de neuf ans. Il s'appelle Thomas.

Elle se balança d'avant en arrière. Son regard s'était éteint. Michel ne se laissa pas décontenancer.

— Je suis certain qu'Émilie vous a rendu visite. Essayez de vous rappeler.

Elle lui prit la main, la porta contre sa joue.

— Mon Bernard… Pourquoi tu viens pas me voir plus souvent ? Je m'ennuie, toute seule, ici.

Michel dut se rendre à l'évidence : Lorraine Labrecque souffrait de la maladie d'Alzheimer ou de sénilité.

— Il faut pas être triste, continua-t-elle, lui caressant le dos de la main. La vie passe si vite. Comme la rivière, elle coule, elle coule, elle emporte le temps avec elle.

Elle recommença à se bercer, les yeux vagues, le sourire vacillant. Michel commençait à douter de pouvoir la faire parler. Il dégagea doucement sa main, se leva et fit quelques pas dans la chambre, cherchant un vase pour y mettre les roses. Il s'arrêta devant une commode sur laquelle se trouvaient plusieurs photos encadrées : Lorraine, en robe de mariée, au bras de Bernard, devant l'église Saint-Jean-Baptiste ; Émilie vers l'âge de douze ans, arborant une queue de cheval et de grands yeux pensifs ; une autre photo où Émilie, portant un chapeau et une toge de diplômée, affichait un sourire contraint. Michel déposa le bouquet sur un guéridon, souleva le cadre et contempla le visage de celle qui était devenue sa femme, la fossette sur son menton, le petit espace entre ses dents d'en avant.

Il revint vers la vieille femme et lui tendit la photo.

— Regardez bien, madame Labrecque. C'est votre fille, Émilie, à sa remise de diplôme, vous vous rappelez ?

Elle examina la photo, les sourcils légèrement froncés, faisant un effort pour se souvenir.

— Elle est belle comme un cœur, pas vrai ?

Michel reprit espoir.

— L'avez-vous revue, récemment ? Avec un garçon de neuf ans ? Est-ce qu'elle vous a dit où elle vivait ?

Mme Labrecque secoua la tête, la mine confuse.

— Pauvre chouette, dit-elle d'une voix faible. Elle pleure chaque soir. Je le sais, parce que son oreiller est mouillé.

Michel tenta de la ramener au présent.

— Émilie me parle souvent de vous. Vous lui manquez beaucoup.

Elle hocha la tête.

— C'était une bonne élève. Les meilleures notes de sa classe. Pas comme Léo.

Au nom de Léo, elle serra les lèvres.

— On pouvait pas le garder, il était trop difficile.

Son visage s'assombrit. Elle posa une main sur le bras de Michel.

— Léo, j'espère que tu nous as pardonné.

Il garda un silence perplexe. La vieille femme reprit d'une voix geignarde :

— Bernard, s'il te plaît, ramène-moi à la maison. Pourquoi tu me laisses ici, dans une chambre d'hôtel ?

Elle se mit à pleurnicher comme une enfant. Michel prit un mouchoir et lui essuya les yeux, puis il alla reporter la photo sur la commode. Un sentiment d'impuissance l'habitait. Chaque fois qu'il tenait une piste, elle s'évanouissait, le laissant encore plus seul et démuni. Il jeta un coup d'œil autour de lui, espérant malgré tout découvrir un indice, aussi ténu soit-il. Il avisa une petite bibliothèque, placée dans un coin de la pièce. Quelques dictionnaires, des romans, un peu de poésie, un manuel sur l'histoire des Prairies, qu'il feuilleta distraitement. Une feuille glissa par terre. Il se pencha pour la ramasser. C'était un article découpé dans un journal, jauni par le temps. Un homme d'âge mûr posait devant une vitrine. Michel put y distinguer le mot « Musée ». Il lut la légende sous la photo :

Roland Labrecque, en compagnie de sa nièce de douze ans, Émilie Labrecque, posant fièrement devant le Musée de Gravelbourg.

Il reconnut Émilie sans peine : les cheveux sombres, la même expression empreinte de gravité. S'il se souvenait bien, Roland Labrecque était le frère cadet de Bernard. Il ne l'avait jamais rencontré, mais Émilie lui avait parlé de lui avec affection. Elle passait tous ses étés à la maison de son oncle et de sa tante, située en Saskatchewan, à Gravelbourg. Elle avait gardé de très beaux souvenirs de ses séjours là-bas.

Michel plia l'article et le glissa dans une poche de son jean. En remettant le livre dans la bibliothèque, il aperçut, au fond du rayon, un paquet de lettres ficelées d'un ruban bleu. Il reconnut avec un serrement de cœur l'écriture d'Émilie. Il se tourna vers Mme Labrecque, qui avait fermé les yeux et somnolait. Avec l'impression d'être un voleur, il enfouit les lettres sous son chandail, puis revint vers la vieille femme qui dormait, la bouche entrouverte. Une préposée, vêtue d'un uniforme blanc, entra.

— Bonsoir, ma petite madame ! Comment ça va aujourd'hui ? claironna-t-elle.

Mme Labrecque se réveilla en sursaut. La préposée poussa une exclamation en apercevant Michel.

— Mon doux ! Vous m'avez fait peur, je vous avais pas vu…

— Je suis le neveu de Mme Labrecque.

— D'habitude, la madame reçoit pas beaucoup de visites. Là, ça lui en fait deux en deux jours !

Michel devint attentif.

— Elle a reçu une autre visite ?

— Hier, vers la fin de l'après-midi. Une jeune femme, avec un beau garçon.

Émilie et Thomas.

— Est-ce qu'elle vous a dit son nom ?

La préposée secoua la tête.

— Quand bien même elle me l'aurait dit, je m'en serais pas souvenu. Je vois plein de monde dans une journée !

Elle se pencha vers la résidente.

— C'est le temps de faire dodo, ma petite madame !

Elle parlait un peu trop fort, prononçant chaque syllabe, comme si la vieille femme était une sourde ou une demeurée. Michel embrassa la mère d'Émilie avec une tendresse teintée de pitié.

— Au revoir, madame Labrecque.

Elle leva la tête. Ses yeux se remplirent de larmes.

— Tu reviendras me voir, Michel.

C'était la première fois qu'elle l'appelait par son prénom. Il endossa son manteau et s'empressa de quitter la chambre pour ne plus voir son regard éploré, sa solitude, son enfermement dans la prison de l'absence. En descendant l'escalier, il se rendit compte qu'il avait oublié le bouquet de roses sur le guéridon. Il pensa remonter à l'appartement, mais y renonça. Il n'en avait pas le courage.

À la réception, l'employé lui indiqua qu'il devait inscrire son heure de sortie. En ouvrant le registre, Michel eut l'idée de consulter les pages précédentes, au cas où il y verrait le nom de sa femme. Il parcourut fébrilement les signatures.

Celle d'Émilie y figurait, en date du 22 mars. Elle avait inscrit l'heure de son arrivée : 16 h 30. Départ : 17 h 30. À peine plus de vingt-quatre heures les séparaient.

27

Claire était rentrée de son bridge plus tôt que prévu. L'une des joueuses, Mme Néron, ne s'était pas présentée. L'horloge de la cuisine indiquait vingt heures. Constatant que son neveu était sorti, elle décida de travailler à la courtepointe qu'elle avait commencée et qui serait vendue au bazar de l'église, organisé par le curé Biron, pour venir en aide aux pauvres de la paroisse Saint-Jean-Baptiste.

Installée dans un fauteuil du salon, elle enfila une aiguille. Une ronde de questions lui tournait dans la tête. Pour quelle raison Michel avait-il quitté si brusquement le Manitoba? Il lui avait dit qu'il fallait qu'il parte, mais pourquoi s'en aller du jour au lendemain, sans explication, sans même leur dire au revoir, à Paul et à elle? Lorsqu'elle lui avait demandé où il habitait, il avait répondu: «Loin d'ici.» Il aurait pu vivre à l'autre bout du monde qu'elle n'en aurait pas su davantage. Mais ce qui l'intriguait le plus, c'était le fait qu'il tienne mordicus à garder secret son retour dans les Prairies. Tous ces mystères la chagrinaient et, en même temps, exacerbaient sa curiosité. Son cœur se serra lorsqu'elle pensa à Marie-Louise. La simple idée qu'elle verrait sa belle-sœur à la chorale le lendemain et qu'elle ne pourrait pas lui révéler le retour de son fils la mettait dans tous ses états. Comment ferait-elle pour lui cacher un événement aussi important? Il le faudrait bien, elle l'avait promis à son neveu. Une promesse était une promesse.

Toute à ses pensées, elle se piqua avec l'aiguille. Elle lécha distraitement la goutte de sang qui perlait sur son doigt, puis délaissa son ouvrage. Tourmentée par sa soif de savoir, elle monta à l'étage et entra dans l'ancienne chambre de Michel. Bien que celle-ci ait été inoccupée pendant quatorze ans, Claire ressentait un malaise à en franchir le seuil, maintenant que son neveu s'y était installé à nouveau. Sa valise était déposée sur une chaise. Elle s'en approcha, resta figée quelques instants, fébrile et honteuse. Puis, d'un geste furtif, les joues en feu, elle l'ouvrit. Des chemises, des chandails, des sous-vêtements, une trousse de toilette. Elle souleva un pull et aperçut une photographie encadrée. Elle la prit et la regarda de plus près. Son neveu enlaçait une jeune femme par la taille. Un petit garçon, debout devant le couple, avait les yeux levés vers le ciel. Le rocher Percé se profilait en arrière-plan.

Ne tenant plus sur ses jambes, Claire s'assit sur le lit, le cadre sur ses genoux. Michel était en couple et il avait un enfant. Pourquoi ne lui en avait-il rien dit? Il n'y avait pourtant rien de mal dans le fait d'avoir fondé une famille. Plus elle tentait de comprendre le mystère, plus celui-ci s'épaississait. Elle contempla à nouveau la photographie. Le visage de la jeune femme lui était familier. Des traits réguliers, des cheveux noirs, de beaux yeux verts… Elle distingua une alliance à son annulaire. Puis elle se rappela. Émilie, ça ne pouvait être qu'elle. Un souvenir lui revint en mémoire. C'était au club de bridge, il y avait longtemps de cela, une quinzaine d'années, peut-être, un soir de juin. Lorraine n'était pas dans son assiette. C'était une bonne joueuse, mais, ce soir-là, elle se trompait dans ses enchères, oubliait d'aller chercher ses atouts. Après la partie, Lorraine s'était réfugiée dans les toilettes du centre communautaire. Claire était allée la rejoindre. Entre deux sanglots, son amie lui avait confié qu'Émilie avait quitté la maison. Une fugue. La jeune fille leur avait laissé un mot, expliquant qu'elle quittait le Manitoba pour ne plus y revenir, de ne pas chercher à la retrouver. « Une si bonne fille, si sage, si bien élevée! Elle venait juste d'avoir son diplôme… J'arrive pas à y croire… » Après cette soirée, Lorraine n'avait plus parlé de sa fille, comme si celle-ci n'avait jamais existé, mais quelque chose s'était cassé en elle.

La sonnette d'entrée carillonna, puis, après quelques secondes, une porte claqua. Claire, prise de panique, se leva d'un bond. Le cadre glissa et tomba par terre. Affolée, elle se pencha et le ramassa, craignant qu'il fût brisé, mais, par chance, la vitre était intacte. Elle n'eut que le temps de le remettre là où elle l'avait trouvé, puis elle referma la valise et se redressa, en nage. Elle lissa l'édredon du plat de la main pour que son neveu ne voie pas qu'elle s'y était assise et sortit de la pièce en prenant soin de refermer la porte.

— Ma tante?

Claire descendit l'escalier, les jambes flageolantes, se tenant à la rampe pour garder son équilibre. Michel était debout dans le hall.

— Je croyais que vous étiez au bridge. J'ai sonné, mais comme il n'y avait pas de réponse, je me suis permis d'utiliser la clé.

— Finalement, la soirée a été annulée, expliqua Claire, rouge et essoufflée.

Michel la regarda avec inquiétude.

— Vous allez bien?

— Je faisais un peu de ménage.

Elle tourna les talons et s'en alla dans la cuisine.

*

Michel monta à sa chambre. Il sortit le paquet de lettres de son chandail et les respira, mais ne sentit qu'une odeur d'encre et de poussière. Il y en avait une vingtaine, toutes adressées à Lorraine Labrecque, rue Dubuc, à Saint-Boniface. Émilie ne lui avait jamais mentionné qu'elle écrivait à sa mère. Elle craignait peut-être qu'il l'en empêche. Ce manque de confiance le blessa à retardement. Il est vrai qu'il avait beaucoup exigé d'elle, mais il n'aurait pas eu la cruauté de lui interdire d'écrire à sa famille. Il défit le ruban et prit une enveloppe au hasard. Le timbre était oblitéré. L'adresse de l'expéditeur n'était pas indiquée. Il hésita, puis sortit deux feuillets de l'enveloppe, comme s'il entrait par effraction dans le logement d'une inconnue.

L'écriture d'Émilie s'étalait sur le papier, droite et serrée.

Le 18 décembre 2001
Chère maman,
Je suis désolée de ne pas t'avoir donné signe de vie ces derniers temps, mais je voulais être certaine avant de t'annoncer la bonne nouvelle. Je suis enceinte. Mon médecin me l'a confirmé il y a quelques semaines, mais j'avais si peur de faire une fausse couche, comme les autres fois, que j'ai préféré attendre avant de te mettre au courant. Je ne sais pas encore si ce sera un garçon ou une fille, mais il ou elle est bien accroché! Inutile de te dire que Michel est fou de joie. Je sais que tu ne l'as jamais porté dans ton cœur, mais je l'aime. Il faut aimer quelqu'un très fort pour accepter de quitter sa famille, ses amis, son coin de pays pour lui.

Michel interrompit sa lecture. C'était une touchante déclaration d'amour, mais il percevait toute la détresse derrière les mots: «Il faut aimer quelqu'un très fort pour accepter de quitter sa famille, ses amis, son coin de pays pour lui.» Émilie souffrait de son éloignement, même si elle en parlait peu. Parfois, son chagrin éclatait soudainement, comme un orage. «Il faut que je parte, Michel. Je m'ennuie de ma famille, du ciel sans fin, de l'odeur de la pluie. Je m'ennuie des baignades dans le lac Winnipeg en été, je m'ennuie même de l'hiver.» Dans ces moments, il sentait une barrière infranchissable s'ériger entre eux, le poids inaltérable du passé, figé à jamais dans un geste de folie passagère et impardonnable qui les avait tous les deux forcés à l'exil.

Vous me manquez tellement, papa et toi! Mon rêve le plus cher serait de revenir à Saint-Boniface et de vous présenter notre enfant. Un jour, je l'espère, les choses reviendront à la normale et je vous serrerai dans mes bras.
Je t'embrasse très fort. Embrasse papa pour moi.
Avec toute mon affection,
Émilie

Michel replia les feuillets et les remit dans l'enveloppe. Il n'avait pas le courage de lire les autres lettres. Plus tard, peut-être. Il ouvrit sa valise pour y ranger la correspondance. En déplaçant des vêtements, il aperçut la photo de la Gaspésie. Il ne put résister au besoin de la regarder encore une fois, même si cela lui faisait mal. Sa femme, son fils, le ciel magenta serti de nuages blancs, les fous de Bassan qui planaient au-dessus du rocher Percé, le bonheur perdu. C'est alors qu'il remarqua que la photo était légèrement décentrée. Le fond marron du passe-partout apparaissait derrière la bordure blanche. En retournant le cadre, il se rendit compte que l'un des œillets qui maintenaient la photo en place avait bougé. Quelqu'un avait fouillé dans ses affaires. Il revit le visage rouge de sa tante lorsqu'elle descendait l'escalier, se rappela son souffle court, sa mine confuse. La colère l'envahit. Comment avait-elle pu faire preuve d'autant d'indiscrétion? S'ensuivit un mélange de frustration et de remords. *Trop tard, il est trop tard. Ma tante va parler, va dire à tout le monde que je suis de retour, quelqu'un va me dénoncer, je serai de nouveau un fugitif, mais est-ce que je ne l'ai pas toujours été?* Il se secoua. Ça ne servait à rien de pleurer sur son sort, il fallait réfléchir.

La coupure de presse était toujours dans sa poche de pantalon. Il relut l'article avec attention. Le numéro de téléphone du Musée de Gravelbourg apparaissait à la fin du papier, accompagné des heures de visite. Roland Labrecque avait peut-être eu un signe de vie de sa nièce? Il consulta sa montre. Il n'était pas trop tard pour appeler. Il composa le numéro sur son portable. Après quelques sonneries, il entendit un déclic, puis une voix de baryton résonna dans l'appareil.

— Allô?

Michel resta coi. Il n'avait pas pensé à ce qu'il allait dire à l'oncle d'Émilie. La voix reprit avec une légère impatience.

— Allô? Qui est à l'appareil?

— Monsieur Labrecque?

— C'est moi-même. Qu'est-ce que je peux faire pour vous aider?

Michel hésita. Son cœur battait si fort qu'il avait du mal à respirer.

— Je suis… un ami de votre nièce, Émilie Labrecque. Je me demandais si vous aviez eu de ses nouvelles, récemment.

Il y eut un long silence au bout du fil. Puis la voix revint.

— Je suis désolé, mais je peux pas vous aider. Ça fait une éternité que j'ai pas entendu parler de ma nièce.

Un déclic. L'homme avait raccroché.

Michel éteignit son cellulaire, froissa l'article de journal et le jeta dans le panier. Il avait la conviction profonde que sa femme et son fils étaient à Gravelbourg, chez Roland Labrecque.

TROISIÈME PARTIE

LES SECRETS

28

Jeudi 24 mars 2011
Saint-Boniface

Bien qu'elle dormît habituellement du «sommeil du juste», comme le disait son mari, Claire avait eu du mal à fermer l'œil. Elle se sentait coupable d'avoir fouillé dans la valise de son neveu, mais elle était encore plus troublée d'avoir découvert que ce dernier était marié et qu'il avait un enfant. Lorsque Michel était rentré, la veille, elle avait eu l'impression qu'il avait lu son embarras sur son visage. Qu'allait-il penser d'elle, s'il apprenait son indiscrétion? Elle entendit un bruit de pas dans l'escalier. D'un geste nerveux, elle ajusta les bretelles de son tablier à fleurs et cassa des œufs dans une poêle, tâchant de se composer un visage serein.

Michel entra dans la cuisine. Il portait sa parka et tenait sa valise dans une main. Elle leva des yeux étonnés vers lui.

— Tu t'en vas déjà?

— Je dois faire un voyage de quelques jours, peut-être plus. Est-ce que je pourrais emprunter votre voiture?

Voulant se dédouaner du geste qu'elle avait commis, Claire s'empressa de donner son accord.

— Tu peux la prendre aussi longtemps que tu voudras, mais à une condition…

Michel la regarda avec inquiétude, craignant qu'elle ne fasse allusion à Émilie et à Thomas.

— … que tu déjeunes avant de partir.

Il ne put s'empêcher de sourire.

— C'est pas de refus. J'ai une longue route à faire.

Tandis qu'il enlevait son manteau et le déposait sur le dossier de sa chaise, sa tante lui servit des œufs brouillés et du bacon, avec des rôties et de la confiture aux pimbinas, son plat préféré lorsqu'il habitait chez eux, puis elle se servit à son tour et prit place en face de lui. Elle remarqua qu'il portait une alliance. Malgré sa honte, elle mourait d'envie de lui parler de sa femme et de son fils, et tentait de trouver un moyen subtil d'aborder le sujet avec son neveu sans se trahir. Elle formulait des entrées en matière dans sa tête, du genre : *Un beau garçon comme toi, tu dois sûrement être marié et avoir des enfants*, mais se trouvait si maladroite qu'elle était incapable de prononcer un mot.

— Est-ce que c'est indiscret de te demander où tu vas ? finit-elle par dire pour briser le silence.

Michel fixa son assiette.

— C'est personnel.

Claire rougit d'embarras, convaincue que son neveu avait deviné qu'elle avait fouillé dans ses affaires et qu'il lui faisait un reproche implicite.

— Je voudrais que tu saches… Il faut me pardonner, Michel. Je voulais pas mal faire. Tout ce qui te concerne est important pour moi.

C'était le plus loin qu'elle pouvait aller dans l'aveu. Michel ressentit une bouffée d'affection pour sa tante.

— J'ai rien à vous pardonner. J'oublierai jamais ce que vous et mon oncle avez fait pour moi.

Les yeux de Claire s'embuèrent.

— Bon, la braillarde qui repart comme en quatorze ! s'exclama-t-elle en fouillant dans la poche de son tablier pour y prendre un mouchoir.

Après avoir insisté pour laver la vaisselle, Michel se prépara à partir. Sa tante le suivit vers l'entrée. Elle faisait un effort pour retenir ses larmes.

— Bon voyage, Michel, murmura-t-elle, la voix étranglée par l'émotion.

*

Dehors, il faisait froid, mais le ciel, d'un bleu vif, était stratifié de filaments pâles irisés par la lumière. Michel, porté par l'espoir de retrouver sa femme et son fils, éprouva un nouvel optimisme à la perspective de prendre la route.

Il s'arrêta à une station-service pour faire le plein d'essence et attendit derrière un camion portant le nom « Fred Pothié Transport » inscrit en grosses lettres sur la paroi latérale. Le camion démarra et Michel prit sa place. Un vieux pick-up était garé à quelques îlots de ravitaillement du sien. Un homme plutôt petit, aux épaules baraquées, portant un blouson de cuir noir et des lunettes de soleil miroitantes, sortit de la station-service et marcha en direction de la camionnette. Pendant une seconde vertigineuse, Michel crut reconnaître Léo Labrecque. L'homme tourna la tête vers lui et l'observa un moment. Michel lui tourna instinctivement le dos et continua à faire le plein. Son cœur battait plus vite. Après sa fuite du Manitoba, il avait su par son frère que Léo avait subi un procès et qu'il avait été incarcéré à la prison de Headingley. L'arrestation de son ancien ami ainsi que son procès avaient eu du retentissement jusqu'à Montréal. Chaque matin, Michel achetait les journaux et les feuilletait, la peur au ventre, mais jamais son nom à lui n'avait été mentionné. Après quelque temps, comme pour tous les faits divers, l'histoire avait sombré dans l'oubli.

Le pick-up démarra. Michel attendit que la camionnette ait disparu de son champ de vision avant d'entrer à son tour dans la station-service pour payer. Il acheta une bouteille d'eau et un sandwich, ainsi qu'une carte des Prairies, puis il reprit la route.

29

Village métis de Saint-Laurent

Jacques Perreault était agenouillé sur un coussin, ses mains croisées devant lui, ses yeux clos. Ses cheveux longs étaient attachés derrière la nuque avec un élastique. Il portait une tunique indienne, sertie de broderics dorées au col et aux manches. La lumière d'une chandelle jetait un éclairage diffus sur une table recouverte d'une nappe blanche. Une demi-douzaine de photos encadrées étaient disposées sur la table, à côté d'un pot rempli de myosotis en soie. Un bâton d'encens brûlait dans un cendrier.

Jacques ouvrit les yeux et contempla les photos de son frère aîné. Il s'attarda à la plus récente, qui avait été prise quelques jours avant sa mort. Serge souriait, mais il y avait une sorte de résignation dans son sourire. Sa main droite était levée, comme en signe d'adieu. Jacques avait été longtemps hanté par cette main. Oh, si seulement il avait pu prévoir, deviner… Mais il n'était qu'un gamin de dix ans à l'époque et il n'avait rien pu faire. Il voyait encore ce matin bleuté de février, la neige qui tombait en flocons soyeux. À force d'insister, il avait réussi à convaincre ses parents de le laisser accompagner son grand frère à une partie de pêche sur le lac Manitoba. Sa mère leur avait fait mille et une recommandations : « N'allez pas trop loin sur le lac, habillez-vous chaudement, et toi, Serge, surveille bien ton petit frère… » Elle leur avait apporté un panier rempli de provisions tandis que

Jacques aidait son frère à transporter l'équipement, cannes à pêche, seaux, couteaux, leurres, vers le Bombardier, un véhicule amphibie muni de hublots qui ressemblait à un char d'assaut, comme il y en avait dans les films de guerre que son père regardait parfois à la télévision. Jacques avait crié d'excitation en prenant place dans le Bombardier. Il avait collé son nez à l'un des hublots, s'amusant à faire de la buée et des dessins sur la vitre.

Après une heure de route, le véhicule s'était immobilisé devant l'immense lac. La neige continuait à tomber doucement, de gros flocons en forme d'étoile. L'horizon, d'un blanc de craie, se fondait dans le ciel. Serge lui avait expliqué qu'on pouvait savoir si la glace était bien prise à sa couleur. La glace d'un bleu transparent était la plus sécuritaire. Par contre, plus la glace était grise, moins elle était profonde. L'hiver avait été rude, mais il y avait eu un redoux durant la dernière semaine de janvier. À certains endroits du lac, plus près de la rive, on pouvait déceler des zones grisâtres. Serge avait discuté avec un vieux pêcheur métis qui examinait le lac. L'homme croyait que la glace n'était pas assez épaisse pour supporter le poids du Bombardier, mais Serge avait pointé l'index vers un autre véhicule amphibie qui se trouvait de l'autre côté du lac. « Il y a des gens qui pêchent là-bas, pas de danger », avait-il affirmé. Jacques voyait la vapeur blanche qui sortait de la bouche de son frère tandis qu'il parlait. Le vieil homme s'était éloigné en secouant la tête.

Serge avait marché d'un pas ferme en direction du lac. Jacques pouvait encore entendre le craquement de la neige sous ses pieds. Puis son frère s'était aventuré sur la glace. Il s'était tourné vers lui, lui avait souri en levant son pouce. Un sourire étrange, à la fois triste et lointain. Soudain, la glace avait cédé sous lui. Il s'était enfoncé dans l'eau. On ne voyait plus que sa tête, toute petite dans la blancheur infinie.

Jacques hurla « Serge ! » puis courut vers la rive, s'arrêtant à quelques pieds de l'endroit où son frère avait disparu. Il s'étendit de tout son long sur la surface et allongea un bras. « Serge, prends ma main ! Prends ma main ! » Il vit une main d'un blanc de cire sortir de l'eau, la saisit de toutes ses forces, mais la glace se fissura davantage. Son frère lâcha prise et disparut dans l'eau sombre. Jacques rampa jusqu'à la rive, puis se redressa et hurla : « Au secours ! Au secours ! » Ses cris se réverbéraient dans l'immensité froide. Puis il s'élança vers le Bombardier. Son cœur battait très fort, ses oreilles bourdonnaient, il fouilla dans le véhicule, finit par trouver un rouleau de corde, près d'une caisse en bois. Il revint vers le lac en courant, à bout de souffle, s'avança de nouveau sur la glace, près du trou béant où son frère s'était enfoncé, mais celle-ci commençait à céder, il dut revenir sur ses pas. Il courut vers la route en agitant frénétiquement les bras. Une camionnette s'arrêta sur le bas-côté. Deux hommes en sortirent. Jacques, affolé, leur expliqua en phrases saccadées que son frère avait disparu sous l'eau. L'un des hommes prit le rouleau de corde que le garçon lui tendait, puis s'élança vers la rive. Un rideau noir était tombé sur le reste, Jacques ne se rappelait plus rien d'autre. Quelques années plus tard, il avait appris que les deux hommes qui avaient tenté de sauver son frère étaient des Métis du village de Saint-Laurent. Ils étaient venus au salon funéraire, très dignes dans leur manteau de daim à franges, tenant chacun un large chapeau dans leurs mains. Il se souvenait de sa mère, prostrée sur une chaise devant le cercueil, le regard perdu, un mouchoir sur sa bouche, pendant que son père faisait les cent pas dans le fumoir, allumant rageusement une cigarette après l'autre tandis que le curé Biron psalmodiait des prières. Il se rappelait que sa tante Claire l'avait serré très fort dans ses bras en l'appelant « Mon pauvre Jacques », elle l'avait pris par la main et l'avait mené devant le cercueil où gisait son frère, immobile, ses cheveux longs attachés derrière la nuque, ses mains croisées sur le ventre. C'était si étrange de le voir en habit et cravate, lui qui détestait les habits et ne portait que des jeans... Il avait remarqué le chapelet enroulé autour de ses doigts. C'était sa mère qui avait insisté, son père s'était fâché, il les avait entendus se disputer dans la cuisine, la veille des funérailles, sa mère pleurait, son père criait : « Je veux pas de ces maudites bondieuseries ! Si ton bon Dieu existait, y aurait pas pris mon fils ! »

Jacques entendit à peine le bruit d'un véhicule qui s'arrêtait devant sa maison et les coups frappés à la porte.

Il ouvrit les yeux, l'air un peu hagard. Les visites étaient rares. Les gens du village respectaient son besoin d'être seul. Le facteur plaçait le courrier dans une boîte de métal, à l'extérieur de la maison. Les livreurs occasionnels laissaient leur marchandise sur le perron, en sonnant deux fois pour l'avertir que sa commande était arrivée.

— Je sais que t'es là. Ouvre !

Jacques reconnut la voix. C'était le passé qui venait de frapper à sa porte.

30

Jacques se remit debout d'un mouvement lent. La peur, tapie en lui pendant toutes ces années, refit surface. Il respira à fond pour calmer les battements de son cœur, puis alla ouvrir. Un homme aux traits durs et aux épaules larges se balançait d'un pied sur l'autre. Il le reconnut malgré ses lunettes noires et les rides profondes marquant sa bouche.

— Léo, murmura-t-il.

— T'as pas changé. Toujours l'air d'un Christ sur sa croix.

Jacques eut un faible sourire.

— Le Christ a souffert plus que moi, je pense bien. T'es sorti de prison ?

Léo Labrecque entra sans répondre. Il jeta un coup d'œil intrigué à la table blanche, à la chandelle, au pot de fleurs, à l'encens, aux photos encadrées.

— C'est qui ? demanda-t-il en désignant un jeune homme sur l'une des photos.

— Mon frère Serge. Tu l'as pas connu. Il s'est noyé.

Léo détourna les yeux. Ce n'était pas le moment de se laisser attendrir.

— Je cherche Michel. C'est important que je lui parle.

— Je sais pas où il est.

Jacques avait répondu un peu trop vite. *Il a peur*, se dit Léo. Il s'avança vers lui, le regard dur.

— Je suis allé faire un tour à la ferme de tes parents. Ta mère prétend qu'elle sait pas où il est. Une drôle de mère, tu trouves pas, qui sait même pas où est son propre fils?

Jacques tâcha de ne pas montrer ses sentiments. Il n'avait pas de mal à imaginer la frayeur que sa mère avait dû éprouver en voyant Léo. Peut-être l'avait-il menacée. Cet homme était capable de tout. Il regarda les photos de Serge, comme s'il cherchait à puiser du courage en l'invoquant. *Où que tu sois, aide-moi, grand frère.*

— Tu perds ton temps, Léo. J'ai pas revu Michel depuis son départ du Manitoba. J'ai aucune idée d'où il est.

Léo fit encore quelques pas vers lui, puis glissa une main dans son perfecto et en retira un revolver.

— Tu sais comment j'haïs ça, la violence. Je voudrais pas être obligé de m'en servir.

Jacques pensa à la mort. Quelle délivrance ce serait, au fond. Une fulgurance, puis après, la paix. Plus de souffrances, de regrets, de remords. Serge l'attendrait de l'autre côté, lui ouvrirait les bras, lui pardonnerait de ne pas avoir pu le sauver. Il ressentit une grande sérénité.

— Tu peux me menacer tant que tu voudras, Léo. Je peux pas te dire ce que j'ignore.

Léo le dévisagea longuement, comme pour détecter toute trace de mensonge, mais le visage émacié de Jacques ne laissait rien paraître.

— J'ai revu ma petite sœur, dit-il soudain, surveillant sa réaction.

Jacques ne put cacher son trouble.

— Émilie?

— Elle est venue me rendre visite à ma maison de transition.

Jacques n'avait pas revu la jeune femme depuis qu'il était allé la conduire au terminus d'autocars de Winnipeg, quatorze années auparavant. Que faisait-elle au Manitoba? Pourquoi avait-elle pris le risque de revenir? Il ne comprenait plus rien.

— Je savais pas qu'elle était ici, commenta-t-il prudemment.

Léo eut un sourire amer.

— C'est une cachottière, ma petite sœur. Elle a changé. Quand on était enfants, on était comme les deux doigts de la main, on n'avait pas de secrets l'un pour l'autre. Peux-tu croire qu'elle m'a pas rendu visite une seule fois en prison ? Jamais donné de ses nouvelles, pas une lettre, rien. C'est bien pour dire. Même les liens du sang comptent plus, de nos jours.

Jacques chercha à gagner du temps.

— On choisit pas sa famille.

Les deux hommes se mesurèrent du regard. Léo rapprocha le canon de la tempe de Jacques.

— Il y a tellement de choses qui se cachent dans cette tête-là.

Jacques resta immobile. Il osait à peine respirer.

— Pour la dernière fois, dis-moi où est Michel.

Il sentit le métal froid sur sa tempe.

— Pour la dernière fois, j'en sais rien.

Léo remit lentement le revolver dans son blouson.

— Si jamais tu m'as menti, tu vas avoir affaire à moi.

Il marcha vers la porte. Ses talons claquaient sur le plancher de contreplaqué. Jacques ne fit pas un geste. Il entendit le vrombissement d'un moteur, puis le grincement de pneus sur le gravier. Il resta longtemps debout au même endroit, sans bouger.

*

Vendredi 4 avril 1997
Saint-Jean-Baptiste

Une clarté laiteuse se glisse à travers les planches disjointes de l'étable. Jacques donne du lait aux veaux à la bouteille. Ils ont fait un séjour dans l'incubateur après leur naissance, quelques jours auparavant, mais ils sont en parfaite santé. Jacques aime la tranquillité du petit matin, l'odeur de foin et d'engrais, le doux meuglement des vaches. Il éprouve alors un sentiment de paix, de sérénité, comme s'il était dans un cocon le protégeant du monde extérieur.

Une silhouette imposante apparaît sur le seuil de l'étable.

— Jacques, viens m'aider.

Il se tourne vers son père. Sa quiétude vient d'être brisée.

— Envoye, grouille!

Jacques est frappé en voyant le visage livide de son père et pressent que quelque chose de grave s'est produit. Maurice lui fait signe de le suivre. Dehors, un vent vif lui souffle au visage, contrastant avec la moiteur tiède de l'étable. Jacques enfonce sa tuque sur sa tête et glisse les mains dans ses poches pour ne pas avoir froid. Son père l'entraîne vers sa camionnette. Jacques entrevoit une forme affalée sur le siège du conducteur. Il s'en approche. Il reconnaît son frère Michel, blanc comme un linge, les yeux fermés, du sang sur son visage. Pendant une seconde atroce, il croit qu'il est mort.

— Qu'est-ce qui lui est arrivé? demande-t-il d'une voix étranglée par l'émotion.

— Aide-moi à le ramener à sa chambre au lieu de poser des questions, ordonne son père en ouvrant la portière.

Jacques prend son frère par les épaules tandis que son père lui saisit les jambes.

— Doucement! Il est blessé.

Les deux hommes se dirigent vers la maison. Jacques s'efforce de ne pas regarder le visage de son frère, dont il sent à peine la respiration. Il ne comprend rien à ce qui a pu se passer, dans quelles circonstances Michel s'est blessé, comment son père l'a trouvé, mais il n'ose rien lui demander, de crainte de se faire rabrouer de nouveau. Ils franchissent péniblement les marches du perron, vaguement éclairé par une lampe murale qui est restée allumée. La porte s'ouvre. Sa mère, en robe de chambre, accourt vers eux. Ses cheveux auburn, mêlés de fils argentés, flottent sur ses épaules. Elle a l'air encore plus pâle que d'habitude dans la lumière blême du matin naissant.

*

Jacques sortit de la maison et examina les alentours avec anxiété afin de s'assurer que Léo Labrecque était parti. Le soleil le fit cligner des yeux. La route était déserte. Un voisin était en train de couper du bois. Un chien aboyait. À distance, un drapeau métis, composé du chiffre huit horizontal représentant l'infini, flottait au vent. Jacques retourna à l'intérieur, souleva le combiné de son téléphone et composa un numéro. Il y eut un déclic, puis la voix de Michel sur une boîte vocale. «Bonjour, vous êtes bien chez les Sauvé. Nous sommes absents, laissez-nous un message.» L'enregistrement se terminait par un rire d'enfant en fond sonore.

— Michel, c'est Jacques. Rappelle-moi dès que tu pourras. Léo est sorti de prison. Il te cherche.

Il raccrocha, le front plissé par l'inquiétude.

Saint-Jean-Baptiste

Une quinzaine de choristes, un livret à la main, étaient rassemblés dans le sous-sol de l'église Saint-Jean-Baptiste. Le curé Biron se tenait debout sur une petite estrade placée devant le groupe, une baguette à la main, la mine concentrée. Derrière lui, une lumière ocre saupoudrée de poussière filtrait par les fenêtres étroites. Claire Poitras, tenant son cahier de musique dans ses mains, attendait que le prêtre donne le signal pour commencer à chanter. Elle tourna la tête vers Marie-Louise, qui était installée à l'orgue. Lorsque sa belle-sœur était venue la prendre chez elle, en début d'après-midi, elle avait eu cent fois la tentation de lui dire que Michel était revenu, qu'il était marié et père d'un enfant, mais elle avait réussi à se contenir. Elle avait déjà trahi la confiance de son neveu une fois en fouillant dans ses affaires, pas question qu'elle la trahisse de nouveau.

Le curé fit un signe de tête à Marie-Louise. Les premières notes de l'orgue s'élevèrent. Les choristes commencèrent à chanter.

> *Écoute la voix du Seigneur,*
> *Prête l'oreille de ton cœur.*
> *Qui que tu sois, ton Dieu t'appelle,*
> *Qui que tu sois, il est ton Père.*

Claire avait la tête ailleurs. Toutes ses pensées allaient à Michel et à Marie-Louise. Sa belle-sœur jouait avec fougue, le dos légèrement courbé. Le départ de Michel lui avait coupé les ailes. Son chagrin se lisait sur son visage. Ses yeux, autrefois remplis de joie de vivre, étaient maintenant ternes, sans éclat, sauf lorsqu'elle jouait de la musique.

La voix du curé la fit sursauter.

— On reprend le refrain du début !

Il s'adressa à Claire.

— Madame Poitras, vous n'êtes pas à votre affaire, aujourd'hui. Vous commencez toujours en retard.

Claire rougit et fit un effort pour se concentrer sur sa partition, mais sa pensée revenait continuellement à son neveu. Il lui avait parlé d'un voyage de quelques jours, peut-être même une semaine. Elle aurait tout donné pour savoir où il était allé et, surtout, quel était le but de ce voyage. Un nouveau mystère qui s'ajoutait aux autres, comme des poupées gigognes.

École Émile-Lavallée

Fred Pothié, debout sur une estrade qui avait été installée dans le gymnase tout neuf de l'école, balaya la salle d'un regard satisfait. Le personnel enseignant et les élèves étaient assis en rangs d'oignons et avaient les yeux levés vers lui. Fred savourait toujours les quelques secondes qui précédaient une allocution. Chaque fois, il avait l'impression d'être le roi de l'univers. Lui, Fred Pothié, parti de moins que rien, non seulement il était devenu le maire de Saint-Jean-Baptiste, mais il possédait une flotte de camions florissante, « Fred Pothié Transport ». Il avait même été approché par un membre éminent du parti au pouvoir afin de se présenter aux prochaines élections provinciales. Il se voyait déjà député et, pourquoi pas, ministre. Il n'était pas pire que tous ces faiseux en complet qui déblatéraient à cœur de jour à l'assemblée législative…

Il jeta un coup d'œil à ses notes. Sa secrétaire lui avait rédigé un discours, mais comme il savait à peine lire et écrire, il s'en était inventé un, qu'il avait appris par cœur. Il dictait ses lettres au dictaphone. Jusqu'à présent, personne ne semblait s'être rendu compte de son problème. Il ajusta son micro et prit la parole :

— Monsieur Barton, ministre de l'Éducation et de l'Enseignement supérieur, madame Desrosiers, directrice générale de l'école Émile-Lavallée, mes chers amis, nous sommes réunis aujourd'hui pour un grand moment dans l'histoire de notre village : l'inauguration de l'école Émile-Lavallée, en l'honneur du grand violoniste Émile Lavallée, dont le talent est une source de fierté pour le Manitoba !

Des applaudissements crépitèrent.

— Sans la foi et la détermination de Mme Desrosiers et le soutien sans faille du ministère de l'Éducation, nous n'aurions jamais vu naître ce joyau de notre région. Je suis particulièrement fier du fait que notre nouvelle école, axée sur le chant et la musique, permettra à des centaines de jeunes d'apprendre à jouer d'un instrument et de développer leur talent. Comme on dit, la musique adoucit les mœurs !

*

Hôtel Comfort Inn, Winnipeg

Geneviève faisait les cent pas dans une chambre anonyme et moderne. Fred et elle se donnaient habituellement rendez-vous à cet hôtel, situé au centre-ville de Winnipeg, afin d'éviter de tomber sur quelqu'un qui les reconnaîtrait. Elle regarda l'heure sur le réveille-matin électrique placé sur une table de chevet. Treize heures quarante-cinq. Il avait une bonne demi-heure de retard. Elle fut tentée de l'appeler sur son portable, mais n'en fit rien. Il lui avait répété *ad nauseam* qu'elle ne devait jamais lui téléphoner, à moins d'une urgence, et même là… Elle alla dans la salle de bain et se regarda dans la glace. Elle se trouva l'air fatigué et moche, ce qui la déprima. Elle retourna dans la chambre et alluma le téléviseur, puis l'éteignit aussitôt. Dans un geste de dépit, elle enfila son manteau pour partir, puis s'affala dans un fauteuil, exaspérée et au bord des larmes. Elle avisa un bloc-notes et un stylo sur un secrétaire, s'en empara et se mit à dresser une liste des qualités et des défauts de Fred. Elle faisait des listes pour tout : l'épicerie, les choses à faire, ses rêves, son avenir comme vétérinaire, ses amours avec Fred, sa décision de quitter ou non la ferme familiale… Elle les gardait précieusement dans un tiroir de sa commode, les relisait souvent, les corrigeait parfois ou les jetait au panier, selon son humeur du moment.

Fred

QUALITÉS

· Il est bel homme. En tout cas, il est sexy. Il a de beaux yeux. J'aime la fossette sur son menton.
· Il fait bien l'amour.
· J'aime son rire.
· Il sait se montrer affectueux quand il veut.

Elle réfléchit, puis ratura la dernière phrase d'un geste sec, déchirant presque la feuille de papier.

Elle eut beau se creuser la cervelle, elle ne trouva pas d'autres points positifs. Elle inscrivit le mot « Défauts » vis-à-vis « Qualités » et se remit à écrire.

DÉFAUTS

· Il est marié.
· Il ne me consacre pas assez de temps, une heure par-ci par-là, à la sauvette.
· En plus, il trouve le moyen d'arriver en retard.
· Il ne m'aime pas vraiment, tout ce qu'il veut, c'est <u>baiser</u>.

Elle avait souligné le mot « baiser ».

· On ne peut jamais se montrer en public.
· Il sent la fumée de cigarette.
· Il met trop d'aftershave.
· J'haïs ça quand il m'appelle « mon p'tit canard ». C'est quétaine.
· Il s'habille de façon trop voyante.
· C'est un monstre d'égoïsme et d'ambition, qui ne pense qu'à sa carrière.
· Il a marié sa femme pour son argent et ses relations. Au fond, il ne m'aime pas. (Ça fait deux fois que je l'écris, c'est significatif.)
· Il prétend ne pas faire l'amour avec sa femme, mais je n'en crois pas un mot.
· En fait, c'est un maudit menteur.

Elle déposa le stylo sur le secrétaire. Sa décision était prise. Elle romprait avec lui aujourd'hui. Elle avait déjà été assez patiente. *Conne, plutôt. J'en ai plein le dos. C'est fini. F-i-n-i!*

On frappa à la porte. Elle s'empressa d'arracher la feuille, la plia et la rangea dans une poche de son manteau, puis alla répondre. Fred entra et referma prestement la porte, soulagé de n'avoir croisé personne qu'il connaissait. Il remarqua que Geneviève portait un manteau.

— Tu viens d'arriver? demanda-t-il, surpris.

— J'allais partir. J'en avais assez de t'attendre.

Il la prit dans ses bras, l'embrassa sur le bout du nez.

— Je suis désolé, mon p'tit canard.

— Arrête de m'appeler comme ça!

Il la serra contre lui. Il sentait l'aftershave et la fumée de cigarette.

— C'est pas de ma faute, ma puce, il fallait que j'aille à l'inauguration de la nouvelle école.

— T'as toujours des bonnes excuses. J'en ai plein le dos!

— T'es belle quand t'es fâchée…

— T'es niaiseux! Lâche-moi, Fred! On peut plus continuer comme ça.

Il l'embrassa goulûment sur la bouche. Elle tenta de se libérer de son étreinte, mais la douceur de ses lèvres, ses mains chaudes sur ses hanches eurent raison de sa volonté. Il l'entraîna vers le lit, lui prit son manteau qu'il jeta sur une chaise, enleva le sien et commença à la déshabiller.

— T'es belle comme un cœur!

Elle ferma les yeux, respira avec délices l'odeur épicée de son cou. *Espèce de lâche*, se dit-elle, en pensant autant à elle qu'à lui. Elle se laissa couler dans les bras de son amant, un naufrage irrésistible.

*

Au volant de sa Cadillac de l'année, Fred roulait en sifflotant sur la route 75 en direction du village de Saint-Jean-Baptiste. Une giboulée de mars blanchissait les arbres. Il poussa un soupir satisfait. La vie était belle, il se sentait rassasié et heureux. Geneviève commençait à faire des histoires et il craignait qu'elle devienne un peu trop collante, mais elle était gentille, et sa peau était si douce… Lorsqu'il faisait l'amour avec elle, il mettait de côté ses tracas quotidiens, sa peur que sa secrétaire se rende compte qu'il était quasi illettré, que sa femme s'aperçoive qu'il la trompait et lui demande le divorce, que quelqu'un finisse par mettre le nez dans ses affaires et découvre le pot aux roses… Il regarda machinalement sa montre, mais elle n'était pas à son poignet. *Shit !* Il l'avait oubliée dans la chambre d'hôtel. Il se rappelait, maintenant, il l'avait enlevée pour prendre une douche rapide. Sa femme avait le nez fin, alors il prenait toujours une douche après l'amour, espérant qu'elle ne se douterait de rien. Il faudrait qu'il invente une excuse pour la montre. Il dirait qu'il l'avait oubliée dans les toilettes de l'école après l'inauguration, ou quelque chose du genre. Il était vraiment embêté, cette montre lui avait coûté la peau des fesses. Il ne voulait pas appeler l'hôtel, ne souhaitant pas être identifié.

Son portable sonna. Il répondit en utilisant son système mains libres.

— Allô.

— Fred, c'est moi.

Il reconnut la voix de Geneviève.

— Je t'ai déjà dit de jamais m'appeler, marmonna-t-il, irrité.

— J'ai trouvé ta montre sur la table de chevet de l'hôtel. Je te l'apporterai la prochaine fois.

Elle mit fin à la communication. Il éteignit son téléphone, à la fois soulagé et mal à l'aise. Il avait été imprudent. Il se promit d'être moins distrait à l'avenir. Ce n'était pas le moment de provoquer un scandale, surtout avec la perspective de se présenter comme député aux prochaines élections.

La voiture passa devant le petit cimetière de Saint-Jean-Baptiste. Il ne put s'empêcher d'y jeter un coup d'œil, puis détourna les yeux. Il sortit un paquet de sa poche et alluma une cigarette. Ses mains tremblaient légèrement.

33

Église Saint-Jean-Baptiste

Les choristes chantaient tandis que le curé Biron battait la mesure.

> *Toi qui aimes la vie, Ô toi qui veux le bonheur,*
> *Réponds en fidèle ouvrier de sa très douce volonté.*
> *Réponds en fidèle ouvrier de l'Évangile et de sa paix.*

Une porte claqua. Geneviève entra en coup de vent et, sans prendre le temps d'enlever son écharpe et son manteau, courut vers le groupe, son cahier de chants liturgiques sous le bras. Des flocons de neige achevaient de fondre sur ses épaules.

— Excusez mon retard, monsieur Biron, j'ai eu un contretemps.

Le curé la foudroya du regard. Habituellement placide, il se transformait en tyran lorsqu'il dirigeait sa chorale. Geneviève prit place à côté de sa tante Claire, se déshabilla et lança son écharpe et son manteau sur une chaise. Elle ouvrit son cahier en tâchant de reprendre son souffle. Elle sentait encore les mains chaudes de Fred sur ses seins, sa bouche qui l'embrassait avec gourmandise, sa langue ancrée sur la sienne. Sa tante lui sourit d'un air indulgent, comme pour lui dire : *Ne t'en fais pas pour ton retard, tu connais le curé Biron…* C'est alors qu'elle remarqua une marque rouge sur le cou de sa nièce. Elle lui fit un signe discret pour le lui signaler. Geneviève rougit comme une pivoine et reprit son écharpe, qu'elle noua soigneusement. Lorsque Fred avait joui, il l'avait mordue en hurlant de plaisir. Elle sentit son ventre se nouer à cette évocation et, en même temps, s'en voulait à mort d'avoir été incapable de rompre avec son amant. Après chaque rendez-vous, elle se jurait d'en finir avec lui, mais lorsqu'il la prenait dans ses bras, toutes ses résolutions s'écroulaient.

Écoute la voix du Seigneur,
Prête l'oreille de ton cœur.
Tu entendras crier les pauvres,
Tu entendras gémir le monde.

*

Après la répétition, la ménagère du curé, Mme Joly, servit du café et des biscuits. Claire était si fébrile qu'elle se brûla la langue en buvant une gorgée trop chaude. Elle osait à peine regarder sa belle-sœur tellement elle craignait que celle-ci ne devine la vérité juste à voir l'expression de son visage. Elle fut soulagée quand Marie-Louise lui fit signe qu'elle était prête à partir.

Une neige fine recouvrait le parvis de l'église et le faîte des arbres. Les choristes se dispersèrent en bavardant. Marie-Louise et Claire se dirigèrent vers la camionnette de Maurice, tandis que Geneviève prenait place dans une voiture d'occasion qu'elle avait réussi à s'acheter à force d'économiser.

— Dire qu'il faisait beau ce matin! soupira Marie-Louise en enlevant du plat de la main la neige qui s'était accumulée sur le pare-brise. L'hiver finira donc jamais!

Les deux femmes montèrent dans le véhicule. La neige se transforma en grésil, rendant la chaussée glissante. Marie-Louise conduisait prudemment en direction de Saint-Boniface. Claire gardait un silence inhabituel, écoutant avec distraction le chuintement régulier des essuie-glaces. Le ruban gris de la rivière Rouge apparaissait parfois à travers les futaies.

— La Rouge est déjà haute, remarqua Marie-Louise. Aux nouvelles, on disait que le gouvernement se préparait au pire. Chaque année, c'est la même chanson. Des fois, je me demande pourquoi on s'obstine à rester ici. On doit être une bande de masochistes…

— Mhh-hmmm, fit Claire.

Marie-Louise lui jeta un coup d'œil en coin.

— Veux-tu bien me dire ce qui te chicote ? T'es muette comme une carpe depuis tantôt, c'est pas normal.

— Traite-moi donc de jacasseuse, tant qu'à y être !

— Mais qu'est-ce que t'as ?

Les essuie-glaces continuaient leur bruit monotone. Claire se sentait légèrement étourdie.

— Michel est revenu.

Les mots étaient sortis tout seuls. Marie-Louise freina brusquement. La camionnette fit une embardée et s'immobilisa sur l'accotement dans un grincement de roues. Par chance, aucune voiture ne les suivait. Marie-Louise, les mains crispées sur le volant, avait pâli.

— Tu veux dire, ici, au Manitoba ?

Sa voix sonnait comme une crécelle.

Claire acquiesça.

— À Saint-Boniface.

— Quand ?

— Hier. Je revenais de l'épicerie, et puis tout à coup, je suis tombée sur lui. Au début, j'étais pas certaine, tu comprends, après quatorze ans, mais c'était bien lui. Je l'ai invité à faire un tour à la maison.

Un silence lourd s'installa. Marie-Louise était déchirée entre la joie de savoir que son fils était revenu et l'angoisse à l'idée que Léo Labrecque était à sa recherche. Dieu sait ce que ce dernier avait en tête…

— Il est ici pour longtemps ?

— Quelques jours, quelques semaines… Il n'a pas été très précis.

Le remords rongeait Claire. Elle avait rompu sa promesse. Michel ne le lui pardonnerait jamais, mais c'était trop cruel de laisser sa belle-sœur dans le noir.

Marie-Louise regardait droit devant elle, encore sous le choc de la nouvelle.

— Est-ce que… est-ce qu'il va bien ?

— Très bien.

Claire ne révéla rien des secrets dont Michel s'entourait ni du fait qu'il lui avait caché être marié et père d'un petit garçon.

— Est-ce qu'il t'a parlé de son père ? De moi ?

Claire hésita. La dernière chose qu'elle souhaitait, c'était de lui faire de la peine.

— Il… Il m'a dit qu'il préfère ne voir personne pour le moment.

Marie-Louise ferma les yeux. Elle revoyait Michel dans les bras de son père, le visage pâle et ensanglanté. Maurice le transporte jusqu'à son ancienne chambre, puis le dépose doucement sur son lit. Geneviève apporte de l'eau chaude dans une bassine, des linges, elle rince les plaies, l'eau devient rouge, les gémissements de douleur de son fils, *mon Dieu, sauvez-le, faites qu'il ne meure pas.*

Une main effleura son épaule.

— Marie-Louise ?

Elle ouvrit les yeux, se tourna vers sa belle-sœur, qui la fixait avec inquiétude.

— Ça va aller.

Claire poussa un soupir de soulagement.

— Pendant une seconde, j'ai eu peur que tu tombes dans les pommes.

Le verglas avait cessé. De la buée s'était formée sur le pare-brise.

— Sais-tu où il est ? As-tu un numéro où le joindre ?

— Il restait à l'hôtel, balbutia Claire. Je lui ai proposé de s'installer chez moi, dans son ancienne chambre. Il a passé la nuit à la maison, mais il est reparti tôt, ce matin.

— Reparti ? Où ? s'enquit Marie-Louise, sur des charbons ardents.

Claire haussa les épaules, malheureuse. Elle avait honte d'avouer que Michel avait refusé de lui en faire part.

— J'ai oublié de lui demander, mentit-elle.

Marie-Louise éclata.

— *Mon fils* revient au Manitoba après quatorze ans d'absence, il repart, et t'as même pas la présence d'esprit de lui demander où il va?

Claire garda un silence mortifié. Elle avait réussi à trahir la confiance de son neveu et à fâcher sa belle-sœur. *Si seulement t'avais fermé ta grande trappe*, se morigéna-t-elle. Elle tenta de se justifier.

— En fait, il a pas voulu me le dire.

Encore une fois, elle regretta d'avoir trop parlé. Marie-Louise se tourna vers elle. Ses yeux gris brillaient de colère.

— Qu'est-ce que tu me caches? Maintenant que t'as commencé, tu dois finir.

— En faisant le ménage de sa chambre, j'ai... j'ai découvert des choses.

— Quelles choses?

— Michel est marié.

— Marié, répéta Marie-Louise d'une voix atone. Avec qui?

— Émilie, la fille des Labrecque.

Marie-Louise se rappelait qu'elle lui avait donné des leçons de piano, il y avait longtemps. C'était sa mère qui avait insisté, disant qu'une jeune fille bien éduquée se devait d'apprendre un instrument de musique. La petite Émilie n'était pas très douée pour le piano, mais elle était intelligente et sensible. Ainsi, Michel l'avait épousée. Tant de choses lui échappaient...

— Ils ont eu un enfant, poursuivit Claire. Un beau garçon.

Un petit-fils. Elle avait un petit-fils.

— Comment il s'appelle? Quel âge il a?

Claire fut de nouveau plongée dans l'embarras. Elle n'avait vu que la photo encadrée de l'enfant et était incapable d'admettre qu'elle avait fouillé dans les affaires de son neveu.

— Il a l'air jeune. Six ou sept ans.

Marie-Louise sentait que sa belle-sœur lui cachait une partie de la vérité, mais elle n'avait plus la force de se mettre de nouveau en colère. Elle avait une belle-fille, un petit-fils, son premier, et elle l'avait ignoré pendant toutes ces années. Cet enfant, dont elle ne connaissait même pas le prénom, avait appris à marcher, il était allé à la maternelle, avait commencé l'école primaire, et avant aujourd'hui, elle ne savait même pas qu'il existait. Claire, voyant à quel point sa belle-sœur était bouleversée, tenta de la rassurer.

— Michel va revenir. Dès que j'aurai de ses nouvelles, je t'appellerai, je te le promets.

— À quoi bon? Il veut plus rien savoir de nous.

— J'ai jamais compris ce qui s'était passé. Pourquoi Maurice l'a mis à la porte?

Le visage de Marie-Louise s'assombrit. Elle redémarra la voiture.

— Je veux pas revenir là-dessus.

— Pourquoi Michel a quitté le Manitoba du jour au lendemain, sans nous dire au revoir, sans même donner de ses nouvelles? insista Claire.

— Je veux pas revenir sur le passé, comprends-tu? Combien de fois il va falloir que je te le répète?

Le reste du trajet se fit en silence.

34

Marie-Louise déposa Claire chez elle et reprit la route 75 vers le village de Saint-Jean-Baptiste. Sa belle-sœur l'avait invitée à prendre le thé, mais elle avait refusé, se sentant incapable d'avoir une conversation normale. Elle conduisait dans un état second, comme si une partie d'elle-même avait déserté son corps. Elle tâcha d'imaginer le visage de son fils et se rendit compte avec horreur que, même si elle le revoyait, elle ne le reconnaîtrait peut-être pas. Quatorze ans d'absence pouvaient faire cela, effacer les traits d'un être aimé. Elle gara la camionnette derrière la voiture de Geneviève, puis entra dans la maison.

— Maurice ?

Personne ne répondit. Son mari était sans doute à l'étable. Elle se dirigea vers le téléviseur sous lequel étaient rangés des DVD et des albums de photographies. Elle en prit un au hasard et le feuilleta. Il datait de 1987. Sur une photo, Michel, âgé de huit ans, était grimpé sur la branche d'un grand pommier ; sur une autre, il posait à côté de son frère Jacques, une canne à pêche à la main, ses cheveux noirs dressés en épis sur la tête. Elle remarqua qu'il ne souriait pas et qu'il gardait son petit torse bombé, comme s'il voulait affirmer sa présence. Elle continua à tourner les pages qui emprisonnaient le passé, les ombres fugaces de vies figées à jamais sur du papier glacé dont les couleurs, autrefois éclatantes, s'estompaient peu à peu.

La porte d'entrée claqua. Marie-Louise referma l'album et le remit à sa place. La silhouette de Maurice apparut dans le cadre de la porte du salon. Il portait sa vieille parka.

— Un des veaux a la fièvre, j'ai appelé Gilles.

— J'espère que c'est pas trop grave.

Il s'affala dans un fauteuil sans enlever son manteau.

— Des fois je me dis que je suis trop vieux pour cette vie-là.

Marie-Louise le regarda dans les yeux.

— Michel est revenu. Ta sœur Claire l'a vu à Saint-Boniface.

Il ne dit rien. Son visage resta impassible, au point qu'elle eut l'impression qu'il ne l'avait pas entendue.

— Michel est revenu ! reprit-elle un peu plus fort.

— J'avais compris.

Il se leva et quitta la pièce sans un mot. La porte claqua à nouveau. Marie-Louise s'élança vers le hall d'entrée et sortit sur le seuil. Maurice marchait à grands pas vers l'étable. Sans prendre la peine de se couvrir, elle descendit les marches du perron et courut dans sa direction. Elle passa devant un enclos entouré d'une clôture, entrevit les formes massives de trois taureaux. Elle parvint à la hauteur de son mari et le saisit par les épaules, l'obligeant à se tourner vers elle.

— C'est ton fils !

— Je te l'ai déjà dit, j'en ai plus, de fils !

Il se dégagea et continua à marcher. Elle le suivit.

— Michel s'est marié avec la petite Émilie, la fille des Labrecque ! cria-t-elle. Ils ont un enfant, un petit garçon. Notre petit-fils !

Il s'immobilisa, les épaules rentrées, comme s'il avait reçu un coup de fusil. Il leva la tête. Un voilier d'outardes se dirigeait vers le nord. Leurs cris rauques résonnaient dans le ciel gris fer.

*

Vendredi 4 avril 1997, 4 h 58
Route 75

Maurice conduit sa camionnette à vitesse réduite, à cause de la brume qui s'est levée et de la remorque à bestiaux arrimée à son véhicule. Il revient de Regina, où se déroulait une foire aux bestiaux. Il a réussi à vendre ses veaux à bon prix et a acheté des graines de céréales qui serviront à ensemencer ses champs à partir du mois de mai, si la température est assez clémente. Dans les Prairies, impossible de prévoir ce que la météo vous réserve, sécheresse ou inondations, rarement d'entre-deux. Il aurait pu passer la nuit dans un motel, mais il préfère rentrer chez lui. C'est un homme d'habitudes, il dort mal quand il n'est pas dans son lit. Il allume la radio. Un vieux reel d'Émile Lavallée joue, la musique du violon est joyeuse, entraînante. Maurice sifflote, de bonne humeur. Il a hâte d'arriver à la ferme. Il tâtonne dans la poche de son manteau, en sort un paquet de cigarettes, en allume une. La fumée le détend. Il passe une main dans son épaisse chevelure noire, où apparaissent seulement quelques fils gris. La voix de son vieil ami JP se fait entendre. « Vous êtes à l'émission *Les Oiseaux de nuit*, animée par JP Gaudry. Allez, mes oiseaux de nuit, mes insomniaques préférés, mes somnambules funambules, bientôt, la lumière de l'aube chassera l'obscurité… »

Maurice aperçoit soudain une voiture dans la lumière brumeuse de ses phares. Il n'a que le temps de freiner et s'arrête à proximité du véhicule, à moitié renversé dans un ravin. Le cœur battant, il lance sa cigarette par la fenêtre, arrête le moteur en laissant les phares allumés et sort de la camionnette. Le son perçant d'un klaxon l'assaille. Il se rend compte que le hayon de la voiture accidentée est grand ouvert. Il y jette un coup d'œil, remarque un sac de sport et plusieurs billets de cent dollars. D'un geste mécanique, il abaisse le hayon et entrevoit à travers la lunette arrière une silhouette affaissée sur la banquette. Il s'avance vers la portière, tente de l'ouvrir, mais elle est verrouillée de l'intérieur. Il se penche, regarde de plus près et reconnaît Léo Labrecque. Une tache noirâtre s'élargit sur son épaule, comme du sang. Léo ne bouge pas, on dirait qu'il est mort. Maurice court vers l'avant de la voiture et y trouve un homme affalé sur le volant. Il fait trop sombre pour qu'il puisse voir son visage. Une fumée blanche s'échappe du capot, dégageant une forte odeur de caoutchouc brûlé et de carburant. À droite de la voiture, une forme gît dans le fossé. Il s'en approche. Le corps d'un jeune homme, immobile. Il se penche au-dessus de lui, le retourne. C'est son fils, Michel. Ses yeux sont clos, son visage est couvert de sang, une joue est tuméfiée, enduite de terre. C'est à peine s'il respire. Près de lui, un revolver. Maurice s'en saisit, le renifle. Une odeur de soufre. L'arme a servi récemment. Son premier réflexe est de jeter le revolver au loin, mais il se ravise et l'enfouit dans une poche de sa parka, refusant de réfléchir aux conséquences de son geste. Puis il soulève doucement son fils dans ses bras et le transporte vers son camion. Il perçoit dans son champ de vision un point de lumière, de l'autre côté de la route, du côté du cimetière, ressemblant à une lanterne ou à une lampe de poche. Il entend la pétarade d'un moteur, mais n'y prête pas attention. Toute sa force, toute sa volonté se conjuguent pour sauver son fils. Il ouvre la portière, dépose avec précaution le corps inerte de Michel sur le siège du passager et attache la ceinture pour éviter qu'il bouge, puis il s'installe au volant et démarre. À la radio, la voix d'un lecteur de nouvelles annonce que la rivière Rouge continue à monter et a atteint un niveau alarmant. En s'engageant sur la route 75, Maurice songe à emmener son fils à l'hôpital, mais y renonce. Le revolver, l'accident, Léo, l'homme affalé sur le volant, les billets de cent dollars trouvés dans le coffre de la voiture : une chose terrible s'est produite et son fils y a participé, d'une manière ou d'une autre.

En chemin, Maurice s'arrête à une cabine téléphonique et signale l'accident à la police, sans se nommer. Jamais les sept kilomètres qu'il lui reste pour parvenir à la ferme ne lui ont semblé aussi longs. De temps en temps, il tourne la tête pour surveiller son fils, qui reste immobile, les yeux fermés, le souffle court, un peu saccadé, du sang sur son visage. Au moins, il est encore en vie.

*

Maurice suivit les outardes des yeux jusqu'à ce qu'elles disparaissent derrière la ligne d'horizon. Sa femme le regardait avec inquiétude.

— Tu dis rien ?

— Qu'est-ce que ça me donne de savoir que j'ai un petit-fils, si je le connaîtrai jamais ?

— Qui te dit qu'on le connaîtra jamais ?

Son mari secoua la tête.

— T'as jamais voulu voir la réalité en face, Marie-Louise. La réalité, c'est que ton fils est un criminel, et qu'il y a pas de pardon pour ce qu'il a fait !

Geneviève, portant un anorak et des bottes de caoutchouc, sortit de l'étable. Elle avait entendu les derniers mots.

— De qui vous parlez ? demanda-t-elle, intriguée. Qui est un criminel ?

Maurice se tourna vers elle, furieux.

— Toujours à fourrer ton nez dans ce qui te regarde pas !

Il repartit vers l'étable à longues enjambées. Geneviève devint rouge. Des larmes de frustration lui montèrent aux yeux.

— Qu'est-ce qui lui prend ?

— Fais pas attention à lui, dit Marie-Louise. C'est pas contre toi qu'il en a.

— Contre qui, d'abord ? De qui vous parliez, tantôt ? répéta-t-elle. C'est Michel ? Il est revenu ?

Marie-Louise garda un silence embarrassé. Déjà, sa belle-sœur Claire était au courant du retour de Michel au Manitoba et elle n'avait pu s'empêcher de le lui révéler. Elle-même l'avait appris à Maurice. Elle craignait que la nouvelle ne tarde pas à se répandre. Léo finirait par le savoir. La pensée de l'ancien prisonnier la fit frémir. Malgré ce que Michel avait fait, il restait son fils. Devant le mutisme de sa mère, Geneviève enfouit ses poings dans ses poches. Elle parlait vite, en phrases saccadées.

— Y a jamais personne qui me parle. Papa me traite comme une moins que rien. Je travaille comme une folle, pour un salaire de misère. Je ferais dix fois plus d'argent si j'acceptais de travailler à plein temps à la clinique ! Des fois, je me demande ce qui me retient ici…

— Je sais à quel point t'es dévouée pour ton père, mais il se débrouille bien mieux, maintenant. Tu pourrais accepter l'offre de la clinique, trouver un logement.

— Tu veux que je m'en aille ?

— Tu sais bien que non ! Le temps passe si vite, Geneviève. Tu t'es déjà beaucoup sacrifiée. Il me semble que tu devrais t'occuper un peu plus de toi.

Plus Marie-Louise parlait, plus elle avait le sentiment de s'enfoncer.

— Papa a besoin de moi. Si je m'en vais, qui va prendre soin des animaux ?

— Il y a Gilles.

Geneviève eut un sourire amer.

— C'est vrai, j'oubliais Gilles. *Lui*, c'est un *vrai* vétérinaire.

Elle retourna à l'étable. Marie-Louise fit un mouvement pour la rejoindre, puis y renonça. Elle avait voulu réconforter sa fille et n'avait réussi qu'à la blesser. Elle revint vers la maison à pas lents, pensant à ce petit-fils qu'elle ne connaissait pas. Elle se demanda si Michel avait emmené sa femme et son fils au Manitoba. Quel était le prénom de cet enfant ? Auquel de ses parents ressemblait-il le plus ? Michel lui avait-il parlé d'eux ? Ces questions sans réponses lui paraissaient autant de barrières opaques, infranchissables. Elle sentit une énorme fatigue alourdir ses jambes.

Au lieu de rentrer chez elle, Marie-Louise se dirigea vers le sentier qui menait à la rivière Rouge. Le sol était encore gelé par endroits et craquait sous ses pas. Un vent froid agitait les branches nues et sombres des liards. N'ayant pas mis de manteau avant de sortir, elle commençait à avoir froid et se croisa les bras pour se réchauffer. Elle entendait le frémissement de l'eau, entrevoyait des reflets à travers un rideau de cornouillers sanguins et d'amélanchiers.

Le bruissement de la rivière s'amplifia. Marie-Louise s'avança vers la rive. Elle marchait prudemment pour ne pas glisser sur les plaques de neige et de glace. Elle contempla les flots vert-de-gris. Une écume blanche se formait sur les crêtes des vagues. Elle vit un embâcle à distance. L'eau était déjà haute et avait presque entièrement recouvert les tiges de quenouilles et de joncs sauvages.

*

Un soleil pâle nimbe l'horizon. Marie-Louise, en robe de chambre, sort de la maison. Un vent glacial lui gifle les joues, mais elle ne sent pas le froid. À vrai dire, elle ne sent plus rien, sauf la fraîcheur du métal sur sa paume. Elle contourne le potager et prend le sentier qui mène à la rivière Rouge. Des mésanges se pourchassent dans des buissons d'aubépines et de gadeliers. Elle parvient au bord de l'eau. Des nuages s'y reflètent, lui donnant une teinte limoneuse. Un martin-pêcheur, perché sur un saule, plonge vers la rivière et disparaît quelques secondes dans les flots. Il refait surface, la huppe dressée, des éclats d'eau perlés autour de la tête, tenant un poisson rutilant dans son long bec.

Marie-Louise sort le revolver de la poche de sa robe de chambre et le jette dans la rivière. L'arme atterrit dans l'eau avec un claquement, puis s'enfonce dans un léger tourbillon d'écume.

35

On était en pleine heure de pointe. Les voitures circulaient pare-chocs contre pare-chocs dans l'avenue Cumberland. Par réflexc, Léo jeta un coup d'œil à sa montre, puis se rappela que celle-ci était brisée. Il n'avait pas pris le temps de la faire réparer, mais la portait tout de même, comme un symbole de sa liberté retrouvée. L'horloge du tableau de bord de son pick-up indiquait seize heures cinquante. Il klaxonna rageusement la voiture devant lui. Il fallait absolument qu'il voie Pete Lewis avant la fermeture du garage. Le type qu'il avait aperçu à la station-service ce matin ressemblait à Michel. Il avait observé la voiture qu'il conduisait, une Buick blanche, un ancien modèle, et avait noté le numéro de la plaque sur sa paume, pour ne pas l'oublier. C'était peut-être une fausse piste, mais il n'en avait pas d'autres. Sa discussion avec Jacques n'avait rien donné. Il était convaincu que ce dernier savait où se trouvait son frère, mais il se serait fait tuer plutôt que de parler. Même la menace du revolver ne l'avait pas fait flancher.

L'enseigne du garage Pete's Auto Repairs & Parts apparut à distance. Il fallut à Léo encore une dizaine de minutes pour y parvenir. Il gara sa camionnette dans un espace libre et marcha rapidement vers l'entrée. Un écriteau « Open » était affiché sur la porte. Léo entra, faisant sonner une clochette. Un jeune mécanicien, debout derrière le comptoir, se tourna vers lui.

— Is Pete here ? demanda Léo.

Le jeune homme désigna d'un mouvement de la tête une porte qui donnait sur l'atelier. Léo s'y rendit. L'odeur habituelle d'essence, de métal et de peinture lui piqua les narines. Des taches d'huile couvraient le sol de ciment. Il entendit le son d'une scie mécanique et alla dans cette direction. Un homme en bleu de travail, penché au-dessus d'un établi, portant des lunettes de protection, soudait du métal, faisant jaillir des étincelles autour de lui.

— Pete ! cria Léo pour couvrir le bruit.

L'homme leva la tête, le reconnut. Il éteignit sa soudeuse et enleva ses lunettes. Son regard était impavide. De longs cheveux noirs tombaient sur ses épaules.

— Yo, dit-il d'une voix légèrement nasillarde, qui contrastait avec ses muscles visiblement entretenus dans un gymnase.

Léo lui expliqua qu'il avait besoin de connaître le nom et l'adresse du propriétaire d'une Buick. Pete hocha la tête. Il connaissait quelqu'un à la Société d'assurance publique, mais ça coûterait cher.

— How much ?

— Two hundred.

Deux cents dollars. C'était beaucoup d'argent. Il restait à Léo environ quatre cent quatre-vingt-dix dollars de la somme qu'on lui avait remise à sa sortie de prison, à peine de quoi tenir une semaine, mais il avait le sentiment que ce serait un bon investissement. Il transcrivit sur un bout de papier le numéro de la plaque qu'il avait tracé sur sa paume, puis remit quelques billets à Pete, en lui disant qu'il lui donnerait le reste lorsqu'il aurait son renseignement. Le garagiste empocha l'argent, remit ses lunettes et ralluma sa soudeuse.

36

Route transcanadienne

Michel avait roulé durant cinq heures d'affilée sur la route transcanadienne, avec un arrêt d'une demi-heure à un casse-croûte pour le lunch, à mi-chemin entre Brandon et Regina. Il commençait à sentir la fatigue, mais il avait hâte de parvenir à destination. La route se déroulait toute droite, un long ruban gris bordé de chaque côté par des fosses-réservoirs qui recevaient le surplus d'eau lors des fontes printanières. Les poteaux électriques se succédaient de loin en loin, telles des sentinelles. Des champs ocre et marron, hachurés par l'ombre des silos, s'étendaient à perte de vue. De rares voitures le croisaient.

La lumière déclinante du soleil enflamma soudain le ciel, que survolaient des voiliers de bernaches. Le paysage, la route rectiligne, les milliers d'oiseaux étaient si hypnotiques que Michel ferma les yeux pendant une seconde. La voiture dérapa légèrement. Il en reprit aussitôt le contrôle, le cœur battant, les mains crispées sur le volant.

Deux phares apparurent dans son rétroviseur, accompagnés du clignotement rouge et blanc d'un gyrophare. Le policier lui fit signe de se ranger sur l'accotement. Il obéit. Ses mains continuaient à serrer le volant si fort que ses jointures lui faisaient mal. Il maudit son imprudence. *Reste calme, agis normalement, pas un mot plus haut que l'autre.* Un agent de la GRC sortit de sa voiture et s'avança vers lui. Michel se composa un visage neutre, mais la peur rampait en lui. L'homme se pencha vers la fenêtre et lui indiqua d'un geste de la main de baisser sa vitre. Michel tourna la poignée. L'agent lui fit remarquer en anglais qu'il roulait à plus de cent vingt kilomètres à l'heure. Michel bafouilla des excuses. Il ne s'en était pas rendu compte. D'habitude, il respectait les limites de vitesse.

— Your driver's licence, please.

Michel fouilla dans la poche de son pantalon, mais l'habitacle était trop étroit et il n'arrivait pas à atteindre son portefeuille. Il déboucla sa ceinture et se tortilla pour y parvenir. Le policier l'observait, la mine impassible, une main sur son pistolet. Michel sentit des gouttes de sueur perler sur son front. Il réussit à extirper son portefeuille, mais dut s'y prendre à plusieurs reprises pour en retirer son permis de conduire, qu'il tendit au gendarme. Ce dernier l'examina longuement.

— You're from Quebec ?

— Yes.

— How come you have a Manitoba licence plate ?

Michel expliqua en anglais que la voiture appartenait à une tante, qui la lui avait prêtée. L'agent ne le quittait pas des yeux.

— The vehicle registration, please.

Les mains moites, Michel ouvrit la boîte à gants et y chercha le certificat d'enregistrement, ainsi que les assurances. Il remit les documents au policier, qui retourna vers sa voiture. Michel regarda le rétroviseur et vit l'agent s'éloigner, puis parlementer avec sa coéquipière en lui remettant les papiers. Son permis de conduire était au nom de Michel Sauvé, mais comme le certificat et les assurances étaient enregistrés au nom de Claire Poitras, le policier croirait peut-être qu'il avait volé le véhicule. On l'emmènerait alors à un poste de police pour l'interroger. On appellerait sa tante pour vérifier ses dires. Bien sûr, cette dernière leur confirmerait qu'elle avait prêté sa voiture à son neveu, mais sous le coup de l'énervement, elle leur révélerait peut-être sa véritable identité, sans penser à mal. *Michel Perreault.* Celui qui avait quitté le Manitoba, quatorze années auparavant, dans des circonstances nébuleuses, qui n'avait plus jamais donné de nouvelles, ni à sa famille ni à ses amis. Et qui revenait après tant d'années, à la recherche de sa femme et de son fils mystérieusement disparus. Alors, sa quête serait terminée. Il ne les reverrait peut-être plus jamais. La tentation de s'enfuir fut si forte qu'il lui fallut toute sa volonté pour y résister. *Ils ne savent rien*, se raisonna-t-il, *tout ça s'est passé il y a quatorze ans, ils ne peuvent pas faire le lien avec moi.*

Après quelques minutes, le policier revint vers lui. Il lui remit son permis de conduire et les documents.

— Next time, drive more carefully.

Il effleura son képi d'un doigt et s'éloigna. Le corps glacé de sueur, Michel attendit que la voiture de la GRC reparte et qu'elle se soit éloignée avant de démarrer à son tour.

37

Saint-Boniface

Claire avait mis machinalement la table pour deux personnes, puis, se rappelant que Michel ne viendrait pas souper, avait rangé le deuxième couvert. Elle avait mangé seule, avec pour toute compagnie le tic-tac de l'horloge murale.

Après le souper, elle se rendit au salon pour continuer sa courtepointe. Elle travailla pendant près d'une heure, mais ses doigts, légèrement déformés par l'arthrite, commençaient à l'élancer, et ses yeux se fermaient de fatigue. Elle décida d'aller se coucher, bien qu'il fût à peine vingt et une heures. Les émotions de la journée l'avaient épuisée. Elle songea avec détresse à la réaction de sa belle-sœur lorsqu'elle lui avait appris le retour de son fils. Si Paul avait été là, il aurait été de bon conseil, il aurait su la guider dans ces eaux troubles. Des larmes lui montèrent aux yeux, qu'elle essuya d'un mouvement impatient avec sa manche. Elle avait déjà tant pleuré! N'y aurait-il pas une fin à ce deuil? Pendant le service funéraire de son mari, une cousine bien intentionnée lui avait dit qu'il fallait deux ans pour faire le deuil d'un être cher, et qu'après ces deux années on pouvait tourner la page. Paul était mort il y avait trois ans, et elle avait été incapable de tourner cette fameuse page.

Elle rangea son panier de couture et monta l'escalier. La huitième marche craqua. Il faudrait la faire réparer. Depuis la mort de Paul, tant de petites choses se déglinguaient... Elle s'immobilisa devant la chambre de Michel, dont la porte était restée entrouverte, et entra dans la pièce plongée dans l'obscurité. Elle alluma la lampe de chevet. Cette fois, elle n'avait plus le sentiment d'être une intruse. Michel était parti. Peut-être ne reviendrait-il plus. Elle s'approcha du lit que son neveu avait soigneusement refait et fit un mouvement pour enlever la taie d'oreiller afin de la mettre au lavage, puis elle se ravisa. Elle gardait l'espoir qu'il reviendrait, ne serait-ce que pour lui rapporter la Buick. Elle prit le verre qu'il avait laissé sur la table de chevet et s'apprêtait à quitter la chambre lorsqu'elle remarqua quelque chose dans la corbeille en osier, placée près du meuble. Elle se pencha en poussant un gémissement de douleur à cause de son arthrite et trouva une coupure de journal. Elle déposa le verre sur la table et chaussa ses lunettes, qu'elle portait attachées autour du cou à l'aide d'un cordon. L'article venait du journal fransaskois *L'Eau vive* et avait été publié en juillet 1991. Elle lut le grand titre, qui avait été souligné au crayon :

Un nouveau musée ouvre ses portes à Gravelbourg grâce à Roland Labrecque

Fransaskois d'origine, réputé pour son dévouement à la cause du français dans les Prairies, Roland Labrecque, bibliothécaire et archiviste, vient d'ouvrir un musée dans sa ville natale, Gravelbourg, afin de mieux faire connaître l'histoire sociale et culturelle des francophones de la région.

Claire tâcha de se souvenir. Son amie Lorraine lui avait déjà mentionné que le frère cadet de son mari était bibliothécaire et vivait à Gravelbourg. Ça ne pouvait être que lui.

Collectionneur de vieilleries, comme il aime bien se qualifier lui-même, M. Labrecque, qui aura cinquante-sept ans dans quelques jours, a racheté une maison datant du XIXe siècle dans la rue Main et a transformé le rez-de-chaussée en musée. On y trouve de tout : d'anciens instruments agraires, des barattes à beurre, des rouets, des armoires, des bancs et des statues d'église, des jouets anciens, des accessoires de cuisine et de la vaisselle qui remontent jusqu'au

début du XIXe siècle. Notre œil est constamment sollicité par un objet
ou par un autre dans cette caverne d'Ali Baba. Précisons que l'an-
cien bibliothécaire n'a reçu aucune subvention pour financer son
entreprise culturelle. «Je l'ai fait par amour de ma patrie et pour
mieux faire connaître notre passé aux nouvelles générations», nous
a expliqué le jeune retraité, qui a toujours gardé sa passion pour
la transmission des connaissances.

La prochaine fois que vous irez à Gravelbourg, ne vous
contentez donc pas de visiter la co-cathédrale Notre-Dame-
de-l'Assomption (qui en vaut le détour, soit dit en passant), mais
allez voir le musée de Roland Labrecque et faites un merveilleux
voyage dans le temps.

Le regard de Claire s'attarda à la photo, où un homme au
visage débonnaire était debout devant un édifice. Il entourait les épaules d'une fillette de son bras.

Roland Labrecque, en compagnie de sa nièce de douze ans,
Émilie Labrecque, posant fièrement devant le Musée de
Gravelbourg.

Claire examina la photo de plus près et reconnut sans
peine la petite Émilie. Où Michel avait-il trouvé cette coupure de presse ? Pour quelle raison la création d'un musée à
Gravelbourg avait-elle de l'intérêt pour lui ? Elle se demanda
si c'était lui qui avait surligné le grand titre au crayon. Ce
matin, son neveu lui avait parlé d'un voyage. Se pouvait-il
qu'il se soit rendu chez l'oncle d'Émilie ? Mais qu'est-ce qui
l'avait poussé à aller là-bas et, surtout, pourquoi avait-il refusé
de lui en parler ? Elle sentait confusément que ce voyage était
l'une des clés du mystère entourant le jeune homme.

Frustrée par ces questions sans réponses, Claire plia l'article et le glissa dans une poche de son pantalon. Si Michel
revenait, elle était bien décidée à avoir une sérieuse explication avec lui. Elle ferait tout en son pouvoir pour le
convaincre de revoir ses parents.

Au moment où elle sortait de la pièce, la sonnette de l'entrée retentit. Convaincue que c'était son neveu, elle s'empressa

d'aller répondre. Lorsqu'elle ouvrit la porte, elle fut saisie en voyant un agent de la GRC. Comme pour la plupart des gens honnêtes, la vue de la police lui semblait toujours annonciatrice d'une catastrophe. L'agent s'adressa poliment à elle.

— Je m'excuse de vous déranger, madame. Vous êtes bien Claire Poitras ?

— Oui, c'est moi.

La crainte que son neveu ait eu un accident lui serra la poitrine.

— Je voulais faire une simple vérification. Êtes-vous propriétaire d'une Buick blanche, immatriculée au Manitoba ?

— Oui. Est-ce qu'il y a un problème ?

— Un homme a été arrêté pour excès de vitesse en Saskatchewan.

Il consulta un dossier.

— Un nommé… Michel Sauvé. Il prétend que vous êtes sa tante, et que vous lui avez prêté votre véhicule.

Elle faillit répondre qu'elle ne connaissait pas ce Michel Sauvé, mais une sorte d'instinct l'en empêcha. La tête lui tournait. Il fallait dire quelque chose, et vite. Sans en comprendre la raison, elle sentait que sa réponse pouvait avoir des conséquences graves pour son neveu. Pour se donner du courage, elle pensa à Paul, évoqua son visage placide, son regard franc.

— Oui, c'est vrai, finit-elle par balbutier. J'ai prêté ma voiture à mon neveu.

L'agent la scrutait avec attention.

— Mon mari est mort, il y a trois ans, expliqua-t-elle. J'ai gardé sa Buick.

Le policier acquiesça.

— Très bien. Encore mes excuses pour le dérangement.

Claire referma la porte et s'appuya sur le chambranle. Elle resta là pendant quelques minutes, tâchant de mettre de l'ordre dans ses idées. Michel avait changé son nom de famille. Encore une strate qui s'ajoutait au mystère, mais, au moins, un élément s'était éclairci. Son neveu était en Saskatchewan. Peut-être même à Gravelbourg, chez l'oncle d'Émilie.

38

La nuit finissait de tomber. Des étincelles rougeâtres achevaient de s'éteindre à l'horizon. Après avoir parcouru encore une trentaine de kilomètres, Michel, fourbu, aperçut l'enseigne d'un motel-restaurant, le Stardust Inn, avec les mots «Vacancy», «Seniors rates» et «TV sets» dont les lettres en néon scintillaient dans l'obscurité. Il décida de s'y arrêter. Des camions et des voitures étaient stationnés devant des cabines d'allure vétuste.

Le restaurant était presque plein. L'air sentait la friture et le café réchauffé. Une serveuse, portant un plateau chargé d'assiettes, passa devant Michel et désigna de la tête une table vide, dans le fond de la salle. Michel traversa le restaurant et alla s'asseoir. Un juke-box trônait au milieu du restaurant. La voix de Johnny Cash chantant *Ring of Fire* était couverte par le bourdonnement des conversations. La même serveuse, vêtue d'un uniforme beige, lui apporta un menu couvert de plastique et un verre d'eau, puis repartit aussitôt vers la cuisine. Elle revint quelques minutes plus tard, un carnet et un stylo à la main. C'était une femme dans la mi-quarantaine, avec des cheveux d'un noir de jais sous sa coiffe. Elle avait les traits tirés et des ombres cernaient ses yeux sombres, légèrement bridés.

— What can I get you?

Il commanda un hamburger et des frites en anglais. Elle le regarda du coin de l'œil.

— Vous, vous êtes pas de la région, dit-elle.

Elle parlait français avec un accent que Michel n'arrivait pas à identifier. Il sourit.

— Non.

— Vous venez d'où ?

Il hésita.

— De Montréal. Et vous ? Où avez-vous appris à parler français ?

— Ma famille parlait français.

Elle s'éloigna vers la cuisine. En attendant son repas, Michel déplia la carte qu'il s'était procurée à la station-service et l'examina. Il était à une vingtaine de kilomètres de Regina. Il lui restait environ deux heures de route avant d'arriver à Gravelbourg. Peut-être serait-il plus sage de dormir au motel. Il replia le plan pour faire de la place à l'assiette et aux condiments que la serveuse venait de déposer sur la table. Les frites étaient pâlottes et le hamburger n'avait pas l'air très appétissant, mais Michel avait l'estomac dans les talons et il les dévora avec appétit.

Lorsqu'il sortit son portefeuille pour payer, une photo de Thomas, qui avait été prise à son école, glissa sur la table. La serveuse, survenant avec un plateau pour débarrasser, y jeta un coup d'œil attendri.

— C'est ton p'tit gars ?

Elle prononçait le mot « petit » *chi*, comme dans la langue mitchif[3]. La gorge de Michel se noua. Il acquiesça sans prononcer un mot.

— Il est beau, commenta-t-elle. Il te ressemble.

Elle repartit avec son plateau chargé de vaisselle sale. Michel remit la photo dans son portefeuille, luttant contre les larmes. Il avait suffi de ces mots simples pour faire remonter la douleur. Il quitta le restaurant, se rendit à la réception et loua une chambre pour la nuit. Le préposé, le nez plongé dans un journal, lui tendit machinalement une clé munie d'une grosse rondelle de plastique où le numéro de la chambre était inscrit.

---

3. Le mitchif (ou michif) est un dialecte composé des langues crie, ojibwée et française, qui a été transmis oralement et qui est peu parlé de nos jours.

— Room seventeen. Forty-five dollars, cash, marmonna-t-il.

Michel acquitta la somme, puis sortit. Une bruine froide avait commencé à tomber. Il ne restait que quelques voitures dans le stationnement. Des lampes murales, fixées au-dessus de chaque porte du motel, jetaient une lumière falote sur le bitume. Il chercha le numéro de sa chambre et se rendit compte que c'était la dernière, au fond. La serrure résista un peu, puis céda. Il alluma un plafonnier, qui éclaira la chambre d'une lumière crue. La pièce sentait le désinfectant et l'humidité, mais, au moins, elle était propre. Du papier peint vert pomme, le même qu'à la réception ; des draperies, une moquette et un couvre-lit molletonné marron, comme l'uniforme que portait la serveuse. Le téléviseur était petit, un vieux modèle. Il déposa sa valise sur le lit et se rendit dans la salle de bain. Il n'y avait qu'une douche fermée par une porte accordéon, un petit savon enveloppé dans du papier portant le logo du motel, un verre en plastique recouvert de cellophane. La même odeur de désinfectant et d'humidité. Le robinet, à force de couler, avait laissé une trace de calcaire dans l'évier. Il écouta le son des gouttes qui tombaient une à une. Jamais il ne s'était senti aussi seul. Un fétu de paille sur une mer sans horizon.

39

Saint-Jean-Baptiste

Son mari était déjà couché lorsque Marie-Louise regagna leur chambre. Un rayon de lune s'infiltrait par les rideaux. Elle alla vers la fenêtre, eut la tentation de l'ouvrir, mais y renonça. Elle n'avait pas besoin d'un autre affrontement avec Maurice, qui détestait les courants d'air. Elle se déshabilla doucement pour ne pas le réveiller, déposa ses vêtements sur le dossier d'une chaise, enfila sa robe de nuit. Après s'être lavé le visage et brossé les dents dans la salle de bain, elle revint dans la chambre et se glissa sous les draps. Son mari lui tournait le dos. D'un mouvement timide, elle lui effleura une épaule, puis caressa sa chevelure, toujours aussi fournie, malgré le passage des années. Elle l'enlaça, sentant la chaleur de son dos sur sa poitrine. Il y avait longtemps qu'elle ne l'avait pas serré ainsi contre elle. Soudain, il se retourna. Ses joues étaient humides. Spontanément, elle embrassa son visage rugueux, goûta le sel de ses larmes. D'abord décontenancé par son geste, Maurice enfouit sa tête dans le creux de son cou, puis la prit dans ses bras à son tour. Des sanglots sourds secouaient ses épaules. Marie-Louise lui murmura des mots tendres, qu'elle n'avait pas prononcés depuis une éternité. Il se calma peu à peu. Elle eut le courage de dire ce qui l'obsédait depuis la nouvelle du retour de leur fils.

— Il faut être capable de pardonner.

Son mari ne répondit pas, mais elle sentit, dans la façon dont il s'abandonnait dans ses bras, qu'elle avait réussi à percer une brèche dans son armure.

40

Banlieue de Regina

Jacinthe Amyotte, portant toujours son uniforme de serveuse, rentra chez elle. Un filet de lumière, provenant d'une veilleuse dans la cuisine, jetait une faible lueur dans l'obscurité. Elle enleva ses chaussures et s'avança sur la pointe des pieds dans le couloir qui menait à sa chambre. En ouvrant la porte, elle entendit le ronflement de son mari. Ce dernier était étendu sur le dos, en travers du lit. Une bouteille de bourbon gisait par terre. Jacinthe déposa ses souliers au pied du lit et se pencha pour ramasser la bouteille, qui était vide. Elle poussa un soupir résigné et la mit dans un panier à déchets, puis se rendit dans la petite salle de bain attenante à la chambre. Elle s'observa dans le miroir, dont le tain s'était enlevé ici et là. Elle avait l'impression d'avoir cent ans, de porter le poids du monde sur ses épaules, le poids de ses jambes, lourdes à force d'avoir parcouru la salle du restaurant pendant des heures, le poids du corps de son mari, qu'elle trouvait souvent affalé quelque part dans la maison et qu'elle devait transporter jusqu'à leur lit, le poids de leur solitude à deux, le poids des heures, qui s'écoulaient au compte-gouttes, comme si le temps s'était figé dans une série de gestes répétitifs et sans joie, ces visages anonymes qui peuplaient ses journées et disparaissaient ensuite dans le tourbillon de leur propre vie, la laissant seule avec ce trou dans le cœur qui ne guérissait jamais.

Elle se rinça le visage à l'eau froide, l'essuya avec une serviette éponge, puis revint dans la chambre. L'odeur aigre de l'alcool la prit à la gorge. Bien qu'il fît froid, elle ouvrit la fenêtre. Elle s'assit ensuite sur le bord du lit, caressa les cheveux encore noirs de son mari, son front en sueur. Un élan de pitié et de révolte lui serra la poitrine. Cet homme brisé, qui se détruisait chaque jour un peu plus en ingurgitant ce maudit poison, elle l'aimait. En tout cas, elle aimait celui qu'elle avait rencontré à un cours de *line dancing*.

Elle avait trente-deux ans, en avait plein le dos de vivre seule et avait décidé de suivre ces cours pour rencontrer quelqu'un. Elle se rappelait le sourire dévastateur dont Joseph l'avait gratifiée lorsqu'il l'avait vue entrer dans la salle communautaire, ce sourire que l'on aurait dit réservé à elle toute seule ; sa grande main chaude qui s'était emparée de la sienne avec une autorité tendre lorsque la ligne de danseurs s'était formée. Leur longue promenade, après le cours, sur la route de terre éclairée par la pleine lune, le ciel immense couvert d'étoiles, leur premier baiser, si doux. Il lui avait proposé de la ramener chez elle dans son 4 × 4. Elle avait accepté. Il était un étranger pour elle, mais elle était déjà incapable de lui dire non. Une fois chez elle, devant l'immeuble locatif où elle habitait, elle lui avait proposé un café, ils avaient monté l'escalier menant à son petit appartement, il la tenait par la taille, comme s'ils se connaissaient depuis toujours. Évidemment, ils n'avaient pas pris de café. Il lui avait demandé son prénom. « Jacinthe », avait-elle répondu. « Comme une fleur, avait-il dit. Moi, c'est Joseph, mais tout le monde m'appelle Jo. » Il l'avait embrassée. Ses gestes étaient à la fois tendres et impérieux. Ils avaient fait l'amour, puis parlé pendant des heures. Lui, surtout. Il venait de la Louisiane. « Un Cajun », avait-il dit avec son sourire dévastateur. Il lui avait expliqué qu'il était très attaché à son coin de pays, mais avait décidé de partir pour trouver du travail. Un cousin à lui, contremaître dans une usine de potasse, près de Regina, lui avait dit qu'il y avait plein d'emplois dans la région. Dès leur première rencontre, Jo lui avait parlé de sa grosse peine d'amour, lorsque sa femme, sa « sweetheart », qu'il connaissait depuis l'adolescence, l'avait quitté, emmenant leurs deux enfants. Sa voix s'était enrouée, il avait changé de sujet. « Et toi, ma belle Jacinthe ? Parle-moi de toi. » Elle n'avait pas dit grand-chose. Elle avait passé une enfance heureuse dans son village natal, Willow Bunch. Après… Elle n'arrivait pas à parler de l'*après*. C'était un cratère, un trou noir, un puits sans fond. Trop douloureux pour être exprimé en mots. « Après, pas grand-chose. »

Réveillé par son propre ronflement, Jo se redressa sur ses coudes et la regarda comme s'il voyait un fantôme. Puis il sourit, une faible réminiscence de son sourire d'avant.

— Jacinthe… Quelle heure il est ? demanda-t-il d'une voix pâteuse.

— Y est tard, répondit-elle sèchement. T'as encore trouvé le moyen de siffler une bouteille. Tu sais que ça te fait du mal.

— Désolé, ma belle fleur. Je m'en suis pas rendu compte.

Elle le souleva par les épaules avec effort, tentant de se faire un peu de place dans le lit, mais son mari était trop lourd et elle finit par y renoncer. Il se rendormit et recommença à ronfler. Hébétée de fatigue, elle éclata en sanglots, des sanglots sourds, sans larmes. Cela ne la soulagea même pas, comme un orage sans pluie. Elle regarda l'heure sur le réveil électrique. Il était presque minuit. Il lui faudrait aller dormir sur le canapé, dans le séjour. Elle se leva, commença à déboutonner son uniforme. Elle pensa au jeune homme qu'elle avait servi au resto, à la photo de son garçon. D'un mouvement lent, elle ouvrit le premier tiroir de sa table de chevet et, sans même regarder, trouva une enveloppe. Elle en sortit une feuille de papier sur laquelle il y avait une minuscule empreinte de pied. C'était tout ce qu'il lui restait de l'enfant qu'elle avait donné en adoption.

— Mon p'tit gars.

Elle glissa la feuille dans l'enveloppe, qu'elle replaça dans le tiroir. Les ronflements de son mari continuaient à remplir la pièce. Quelques mois auparavant, elle avait fait des démarches au Centre d'adoption de Regina dans l'espoir de retrouver son fils. Elle n'avait eu aucune nouvelle depuis, mais s'accrochait à l'espoir de le revoir un jour. Pourtant, cet enfant avait été conçu dans la souffrance. C'est peut-être à cause de cette souffrance qu'elle souhaitait retrouver ce fils inconnu. Pour donner un visage humain à l'horreur.

41

Vendredi 25 mars 2011
Maison de transition, Winnipeg

Léo roule à tombeau ouvert sur une route droite. Les lignes jaunes défilent à toute vitesse devant lui. Soudain, il aperçoit une silhouette blanche debout au milieu de la route. Il reconnaît sa sœur, Émilie. Cette dernière lui fait signe d'arrêter. Léo enfonce son pied sur la pédale de frein, mais son pied rencontre le vide. La voiture roule de plus en plus vite. Il crie à sa sœur de ne pas rester sur la route. Cours ! Reste pas là ! Mais elle est immobile. Il fonce droit sur elle. Le corps rebondit violemment sur le pare-brise, le sang gicle, éclaboussant la robe blanche.

Léo se réveilla en sueur. Des bribes de son mauvais rêve le hantaient encore. Il se redressa, les membres douloureux. Le visage d'Émilie flotta devant ses yeux. Lorsqu'il avait vu sa sœur, qui l'attendait dans la salle commune de la maison de transition, deux jours auparavant, il avait été saisi par une foule d'émotions contradictoires. La joie de la retrouver, après si longtemps, la rage qu'elle l'ait abandonné… Depuis, il traînait comme un boulet une sensation étrange, angoissante ; le sentiment qu'il avait passé à côté de quelque chose d'important. Sa sœur avait besoin de lui, et lui, obsédé qu'il était par sa soif de vengeance, n'avait rien vu, rien compris.

Lorsqu'il descendit à la cuisine, il fut soulagé de n'y voir personne. Il mangea sans appétit, rongé par l'anxiété. Le téléphone sonna. Il répondit. C'était la voix de Pete. Léo l'écouta avec attention. Puis il raccrocha. Son intuition ne l'avait pas trompé. Il avait obtenu le renseignement qu'il voulait. C'était même plus que ce qu'il avait espéré. Il s'empressa de laver la vaisselle, plaça un peu d'argent dans un pot commun pour payer l'épicerie et quitta le logement, non sans s'être assuré que son revolver était dans la poche intérieure de son perfecto.

42

Saint-Boniface

Claire enfila un manteau, puis mit un béret et une écharpe de laine, car on avait annoncé du temps frais à la radio. Il lui fallait déposer son chèque de pension à la banque et faire son épicerie. Elle s'arrêterait peut-être ensuite pour prendre une bouchée en ville. Puis, en début d'après-midi, Marie-Louise viendrait la prendre pour la répétition de chorale. Elle se demanda si elle dirait à sa belle-sœur que Michel avait été arrêté, la veille, en Saskatchewan, pour excès de vitesse, et décida qu'elle n'en ferait rien. Après avoir placé son sac à main en bandoulière, elle ouvrit la porte d'entrée et laissa échapper un cri de surprise en voyant un homme portant une veste en cuir et des lunettes de soleil à verres miroir debout sur le seuil.

— Mon doux, vous m'avez fait peur ! J'avais pas entendu la sonnette.

L'homme lui sourit.

— Vous avez ouvert la porte juste quand j'allais sonner.

Il enleva ses lunettes et la scruta avec de petits yeux luisants. Claire pensa aux yeux en verre du col de renard que portait sa grand-mère, dans le temps. Du vivant de son mari, elle n'aurait pas hésité une seconde à laisser un inconnu entrer dans la maison, mais maintenant qu'elle était seule, elle était devenue plus craintive. Il sentit sa réserve.

— Vous me reconnaissez pas ? Je suis un grand ami de Michel Perreault. Je venais le voir de temps en temps quand il habitait chez vous.

Claire le regarda avec embarras. Il n'y avait rien qui la mettait aussi mal à l'aise que de ne pas reconnaître quelqu'un. Pourtant, quelque chose dans les traits de son visage, dans sa façon de redresser le torse comme pour se grandir, lui parut familier.

— Je suis désolée, j'arrive pas à vous replacer.

— C'est pas grave, madame Poitras. Les gens changent, en quatorze ans.

Il se frotta les mains.

— C'est pas mal frisquet. Ce serait gentil de me laisser entrer pour me réchauffer.

Claire eut pitié de lui. Après tout, ce serait impoli de laisser ce gringalet geler dehors ! Mais, surtout, elle était curieuse d'en savoir plus sur celui qui disait être un grand ami de Michel.

— Entrez donc. Mes courses peuvent attendre.

Léo ne se le fit pas dire deux fois et s'avança dans le hall. Claire referma la porte, se demandant si elle n'avait pas fait montre d'imprudence, puis haussa les épaules. Avec l'âge, elle était vraiment devenue peureuse !

— Vous prendrez bien un peu de café ? offrit-elle en déposant son manteau, son écharpe et son chapeau sur une chaise.

— C'est pas de refus.

Il la suivit dans la cuisine.

— Faites-vous encore votre fameuse confiture aux pimbinas ?

Mise en confiance, Claire sourit.

— Oui, puis elle est pas mal bonne, à part de ça ! C'était la préférée de Michel. Je vous en sers ?

— Je veux pas abuser de votre gentillesse…

— Ça me fait plaisir. Les amis de Michel sont toujours les bienvenus chez moi.

Elle mit de l'eau à chauffer, puis sortit un pot de confiture du frigo. L'homme prit familièrement place sur une chaise et feuilleta le journal *La Liberté*, qui se trouvait sur la table. Claire, tout en tranchant du pain de ménage, se rendit compte que l'ami de Michel ne s'était pas nommé. Elle l'observa de plus près. L'anxiété fit monter sa pression d'un cran.

— Vous seriez pas… Léo, le fils de Lorraine, par hasard ?

— Léo, c'est mon cousin par alliance. Moi, je m'appelle Martin. Martin Dumont. J'ai connu Michel à la petite école. On est allés au collège Louis-Riel ensemble.

Claire déposa la confiture de pimbinas et quelques tranches de pain sur la table, puis fit du café instantané.

— C'est drôle, Michel m'a jamais parlé de vous.

Léo étendit une épaisse couche de confiture sur sa tranche de pain et prit une bouchée. L'appétit lui était revenu.

— C'est pas étonnant. J'ai passé les quatorze dernières années en Colombie-Britannique, comme travailleur forestier. Michel et moi, on s'est perdus de vue pendant tout ce temps-là, mais j'aimerais beaucoup le revoir. Savez-vous ce qu'il est devenu ?

Claire lui jeta un regard pensif. Ce Martin Dumont semblait sincère, mais Michel avait tellement insisté pour qu'elle garde le secret de son retour ! Déjà qu'elle avait vendu la mèche à sa belle-sœur…

— Michel a quitté le Manitoba, il y a un bon bout de temps.

— C'est ce que le curé Biron m'a dit.

Claire accusa la surprise.

— Vous le connaissez ?

— J'ai été son enfant de chœur, quand j'avais douze, treize ans.

Claire sourit. Le fait qu'il connaisse le curé Biron la rassura. Comme s'il avait senti sa réserve fondre, Léo poursuivit :

— Michel me parlait souvent de vous. Il m'a dit que c'était grâce à vous et à son oncle Paul qu'il s'en était sorti.

L'allusion à son mari émut Claire aux larmes.

— C'est vrai qu'on l'a aidé, dans le temps…

— Michel et moi, on était comme les deux doigts de la main. Il était un frère pour moi. Ça me ferait vraiment plaisir de le revoir.

Il y avait tant d'émotion sur son visage, tant de sincérité dans sa voix que Claire en fut remuée.

— Michel est revenu. On s'est revus par hasard.

— Savez-vous où je pourrais le trouver?

— Vous l'avez manqué de peu. Il a passé une nuit ici, puis il est reparti hier matin.

— Reparti?

Claire hésita. Qu'est-ce que Paul aurait fait à sa place? Léo, sentant l'hésitation de la vieille dame, la regarda dans les yeux.

— À vous, je peux faire confiance, madame Poitras. J'ai su à travers les branches que Michel était recherché par la police. Je voudrais juste l'avertir, vous comprenez? Je serais malheureux s'il avait des ennuis…

La panique gagna Claire. Elle songea à la visite de l'agent de la GRC qu'elle avait reçue, la veille.

— Je crois qu'il est allé à Gravelbourg pour… rendre visite à… à quelqu'un.

Un réflexe de prudence l'avait incitée à ne pas nommer Roland Labrecque.

— Le monde est petit! s'exclama Léo. J'ai justement un oncle qui habite à Gravelbourg.

Il mangea une dernière bouchée de pain, puis se leva.

— Vous prendrez pas de café? demanda Claire, déconcertée.

— Je vous remercie, madame Poitras. Vous faites la meilleure confiture aux pimbinas dans tout le Manitoba.

Léo partit, laissant son assiette sale sur la table. Claire débarrassa lentement. Un malaise indéfinissable s'insinua en elle. Tout s'était déroulé si vite, elle avait l'impression désagréable que quelque chose d'important lui avait échappé. Elle se servit une tasse de café, s'assit à sa place habituelle et jeta un coup d'œil distrait au journal *La Liberté* qu'elle avait laissé sur la table. Une manchette attira son attention. «Un cycliste de Saint-Boniface, Martin Dumont, victime d'un chauffard.»

43

Centre d'adoption de Regina, Saskatchewan

Jacinthe Amyotte était assise dans une salle d'attente aux murs et à la moquette beiges. Le matin même, elle avait reçu un coup de fil d'Alan Taylor, le travailleur social qui s'était occupé de son dossier. Il lui avait dit avoir du nouveau concernant sa demande de retrouvailles et lui avait donné rendez-vous. Elle avait pris congé du restaurant, mis son seul tailleur, devenu un peu trop serré à la taille, et s'était rendue à Regina en voiture, remplie d'anxiété et d'espoir. Il n'y avait pas de doute dans son esprit que l'on avait retrouvé son fils. Sinon, pourquoi l'aurait-on fait venir jusqu'ici ? Elle regarda autour d'elle. Une quinzaine de personnes attendaient leur tour, surtout des femmes, probablement à la recherche de leur enfant, comme elle. On appela un numéro. Elle jeta un coup d'œil à celui qu'on lui avait remis à son arrivée. Ce n'était pas le sien. Cela faisait près d'une demi-heure qu'elle attendait. Pour tromper son impatience, elle prit une revue dont elle tourna distraitement les pages, sans rien voir. Son fils avait vécu trente-deux longues années sans connaître sa mère biologique. Elle songea qu'il ne voudrait peut-être pas la rencontrer. Cette pensée la plongea dans une détresse sans nom.

*

Août 1975
Willow Bunch, Saskatchewan

Malgré une chaleur accablante, Jacinthe soulève son petit frère, l'assoit sur le siège d'un tricycle, puis l'aide à placer ses pieds sur les pédales. Il rit, ce qui plisse ses yeux noirs en deux traits obliques et creuse deux fossettes dans ses joues couleur de miel. Elle va derrière le tricycle et le pousse devant elle. Son frère se penche en avant et, ses menottes serrées sur le guidon, commence à pédaler de toutes ses forces. Il tourne la tête vers sa sœur.

— Rgard, Jacinthe ! J'capab tout seul ! s'écrie-t-il.

Jacinthe l'applaudit en riant. Elle n'a pas entendu le crissement de pneus sur le chemin de gravier qui mène à la maisonnette où elle habite avec sa famille. Une portière claque. Elle se tourne dans cette direction et aperçoit une voiture sombre, dont les ailerons ressemblent à ceux d'un requin. Un homme en sort. Il est grand et porte un habit noir. Un prêtre, comprend-elle. Il se dirige vers l'entrée de la maison à longues enjambées. Jacinthe reste immobile, comme si le fait de ne pas bouger pouvait la rendre invisible. Quelques semaines auparavant, sa mère lui a annoncé sa décision de l'inscrire dans un pensionnat situé à Saint-Boniface afin de lui permettre de poursuivre ses études, car il n'y a pas d'école secondaire à Willow Bunch. Jacinthe a eu beau protester, pleurer, sa mère est restée de marbre. «Je veux que tu sois instruite, a-t-elle insisté. Pas comme nous autres.»

La porte s'ouvre. Jacinthe voit sa mère sur le seuil, tenant son dernier-né dans un sac suspendu à son cou. Elle est trop loin pour entendre sa conversation avec le prêtre, mais elle est certaine qu'ils parlent d'elle. Soudain, sa mère l'appelle. «Jacinthe ! Viens ici !» Sa voix est amplifiée par l'écho. Jacinthe couvre ses oreilles de ses mains. Elle sait qu'elle ne pourra rester éternellement figée comme une statue de sel, telle la femme de Loth dont leur maîtresse d'école leur a parlé dans un cours de catéchisme, mais elle ne veut pas partir, elle ne veut pas quitter sa famille, son village, ses amis, pour s'en aller loin, si loin, dans une ville étrangère, où elle ne connaît personne. Des sanglots lui serrent la gorge. Un liquide chaud coule entre ses jambes et fait une petite flaque à ses pieds. Elle rougit de honte. Sa mère accourt vers elle, malgré la chaleur et le fardeau du dernier-né. Son front bruni par le soleil est plissé par la colère. Elle saisit Jacinthe par un bras. « Crois-tu que c'est facile pour moi ? N'oublie jamais que c'est pour ton bien que je t'envoie là-bas. » Elle se rend compte que sa fille a mouillé sa culotte et pousse un soupir. « Va te changer. Ta valise est au pied de ton lit. » Jacinthe ne résiste plus. Elle marche à pas lents vers leur habitation, passe à côté de son frère en évitant de le regarder tellement elle craint que son cœur n'éclate en mille morceaux qu'il lui serait impossible de recoller ensemble.

Après avoir monté l'échelle qui mène à la chambre qu'elle partage avec ses deux sœurs cadettes, Jacinthe enlève ses vêtements encore humides, puis enfile une robe et des sandales que sa mère lui a procurées à un bazar de charité. Par la fenêtre étroite, elle entrevoit la silhouette du prêtre qui attend près de la voiture noire, pianotant avec impatience sur la carrosserie d'une main longue et blanche. Elle prend la valise de carton bouilli et redescend lentement l'échelle, sachant que chaque pas la rapproche du départ. Lorsqu'elle franchit le seuil de sa maison, elle sait qu'elle laisse à jamais son enfance derrière elle. Sa mère la serre brièvement contre sa poitrine, la bouche serrée pour étouffer toute émotion. Puis elle glisse une bourse dans une poche de sa robe. « Garde l'argent en cas de besoin », chuchote-t-elle.

Le prêtre s'avance vers elle, lui fait un sourire empreint de froide jovialité et lui tend la main. « Bonjour, Jacinthe. Je suis le directeur du pensionnat Notre-Dame. » Elle sent la paume chaude et moite qui s'attarde dans la sienne. Il saisit sa valise, la dépose dans le coffre, puis ouvre une portière. Jacinthe monte dans la voiture et se hisse sur le siège, qui sent le cuir et la sueur. Elle garde la tête baissée et de grosses larmes roulent sur ses joues. Elle essuie son nez avec le revers de sa main. Le prêtre, qui a pris place sur le siège du conducteur, l'a vue faire dans le rétroviseur et fronce les sourcils. « Tes parents ne t'ont donc pas appris les bonnes manières ? On aura beaucoup de pain sur la planche ! » Il étire son long bras et lui tend un mouchoir qui a déjà servi. Elle le prend avec répugnance. La voiture démarre et s'éloigne sur le chemin de terre. Jacinthe tourne soudain la tête et aperçoit sa mère, toute droite, une main en visière pour se protéger les yeux du soleil. Elle fixe la route jusqu'à ce que sa mère ne soit plus qu'un point minuscule à l'horizon.

Le voyage est interminable. Elle n'en garde que des souvenirs confus. Elle se rappelle avoir demandé au prêtre de s'arrêter à quelques reprises au bord de la route parce qu'elle avait mal au cœur. Lorsqu'ils parviennent à Winnipeg, Jacinthe est effrayée par le nombre de voitures et par les édifices qui ressemblent à une forêt de pierre. Elle a passé toute sa vie dans le village de Willow Bunch et n'a jamais connu une grande ville.

Elle se souvient de l'arrivée au pensionnat, un édifice en pierres grises, aux fenêtres renfrognées. Une religieuse la prend par le bras, l'entraîne dans une grande salle en crépi blanc et l'assoit sur une chaise droite, qui lui fait mal au dos. L'air sent l'encaustique et le chou trop cuit. Elle entend le son sec des ciseaux, *cric cric cric.* À travers ses yeux pleins d'eau, elle voit ses deux longues tresses tomber sur le plancher de chêne, tout près de sa valise en carton bouilli. Elle se penche pour ramasser ses tresses, mais la religieuse, qui ressemble à un corbeau avec son uniforme noir, tenant toujours une paire de ciseaux dans la main, l'en empêche.

— Tu préfères avoir l'air d'une sauvageonne ? Sèche tes larmes, ma petite, et remercie le Seigneur que notre bon père t'ait fait admettre à l'école et paie ta pension, sinon, tu serais restée une pauvre ignorante.

Jacinthe a le réflexe d'essuyer son nez avec sa manche, mais se retient, pensant à la remarque que le prêtre lui a faite dans la voiture.

La religieuse l'amène ensuite au dortoir, où des dizaines de lits en fer et aux draps blancs sont placés en cinq rangées bien droites. Un crucifix trône au-dessus d'une armoire. Une chaleur étouffante règne dans la pièce dont les fenêtres, garnies de rideaux blancs, sont fermées.

La sœur dépose la valise sur l'un des lits. Un uniforme a été disposé près de l'oreiller. Elle désigne un des tiroirs d'une commode, au pied du lit.

— Tu t'en serviras pour ranger tes affaires. Le souper est servi à cinq heures, tu as tout juste le temps de te changer. Les classes commencent à huit heures demain matin. Le lever est à six heures trente, et la messe, à sept heures, avant le déjeuner.

La religieuse s'éloigne. Jacinthe entend le claquement de ses talons sur le plancher de bois et le cliquetis de son chapelet qui pend à sa ceinture. Elle pense à ses parents, à son petit frère, à ses autres frères et sœurs, elle s'efforce de ne pas pleurer, mais des sanglots compriment sa gorge. Elle endosse l'uniforme comme le lui a commandé la religieuse : une tunique noire et un chemisier blanc, assorti d'une boucle en velours noir. Elle est trop à l'étroit dans son nouveau costume, elle a chaud, des gouttes de sueur coulent dans son dos. Elle se sent comme un animal pris au piège. *Mama, pourqwai t'ma laissi partchir ? Pourqwai t'm'a abandonni*[4] ?

Lorsqu'elle sort du dortoir pour se rendre à la cafétéria, elle croise le prêtre dans un corridor. Il lui jette un regard bienveillant, mais, sous cette bienveillance, elle perçoit de la dureté, comme celle de ces pierres sombres qui affleurent à la surface du ruisseau, derrière chez elle.

*

— Number twenty-two !

Perdue dans ses souvenirs douloureux, Jacinthe n'avait pas entendu la voix.

— Number twenty-two !

Elle consulta son numéro. C'était bien le vingt-deux. Elle se leva précipitamment, faisant tomber son manteau et son sac à main par terre dans son mouvement. Elle se pencha pour les ramasser puis se redressa, rouge de confusion. La réceptionniste lui indiqua un bureau, situé au fond d'un

---

4. En langue mitchif.

couloir. Jacinthe s'y engagea, serrant ses affaires contre elle. La nervosité lui faisait presque perdre le souffle. Elle s'arrêta à la hauteur d'une porte, y frappa timidement, puis entra. Un homme d'une trentaine d'années aux cheveux et aux yeux noirs était installé à un bureau encombré de dossiers. Il se leva à demi et lui tendit la main.

— Alan Taylor. On s'est parlé au téléphone, ce matin.

Elle acquiesça, intimidée. Le travailleur social lui fit signe de s'asseoir. Elle prit place sur une chaise, tenant toujours son sac et son manteau contre elle. Il saisit un dossier sur le dessus de la pile et l'ouvrit.

— J'ai de bonnes nouvelles, madame Amyotte, commença-t-il. On a retrouvé votre fils. En tout cas, on connaît son identité.

Jacinthe fut incapable de réagir. L'émotion jaillissait en elle comme une rivière débordant de son lit. Son fils, qui avait grandi sans savoir qui elle était, n'était plus seulement l'empreinte d'un pied minuscule sur une feuille de papier, il existait, il était en vie.

— Vous êtes certain que c'est lui? réussit-elle à dire, la voix étranglée.

Il désigna le dossier.

— La date et le lieu de sa naissance, la date de l'adoption, tout concorde.

Elle sourit faiblement, comme si elle n'arrivait pas encore à croire tout à fait à sa chance.

— Est-ce que… Lui avez-vous parlé?

— J'ai appelé sa mère adoptive, elle m'a confirmé qu'il s'agissait bien de votre fils.

Il s'interrompit et feuilleta le dossier, les sourcils légèrement froncés. Jacinthe se pencha vers lui, tendue comme un arc.

— Il refuse de me voir, c'est ça?

— Le problème, c'est que sa mère adoptive ne sait pas où il se trouve. Il semble qu'elle l'ait perdu de vue depuis plusieurs années.

La nouvelle assombrit Jacinthe.

— Est-ce que ça veut dire qu'il est…

Elle ne put se résoudre à prononcer le mot « mort ». Le travailleur social comprit ce qu'elle taisait.

— Il ne faut pas tirer de conclusion hâtive, madame Amyotte. Tout ce que je peux vous confirmer, c'est qu'on connaît l'identité de votre fils. On n'a pas d'autres pistes pour le moment, mais sa mère adoptive m'a promis de me rappeler si elle avait de ses nouvelles.

Jacinthe se demanda si les parents adoptifs de son fils lui avaient dit la vérité et, si c'était le cas, comment il avait réagi. Avait-il éprouvé du mépris ou même de la haine pour celle qui l'avait abandonné ? Lui avait-il pardonné ? Tant de questions restaient sans réponses, mais une seule s'imposait dans sa tête confuse.

— Pouvez-vous me dire son nom ? Juste son nom, ce serait tellement important pour moi.

Il secoua la tête.

— C'est un renseignement confidentiel. Il faut le consentement de votre fils, et pour ça, on doit d'abord le retrouver.

Elle prit un mouchoir dans son sac à main et s'essuya les yeux. Le travailleur social se pencha vers elle. Il y avait de la compassion dans ses yeux noirs.

— C'est possible que votre fils fasse lui-même une demande de retrouvailles. J'ai fait la même démarche.

Jacinthe sentit sa gorge se nouer.

— Avez-vous réussi à retrouver vos parents ?

Il détourna la tête.

— Ma mère est morte. Mon père…

Il haussa les épaules.

— Il était soûl quand je l'ai rencontré. On ne s'est pas revus par la suite.

Il se racla la gorge pour se donner une contenance et jeta un coup d'œil au dossier.

— Une dernière chose, madame Amyotte. Dans votre requête, vous avez indiqué « père inconnu ».

Jacinthe se raidit sans répondre.

— Dans le cas où votre fils accepterait de vous voir, poursuivit le travailleur social, il faut vous attendre à ce qu'il vous pose des questions sur son vrai père.

Le cœur de Jacinthe se serra d'effroi, comme si une main de fer l'avait empoigné.

— Est-ce que… Est-ce que je suis obligée de lui en parler?

Alan Taylor la regarda sans comprendre.

— Le père, reprit Jacinthe, est-ce que je suis obligée d'en parler à mon fils?

Il réfléchit avant de répondre.

— C'est à vous d'en juger, dit-il. Je voulais simplement vous avertir qu'il voudra peut-être savoir.

Jacinthe eut l'impression que son cœur avait été pris en tenailles dans les serres d'un aigle.

44

Gravelbourg, Saskatchewan

Michel s'était levé tôt et avait pris le petit-déjeuner au restaurant du motel. La serveuse de la veille n'était pas de service. À sa place, une jeune femme à la mine revêche, déjà fatiguée avant même d'avoir commencé sa journée. Il mangea rapidement, fit le plein dans une station d'essence à proximité du motel et prit la route en direction de Gravelbourg. Il conduisait avec prudence, ne dépassant jamais les limites de vitesse par crainte de se faire de nouveau arrêter. Il lui fallut deux heures pour parvenir à destination.

Gravelbourg ressemblait à ces villes que Michel avait vues, enfant, dans les vieux films westerns américains, avec sa rue principale très large et les rangées de commerces et de maisons collés les uns sur les autres. Il se gara facilement et sortit de la voiture. Il regarda autour de lui. Les deux élégantes tourelles de la co-cathédrale Notre-Dame-de-l'Assomption se profilaient dans le ciel. Il s'adressa à un passant, un homme d'une soixantaine d'années, portant un journal sous le bras.

— Pardon, monsieur! Je cherche le Musée de Gravelbourg.

— C'est à deux pas d'ici.

L'homme pointa l'index vers un immeuble à deux étages, situé du côté gauche de la rue Main.

— Vous voyez? Le musée est juste à un pâté de maisons du café de Paris.

Michel aperçut la marquise du commerce.

— Merci.

Le passant s'attarda.

— Vous êtes de la région ? demanda-t-il, curieux.

— Je viens en touriste.

L'homme sourit.

— Ça fait plaisir de voir des jeunes s'intéresser au patrimoine. Bonne visite ! N'oubliez pas d'aller voir la cathédrale, c'est un vrai joyau.

Michel marcha dans la direction indiquée par le passant. Une rafale souleva un bout de papier qui voltigea dans les airs. Il traversa la rue déserte et parvint à la devanture du musée. Les lettres « Musée de Gravelbourg » avaient été peintes à la main en caractères gothiques sur une large vitrine. Michel tenta de voir à l'intérieur, mais ne distingua que des chaises empilées et une table de réfectoire. Avant d'entrer, il prit le temps de réfléchir à la façon dont il aborderait l'oncle d'Émilie. Lorsqu'il lui avait parlé au téléphone, il s'était présenté comme étant un ami de sa nièce. Cette fois, valait-il mieux lui dire la vérité ? Comment réagirait M. Labrecque en apprenant que Michel était le mari d'Émilie ? Sa femme, après avoir fui avec leur fils, avait peut-être trouvé refuge chez son oncle, qui chercherait nécessairement à la protéger. Cette pensée le troubla au plus profond de lui-même. La protéger, mais *de qui, contre quoi* ? L'idée qu'elle aurait pu vouloir le fuir *lui* le dévasta. Peut-être qu'elle ne lui avait jamais pardonné son geste, que son amour pour lui avait été peu à peu empoisonné par ce passé qui lui collait toujours à la peau.

Michel attendit que les battements de son cœur se calment, puis poussa la porte. Une clochette carillonna. L'air sentait la poussière et le vieux bois. Le plancher, fait de lattes de pin, craquait sous ses pas. Toutes sortes d'antiquités, meubles, porcelaines, costumes, instruments agraires, poêles à bois, s'entassaient pêle-mêle dans la grande pièce, éclairée çà et là par des lampes sur pied et des plafonniers anciens. D'abord, il ne vit personne. Ce n'est qu'en traversant la salle qu'il aperçut un homme âgé derrière un comptoir de chêne. Il portait des lunettes à verres épais et avait la tête penchée au-dessus d'un vieux livre, dont il tournait délicatement les pages jaunies. Une caisse enregistreuse en cuivre, qui datait sans doute du début du siècle dernier, trônait sur le comptoir.

— Monsieur Labrecque?

Le vieillard lui jeta un regard absent par-dessus ses lunettes.

— Lui-même.

Michel l'observa. L'oncle d'Émilie avait une mine débonnaire et distraite, comme quelqu'un qui n'a pas l'habitude de voir beaucoup de monde.

— J'aimerais visiter votre musée.

— C'est trois dollars.

Michel sortit son portefeuille et déposa l'argent sur le comptoir. M. Labrecque prit les pièces et les rangea dans la caisse, qui tinta.

— Comment en avez-vous entendu parler? demanda-t-il avec une lueur de curiosité dans l'œil.

— Un article, paru dans le journal *L'Eau vive.*

Il parut surpris.

— Un papier à ce sujet a été publié en 1991, si ma mémoire est bonne. Êtes-vous archiviste, ou bibliothécaire?

— Je travaille dans un centre pour délinquants juvéniles, mais je m'intéresse à l'histoire.

L'oncle d'Émilie le scruta avec attention. Michel sentit qu'il était sur ses gardes.

— Votre voix me dit quelque chose. On se serait pas parlé au téléphone?

Michel ne répondit pas tout de suite. Valait-il mieux lui dire la vérité ou tenter de gagner du temps?

— Je voulais avoir des nouvelles d'Émilie. C'est ma femme.

Le visage de Roland Labrecque resta impassible.

— Pourquoi vous me l'avez pas dit au téléphone?

— Émilie est partie avec notre fils, Thomas, il y a trois jours, sans explication. Je suis très inquiet à leur sujet. Je me demandais si vous aviez eu de leurs nouvelles.

Le vieil homme enleva ses lunettes et les essuya avec un mouchoir.

— Je vous l'ai déjà dit au téléphone, j'ai pas revu ma nièce depuis longtemps. Voulez-vous faire la visite du musée quand même ?

S'il ne s'était pas contenu, Michel aurait donné un coup de poing au pauvre homme, mais il savait que la violence était aussi absurde qu'inutile. Il appuya ses deux poings sur le comptoir.

— Si vous savez quelque chose, je vous en prie, dites-le-moi ! Tout ce que je veux, c'est comprendre pourquoi Émilie est partie, pourquoi elle a emmené notre fils. Thomas est autiste, je suis mort d'inquiétude.

Il crut entrevoir de la compassion dans les yeux fatigués de l'oncle d'Émilie.

— J'aimerais bien vous aider, mais je suis au courant de rien. Si vous ne voulez plus faire la visite, je vous rembourserai vos trois dollars.

— Je vais faire la visite, affirma Michel avec un air de défi, espérant recueillir un indice, aussi minime soit-il, de la présence d'Émilie et de Thomas.

Roland Labrecque se révéla un excellent guide. Il connaissait la provenance de chaque objet, son usage, ainsi que les détails de la vie quotidienne des familles de pionniers, qui s'étaient établies sur les bords de la rivière La Vieille en 1906 sous l'instigation de Louis-Pierre Gravel, un missionnaire colonisateur qui avait donné son nom au village. Michel l'écoutait d'une oreille distraite, scrutant les lieux avec attention, mais il ne décela rien qui indiquât que sa femme et son fils étaient passés par là.

— Vous ne m'avez pas fait visiter le premier étage, mentionna Michel lorsque la visite fut terminée.

— J'habite là, c'est privé, répondit l'homme avec froideur.

Michel sentit à nouveau que l'oncle d'Émilie lui cachait quelque chose, mais il savait qu'il ne servirait à rien d'insister. Il remercia son guide et lui demanda s'il connaissait un endroit où il pourrait passer la nuit. Roland Labrecque montra des signes de contrariété.

— Combien de temps comptez-vous rester dans le coin ?

— Aussi longtemps qu'il le faudra.

Les deux hommes se mesurèrent du regard. M. Labrecque poussa un soupir résigné.

— Je vous recommande l'ancien cloître des sœurs de Jésus-Marie, qui a été transformé en pension. Vous qui vous intéressez à l'histoire, sachez que c'est un édifice très particulier. Certains prétendent qu'on y sent encore l'âme des religieuses.

*

Michel trouva facilement l'ancien couvent, situé à cinq minutes du musée. Il fut accueilli par Jenny Collins, une femme d'origine jamaïcaine, qui s'adressa à son hôte dans un français convenable, lui expliquant qu'elle avait appris la langue dans un cours d'immersion, à Edmonton, où elle avait vécu de nombreuses années. À la mort de son mari, elle avait décidé de réaliser son rêve et d'ouvrir une pension. Étant donné qu'il était son seul client, elle tint à lui faire visiter l'édifice, qui comportait de nombreux couloirs et des escaliers biscornus. Les anciennes cellules des religieuses avaient été transformées en chambres. Michel s'installa finalement dans une pièce dont la fenêtre étroite donnait sur une cour intérieure. En plaçant sa valise sur le lit, il aperçut un écriteau qui avait été placardé au-dessus de la porte : « La Providence est l'action de Dieu dans le monde. » Roland Labrecque avait raison, on pouvait encore sentir l'âme des religieuses.

45

Saint-Boniface

Depuis sa rencontre inopinée avec Léo Labrecque, Claire ne tenait pas en place. Elle avait renoncé à faire ses courses et tournait en rond dans la maison, tenaillée par la peur que Léo s'en prenne à Michel et se maudissant d'avoir été aussi naïve. Il est vrai que Léo lui avait menti sur son identité et que, après toutes ces années, il avait beaucoup changé, au point où elle pouvait difficilement le reconnaître, mais elle aurait dû se méfier. À plusieurs reprises, elle fut sur le point d'appeler sa belle-sœur pour la mettre au courant, mais elle y renonçait, craignant que celle-ci ne la blâme d'avoir mis son fils en danger. Elle se sentait incapable d'entendre ses reproches. Pourtant, lorsque Marie-Louise viendrait la chercher pour la chorale, elle n'aurait pas d'autre choix que de lui apprendre la visite de l'ex-prisonnier.

Une idée se précisa peu à peu à travers sa confusion. Il fallait qu'elle parle au curé Biron. Cette perspective lui apporta un peu de réconfort. Le prêtre la conseillerait sur la conduite à tenir.

Lorsque la sonnette de l'entrée retentit, Claire regarda l'horloge de la cuisine avec effarement : il était déjà treize heures trente. Elle se rendit compte qu'elle n'avait rien mangé depuis le début de la matinée. La sonnette résonna de nouveau. Claire se dirigea vers la porte comme un automate, la tête aussi vide que son estomac. Avant d'ouvrir, elle tâcha de répéter une formule d'accueil, mais rien ne lui venait à l'esprit.

— T'as pris du temps pour ouvrir, dit Marie-Louise avec une note de froideur. Je pensais que t'avais oublié la répétition.

— Je me sens pas très bien, avoua Claire, ce qui était la stricte vérité.

Marie-Louise la considéra avec inquiétude.

— C'est vrai que t'es toute pâle.

— J'ai passé une nuit sur la corde à linge. Ça va passer.

— Préfères-tu laisser tomber la répétition? Je dirai au curé Biron que t'es pas dans ton assiette.

— Non, non, je vais y aller. Ça va me faire du bien de sortir de la maison.

À son grand soulagement, sa belle-sœur ne lui posa plus de questions. Durant le trajet jusqu'au village de Saint-Jean-Baptiste, elle songea à lui parler de Léo, mais en fut incapable.

La répétition de chorale lui parut plus longue que d'habitude. Claire remarqua que sa nièce Geneviève avait une petite mine, mais elle était si préoccupée par ce qu'elle dirait au curé qu'elle se contenta de chanter. Après la répétition, lorsque Mme Joly servit la collation habituelle, Claire s'approcha du prêtre, qui rangeait ses partitions dans une mallette.

— Monsieur le curé, auriez-vous quelques minutes?

— À quel sujet?

— C'est… c'est personnel, dit Claire à mi-voix. Je souhaiterais vous parler en privé.

Le prêtre leva les sourcils, se demandant ce que cette veuve sans histoire lui voulait.

— L'horaire du confessionnal est affiché dans l'église.

— Il ne s'agit pas d'une confession.

— Dans ce cas, venez me rejoindre au presbytère.

Claire balbutia des remerciements, puis alla retrouver Marie-Louise, qui avait déjà son manteau sur le dos.

— Attends-moi pas, je dois parler au curé au sujet du bazar de charité. Je retournerai chez moi en taxi.

Elle fit semblant de ne pas remarquer le regard surpris de sa belle-sœur et s'empressa de sortir du sous-sol de l'église, étonnée elle-même par sa facilité à mentir.

Claire prit une gorgée de thé tandis que la ménagère du curé s'attardait.

— Vous pouvez nous laisser, madame Joly.

Cette dernière se retira à regret. Le prêtre se tourna vers sa paroissienne. Il avait un besoin impérieux d'avaler une rasade de gin, mais il lui faudrait prendre son mal en patience.

— Qu'est-ce que je peux faire pour vous? demanda-t-il avec une pointe de contrariété.

Claire, la voix chargée d'émotion, raconta avoir reçu, le matin même, la visite de Léo Labrecque.

— Il s'est fait passer pour un certain Martin Dumont. J'avais pas vu Léo depuis longtemps, alors sur le moment, je l'ai pas reconnu…

Le curé interrompit le flot de paroles.

— Qu'est-ce qui vous fait croire qu'il s'agissait de Léo?

Claire, honteuse, expliqua qu'après le départ de l'homme, elle avait aperçu le nom de Martin Dumont dans une manchette du journal, qui se trouvait sur sa table de cuisine, et avait alors compris qu'elle avait été bernée. Le prêtre commença à montrer des signes d'anxiété.

— Pouvez-vous me le décrire?

— Plutôt maigrelet, avec un blouson de cuir noir et des lunettes de soleil.

Le visage du curé Biron s'assombrit.

— C'est lui. Qu'est-ce qu'il voulait?

— Il m'a affirmé que Michel était recherché par la police, qu'il voulait l'avertir… J'étais énervée, alors je lui ai dit que mon neveu était parti à Gravelbourg.

— Michel est revenu? murmura le prêtre, visiblement troublé.

Elle acquiesça. Le curé réfléchit en silence, puis parla avec gravité.

— Léo est venu me voir, il y a deux jours. Il voulait savoir où était votre neveu. La prison ne l'a pas assagi, bien au contraire. Il avait l'air d'un chien enragé.

Claire, d'une main frémissante, déposa sa tasse sur la soucoupe, qui tinta.

— Mon doux, Michel est en danger, il faut appeler la police !

Le curé Biron la fixa de ses yeux bleus, striés de veinules rouges.

— Si vous voulez aider votre neveu, madame Poitras, n'en faites rien. Laissez tout cela entre les mains de la Providence.

*

Dimanche 6 avril 1997
Église Saint-Jean-Baptiste

Le curé Biron ouvre la grille du confessionnal. Il entrevoit la silhouette de Marie-Louise Perreault. Cette dernière a les yeux baissés. Elle prononce la formule d'usage : « Bénissez-moi, mon père, parce que j'ai péché. » Puis elle commence à parler d'une voix monocorde : « J'ai commis une faute très grave, mon père. Mais je l'ai fait pour protéger mon fils. » Le prêtre, qui s'attendait à une litanie banale de péchés véniels, du genre « J'ai refusé de faire l'acte conjugal » ou bien « J'ai élevé la voix inutilement », reste interdit. Sa paroissienne poursuit : « Mon mari a retrouvé Michel à côté d'une voiture accidentée, sur la route 75, le matin du 4 avril. Il l'a ramené à la maison. Sur le moment, j'ai cru qu'il était mort, mais, en fin de compte, c'étaient des éraflures sans gravité. » Elle prend une pause. Le curé entend sa respiration légèrement saccadée. « Quand Maurice l'a trouvé sur le bord de la route, il a aperçu une arme, juste à côté de lui. Un revolver. Il l'a rapporté à la ferme. » Un autre silence. « Au téléjournal, on a appris qu'un pauvre homme avait été assassiné, un nommé Craig Russell. C'est mon fils qui l'a tué. » Elle s'interrompt à nouveau. Un son étrange sort de sa bouche, comme un sanglot. « Finalement, j'ai jeté l'arme dans la rivière. Une mère ne dénonce pas son propre fils. » Sans attendre l'absolution, elle se relève et quitte le confessionnal.

46

Vendredi 25 mars 2011
Gravelbourg

Léo avait conduit pendant huit heures d'affilée, ne s'arrêtant que deux fois au bord de la route pour prendre une
bouchée et soulager sa vessie. Il ne sentait même pas la
fatigue. Il approchait du but, et cette perspective le galvani-
sait. Lorsqu'il arriva enfin à Gravelbourg, les cloches de la
cathédrale sonnèrent à toute volée, comme pour l'accueillir.
Le soir commençait à tomber. Les derniers rayons du soleil
faisaient flamboyer les deux tourelles blanches de l'église.
Léo se rappelait vaguement les lieux. Il était allé chez son
oncle Labrecque à plusieurs reprises, durant l'été, avec sa
sœur Émilie, lorsqu'ils étaient enfants. Il se souvenait des
trajets en voiture qui n'en finissaient pas, des escapades avec
Émilie dans le grenier de son oncle, rempli jusqu'au plafond de vieilleries, du bruit rassurant des conversations des
adultes alors que sa sœur et lui dormaient dans deux lits de
camp, à l'étage. Il se remémora un événement désagréable. Il
avait une dizaine d'années. Il avait vu sa tante Aline prendre
quelque chose dans un pot de fer-blanc, dans le haut d'une
armoire de la cuisine. Intrigué, il avait attendu que sa tante
sorte de la pièce et avait grimpé sur une chaise. Il avait trouvé
le pot et fouillé à l'intérieur. Il y avait des billets de cinq, de
dix et de vingt dollars. Il en avait pris quelques-uns et les
avait enfouis dans une poche de son coupe-vent. Son oncle
était entré dans la cuisine et l'avait pris sur le fait. Son visage,

d'ordinaire jovial, était devenu sévère. «Je te promets de ne pas te dénoncer à ta tante Aline, mais tu prends l'autobus demain, à la première heure. Je veux plus jamais te revoir chez moi.» Son oncle avait tenu parole. Léo n'avait plus jamais remis les pieds à Gravelbourg, jusqu'à aujourd'hui.

La rue Main était presque déserte. Des enfants jouaient au ballon dans une rue adjacente. Il gara son pick-up derrière une autre camionnette, qui lui faisait une sorte de paravent, puis il commença à arpenter la rue, cherchant la Buick blanche des yeux. Il portait ses lunettes de soleil et avait remonté son col. Un vent froid soulevait de la poussière qui tourbillonnait vers le ciel d'un bleu outremer.

Léo repéra la voiture presque tout de suite. Il s'en approcha lentement, pour ne pas attirer l'attention. Il distingua à contre-jour une silhouette dans le siège du conducteur. Il reconnut le profil de Michel Perreault.

QUATRIÈME PARTIE

LE 4 AVRIL 1997

47

Vendredi 14 mars 1997
Moe's Bar & Grill, Winnipeg

Une musique rock joue à tue-tête. Léo Labrecque, installé au fond de la salle, fume cigarette sur cigarette et surveille l'entrée du bar en pianotant nerveusement sur la table, tachée de cernes et de brûlures. Enfin, il aperçoit ses deux amis qui traversent la salle et s'approchent de sa table. Benoit, légèrement essoufflé, une mèche blonde barrant son front, s'excuse de son retard. Il revient tout juste de l'Université de Saint-Boniface, où il s'est inscrit à la Faculté des sciences. Quant à Michel, il a dû effectuer une réparation compliquée au garage de son oncle. Léo commande de la bière.

— C'est ma tournée !

Les yeux brillants d'excitation, il leur parle d'un gros coup, qui les rendra riches.

— T'as acheté un billet de loterie ? blague Benoit en souriant.

— Je suis sérieux.

Léo allume une cigarette à même celle qu'il était en train de fumer. Le cendrier est déjà plein. Il leur explique son plan, il parle vite, avalant ses mots, agitant ses mains. Sa copine Lucie travaille comme caissière dans une banque de Winnipeg. Elle lui a appris qu'un de ses clients, un vieux toqué à la retraite, retirait de son compte chaque mois un montant de cinq mille dollars. Le manège dure depuis environ huit mois. Le vieux doit avoir retiré au bas mot quarante mille dollars. Personne ne sait ce qu'il fait avec tout cet argent. D'après Lucie, il a gardé la même voiture, il n'a pas changé ses habitudes. Elle est convaincue que le vieux cache l'argent quelque part chez lui.

Michel observe son ami à travers le rideau de fumée.

— C'est quoi, ton fameux plan? demande-t-il, tendu.

Léo prend une bouffée de cigarette.

— On se rend tous les trois chez les Russell pendant la nuit. Ils habitent à St. Andrews, à huit kilomètres au nord d'ici.

— Avec quelle voiture? intervient Michel, sur ses gardes.

— La Pontiac des Bouliane.

— Ils vont s'en rendre compte!

— La nuit, ils dorment, comme tout le monde.

Léo avale sa bière d'un trait, en commande une autre et continue de parler.

— On va entrer chez les Russell par la porte d'en arrière…

— Comment?

Léo a un petit sourire sibyllin, qui plisse ses yeux.

— J'ai ma méthode.

Il tire sur sa cigarette.

— Une fois dans la maison, poursuit-il, on arrache les fils du téléphone, on monte jusqu'à la chambre, on oblige le vieux à nous dire où il cache son argent, puis, une fois qu'on l'a trouvé, on décampe aussi vite qu'on est arrivés, on prend chacun le tiers du cash et on retourne à Saint-Boniface. Je ramène la Pontiac à Saint-Vital, ni vu ni connu.

— Ton plan tient pas debout, objecte calmement Michel. Russell se laissera pas faire comme un mouton.

— Mon père garde des fusils de chasse dans une armoire. On aura même pas besoin de les charger. La vue des armes va suffire à les tenir tranquilles, lui puis sa femme.

— Ils vont pouvoir nous identifier.

— Pas si on porte des cagoules.

Les trois amis sont soudain silencieux. Michel n'entend même plus la musique qui joue pourtant à tue-tête, ni le bruit des conversations. Léo et lui ont déjà fait plusieurs cambriolages ensemble. Le plus réussi était celui d'un supermarché, où ils avaient fait le coup du double chariot. Ils avaient rempli à ras bord deux paniers avec des produits identiques, puis Michel était passé à la caisse et avait payé les achats, qu'il avait ensuite rangés dans la Buick de son oncle. Il était allé rejoindre Léo, qui était sorti avec son propre chariot, sans payer. Interpellé par un garde de sécurité, Léo avait alors demandé à Michel de montrer son ticket de caisse, qui correspondait en tous points au contenu de son panier. On les avait laissés partir, avec des excuses du gérant en prime. Mais se rendre à la résidence d'un couple de vieux et leur voler de l'argent, sans même savoir si cet argent existe vraiment ou est le produit d'une illusion dangereuse, c'est une autre paire de manches.

Benoit rit nerveusement.

— T'en as fumé du bon…

Léo assène un coup de poing sur la table, faisant cliqueter les verres à moitié vides.

— J'ai jamais été aussi lucide de toute ma vie ! J'en ai plein mon casque de manger de la vache enragée. C'est ma chance de m'en sortir, puis je passerai pas à côté. Si vous êtes trop peureux pour embarquer, je vais le faire tout seul, calvaire !

Benoit n'ose pas regarder son ami en face.

— C'est trop risqué. De toute façon, j'ai pas besoin d'argent.

— Toi, on sait bien, t'es né avec une cuillère d'argent dans la bouche ! rétorque Léo avec amertume. T'as jamais connu ça, la faim, le mépris, t'as jamais été battu, trimballé d'un foyer d'accueil à un autre, t'as toujours été gras dur !

Benoit serre la mâchoire. Il éprouve souvent un sentiment de culpabilité d'être né dans une famille aisée, d'avoir été choyé par ses parents, d'être «gras dur», comme dit Léo, alors que ce dernier n'a pas eu cette chance.

Sentant qu'il a touché une corde sensible, Léo place ses coudes sur la table et se penche vers son ami.

— Si tu le fais pas pour toi, fais-le pour moi.

Benoit hésite longuement, puis finit par lancer, d'une voix mal assurée :

— J'embarque.

Il prend une gorgée de bière, comme pour se donner du courage. Léo se tourne vers Michel, qui fixe son verre, le visage fermé.

— Comment tu vas faire pour prendre les fusils chez ton père? demande-t-il en tentant de garder un ton neutre.

Léo comprend que son plan fait son chemin dans la tête de son ami.

— Émilie m'a dit qu'il doit aller à un congrès d'ingénieurs, dans deux semaines. Il va emmener ma mère. L'armoire est pas barrée. Après, je remettrai les fusils à leur place. Mon père chasse presque plus, il s'en apercevra même pas.

Le nom d'Émilie trouble Michel. Léo s'en rend compte.

— Pense à tout ce que tu pourrais faire avec quinze mille dollars. Tu pourrais faire un *down payment* pour acheter ton propre garage, devenir indépendant. Tu pourrais offrir une belle vie à ma petite sœur…

L'argument fait mouche. Michel a lui aussi vécu la violence du rejet, de l'injustice, du mépris. Mais il se méfie de ce chien sans collier, prêt à tout pour sortir de sa misère…

— T'embarques ou pas? s'écrie Léo avec impatience.

Michel est soudain à la croisée de deux chemins : le premier, étroit, médiocre, mais sans histoire ; le second, dangereux, semé d'obstacles, mais pouvant lui ouvrir des horizons inespérés.

— J'embarque.

*

Michel a donné rendez-vous à Émilie à leur endroit habituel, au bord de la rivière Rouge, près de La Fourche. Elle arrive en retard. Sa mère insistait pour l'emmener à un concert, explique-t-elle, essoufflée d'avoir marché vite. Elle a prétexté un mal de ventre pour rester à la maison et a dû attendre que ses parents soient partis pour sortir à son tour. Elle l'embrasse avec fougue. Ils s'enlacent à s'étouffer. Puis Michel se dégage doucement.

— Si jamais il m'arrive quelque chose…

— S'il t'arrive quelque chose? répète-t-elle, inquiète devant la mine grave de son amoureux. De quoi tu parles?

Il est tenté de lui avouer la vérité au sujet du vol planifié par Léo, mais s'en abstient. Si ça tournait mal, il ne voudrait surtout pas qu'elle soit impliquée, d'une manière ou d'une autre.

— Est-ce que t'accepterais de devenir ma femme?

Il a dit cela rapidement, sans la regarder, sans même avoir préparé sa demande. Elle est tellement prise de court qu'elle ne sait pas quoi répondre.

Il s'éloigne d'elle, les mains dans les poches, fixant le courant tumultueux de la rivière, patinée par les reflets argentés de la lune. Elle le rejoint et le prend par les épaules, l'obligeant à lui faire face.

— T'es tellement susceptible. Un hérisson plein d'épines.

— Tu m'as toujours pas donné ta réponse.

— Mes parents veulent que j'aille à l'université. Ça serait peut-être plus sage d'attendre.

Michel s'assombrit.

— C'est juste un prétexte qu'ils ont trouvé pour t'éloigner de moi.

Elle est heurtée à son tour et se détache de lui.

— Tu veux pas que je continue mes études? demande-t-elle, le défiant du regard.

— C'est pas ce que je voulais dire, se défend-il.

Il cherche ses mots. Il bégaie presque.

— Si tu vas à l'université, tu vas rencontrer quelqu'un de plus intelligent que moi.

— C'est pas parce que t'as lâché l'école que t'es moins intelligent que les autres.

— Je suis juste un garagiste. J'ai les mains dans les moteurs à longueur de jour. Tes parents ont raison. Tu mérites mieux.

Elle contemple à son tour les flots bouillonnants.

— J'accepte.

Il se tourne vers elle, encore méfiant, mais vibrant d'espoir.

— T'es sincère?

Elle rit, de ce rire qu'il aime tant, qui révèle le petit espace entre ses dents.

Ils s'embrassent de nouveau, indifférents au froid, bercés par le chant de la rivière.

48

Vendredi 4 avril 1997, 3 heures
Quartier Saint-Vital, Winnipeg

Portant un perfecto et des gants noirs, Léo, debout près de son lit, vérifie minutieusement le contenu d'un gros sac de sport, s'éclairant à l'aide d'une lampe de poche pour ne pas attirer l'attention des Bouliane. Le couple d'une soixantaine d'années ne le traite pas trop mal, mais est très strict sur les heures de sortie et a établi un couvre-feu à minuit. Dans le sac, il y a trois passe-montagnes noirs, qui laissent un petit espace pour les yeux ; un serpent en métal qu'il s'est procuré dans une quincaillerie, au centre-ville de Winnipeg ; deux fusils à canon court de marque Ranger et un revolver qu'il a subtilisés sans problème dans l'armoire de son père, la veille, profitant de l'absence de ses parents. Avant de le refermer, Léo décide de prendre le revolver et le glisse dans une poche de son perfecto, puis il prend soin de placer quelques vêtements en boule sous ses couvertures pour donner l'illusion qu'il est toujours dans son lit, au cas où M. ou Mme Bouliane entrerait dans sa chambre. Il a vu ce truc dans *L'Évadé d'Alcatraz*, avec Clint Eastwood. Dans le film, le prisonnier avait également fabriqué une tête en papier mâché pour faire encore plus réaliste, mais lui n'a pas eu le temps. Il fouille dans une poche de son jean pour s'assurer que le trousseau des clés de la maison s'y trouve, puis place le sac de sport sur son épaule et sort sur le palier. Il tend l'oreille. La maison est plongée dans un profond silence.

Tenant sa lampe de poche dans une main, il longe le couloir, jetant au passage un coup d'œil vers la chambre des Bouliane. Aucune lumière ne filtre sous la porte. Retenant son souffle, il descend l'escalier à pas feutrés et se dirige vers le hall. Il s'immobilise devant une garde-robe près du vestibule et fait coulisser doucement la porte. M. Bouliane garde la clé de sa voiture dans une poche de son manteau. Léo fouille les poches avec fébrilité et y prend la clé. Sa nuque est mouillée de sueur. Il ouvre lentement la porte d'entrée, pour ne pas faire grincer les gonds, la referme et la verrouille de l'extérieur.

Quelques lampadaires éclairent la rue déserte. Tout est silencieux. Léo éteint sa lampe de poche, qu'il glisse dans sa veste de cuir, puis se dirige vers l'abri Tempo qui jouxte la maison, sous lequel se trouve la Pontiac. Il ouvre le coffre, y dépose le sac de sport, puis referme le hayon, évitant de le faire claquer. Il déverrouille ensuite la portière du côté du conducteur, prend place sur le siège et met le bras de vitesse au neutre. Laissant la portière entrebâillée, il se place devant le véhicule et le pousse de toutes ses forces pour le faire reculer jusque dans la rue déserte. Il est tellement concentré dans l'effort qu'il ne sent pas le froid. Après avoir réussi à faire pivoter la voiture vers la gauche, il court à l'arrière et la fait rouler pendant une vingtaine de mètres, puis il s'assoit sur le siège du conducteur et referme délicatement la portière. Lorsqu'il allume le moteur, il a l'impression que celui-ci fait un bruit d'enfer. Par chance, il ne croise personne, le quartier est assoupi.

Tout en conduisant, Léo repasse son plan dans sa tête. Il a donné rendez-vous à ses complices au centre-ville de Winnipeg, à proximité d'une tour de bureaux, où ils risquent moins de se faire remarquer.

Les rues deviennent de plus en plus animées, même à cette heure tardive. Des néons s'allument et s'éteignent, peignant les façades et les trottoirs de taches rouges et vertes. Léo aime l'agitation nocturne de la ville, au diapason de son cœur qui bat trop vite. Un frisson d'adrénaline le parcourt tandis qu'il se stationne dans la rue Garry. Il éteint les phares et attend. La nervosité le gagne peu à peu. Ses paumes sont moites. Il les essuie sur son pantalon, puis allume une cigarette pour se calmer les nerfs. Et si Benoit se dégonflait et décidait de ne pas venir ? Tant pis, Michel et lui se débrouilleront sans lui ! Il se demande s'il a bien fait de mettre Benoit dans le coup. Il ne faut jamais faire confiance aux fils de bonne famille. À force de vivre dans la soie, ils finissent par avoir peur de leur ombre.

Deux silhouettes apparaissent dans le rétroviseur de droite. Michel s'assoit sur le siège du passager tandis que Benoit prend place à l'arrière de la voiture. Léo se tourne vers eux.

— C'est ce soir que ça se passe, déclare-t-il avec un sourire dévoilant ses petites dents pointues.

Benoit est pâle et silencieux. Léo observe son reflet dans le rétroviseur.

— Ça va aller ? Tu vas pas nous faire dans les mains, toujours ?

Son ami hausse les épaules avec impatience. Ses traits sont crispés.

— Pour qui tu me prends ?

Léo démarre la Pontiac sans un mot. Michel lève la tête et observe le ciel nébuleux à travers la fenêtre. Un sentiment d'irréalité l'habite. Il pense à Émilie, qu'il imagine, dormant en chien de fusil, ses cheveux sombres répandus autour d'elle, telle une corolle. L'idée qu'il ne la reverra peut-être jamais lui traverse l'esprit. Il s'empresse de la chasser.

*

Les phares balaient la route déserte. Léo conduit, les dents serrées. Personne ne parle. Le bruit du moteur, le sifflement du vent à travers une fenêtre qui n'a pas été tout à fait fermée. La nervosité, comme un courant électrique.

— Ça sent le caoutchouc brûlé, dit soudain Léo.

Michel secoue la tête.

— J'ai rien remarqué.

Léo jette un coup d'œil au rétroviseur. Benoit, rigide sur la banquette arrière, fixe le vide.

— Sens-tu quelque chose ? lui demande-t-il, nerveux.

Benoit émerge de sa léthargie.

— Non, rien.

— On dirait que le moteur brûle.

Il arrête la Pontiac sur l'accotement, descend de la voiture, ouvre le capot, examine le moteur. Il n'y a pas de fumée, mais le relent persiste. Il a une sensation de picotement dans les mains, l'impression de marcher sur des aiguilles. Une angoisse atroce lui serre les tripes. *Non, ça ne peut pas être ça, pas maintenant.* Il fait signe à Benoit de baisser sa vitre.

— Mets-toi au volant. À partir de maintenant, c'est toi qui conduis, lui ordonne-t-il.

Troublé par sa voix coupante et ses traits durcis, Benoit obéit et prend place dans le siège du conducteur. Léo s'assoit sur la banquette arrière, se croisant les bras pour cacher le tremblement qui les parcourt. La voiture redémarre. Le silence s'installe à nouveau dans l'habitacle.

49

La maison des Russell est située dans une rue paisible, bordée
d'arbres. Une allée pavée mène vers le garage. Léo fait signe
à Benoit de garer la Pontiac à proximité de la maison, à l'abri
d'un grand saule pleureur. Des nuages sombres roulent dans
le ciel, annonciateurs de pluie. Les trois jeunes descendent
du véhicule et secouent leurs membres un peu engourdis.
Un filet de buée sort de leur bouche. Léo, muni de sa lampe
de poche, ouvre le coffre et saisit le sac de sport. Il referme le
hayon sans bruit, puis se tourne vers ses compagnons.

— C'est le moment, chuchote-t-il.

Il s'engage dans l'allée, le sac sur une épaule, une main
couvrant en partie sa lampe de poche pour masquer la
lumière. Michel et Benoit lui emboîtent le pas. Ils marchent
en silence, à la file indienne. Seul le bruissement de la
rivière Rouge se fait entendre, ramené par le vent. Leurs
ombres glissent le long d'un mur de briques. Ils parviennent
à un grand jardin, à l'arrière. Léo bute sur une brouette
et étouffe un juron. Il s'immobilise et fait signe à ses complices de l'imiter. Il observe la façade de la maison, à l'affût
du moindre signe de vie. Aucune lumière n'apparaît aux
fenêtres. Soulagé, Léo s'approche d'une porte, faiblement
éclairée par une lampe murale. Il dépose le sac sur le sol et
en sort les passe-montagnes. Les trois jeunes hommes les
enfilent en silence, sans se regarder. Puis Léo tend à chacun

de ses amis un fusil. Ils hésitent, comme s'ils se rendaient compte pour la première fois de ce qu'ils s'apprêtent à faire. Léo a un mouvement d'impatience.

— Ils sont pas chargés, siffle-t-il entre ses dents.

Benoit prend l'un des fusils, comme s'il s'agissait d'un animal vaguement répugnant. Michel l'imite. Léo fouille à nouveau dans le sac. Lorsqu'il se redresse, il tient un serpent en métal dans une main.

— Où t'as trouvé ça ? murmure Michel, stupéfait.

Léo met un doigt sur sa bouche pour lui enjoindre de garder le silence. Il introduit le serpent en métal dans la serrure et effectue de légers mouvements. Il est complètement concentré sur sa tâche, au point d'en oublier le tremblement de terre qui se prépare en lui. La serrure finit par céder. Léo remet le serpent dans le sac de sport, qu'il tend sans un mot à Michel. Ce dernier le charge sur son épaule. Lors de leur rencontre au bar, ils ont convenu que Michel, le plus charpenté des trois, serait le « mulet ».

Léo ouvre lentement la porte pour éviter de faire grincer les gonds et entre à pas feutrés, braquant sa lampe de poche devant lui. Des armoires et des appareils électroménagers apparaissent dans le rai de lumière. Les trois jeunes hommes longent un couloir qui mène à un hall d'entrée, surmonté d'un lustre. Les pendeloques de verre luisent dans le faisceau de la torche. Léo avise un téléphone sur une crédence et en arrache le fil d'un coup sec. Benoit et Michel échangent un regard furtif. Trop tard pour fuir, trop tard pour les regrets, chaque pas, chaque geste les rapprochent d'un inconnu terrifiant. Un escalier se dresse à droite d'un salon. Léo éteint sa lampe de poche, qu'il range dans son perfecto, et commence à gravir les marches. Il se retourne et fait signe à ses compagnons de le suivre. L'escalier est couvert d'une moquette épaisse qui amortit leurs pas. Au moment où ils parviennent au palier, faiblement éclairé par une veilleuse, Benoit, saisi par la panique, fait un mouvement pour redescendre l'escalier, mais Léo l'agrippe fermement par le bras et le fixe de ses yeux noirs, qui ressemblent à deux billes de verre. Ils restent immobiles pendant de longues secondes, sans bouger, dans une étreinte presque haineuse. Benoit, suant sous son passe-montagne, la respiration plus forte, baisse la tête, vaincu.

Le dos mouillé par la transpiration, Léo, sans lâcher le bras de Benoit, s'approche d'une porte, qu'il ouvre avec prudence. Ses yeux s'habituant à l'obscurité, il distingue une machine à coudre et une planche à repasser. C'est une salle de couture. Juste à côté, au fond du corridor, il avise une deuxième porte. Il tourne la poignée, qui cède avec un léger grincement. Il tâtonne pour trouver le commutateur et allume un plafonnier. Une lumière crue remplit soudain la pièce. Deux vieillards se réveillent en sursaut et se dressent dans leur lit, leurs cheveux blancs emmêlés, leurs yeux gonflés de sommeil. Benoit réprime un rire nerveux devant leurs mines affolées. Il pense à une émission de télé qu'il regardait lorsqu'il était petit, des gens étaient filmés à leur insu, des rires en boîte soulignaient les moments cocasses. Un peu plus et il verrait des caméras cachées…

Léo brandit son revolver et ordonne à Russell de lui donner son argent. Le vieil homme le fixe sans comprendre, les yeux agrandis par la peur. Sa femme, fragile dans sa robe de nuit en flanelle, ses longs cheveux blancs répandus sur les épaules, toise Léo avec un calme surprenant.

— On garde pas d'argent dans la maison.

Gisèle Russell observe les trois hommes cagoulés. Bien qu'elle ne voie pas leur visage, elle est convaincue qu'ils n'ont pas plus de dix-huit ou vingt ans, à cause de leurs silhouettes minces, de leur nervosité palpable. L'un d'eux, qui tient un fusil de chasse, a visiblement peur, ses mains tremblent. Ses yeux, dont le bleu contraste avec le noir du passe-montagne, clignent sans arrêt. Il a l'air si jeune… Ses bras sont trop longs par rapport au reste de son corps, comme s'il sortait depuis peu de l'adolescence et qu'ils avaient grandi trop vite. Elle pense à ces très jeunes soldats, pas plus de seize ou dix-sept ans, qu'elle avait vus lors d'un voyage au Mexique avec Craig. Ils étaient postés devant une banque et tenaient une mitraillette, un doigt posé sur la détente. Elle était passée près d'eux, évitant de les regarder, craignant qu'un accident ne survienne, qu'ils tirent soudain sur elle, à cause d'un faux mouvement, ou tout simplement par panique. Mais elle n'est pas au Mexique, elle est dans sa chambre avec trois inconnus en cagoule qui braquent des armes sur elle et son mari. Ce dernier a les yeux rivés vers un coin de la pièce, là où se trouve un coffre en cèdre servant à ranger les vêtements d'été. Pourquoi regarde-t-il dans cette direction ? La vérité fait son chemin dans sa conscience : la manie de Craig de s'enfermer presque chaque jour dans la chambre depuis quelques mois, refusant de la laisser entrer, le diagnostic d'Alzheimer, le coup de téléphone inquiet de leur directeur de banque… La peur finit par la gagner devant ces fusils, ces passe-montagnes et la folie de son mari. Elle se tourne vers le jeune homme aux yeux bleus derrière sa cagoule noire. Sans savoir pourquoi, elle a le sentiment qu'il est celui des trois qui pourrait se montrer le plus compatissant.

— Mon mari est malade. S'il vous plaît, allez-vous-en.

Benoit regarde le visage hagard du vieux, il a honte. Il a trop chaud avec son passe-montagne. Il a envie de l'arracher, mais n'ose pas, de peur que la vieille femme voie son visage. Il voudrait lui dire : *Ne craignez rien, je ne vous veux aucun mal, le fusil n'est pas chargé*, mais il est incapable de prononcer un mot. L'absurdité de la situation et sa réalité brutale le paralysent. En temps normal, il serait en train de dormir tranquillement dans son lit, dans le silence paisible de sa chambre, entouré des sons familiers de la maison. Il serait réveillé à sept heures par la radio que son père allume invariablement tous les matins, sentirait l'odeur rassurante du café et du pain grillé. Il se rendrait ensuite à l'université et apprendrait par cœur l'anatomie des êtres humains et les noms compliqués des maladies, au lieu d'être debout dans cette chambre avec un fusil dans les mains, menaçant deux vieillards sans défense. Comme il voudrait pouvoir revenir en arrière, faire reculer le temps, ne plus être dans cette pièce, avec cette femme qui le regarde avec acuité et, lui semble-t-il, une sorte de compassion, et ce vieil homme aux yeux effarés…

Léo fronce le nez. L'odeur de caoutchouc brûlé est revenue, encore plus forte qu'avant. Un frémissement parcourt ses membres. Il a l'impression que sa tête va exploser.

D'une voix plus aiguë que d'habitude, il ordonne encore une fois au vieux Russell de lui donner l'argent. Soudain, le vieillard saute en bas de son lit avec une agilité surprenante et se penche en avant. Lorsqu'il se redresse, il tient une carabine, qu'il pointe vers les trois voleurs. Sa femme étouffe un cri. Son mari, visant toujours les hommes avec son arme, se poste devant le coffre.

— Get out of my house or I'll kill you! crie Russell.

— Craig, *please*, give them the money, murmure-t-elle.

Le vieil homme serre les poings.

— Over my dead body!

Léo brandit son revolver. Un éclair orangé jaillit soudain du canon de la carabine et l'atteint à l'épaule droite. L'impact est si puissant qu'il est projeté par terre. Sa montre se brise dans la chute. Son revolver roule à quelques mètres de lui. Une douleur intense lui vrille l'épaule, qu'il tâte de sa main gauche. Un liquide chaud et poisseux suinte de son blouson de cuir.

Michel et Benoit sont debout l'un près de l'autre, comme paralysés. Ils ont vu le vieil homme surgir comme un diable à ressort, brandissant une carabine en direction de Léo, ils ont entendu le coup de feu et le cri de la vieille femme.

Léo lève la tête vers ses complices. Ses yeux sont étrangement fixes et il cligne rapidement des paupières. L'une de ses jambes est agitée de convulsions.

— Le revolver... chargé, réussit-il à articuler.

Michel est le premier à comprendre. Mû par l'instinct, il s'accroupit et étend le bras pour atteindre l'arme. Pendant ce temps, Russell a rechargé sa carabine. Il vise Michel et tire, mais le projectile rate sa cible et percute un mur, faisant un trou en forme d'étoile.

Gisèle Russell trouve le courage de se lever et fait quelques pas vers son mari, tentant de s'interposer entre lui et les intrus en cagoule. Il la repousse brusquement, au point où elle doit s'agripper à un rideau pour ne pas tomber par terre. Le rideau se déchire. Lorsqu'un nouveau coup de feu éclate, elle ne sait plus si c'est son mari qui a tiré ou l'un des voleurs. Le silence qui s'ensuit est assourdissant.

Gisèle Russell gît sur le sol, le rideau enroulé autour d'elle, tel un suaire. Elle se redresse lentement sur un coude. Elle a dû perdre connaissance pendant quelques secondes ou peut-être une éternité, elle ne sait pas. Une odeur âcre de soufre et une autre, fade et métallique, flottent dans la pièce. La terreur l'a engourdie, elle ne sent plus ses membres, comme s'ils étaient enrobés d'ouate. En tournant la tête, elle aperçoit un corps effondré non loin d'elle. Elle reconnaît le pyjama rayé de son mari. Elle évite de le regarder. Il lui faut un moment pour se dépêtrer du rideau. Elle se relève, s'appuyant sur le rebord de la fenêtre pour ne pas tomber, et jette un coup d'œil autour d'elle. Les intrus sont partis. Un désordre inouï règne dans la pièce. Elle remarque une tache rougeâtre sur la moquette, là où l'un des voleurs s'était effondré après avoir reçu un coup de feu. Les tiroirs de la commode ont été ouverts, des vêtements traînent un peu partout. Elle regarde du côté du coffre en cèdre. Le couvercle a été soulevé. D'autres vêtements ont été jetés pêle-mêle tout autour.

Pendant un moment, elle reste immobile, le souffle haletant, évitant toujours de regarder le corps de son mari. Puis elle fait quelques pas chancelants dans sa direction. Il ne bouge pas. Une flaque de sang s'élargit sous lui. Son visage est blême, sa bouche entrouverte dans un rictus, ses yeux déjà vitreux fixent le plafond. Une main est déployée, comme une étoile de mer échouée sur la plage. Gisèle ne touche pas le corps. Elle sait que son mari est mort. Des sanglots d'impuissance la secouent, mais elle fait un effort pour les juguler. Inutile de pleurer. Ses larmes ne changeront rien à l'horreur qui l'entoure, au silence de plomb qui a remplacé le bruit et la fureur. Les regrets et les remords viendront bien assez vite. Elle avise le téléphone sur sa table de chevet, prend le combiné, compose le 911, attend, mais elle se rend compte que la ligne est morte. Elle s'assoit sur le bord de son lit, le combiné inutile à la main, hébétée. Des pensées sans suite s'égrènent dans sa tête, elle a oublié de passer chez le nettoyeur, et puis le toit coule, il faudrait qu'elle téléphone à M. Dorge pour le faire réparer, et puis il faut renouveler l'assurance habitation, tant de choses à régler, tant de choses…

51

4 h 45
Route 75

La Pontiac verte roule à tombeau ouvert. Benoit, les mains crispées sur le volant, a les yeux rivés sur la route, hypnotisé par le ruban jaune balayé par les phares. Des volutes de brume s'élèvent des bas-côtés. Michel, assis sur le siège du passager, jette un regard inquiet à son ami.

— Ralentis, Benoit.

Benoit ne semble pas l'avoir entendu. Il continue à appuyer sur l'accélérateur, ses jointures sont blanches à force de serrer le volant. Léo, sur la banquette arrière, gémit et prononce des mots inintelligibles, sa tête roulant d'un côté et de l'autre. La panique gagne Michel.

— Arrête-toi sur l'accotement, ordonne-t-il, la voix cassée par la peur. Je vais conduire.

La voiture poursuit sa course folle. Michel tourne la tête vers la fenêtre. Il a le sentiment angoissant qu'ils ont dépassé Saint-Boniface depuis un bon moment, mais il n'arrive pas à trouver de repères dans le magma sombre, strié par les lignes noires des poteaux de téléphone, qui défile à toute vitesse devant ses yeux.

La brume est devenue si opaque que même la lumière des phares n'arrive plus à la percer. Benoit ne distingue plus la route. *Le visage apeuré de la vieille femme, le revolver, petite bête noire sur le plancher, le coup de feu assourdissant, le corps du vieux Russell, qui ressemble à une branche d'arbre tordue, le sang, tout ce sang...*

La voiture dérape et finit sa course dans un fossé, avec un atroce fracas de ferraille. La portière du côté du passager s'ouvre brusquement sous l'impact. Michel est éjecté à quelques mètres de la voiture. Étrangement, il n'a mal nulle part. Il tente de se mouvoir, mais en est incapable. Son corps est lourd, inerte, comme s'il était couvert d'une chape de ciment. Ses yeux, embrouillés, ne distinguent que des formes vagues. Il songe à Émilie, aux derniers mots qu'elle lui a adressés, lorsqu'ils étaient serrés l'un contre l'autre, au bord de la rivière Rouge, «J'accepte», mais il n'arrive pas à se rappeler ce qu'elle a accepté au juste. Comme elle semble loin de lui, dans une autre dimension, un autre espace-temps. Il entend un souffle saccadé près de lui, puis il se rend compte que c'est lui qui respire ainsi, cherchant son air. Un très vieux souvenir lui revient. Il a trois ou quatre ans. Il est étendu sur son petit lit. Des objets colorés tournent au-dessus de sa tête. Soudain, il aperçoit un filet de lumière entrer par la fenêtre, constellé d'une poussière qui scintille. Il lève une main pour l'attraper. C'est si court, une vie.

52

4 h 58
Route 75

Maurice Perreault conduit sa camionnette à vitesse réduite, à cause de la brume qui s'est levée et de la remorque à bestiaux arrimée à son véhicule. Il revient d'une foire aux bestiaux qui se déroulait à Regina. Il a réussi à vendre ses veaux à bon prix et a acheté des graines de céréales qui serviront à ensemencer ses champs à partir du mois de mai, si la température est assez clémente. Il allume la radio. Un vieux reel d'Émile Lavallée joue, la musique du violon est joyeuse, entraînante. Maurice sifflote, de bonne humeur. Il a hâte d'arriver chez lui. Il tâtonne dans la poche de son manteau, en sort un paquet de cigarettes, en allume une. La fumée le détend. Il passe une main dans son épaisse chevelure noire, où apparaissent seulement quelques fils gris. La voix de son vieil ami JP se fait entendre. « Vous êtes à l'émission *Les Oiseaux de nuit*, animée par JP Gaudry… »

*

Radio communautaire de Saint-Boniface, au même moment

— Allez, mes oiseaux de nuit, mes insomniaques préférés, mes somnambules funambules, bientôt, la lumière de l'aube chassera l'obscurité. Avant de vous quitter, voici un conte amérindien sur la vanité humaine.

« On dit que le corbeau était le plus beau des oiseaux ; on dit qu'il avait une merveilleuse voix et qu'il chantait mieux que tous les autres. Mais il était fier et il se pavanait toujours lorsqu'il chantait, méprisant les autres oiseaux. Un jour, on dit qu'un gros oiseau qui en avait assez de le voir et de l'entendre est arrivé à l'attraper par le cou. On dit qu'ensuite il l'a roulé dans le charbon et l'a serré si fort que le corbeau, à demi étranglé, n'a pu que crier : *Coa ! Coa !* Voilà pourquoi il est maintenant tout noir et ne peut plus chanter. »

JP Gaudry, arborant son sempiternel bandeau noué autour de la tête, ses cheveux blancs formant une natte épaisse sur son dos, éteint son micro en étouffant un bâillement. Cela fait déjà plus de quinze ans qu'il anime son émission. Il aime bien l'atmosphère du studio, lorsque le personnel est parti et qu'il est seul avec son régisseur. Les sons feutrés, le clignotement des lumières dans la régie, le micro qui transporte sa voix chez chaque auditeur lui donnent le sentiment d'être le capitaine d'un bateau naviguant en solitaire, au milieu de l'océan. L'autre avantage de travailler la nuit, c'est que son patron lui laisse carte blanche pour le choix de la musique. Il peut s'abandonner à son amour immodéré pour le jazz et les chansonniers francophones. Parfois, il fait jouer du country, surtout Woody Guthrie et Johnny Cash. Il arrive que des auditeurs se plaignent du fait qu'il ne mette presque jamais de musique western, mais ça ne l'empêche pas de dormir sur ses deux oreilles. S'ils n'aiment pas son émission, ils n'ont qu'à éteindre la radio ou à changer de poste ! Mais cette nuit, la magie opère moins que d'habitude. Il se sent fatigué, n'a pas le cœur à l'ouvrage. Peut-être se fait-il trop vieux pour passer des nuits blanches. C'est surtout difficile en hiver, alors qu'il ne voit pour ainsi dire pas la lumière du jour, couché à huit heures, debout à quinze ou seize heures. Il serait temps de demander à son patron de lui assigner une émission d'après-midi, ou de prendre tout simplement sa retraite, mais la perspective de rester chez lui à tourner en rond comme un lion en cage lui donne le vertige.

Il endosse un anorak, enfonce un casque de moto sur sa tête et descend l'escalier. Une fois dehors, il est saisi par un vent glacial. Il engonce le cou dans les épaules et se dirige vers sa moto, une vieille Harley-Davidson qu'il a retapée au fil des ans. Par chance, il ne neige pas, bien qu'une brume se soit levée, enveloppant les façades et les trottoirs d'un voile diffus. *Drôle de pays que le mien*, songe-t-il en enfourchant sa moto. Un pays à l'hiver rude, mais au printemps éblouissant, dont il ne se lasse jamais. Il est originaire de Montréal, mais il a décidé, dans la vingtaine, de vivre l'aventure de l'Ouest. Une fois à Winnipeg, il a découvert avec étonnement qu'un de ses ancêtres avait été engagé comme voyageur par la Compagnie de la Baie d'Hudson et avait quitté Montréal, au début du XIXe siècle, pour s'établir au bord de la rivière Rouge. Cet ancêtre effectuait la navette entre Fort Garry et l'Athabasca, jusqu'aux confins des montagnes Rocheuses, pour faire la traite des fourrures ou transporter des marchandises. On disait à travers les branches qu'il avait deux femmes, l'une à Montréal, une Canadienne française, et l'autre, une Métisse, à rivière Rouge. Gaudry sourit. Pas de danger que ça lui arrive, lui qui n'a pas été capable d'en garder une seule ! Ce constat ne le rend pas amer. Il a un sacré caractère, une de ses anciennes flammes l'a même traité d'ours mal léché avant de rompre avec lui, et elle avait bien raison. Au fond, il préfère vivre seul plutôt que de partager sa solitude à deux.

Il démarre et roule en direction du village de Saint-Jean-Baptiste, où il habite.

*

Route 75

Maurice aperçoit soudain une voiture dans la lumière brumeuse de ses phares. Il n'a que le temps de freiner et s'arrête à proximité du véhicule, à moitié renversé dans un ravin. Le cœur battant, il jette sa cigarette par la fenêtre, arrête le moteur en laissant les phares allumés et sort de la camionnette. Le son perçant d'un klaxon l'assaille. Les phares de son camion dessinent deux faisceaux brumeux sur le bitume. Il se rend compte que le hayon de la voiture accidentée est grand ouvert. Il y jette un coup d'œil, remarque un sac de sport et plusieurs billets de cent dollars. D'un geste mécanique, il abaisse le hayon et entrevoit à travers la lunette arrière une silhouette affaissée sur la banquette. Il s'avance vers la portière, tente de l'ouvrir, mais elle est verrouillée de l'intérieur. Il se penche, regarde de plus près, et reconnaît Léo Labrecque. Une tache noirâtre s'élargit sur son épaule, comme du sang. Léo ne bouge pas, on dirait qu'il est mort. Appréhendant le pire, Maurice court vers l'avant de la voiture et y trouve un homme affalé sur le volant. Il fait trop sombre pour qu'il puisse voir son visage. Une fumée blanche s'échappe du capot, dégageant une forte odeur de caoutchouc brûlé et de carburant. À droite de la voiture, une forme gît dans le fossé. Il s'en approche. Le corps d'un jeune homme, immobile. Il se penche au-dessus de lui, le retourne. C'est son fils, Michel. Ses yeux sont clos, son visage est couvert de sang, une joue est tuméfiée, enduite de terre. C'est à peine s'il respire. Près de lui, un revolver. Maurice s'en saisit, le renifle. Une odeur de soufre. L'arme a servi récemment. Son premier réflexe est de jeter le revolver au loin, mais il se ravise et l'enfouit dans une poche de sa parka, refusant de réfléchir aux conséquences de son geste. Puis il soulève doucement son fils dans ses bras et le transporte vers son camion. Il perçoit dans son champ de vision un point de lumière, de l'autre côté de la route, du côté du cimetière, ressemblant à une lanterne ou à une lampe de poche. Il entend la pétarade d'un moteur, mais n'y prête pas attention. Toute sa force, toute sa volonté se conjuguent pour sauver son fils. Il ouvre la portière, dépose avec précaution le corps inerte de Michel sur le siège du passager et attache la ceinture pour éviter qu'il bouge, puis il s'installe au volant et démarre. À la radio, la voix d'un lecteur de nouvelles annonce que la rivière Rouge continue à monter et a atteint un niveau alarmant. En s'engageant sur la route 75, Maurice songe à emmener son fils à l'hôpital, mais y renonce. Le revolver, l'accident, Léo, l'homme affalé sur le volant, les billets de cent dollars trouvés dans le coffre de la voiture : une chose terrible s'est produite et son fils y a participé, d'une manière ou d'une autre.

*

Le ruban de la route 75 se déroule tout droit devant lui. JP Gaudry chantonne, grisé par le sifflement du vent et le calme presque surréel de la campagne environnante, accentué par la brume. Il croit distinguer des formes à distance et ralentit. En s'approchant, il aperçoit, à travers la nappe de brouillard, un camion immobilisé sur l'accotement, les phares allumés. Intrigué, il décélère encore plus et reconnaît le 4 × 4 de son ami, Maurice Perreault, sur lequel les lettres « Ferme Perreault & fils » apparaissent dans la clarté diffuse du phare de sa moto. En amont, à quelques mètres de là, une voiture écrasée dans le fossé. Une silhouette massive apparaît derrière la carcasse de métal. C'est Maurice. Il transporte quelqu'un dans ses bras. Dans la lumière des phares, JP Gaudry a l'impression qu'il s'agit de Michel, le fils cadet de Maurice, mais il n'en est pas absolument certain.

JP Gaudry s'arrête et coupe le moteur de sa moto. Sa première idée est de prêter main-forte à son ami, mais pour une raison qu'il ne comprend pas lui-même, il n'en fait rien. Peut-être est-ce la mine sombre de Maurice, son regard farouche, presque désespéré, qui l'en empêche. Le reste de la scène se déroule comme dans un rêve.

Maurice, regardant droit devant lui, les mâchoires serrées, le corps à peine ployé sous sa charge, se dirige vers son camion. Il ne semble pas s'être rendu compte de la présence de l'animateur de radio. Il ouvre la portière du côté du passager, hisse son fils sur la banquette, referme la portière et prend ensuite place sur le siège du conducteur. Il fait démarrer son camion et s'éloigne.

JP Gaudry range sa moto derrière la voiture accidentée et s'en approche. À travers des filets de brouillard, il distingue un jeune homme, la tête sur le volant, immobile, et un deuxième, étendu sur la banquette arrière, les yeux clos, d'une pâleur de cire. Il jure entre ses dents, ne comprenant rien à ce qui a pu se produire. Il hésite, puis prend son portable et compose le 911 pour signaler l'accident. Son instinct lui dicte de ne pas mentionner Maurice Perreault ni son fils.

53

5 h 20
Cimetière Saint-Jean-Baptiste

Fred Pothié souffle dans ses mains et piétine sans arrêt. Ses membres sont engourdis par le froid, surtout ses mains et ses pieds. Il lui semble qu'il est enfermé depuis une éternité dans ce maudit cabanon. Il rallume sa lampe de poche et consulte sa montre. À peine vingt minutes se sont écoulées depuis qu'il a trouvé l'argent dans le coffre de la voiture et l'a enfoui dans la fosse destinée au défunt maire.

N'en pouvant plus, Fred décide de sortir de sa cachette. Il regarde du côté de la route 75. La voiture accidentée est toujours là, mais le camion de Maurice Perreault est reparti. Il entrevoit toutefois la silhouette d'un homme qui fait les cent pas sur l'accotement, non loin d'une moto, dont le phare est resté allumé.

Fred éteint sa lampe de poche et se rend à pas prudents vers la fosse, jetant des coups d'œil nerveux vers la route, craignant d'être vu. Il sait qu'il n'a pas beaucoup de temps devant lui. Le motocycliste a sans doute signalé l'accident à la police, et celle-ci arrivera sûrement sous peu. Il se penche au-dessus du trou qu'il a mis des heures à creuser, y jette sa pelle puis, prenant son courage à deux mains, s'élance dans l'excavation et atterrit dans le trou.

À l'aide de la pelle, il enlève frénétiquement la terre qui recouvre le sac vert contenant le magot. Une fois celui-ci à découvert, il le saisit et rassemble toutes ses forces pour le lancer à l'extérieur. Le sac est tellement lourd qu'il doit s'y prendre à plusieurs reprises pour y parvenir. La panique le gagne lorsqu'il se rend compte qu'il doit lui-même sortir de la fosse. Il cherche désespérément une prise avec ses mains, mais la terre se désagrège. Après quelques tentatives infructueuses, il a l'idée de se servir de sa pelle comme d'une échelle. Il la pose contre la paroi du trou, grimpe sur la lame et agrippe le manche. Il réussit de peine et de misère à se hisser jusqu'à l'extérieur. À bout de souffle, couvert de terre noire, il s'arrête quelques secondes pour calmer les battements désordonnés de son cœur, puis il empoigne le sac et le traîne jusqu'à son vieux pick-up. Usant des dernières forces qu'il lui reste, il prend le sac sur son épaule et le dépose à l'arrière de sa camionnette, qu'il recouvre ensuite d'une bâche. Lorsqu'il s'installe sur le siège du conducteur et démarre, il a l'impression que son cœur va lui sortir de la poitrine. Une forte odeur de terre et de sueur envahit l'habitacle.

*

Un bruit de moteur fait sursauter JP Gaudry. Croyant qu'il s'agit de la police, il scrute les environs. Un pick-up s'éloigne de l'autre côté de la route. Gaudry essaie de déchiffrer la plaque d'immatriculation, mais il fait encore trop sombre pour qu'il puisse bien la voir. C'est alors qu'il entend le son lointain d'une sirène.

54

Un peu avant l'aube
Ferme des Perreault

Marie-Louise est réveillée par le bruissement du vent qui entre par la fenêtre, qu'elle a laissée grande ouverte. Maurice la garde toujours fermée, même en été, prétendant que les courants d'air causent des rhumes. Elle a beau lui expliquer que les virus ne s'attrapent pas à cause des courants d'air, mais sont transmis au contact d'une personne ou d'une surface contaminée, il n'en démord pas. C'est un sujet de contentieux entre eux depuis des années. *Un autre.*

Le réveille-matin électrique indique cinq heures trente. Elle s'assoit dans son lit, allume la lampe de chevet, cale l'oreiller dans son dos et se replonge dans *Ces enfants de ma vie*, de sa chère Gabrielle Roy, qui l'a aidée à mieux connaître et à apprivoiser les Prairies. Elle est heureuse d'avoir le lit à elle toute seule, de pouvoir lire sans déranger son mari, de sentir la légère morsure du vent par la fenêtre, alors qu'elle est bien au chaud sous l'édredon.

Elle ferme les yeux, écoute les craquements dans les murs, le silence mystérieux du petit matin. Maurice l'a appelée la veille pour l'avertir qu'il passerait la nuit à Regina. Elle se dit que, s'il lui arrivait quelque chose, elle serait capable de vivre seule. Elle survivrait. Pourtant, elle aime son mari, si aimer signifie éprouver cette tendresse parfois exaspérée pour un homme avec lequel on partage chaque jour de sa vie depuis quarante ans.

Une porte s'ouvre et se referme doucement. C'est sans doute Jacques, qui se lève toujours avant l'aube pour traire les vaches et donner à manger aux poules. Pauvre Jacquot. Il fait tout ce qu'il peut pour gagner l'affection de son père, pour être à la hauteur de son grand frère disparu, mais Maurice ne voit pas tous ses efforts, il les tient pour acquis, inconscient de la soif d'approbation, de reconnaissance de son fils.

Le bruit d'un moteur la tire de ses réflexions. Elle se lève et jette un coup d'œil à la fenêtre. Elle reconnaît avec étonnement la camionnette de Maurice. Il lui avait bien dit qu'il dormirait à Regina… Elle ressent une étrange déception que sa nuit de liberté soit déjà terminée. S'attardant à la fenêtre, elle se rend compte qu'il y a une personne sur le siège du passager, ce qui la surprend. Son mari devait faire ce voyage seul, de cela, elle est certaine. Il fait trop sombre pour qu'elle puisse savoir de qui il s'agit, mais un pressentiment l'habite. Sa surprise se transforme en inquiétude lorsqu'elle voit Maurice sortir de la camionnette et courir vers l'étable. Elle enfile sa robe de chambre et sort sur le palier, qui est plongé dans l'obscurité. Elle se rend à tâtons jusqu'à la rampe de l'escalier sans allumer afin de ne pas réveiller Geneviève, qui a également sa chambre à l'étage.

Une fois parvenue au rez-de-chaussée, Marie-Louise allume le plafonnier. Le hall s'éclaire d'une clarté blanche, qui lui fait mal aux yeux. Elle se dirige vers la porte, l'ouvre et s'avance sur le perron. À distance, elle aperçoit Maurice et Jacques transportant un jeune homme. Elle dévale les marches et s'élance vers eux, laissant la porte battre au vent.

— Mon Dieu, Michel !

Le visage de son fils est couvert de sang et de boue.

— Qu'est-ce qui lui est arrivé ?

— Je l'ai trouvé sur le bord de la 75, répond Maurice d'un ton coupant. Un accident de voiture.

— Je vais appeler une ambulance ! s'écrie-t-elle.

Elle fait un mouvement pour retourner dans la maison. Maurice la retient d'une main.

— Surtout pas !

— Il est blessé ! proteste sa femme. Il faut l'emmener à l'hôpital !

— Fais ce que je te demande, dit-il d'une voix impérative. Je t'expliquerai plus tard.

Il se tourne vers Jacques.

— Toi, retourne dans l'étable !

Jacques jette un regard heurté à sa mère, qui secoue la tête, impuissante. Il obéit à son père, la tête basse, inquiet et humilié.

Maurice prend son fils à bras-le-corps et gravit les marches du perron, soufflant dans l'effort. Une fois à l'intérieur, il s'adresse de nouveau à sa femme.

— Je vais installer Michel dans son ancienne chambre. Barre la porte d'entrée. Si jamais le téléphone sonne, réponds pas.

Geneviève, que le bruit a réveillée, apparaît en haut de l'escalier. Elle est en pyjama, ses cheveux sont ébouriffés et ses yeux embrouillés de sommeil. Elle pousse un cri en voyant Michel, dont le visage ensanglanté repose sur l'épaule de son père. Ce dernier s'adresse à sa fille d'une voix tranchante.

— Va chercher de l'eau chaude, des linges propres, du désinfectant.

Geneviève reste immobile, figée de stupeur.

— Reste pas plantée là comme un piquet ! Dépêche-toi ! hurle Maurice, à bout de nerfs.

Elle se raidit comme si un courant électrique lui avait traversé le corps et descend l'escalier quatre à quatre, croisant son père et Michel. Il est si pâle qu'elle le croit mort. Sa mère est assise sur la dernière marche, la tête dans les mains.

— Maman ?

— Occupe-toi pas de moi. Fais ce que ton père te dit.

*

Marie-Louise est toujours assise au même endroit lorsque sa fille revient peu de temps après avec une bassine fumante et des linges à vaisselle sur l'épaule. La jeune femme s'adresse à sa mère.

— S'il te plait, va dans ma chambre. Ma trousse de soins est dans l'armoire, à gauche.

La voix de Geneviève est devenue calme et posée. Dans quelques mois, elle obtiendra son diplôme de vétérinaire, mais de nombreux stages lui ont déjà permis de composer avec des urgences de toutes sortes. Bien sûr, il s'agissait d'animaux et non d'êtres humains, mais pour elle, il n'y a pas beaucoup de différence. La souffrance est la même, qu'il s'agisse d'un cheval ou d'un homme.

Marie-Louise se lève avec difficulté et se rend dans la chambre de sa fille, où elle trouve la trousse de secours à l'endroit indiqué. Elle va ensuite dans la pièce qu'occupait Michel avant que son père ne le mette à la porte et qu'elle a transformée en salle de couture. Elle a toutefois insisté pour garder le lit de son fils, espérant dans son for intérieur qu'il reviendrait un jour.

Michel est étendu sur son ancien lit, torse nu. Geneviève est à son chevet et nettoie soigneusement son visage, son cou et sa poitrine avec un linge, qu'elle rince dans l'eau de la bassine, devenue rouge. Maurice, portant toujours sa parka, est assis dans un fauteuil, rompu par le manque de sommeil et l'émotion. Marie-Louise dépose la trousse sur un guéridon, à portée de main de sa fille, avec un geste d'automate, en évitant de regarder la couleur du sang dans la bassine.

— À première vue, ses blessures sont superficielles, dit Geneviève, les yeux battus par la fatigue. Je vais les désinfecter et faire un pansement. Il a des ecchymoses sur son front. Ce serait important de l'emmener à l'hôpital dès que possible pour une radiographie, juste pour s'assurer qu'il n'a pas de commotion cérébrale. Pour le moment, il faut qu'il se repose.

Marie-Louise pousse un soupir de soulagement. Après avoir appliqué un tampon imbibé de désinfectant sur les plaies et les avoir pansées, Geneviève fait signe à ses parents de sortir.

— Maintenant, il faut le laisser dormir.

Ils quittent la pièce. En refermant la porte, Geneviève se tourne vers son père. Elle parle à mi-voix, pour ne pas déranger Michel.

— Pourquoi tu l'as pas emmené tout de suite à l'hôpital ?

— C'était trop loin. Je préférais le ramener ici.

Elle sent qu'il ne lui dit pas la vérité.

— Ses blessures auraient pu être graves. Je comprends pas que t'aies pris un aussi grand risque.

— Arrête de m'enquiquiner avec tes questions ! On dirait un policier.

Geneviève fait un effort pour rester calme.

— Comment il s'est blessé ? Pourquoi tu veux pas l'emmener à l'hôpital ?

— J'ai pas de comptes à te rendre.

Geneviève tourne le dos à son père et s'enferme dans sa chambre. Marie-Louise lance un regard rempli de reproches à son mari.

— Pourquoi tu la traites aussi mal ?

— Suis-moi dans la cuisine, il faut qu'on parle.

*

Marie-Louise a déposé une bouilloire sur la cuisinière pour faire du thé tandis que son mari fait les cent pas dans la pièce.

— Tu voulais me parler ?

Maurice glisse une main dans une poche de son manteau et dépose le revolver sur la table. Marie-Louise observe l'objet noir avec effroi.

— Je l'ai trouvé à côté de Michel, explique son mari. L'arme avait servi. Léo Labrecque était à l'arrière de la voiture, il avait l'air gravement blessé. J'ai vu quelqu'un d'autre, sur le siège du conducteur, mais j'ai pas pu distinguer son visage.

Marie-Louise l'écoute avec une attention douloureuse. Elle a l'impression d'être plongée dans un mauvais rêve dont elle n'arrive pas à se réveiller.

— Tu crois que Michel a tiré sur Léo ? dit-elle d'une voix blanche. Pourquoi il aurait fait ça ?

Maurice secoue la tête.

— Je sais rien de plus que ce que je t'ai dit. En chemin, je me suis arrêté à une cabine téléphonique pour signaler l'accident, mais j'ai pas donné mon nom.

Son regard se pose sur l'arme.

— Il faut appeler la police.

Marie-Louise, qui vient de prendre deux tasses dans une armoire, les dépose brusquement sur le comptoir. Elle déteste soudain son mari avec une force qui la surprend elle-même.

— Tu dénoncerais ton propre fils?

Maurice reprend le revolver, le montre à sa femme, qui recule d'un pas.

— Te rends-tu compte qu'en disant rien on devient complices de ce qui est arrivé?

— On l'est déjà. Pourquoi t'as ramené Michel ici, au lieu de le transporter à l'hôpital? Pourquoi t'as pas donné ton nom quand t'as signalé l'accident?

Il garde le silence. Il sait qu'elle a raison. Lorsqu'il s'est arrêté derrière la voiture accidentée, qu'il a découvert Michel sans connaissance, avec un revolver à portée de main, et qu'il a mis l'arme dans sa poche, il avait choisi son camp.

Marie-Louise fait quelques pas vers lui.

— Donne-le-moi.

Sur le moment, il ne comprend pas ce qu'elle lui demande.

— Donne-moi le revolver.

Le visage de sa femme est calme, presque minéral. Il a du mal à la reconnaître. Comme il ne fait pas un geste, elle avance d'un autre pas et pose ses mains sur celles de son mari. Lentement, elle lui écarte les doigts, puis lui retire l'arme. Elle sent la froideur du métal sur sa paume. Elle tient le revolver loin d'elle, à bout de bras. Elle se dirige vers la porte de la cuisine qui donne sur le potager et tire sur le verrou. Une rafale s'engouffre dans la pièce.

— Sors pas sans manteau, tu vas prendre froid, dit Maurice.

Elle lui fait un drôle de sourire, teinté d'amertume. Le canard se met à siffler.

*

Un soleil pâle nimbe l'horizon. Marie-Louise cache le pistolet dans les manches de sa robe de chambre, puis contourne le potager et prend le sentier qui mène à la rivière Rouge.

Le vent lui gifle les joues. Elle ne pense plus à rien. Des mésanges se pourchassent dans des buissons d'aubépines et de gadeliers. Elle parvient au bord de l'eau. Des nuages s'y reflètent, lui donnant une teinte limoneuse. Un martin-pêcheur, perché sur un saule, plonge vers la rivière et disparaît quelques secondes dans les flots. Il refait surface, la huppe dressée, des éclats d'eau perlés autour de la tête, tenant un poisson rutilant dans son long bec.

Marie-Louise jette le revolver dans la rivière. L'arme atterrit dans l'eau, puis s'enfonce dans un léger tourbillon d'écume.

55

6 heures
Route 75

Une ligne magenta apparaît à l'horizon. JP Gaudry, frottant ses mains pour les réchauffer, scrute anxieusement la route. Une voiture de police, dont le gyrophare est allumé, s'approche, suivie d'une ambulance, dont la sirène déchire le jour naissant. L'animateur fait de grands signes avec ses bras pour être vu des chauffeurs. Les deux véhicules s'immobilisent à une demi-douzaine de mètres de la voiture accidentée. Un policier s'avance vers Gaudry tandis qu'un autre, accompagné par des ambulanciers munis de brancards, se dirige vers la Pontiac.

— C'est vous qui avez signalé l'accident? lui demande l'agent.

L'animateur acquiesce.

— Je revenais chez moi quand j'ai vu la voiture dans le fossé.

Le policier lui explique qu'il y a eu un autre appel d'urgence pour le même accident, mais que la personne ne s'est pas identifiée. JP Gaudry pense aussitôt à Maurice. Il revoit son visage sombre, alors qu'il tenait son fils dans ses bras… C'est à peine s'il entend l'agent de la GRC lui demander de le suivre au poste afin de faire une déposition.

— Oui, bien sûr.

Deux ambulanciers placent avec précaution un jeune homme sur une civière et l'immobilisent avec des sangles tandis qu'un autre homme, portant un blouson de cuir noir, est transporté sur un brancard vers l'ambulance. Gaudry détourne les yeux, navré. À voir leur visage, il estime que les jeunes n'ont pas plus de dix-huit ou dix-neuf ans. Probablement une autre histoire d'alcool au volant. Quel gâchis ! En enfourchant sa moto, il se demande ce qu'il va dire à la police lors de sa déposition. Ou plutôt, ce qu'il omettra de dire, car il n'arrive toujours pas à comprendre pourquoi Maurice a pris la décision de transporter son fils dans sa propre camionnette au lieu d'attendre les secours sur le lieu de l'accident.

*

Gérald Lavallée vient à peine de réussir à s'endormir lorsqu'il est réveillé par le son aigre du téléphone. Même après quinze ans de service dans la GRC, il ne s'est jamais habitué à ces réveils brutaux, toujours annonciateurs de mauvaises nouvelles. Il entend sa femme se retourner dans leur lit. *Elle non plus n'a jamais réussi à s'y faire*, se dit-il en tendant le bras pour prendre le combiné. Il écoute en silence, en passant une main dans ses cheveux déjà clairsemés, puis il raccroche. On vient de lui signaler la découverte du cadavre d'un homme, dans le quartier huppé de St. Andrews. C'est la femme de la victime qui a alerté la police en appelant d'une maison voisine. Il jette un coup d'œil machinal à son réveille-matin. Six heures trente. C'est tout juste s'il a pu glaner quelques heures de sommeil.

*

Portant un manteau en loden beige, l'enquêteur observe le corps d'un vieillard étendu sur le sol, indifférent au ballet de l'équipe qui s'affaire dans la chambre, où règne un désordre effroyable. Une flaque de sang brunâtre imbibe la moquette autour du cadavre. Une main crispée pointe vers le plafond, comme un dernier appel à l'aide. Lucien Bédard, un pathologiste d'une soixantaine d'années, au crâne chauve entouré d'une couronne de cheveux gris, explique à l'enquêteur qu'une balle a atteint la victime en plein cœur. La mort a sûrement été rapide. Un technicien judiciaire lui apprend qu'ils ont trouvé une deuxième balle dans un mur, provenant sans doute d'une carabine qui se trouvait près de la victime. Celle-ci semble avoir vendu chèrement sa peau.

*

Gisèle Russell, pâle et les yeux rouges, un châle par-dessus sa robe de nuit, est assise toute droite sur une chaise, dans sa cuisine. Une femme au visage rond et jovial – la voisine chez laquelle Mme Russell s'est réfugiée après le meurtre de son mari – fait du café tout en racontant à l'inspecteur, d'une voix que l'excitation rend presque gaie, comment elle et son mari ont été réveillés par des coups de feu, et leur surprise lorsqu'ils ont vu leur voisine, tremblante et échevelée, sur le seuil de leur porte. Les mots «poor sweetheart» et «poor little thing» reviennent régulièrement dans sa bouche. Gérald Lavallée l'écoute d'une oreille distraite. Toute son attention va à la vieille femme, visiblement en état de choc, mais dont le maintien digne l'impressionne. Il réussit à interrompre le flot de paroles de la voisine et lui demande poliment de le laisser seul avec Mme Russell. La femme obtempère à contrecœur, répétant à la «dear sweetheart» de ne surtout pas hésiter à faire appel à elle en cas de besoin. L'enquêteur est soulagé de la voir partir. Il se concentre sur les questions qu'il entend poser à la veuve tout en écoutant le tic-tac d'une horloge en forme de coq qui a été suspendue au-dessus de la cuisinière.

— Je suis désolé de vous obliger à revenir sur ces terribles événements, madame Russell, mais votre témoignage est essentiel pour faire la lumière sur la mort de votre mari.

D'une voix étonnamment ferme, la vieille femme raconte l'irruption dans sa chambre de trois hommes armés, au beau milieu de la nuit.

— Pouvez-vous les décrire ?

Elle secoue la tête.

— Ils portaient des cagoules noires.

Elle se souvient toutefois que l'un d'eux avait des yeux d'un bleu foncé et que ses mains tremblaient en tenant son arme. Elle décrit le deuxième cagoulard, un peu moins grand que les autres, qui portait un blouson de cuir noir. Il semblait être le « chef » de la bande et menaçait son mari avec un revolver, en lui demandant de lui donner son argent.

— Est-ce que votre mari gardait de l'argent dans la maison ?

Elle hésite, puis explique que, depuis quelque temps, Craig s'enfermait régulièrement dans leur chambre, verrouillant la porte à double tour et refusant de la laisser entrer. Plusieurs semaines auparavant, le directeur de la banque où le couple possède un compte conjoint lui a téléphoné, lui demandant, sur un ton embarrassé, si elle était au courant que son mari avait ouvert un nouveau compte sur lequel il faisait des retraits importants chaque mois, d'au moins cinq mille dollars.

— Mon mari a eu un diagnostic d'Alzheimer il y a un an. Le directeur de la banque m'a conseillé d'obtenir une procuration pour inaptitude. J'ai tenté de convaincre mon mari, mais il ne voulait rien savoir. J'aurais dû insister, être plus vigilante. Tout cela ne serait pas arrivé si…

Elle s'interrompt en laissant échapper un soupir d'impuissance. Gérald Lavallée la fixe avec intensité.

— Selon vous, est-il possible que les intrus aient été au courant que votre mari cachait des sommes importantes chez lui ?

— À part moi, il voyait jamais personne.

Lorsque l'enquêteur lui demande de raconter les circonstances exactes de la mort de son mari, elle serre ses lèvres pâles, puis contemple ses mains déformées par l'arthrite.

— Craig avait toujours peur d'être volé. Il plaçait une carabine par terre, en dessous du lit. J'avais essayé de le convaincre de ne pas garder une arme chargée dans la chambre, mais il répondait que c'était pour nous protéger.

Elle reprend son souffle.

— Craig a tiré en premier. Le jeune homme au blouson de cuir a été atteint. Après, tout s'est passé très vite. Je suis allée vers mon mari, je voulais qu'il arrête de tirer, j'avais peur d'un carnage.

— Qu'est-ce qui est arrivé ensuite ?

— Craig… il m'a repoussée. Je me suis retrouvée par terre. J'ai entendu un second coup de feu. Après… Je pense que j'ai perdu connaissance. Quand je suis revenue à moi, ils étaient partis.

— Vous avez mentionné avoir entendu deux coups de feu. Pourtant, il y en a eu trois.

Elle le regarde, interdite, puis comprend qu'elle était sans doute inconsciente lorsque le troisième coup, celui qui a tué son mari, a éclaté.

— Vous avez dit « le jeune homme au blouson de cuir », poursuit l'enquêteur. Qu'est-ce qui vous fait penser qu'il était jeune, puisqu'il portait une cagoule ?

Elle réfléchit, puis répond :

— Il avait peur. Tous les trois avaient peur.

56

8 heures
Ferme des Perreault

Marie-Louise prépare le petit-déjeuner. De la fenêtre de la cuisine, elle voit son fils Jacques en train de couper du bois. Geneviève est partie tôt pour se rendre à l'Université de Saint-Boniface. Un bulletin de nouvelles défile sur l'écran d'un téléviseur, que Maurice regarde avec une anxiété grandissante. Des images de la rivière Rouge en crue se succèdent. « Les Manitobains se préparent au pire, commente un reporter. Déjà, une partie du Dakota du Nord a été complètement inondée. On craint que ce soit la pire inondation que Winnipeg ait connue depuis les terribles crues de 1950 et de 1979. De gros embâcles se sont formés sur la rivière Rouge à la hauteur du village de Sainte-Agathe, qui risque à tout moment d'être inondé. D'autres villages qui longent la rivière, comme Saint-Jean-Baptiste, risquent également d'être victimes de la crue des eaux. »

— Il manquait rien que ça ! grommelle Maurice.

La lectrice de nouvelles enchaîne avec un drame survenu la nuit dernière dans le quartier St. Andrews, au nord de Winnipeg. Craig Russell, un ingénieur forestier à la retraite, a été tué de sang-froid dans son domicile, sous les yeux de sa femme. Trois hommes armés, portant des cagoules, auraient fait irruption dans la chambre à coucher du couple et l'un d'eux aurait tiré sur le vieil homme, qui tentait de se défendre. Selon Gérald Lavallée, l'enquêteur de la GRC chargé de l'enquête, le vol aurait été le motif de ce crime crapuleux. La police croit qu'il pourrait y avoir un lien entre le meurtre de M. Russell et deux hommes retrouvés dans une voiture accidentée, sur la route 75. Un sac de sport contenant trois cagoules, deux armes à feu et un instrument servant à crocheter les serrures a été découvert dans le coffre du véhicule.

Maurice, qui avait d'abord regardé distraitement le reportage, est pétrifié d'horreur en reconnaissant la Pontiac verte, entourée de feux d'urgence. Son visage est devenu blême. Il éteint le poste, puis se lève lentement. Sa femme le suit des yeux avec angoisse.

— Où tu vas ?

Il se dirige vers l'escalier sans répondre. Marie-Louise lui emboîte le pas.

— Michel aurait jamais fait ça. Je suis certaine qu'il a rien à voir avec…

— J'étais là, Marie-Louise ! l'interrompt Maurice, la voix blanche. J'ai *vu* le revolver à côté de Michel. J'ai *vu* Léo Labrecque sur la banquette arrière. J'ai *vu* le sac de sport dans le coffre de la voiture. Qu'est-ce qu'il te faut de plus ?

Maurice gravit l'escalier d'un pas lourd, puis entre dans l'ancienne chambre de son fils sans frapper. Michel dort. Il est encore pâle, mais semble en meilleur état, malgré son bandage autour de la tête. Son père le réveille sans ménagement. Le jeune homme, les yeux embrumés, le regarde avec effarement.

— Craig Russell, ça te dit quelque chose ? Il a été assassiné chez lui, la nuit dernière.

Michel reste muet. Son père devient menaçant. S'il ne lui dit pas la vérité, il le livrera à la police. Marie-Louise, qui a suivi son mari dans la chambre, prend la défense de son fils.

— Si tu le dénonces, je te le pardonnerai jamais.

— Il y a eu mort d'homme !

Marie-Louise se tourne vers son fils.

— Dis-moi que t'as rien à voir avec tout ça, le supplie-t-elle.

Michel est incapable de soutenir son regard. Sa voix est éteinte lorsqu'il se met à parler.

— Je vais me rendre à la police.

La sonnette de l'entrée résonne au même moment. Marie-Louise, convaincue qu'il s'agit de la gendarmerie, se place devant la porte.

— C'est ton fils, t'as le devoir de le protéger.

— Je dois aller répondre.

Elle finit par laisser passer son mari, le visage ravagé par la colère et le chagrin.

Maurice se rend au rez-de-chaussée, hésite un moment avant d'ouvrir la porte, se préparant à affronter des agents de la GRC en uniforme, mais c'est plutôt la silhouette familière de son ami JP Gaudry qu'il aperçoit sur le seuil. L'animateur a l'air embarrassé.

— Faut qu'on se parle. Dans un endroit tranquille.

Maurice a revêtu sa parka, car un vent glacial souffle. Les deux hommes marchent sur un sentier longeant la rivière Rouge, à proximité de la ferme. JP Gaudry contemple la rive.

— L'eau est haute. On va encore y goûter, cette année.

Une vapeur blanche sort de sa bouche. Une corneille s'envole d'une branche à tire-d'aile, poussant un cri guttural. L'animateur poursuit de sa voix mélodieuse et feutrée :

— En revenant chez moi après mon émission, au petit matin, je suis passé devant une voiture accidentée, sur la 75. Je t'ai vu en train de transporter ton fils dans tes bras vers ta camionnette. J'ai appelé le 911 pour signaler l'accident et j'ai attendu les secours.

Maurice l'écoute sans rien dire.

— Je suis allé au poste pour faire une déposition. J'ai pas parlé de ce que j'ai vu.

Un autre silence.

— J'ai écouté les nouvelles, ce matin, continue Gaudry. On parlait du meurtre d'un vieux retraité. Je sais pas si ton garçon est impliqué dans cette affaire-là, mais si j'étais à ta place…

— T'es pas à ma place !

Gaudry arrête de marcher et se tourne vers son ami.

— Tout ce que je voulais te dire, c'est que tu peux compter sur ma discrétion. C'est pas mon genre de dénoncer les gens. Surtout pas un ami. Pour le reste, c'est entre toi et ta conscience.

*

Après avoir coupé et cordé du bois, Jacques s'est rendu à l'étable, qu'il nettoie à l'aide d'une pelle. L'odeur de la bouse ne l'incommode pas. Comme toujours, accomplir les travaux de la ferme l'apaise. Il a encore sur le cœur la façon dont son père l'a traité, alors qu'il ne cherchait qu'à l'épauler dans un moment difficile. Il est d'une nature placide, contemplative, mais le mépris de son père à son égard le ronge comme de l'acide. Lui qui, pourtant, est incapable de supporter les conflits, ressent des bouffées de haine et de révolte qui le bouleversent. Il sait qu'il doit agir, partir. *Shipwaytay,* dans la langue crie. Depuis quelque temps, il caresse le rêve de s'installer au village métis de Saint-Laurent. Parfois, dans ses moments de répit, il emprunte le 4 × 4 de son père et se rend au village, bordé par le lac Manitoba. Une paix merveilleuse y règne. La beauté du lac qui reflète le ciel l'attire comme un aimant. Il lui suffit d'arpenter les rues, de contempler le rivage, de respirer le parfum astringent des algues et de la terre pour se retrouver lui-même. Trois jours auparavant, il a repéré une petite maison, avec l'écriteau « À vendre ou à louer ». Il a inscrit le numéro de téléphone sur un bout de papier, qu'il a gardé précieusement.

— Jacques !

La voix autoritaire de son père le fait tressaillir. Il rentre les épaules sans s'en rendre compte. Il continue à pelleter, craignant une altercation. Maurice s'approche de lui.

— Jacques, j'ai besoin de toi.

Le jeune homme se tourne vers son père, surpris. C'est la deuxième fois en à peine quelques heures qu'il lui demande son aide.

— Ton frère a commis un geste très grave. Il faut qu'il parte d'ici, le plus loin possible. Ton cousin, Vincent Perreault, est propriétaire d'un garage à Montréal, il pourrait lui donner un coup de main. Je compte sur toi pour conduire Michel au terminus d'autocars, dès ce soir. Pas un mot de tout ça à qui que ce soit, surtout pas à ta mère, c'est bien compris ?

Jacques brûle de demander à son père quel est ce « geste très grave » que son frère a commis, mais il n'ose pas. Il se contente de faire oui de la tête. Maurice fouille dans une poche de son pantalon, en sort une liasse de billets, qu'il lui tend.

— De quoi payer son voyage et le dépanner pendant un bout de temps. Ton frère doit pas savoir que c'est moi qui t'ai donné l'argent. Dis-lui que t'as pigé dans tes économies. Je peux compter sur toi ?

Jacques prend la somme, visiblement troublé par l'étrange mission que vient de lui confier son père et par l'aura de secret et de mensonges qui l'entoure. Il acquiesce de nouveau. Son père lui tapote maladroitement l'épaule et sort de l'étable. Le jeune homme le regarde s'éloigner, ému par ce rare geste d'affection de sa part et par la confiance qu'il vient de lui témoigner pour la première fois de son existence. Mais la pensée de son frère cadet, du « geste très grave » qu'il a commis, au point que leur père veuille qu'il quitte le Manitoba, le tarabuste.

*

Lorsque Léo Labrecque revient à lui, il ne sait pas où il est. Sa tête est brumeuse. Il lui faut plusieurs secondes pour reprendre ses esprits. En regardant autour de lui, il se rend compte qu'il est dans une chambre inconnue, brillamment éclairée par la lumière du jour. Il tente de bouger, mais c'est comme si un couteau déchirait son épaule. Celle-ci a été immobilisée dans une sorte d'attelle. Il s'aperçoit alors qu'il est dans un lit d'hôpital. Puis il se rappelle : la chambre à coucher des Russell, le vieux, debout à quelques mètres de lui, tenant une carabine, une douleur fulgurante à l'épaule droite, et après, plus rien, un trou noir, insondable.

Il entend un bruit de pas. Un homme vêtu d'un manteau beige vient d'entrer dans la chambre et s'approche de son lit.

— Vous êtes Léo Labrecque ?

Léo le regarde sans rien dire.

— Je suis Gérald Lavallée. Je mène l'enquête sur le meurtre de Craig Russell.

Le meurtre de Craig Russell. Les mots pénètrent lentement dans sa conscience. L'enquêteur a une voix posée. Aucune agressivité dans son ton ou dans ses manières.

— On vous a trouvé à l'arrière d'une berline verte, de marque Pontiac. Cette voiture était enregistrée au nom d'Henri Bouliane. Le connaissez-vous ?

Léo répond avec réticence.

— J'habite chez lui depuis une couple de mois. Lui et sa femme sont ma famille d'accueil.

— Vous connaissez le conducteur de la voiture, Benoit Forest ?

— C'est un ami.

— Il est dans le coma. Les médecins craignent que ça soit irréversible.

Léo ferme les yeux pour tenter de masquer son désarroi.

— Il y avait une troisième personne, sur le siège du passager. Pouvez-vous me donner son nom ?

Le jeune homme flaire aussitôt le piège.

— Il y avait juste Benoit et moi.

— Pourtant, on a trouvé les traces d'un corps, près du fossé où la voiture s'est écrasée.

— Je sais pas de quoi vous voulez parler. On était juste deux.

Après un silence, l'enquêteur reprend la parole.

— Je reviendrai vous voir, monsieur Labrecque.

Léo entend les pas s'éloigner. La peur creuse un sillon dans sa poitrine. La douleur dans son épaule s'accentue. *Le meurtre de Craig Russell.* Il se demande ce qu'il est advenu de Michel, et où il a bien pu trouver refuge. Avant de sombrer dans le sommeil, il a une dernière pensée pour Benoit.

*

Le soleil est déjà haut dans le ciel. Une lumière blanche balaie le petit cimetière de Saint-Jean-Baptiste. Une vingtaine de personnes sont rassemblées autour d'une fosse dans laquelle un cercueil repose. Une femme, vêtue de noir, soutenue par une jeune fille, sanglote, un mouchoir serré dans une main. Le curé Biron s'adresse à l'assemblée :

— Notre cher Roméo Demers est entré dans la paix du Seigneur. Roméo demeurera pour toujours dans nos cœurs. Il a été un bon maire, veillant sans relâche au bien-être de ses citoyens. Son sourire, sa force, son amour pour les siens nous accompagneront tout au long du chemin qu'il nous reste à parcourir sur cette terre. Pour qu'à travers l'épreuve du deuil jaillisse la lumière de l'espérance, Seigneur, nous te prions. « Notre Père qui êtes aux cieux… »

Debout en retrait, Fred Pothié écoute distraitement la prière. Quelques heures auparavant, il est parvenu chez lui sans encombre et a dissimulé l'argent dans l'ancienne toilette sèche, il a posé un cadenas sur la porte, puis il est revenu dans sa maison. Par chance, l'eau a commencé à dégeler dans ses tuyaux et il a réussi à enlever les traces de terre sur son visage. Il a enlevé ses vêtements sales, s'est étendu sur son lit de camp et a dormi un peu. Il s'est levé juste à temps pour mettre des vêtements propres, avaler un morceau de pain rassis et retourner au cimetière pour les préparatifs de l'enterrement du maire.

— « … que Votre règne vienne, que Votre volonté soit faite sur terre comme au ciel… »

Fred rêve déjà à ce qu'il pourra accomplir avec cette petite fortune. Mais il faudra être prudent, ne pas dépenser trop vite, pour éviter d'attirer l'attention.

Un camion-remorque roule sur la 75 et passe devant le cimetière, soulevant une traînée de poussière.

*

Après son étrange entretien avec son père, Jacques termine son travail dans l'étable et revient à la maison. Maurice a laissé un mot sur la table de la cuisine pour dire qu'il était parti au village acheter une pièce d'équipement pour son tracteur. Sa mère est à son piano, mais ne joue pas. Elle est pâle et agitée. Elle finit par éclater en larmes, lui avoue ses craintes concernant Michel, qui a peut-être trempé dans le meurtre d'un vieux retraité. Elle est incapable de croire que son fils ait pu faire une chose pareille, *pas Michel*, pas son garçon, c'est impensable… Jacques la console du mieux qu'il peut. Il comprend maintenant pourquoi son père a parlé d'un « geste très grave ». Il est tenté de faire part à sa mère de la « mission » que ce dernier lui a confiée, mais il se rappelle ses paroles et n'en fait rien.

Jacques monte à l'étage et frappe à la porte de l'ancienne chambre de son frère avant d'entrer. Michel est endormi. Un bandage couvre une partie de sa tête. Jacques s'assoit sur le lit, dépose doucement une main sur la sienne.

— Michel…

Son frère se réveille. Ses yeux semblent hantés par une terrible vision. Jacques commence à lui exposer son « plan ». Il parle lentement, tâchant de n'omettre aucun détail. Michel secoue la tête.

— Je peux pas.

La perspective de quitter le Manitoba, de partir vers l'inconnu, de laisser Émilie, surtout, lui paraît insupportable. Aussi bien aller en prison… Jacques le regarde pensivement. Il lui parle de leur frère aîné, Serge, victime d'une noyade, quelques années avant la naissance de Michel.

— J'ai pas pu le sauver. C'est arrivé il y a vingt et un ans, mais je me suis jamais pardonné de l'avoir laissé se noyer.

— Quel rapport avec moi?

— Je sais pas ce que t'as fait, mais tu vas le porter jusqu'à la fin de tes jours. La punition sera bien assez grande.

*

Le repas est lugubre. Les Labrecque mangent en silence, le nez dans leur assiette. Un peu avant souper, en entrant dans la cuisine, Émilie a entendu ses parents se disputer. Ils se sont interrompus dès qu'ils l'ont aperçue, mais elle a compris qu'il s'agissait de son frère Léo. Elle a tenté d'en savoir plus long, mais tout ce qu'ils ont trouvé à dire, c'est que c'étaient des histoires d'adultes. « J'ai dix-sept ans, je suis une adulte ! » s'est-elle exclamée, exaspérée de se faire toujours traiter comme une enfant irresponsable.

Sous prétexte qu'elle doit étudier pour un examen de chimie, Émilie quitte la table et s'enferme dans sa chambre, soulagée d'échapper au climat familial délétère, qui l'étouffe. Une pluie abondante ruisselle sur la fenêtre, contrastant avec le temps radieux qui a régné toute la journée, alors qu'elle était en classe, au collège. Au lieu d'étudier, elle prend un livre qu'elle a dissimulé sous son oreiller, *L'Amant de Lady Chatterley*, de D.H. Lawrence. Son père lui en a interdit la lecture sous prétexte que c'était un livre indécent, alors que son professeur de français le lui a décrit comme étant un chef-d'œuvre de la littérature contemporaine. Elle ne comprend pas tout ce qui est écrit dans le roman et le trouve parfois ennuyeux, mais le simple fait que son père lui ait défendu de le lire lui donne un parfum de mystère.

Elle entend soudain une sorte de claquement, puis un deuxième. Intriguée, elle se lève et s'approche de la fenêtre, d'où semble provenir le bruit. À travers le rideau de pluie, elle aperçoit Michel, debout près du grand pin, s'apprêtant à lancer un caillou. Elle ouvre la fenêtre. Des gouttes de pluie en éclaboussent le rebord. Le jeune homme lui fait signe de venir la rejoindre. Le cœur sautant de joie, elle enfile le premier chandail qui lui tombe sous la main et sort de sa chambre. Elle descend l'escalier en catimini. Lorsqu'elle parvient au rez-de-chaussée, elle aperçoit le profil de son père qui lit son journal dans le salon et entend un bruit de vaisselle provenant de la cuisine. Elle se glisse le long du mur jusqu'à la porte d'entrée, tourne doucement la poignée et, une fois à l'extérieur, court en direction du jardin, remontant son pull sur sa tête pour se protéger de l'ondée. Elle remarque au passage une camionnette garée en face de la maison, dont les phares sont restés allumés.

Michel l'attend, réfugié sous le pin. Elle accourt vers lui. Contre toute attente, il ne l'embrasse pas lorsqu'elle se blottit dans ses bras. Elle remarque aussitôt le bandage qu'il porte autour de la tête.

— Tu t'es blessé ?

— Rien de grave. Il faut que je parte.

— Où ?

— Loin. Je peux rien te dire de plus.

— Laisse-moi partir avec toi !

Il entoure le visage de la jeune femme avec ses mains.

— J'ai fait une grosse bêtise, Émilie. Je veux pas t'entraîner dans mes ennuis.

— Quelle bêtise ?

Il détourne les yeux, incapable de supporter son regard, fait d'incompréhension et d'amour inconditionnel.

— Il faut que je parte, répète-t-il, désespéré.

Il lui tourne le dos et marche à pas rapides sur le sentier de pierres qui mène vers l'avant de la maison, sans se retourner, de peur de ne pas tenir le coup. Elle le suit, s'accrochant à son anorak. Il s'arrache à son étreinte et monte dans la camionnette, qui l'attendait. Émilie n'a que le temps de voir le profil de Jacques, assis sur le siège du conducteur. Le véhicule démarre et s'éloigne dans la rue. Indifférente à la pluie froide qui tombe de plus belle, Émilie regarde la camionnette jusqu'à ce qu'elle disparaisse à un tournant.

CINQUIÈME PARTIE

LE VERDICT

58

Lundi 21 mars 2011, 8 heures
Hôpital Royal Victoria, Montréal

Émilie était assise en face du Dr Faribault, l'un des oncologues les plus réputés de l'hôpital. Elle portait son uniforme d'infirmière, car elle devait travailler toute la journée. C'était étrange de se retrouver dans le siège d'un patient, de l'autre côté du miroir, dans une contrée à la fois familière et *autre*. Elle observa le médecin, tentant de deviner sur son visage impassible un indice de ce qui l'attendait. Il cligna légèrement des paupières, puis se mit à parler sans la regarder.

— J'ai bien peur d'avoir de mauvaises nouvelles.

Ces mots, qu'elle avait entendus si souvent dans les chambres des patients ou les bureaux des médecins, s'adressaient maintenant à elle. «J'ai bien peur d'avoir de mauvaises nouvelles.» Elle songea aux semaines qui avaient précédé ce rendez-vous, à sa fatigue inhabituelle, aux taches blanchâtres qui étaient apparues sur son ventre, un matin. Elle avait pressenti que quelque chose s'était déréglé en elle, qu'un ennemi intérieur avait déjà commencé à la dévorer.

Le Dr Faribault consulta le dossier ouvert devant lui.

— Les résultats de vos tests sanguins ne laissent aucun doute. Vous êtes atteinte de leucémie myéloïde aiguë.

Le *verdict*, comme l'appelait une de ses patientes. Émilie jeta un coup d'œil à la fenêtre. Une neige vaporeuse embuait la vitre, à travers laquelle elle discernait la silhouette de quelques arbres rachitiques et d'immeubles gris. Elle ferma les yeux, tâcha d'imaginer un immense champ ocre surmonté d'un ciel bleu sans fin. Le ciel des Prairies.

— Émilie?

La voix du médecin était teintée d'inquiétude. Cette fois, il la regardait en face, mais il ouvrait et fermait son stylo d'un geste distrait, *clic clic clic*. Émilie attribua sa nervosité inhabituelle au fait qu'ils étaient des collègues et travaillaient sur le même étage depuis plusieurs années. Elle posa la question qui lui brûlait les lèvres, même si elle connaissait d'avance la réponse. Tellement de patients, à la fois désespérés et remplis d'espoir, lui avaient demandé la même chose.

— Quelles sont mes chances de m'en sortir?

La voix d'Émilie sonna étrangement à ses oreilles, comme si ce n'était pas la sienne. Le Dr Faribault tourna son stylo entre ses doigts.

— Dans votre cas, la chimiothérapie, alliée à la greffe de la moelle osseuse, donne de bons résultats.

— Je voudrais avoir un pronostic franc, docteur.

— Vous avez cinquante pour cent de chances de vous en sortir, à la condition qu'on trouve un donneur compatible. Avez-vous des frères ou des sœurs?

Que pouvait-elle répondre? Qu'elle avait un frère qu'elle n'avait pas vu depuis quatorze ans, qui purgeait une peine à la prison de Headingley pour le meurtre sordide d'un vieux retraité?

— J'ai un frère.

— Il faudrait communiquer avec lui dès que possible, reprit le médecin, qui avait retrouvé son ton efficace et neutre de professionnel. Ce serait important qu'il passe des tests pour s'assurer qu'il est un donneur compatible. Quel est son nom?

Il attendit la réponse, son stylo pointé dans les airs. Elle prit le temps de réfléchir.

— Docteur Faribault, est-ce que je suis en état de voyager?

Le médecin fut pris de court par sa question.

— Un déplacement de quelques jours, d'une semaine, tout au plus. Plus vite vous serez traitée, meilleures seront vos chances de rémission. Je vous fournirai un certificat médical dès aujourd'hui pour que vous obteniez un congé de maladie.

— J'aimerais faire la tournée de mes patients une dernière fois, avant d'en devenir une moi-même.

— Comme vous voudrez. Pour ce qui est de votre frère…

— On s'est perdus de vue depuis longtemps. Je ne suis pas certaine qu'il acceptera de m'aider.

59

Après son rendez-vous chez le Dr Faribault, Émilie se rendit au huitième étage. Un gouffre séparait celle qui était entrée dans le bureau de l'oncologue de celle qui en était sortie. Sa vie avait basculé brutalement, sans préavis, elle ne lui appartenait déjà plus. Cinquante pour cent de chances de vivre ou de mourir, avait dit le médecin, comme s'il s'agissait d'une loterie. D'une certaine manière, c'en était une. Elle salua ses collègues comme d'habitude, portant sur son visage un masque serein et rassurant.

Sa première visite fut pour Mme Grenier, à laquelle elle s'était particulièrement attachée, au fil des mois. Cette dernière avait le teint cendreux et la regardait avec inquiétude pendant qu'elle prenait sa température.

— Je fais de la fièvre ? demanda-t-elle d'une voix qu'elle tentait de raffermir.

— Votre température est normale, madame Grenier. Pas de fièvre. C'est bon signe.

Les paroles de réconfort qu'elle réservait à sa patiente lui étaient en quelque sorte également destinées. Avant son *verdict*, elle croyait comprendre ce que les cancéreux ressentaient, mais elle ne savait rien, ne comprenait rien. Elle aussi se retrouverait dans un lit d'hôpital, une infirmière prendrait sa température, lui prodiguerait des paroles apaisantes, tout comme elle l'avait fait si souvent avec ses propres patients.

Avant la fin de son quart, Émilie retourna voir Mme Grenier, qui était en compagnie de sa fille, Delphine. Elle remarqua le geste furtif de sa patiente, qui avait remis son foulard pour ne pas laisser voir à l'adolescente son crâne sans cheveux. Ce geste la bouleversa. Elle ferait peut-être la même chose devant Thomas, pour le protéger de sa souffrance.

— Je dois prendre congé pendant quelque temps. Je tenais à vous dire au revoir.

Sa patiente s'inquiéta.

— Un congé ?

— Pour des raisons familiales.

Comme si elle avait senti sa détresse, Mme Grenier prit la main de l'infirmière dans la sienne. Ses doigts délicats étaient blancs comme de la craie et de fines veines bleues sillonnaient sa paume.

— Tout ira bien. Je vous le promets.

Il y avait une telle douceur dans le regard de la femme que, pendant quelques secondes, Émilie eut l'impression que les rôles s'étaient inversés, et que c'était sa patiente qui la rassurait.

60

Malgré sa fatigue, Émilie alla chercher son fils à l'école. Elle ne voulait rien changer à sa routine. Demain, ce serait différent. Demain était une zone d'ombre, un territoire inconnu, auquel elle ne voulait pas penser. Pas maintenant. Il neigeait de plus en plus, la chaussée était devenue glissante. Tout en se concentrant sur la conduite, elle se demanda si c'était bien elle qui avait reçu un diagnostic de leucémie, le matin même. Pourtant, la Terre continuait de tourner, des conducteurs impatients klaxonnaient, des gens faisaient la queue devant les arrêts d'autobus, se frottaient les mains l'une contre l'autre pour les réchauffer. Rien n'avait changé, sauf elle.

Plusieurs voitures étaient garées en double file devant l'école. C'était toujours la même cohue à la sortie des classes. Émilie dut faire comme les autres et s'immobilisa derrière un VUS. Des portières claquaient, des parents allaient et venaient, l'air fatigué et anxieux, comme s'ils portaient le poids du monde sur leurs épaules. *Si vous saviez comme vos ennuis sont peu de chose*, avait-elle envie de leur crier. Elle salua ceux qu'elle connaissait au passage, baissant la tête pour ne pas être obligée d'engager la conversation. Elle trouva son fils assis sur une marche d'escalier, le regard perdu. Son cœur se serra en le voyant. Elle était incapable d'imaginer ce qu'il deviendrait sans elle. C'était cette cruelle incertitude qui la poussait à retourner vers les siens, afin que Thomas rencontre enfin sa famille, qu'il connaisse sa grand-mère, les lieux de l'enfance de sa mère, avant qu'elle disparaisse.

*

Le logement était sombre et silencieux lorsque Émilie y entra, tenant son fils par la main. Elle alluma le plafonnier.

— Michel ?

Pas de réponse. Il était sans doute allé faire son jogging. Elle secoua la neige qui s'était accumulée sur la tuque et l'anorak de Thomas et l'aida à se déshabiller. Aussitôt libéré de ses vêtements d'hiver, il courut vers sa chambre et s'y enferma. Elle fit un mouvement pour le rattraper, puis y renonça. La solitude était un moment de paix pour son fils, pendant lequel personne ne lui rappelait qu'il n'était pas un enfant comme les autres.

Ne tenant plus sur ses jambes, Émilie s'appuya sur le chambranle de la porte pour enlever ses bottes, qu'elle plaça à côté de celles de Thomas, puis suspendit son manteau sur un crochet à côté du sien. Les gestes de la vie quotidienne étaient rassurants dans leur monotonie, au point d'amoindrir le choc du verdict. Elle se rendit dans sa chambre et s'étendit sur le lit sans défaire les draps, ramenant ses jambes en chien de fusil. Elle n'avait pas le courage de prendre sa douche.

La porte d'entrée claqua. C'était Michel. Elle entendit ses pas dans le couloir. Il ne lui restait que quelques secondes pour prendre la décision la plus importante de son existence. La porte de la chambre s'ouvrit. Elle ferma les yeux et fit semblant de dormir, pour gagner un peu de temps. Michel s'approcha d'elle, puis lui effleura le front d'un doigt glacé, juste au-dessus de l'arcade sourcilière, là où elle avait une petite cicatrice que son frère Léo avait causée, lorsqu'ils étaient enfants. Elle sentit le souffle de Michel sur sa joue, la chaleur de son corps près du sien. Elle fut sur le point de lui dire la vérité, mais garda les yeux clos et eut la force de se taire. S'il apprenait qu'elle était gravement malade et qu'elle songeait à retourner au Manitoba avec leur fils, il voudrait à tout prix les accompagner. Là-bas, quelqu'un le reconnaîtrait, il ne pouvait en être autrement. La police était toujours à la recherche d'un troisième complice, qui n'avait jamais pu être retrouvé. Michel serait peut-être arrêté, jugé, jeté en prison. Alors il ne lui resterait vraiment plus rien.

Elle ouvrit les yeux et l'embrassa près de l'oreille, là où la peau était si tendre, en évitant de le regarder.

— Je t'aime, même si tu sens le chien mouillé.

Il lui jeta un coup d'œil amusé.

— Quelle déclaration !

Michel la borda avec la couverture, puis s'éloigna. Elle entendit le grincement de la porte de la salle de bain, le crépitement de la douche. Elle se redressa sur ses coudes et s'assit sur le bord du lit. Sa décision était prise.

61

Mardi 22 mars 2011, le matin

Émilie attendit que la porte d'entrée se referme avant de se rendre au salon. Elle entrouvrit les rideaux de la fenêtre et jeta un coup d'œil dehors. Sa poitrine se gonfla de tendresse en voyant Michel tenant leur fils par la main pour l'aider à descendre l'escalier en colimaçon. Une fois au pied de l'escalier, il leva la tête vers elle et lui envoya un baiser de la main. Elle fit de même, sentant la honte l'envahir. Sa décision de partir mettait une distance infranchissable entre eux. Elle resta debout devant la fenêtre jusqu'à ce que la voiture disparaisse à un tournant, puis elle s'efforça de manger un morceau, bien qu'elle n'eût pas d'appétit. Il lui faudrait des forces pour affronter la longue journée qui l'attendait. Elle lava son assiette, l'essuya et la rangea. Ces gestes quotidiens l'aidaient à juguler l'angoisse qui l'habitait depuis qu'elle *savait*.

Elle prit ensuite sa douche, s'habilla et se maquilla, mettant un peu de rouge sur ses joues pâles. Après avoir fait sa valise, elle la transporta jusqu'à l'entrée puis se dirigea vers la chambre de son fils, se pencha et tira vers elle un sac à dos neuf qu'elle avait dissimulé sous le lit. Elle ouvrit les tiroirs de la commode et sélectionna des vêtements, assez pour un voyage d'une semaine, qu'elle mit dans le sac à dos. Elle avisa le cahier de pictogrammes sur le pupitre. *Surtout, ne pas oublier d'ajouter des images.* Elle ferma le sac et le déposa dans l'entrée, à côté du sien. La veille, elle avait réservé par téléphone deux billets d'avion, qu'elle avait payés avec sa carte de crédit. Elle aurait pu faire la transaction sur l'ordinateur que Michel et elle possédaient, mais elle ne voulait pas laisser de trace. Il ne fallait à aucun prix que Michel sache où elle allait.

Une grande lassitude s'empara d'elle, au point où elle dut s'asseoir. Elle s'essuya le front du plat de la main, puis appela un taxi, qu'elle décida d'attendre dehors. De gros flocons tombaient toujours en rangs serrés. Émilie songea aux confidences que sa patiente lui avait faites à l'hôpital, lui avouant qu'elle ne voulait pour rien au monde échanger sa vie contre celle des passants qu'elle observait de sa fenêtre, même si elle était malade et que ses jours étaient comptés. Sur le moment, Émilie n'avait pas vraiment compris le sens de ses paroles. Elle-même aurait tout donné pour être quelqu'un d'autre, pour ne plus avoir cette épée de Damoclès au-dessus de la tête. Mais soudain, alors qu'elle attendait le taxi, sa valise à ses pieds, contemplant la neige, le ciel gris ardoise, elle se sentit inexplicablement heureuse. *Je rentre chez moi.*

62

Le taxi, conduit par un Haïtien à la mine affable, roulait lentement à cause de la neige. Un petit crucifix suspendu au rétroviseur se balançait doucement. La voix d'un évangéliste grésillait à la radio.

— Pourquoi avoir peur de la mort, mes chers amis? La mort fait partie de la vie, et la vie, de la mort. Lazare ne s'est-il pas relevé du tombeau grâce à Jésus? N'oubliez pas les paroles du Christ: «C'est moi, la résurrection et la vie. Qui s'en remet à moi vivra, même s'il meurt, tout être vivant qui s'en remet à moi ne meurt plus.»

Pendant le trajet, Émilie répéta dans sa tête l'excuse qu'elle avait trouvée pour justifier le fait d'aller chercher Thomas avant la fin des classes. Lorsque la voiture se gara devant l'école, elle s'adressa au chauffeur:

— S'il vous plaît, attendez-moi ici, je reviens dans cinq minutes.

Elle sortit de la voiture et se dirigea vers l'entrée, où se trouvait le secrétariat. Elle reconnut avec soulagement Anne-Marie Coupal, la directrice adjointe, une femme sympathique et dévouée.

— Bonjour, madame Coupal. Je viens chercher Thomas.

— Déjà? s'étonna-t-elle.

— Il a rendez-vous chez notre médecin de famille, mentit Émilie.

— Rien de grave, j'espère ?

— Un examen annuel.

La directrice adjointe consulta l'horaire de la journée.

— Thomas est avec Julie. Je vais aller le chercher.

Julie Blais était l'orthophoniste de l'école. Elle voyait Thomas deux fois par semaine pour l'aider à développer ses capacités langagières et ses rapports avec le monde extérieur. Au bout d'un moment, Mme Coupal revint avec Thomas, le tenant par la main. L'enfant, son toutou aviateur contre son cœur, jetait des regards anxieux autour de lui.

— Thomas est un peu agité, expliqua la directrice adjointe. Il n'a pas l'habitude de quitter l'école aussi tôt.

Émilie serra son fils dans ses bras. L'enfant fixait le plafond.

— Je veux rester à l'école, dit-il avec un débit mécanique. Je comprends pas pourquoi on vient chercher Thomas maintenant, les cours sont pas finis.

— Viens, Thomas. Tout va bien, expliqua Émilie d'une voix rassurante. Je te raconterai tout dans la voiture.

Lorsqu'ils furent dehors, Thomas sourit en pointant l'index vers le ciel.

— La neige !

Serrant toujours sa peluche, il dévala l'escalier et sauta à pieds joints dans un petit banc de neige qui s'était formé près de la rue. Émilie dut courir pour le rattraper. Elle avait le souffle court lorsqu'elle le saisit par les épaules.

— Thomas, écoute-moi. Tu vois le taxi ?

Elle désigna le taxi qui l'attendait. Les flocons faisaient une ronde autour d'eux.

— On va y monter, toi et moi.

— Pour aller à la maison ? demanda l'enfant.

— Pour faire un beau voyage en avion. Toi qui aimes tellement les avions…

Le garçon se laissa entraîner vers la voiture. Elle l'aida à s'installer sur la banquette.

— Maintenant, on va où, ma belle dame ? demanda le chauffeur.

— À l'aéroport.

Quelques heures seulement la séparaient de son coin de pays, de ses parents, des lieux qui avaient bercé son enfance et son adolescence. Avant l'exil, qui l'avait brutalement arrachée aux siens, quatorze ans auparavant.

63

Winnipeg

L'avion atterrit à Winnipeg au début de l'après-midi, après deux heures seize minutes de vol. Émilie avait appréhendé le voyage, mais celui-ci s'était déroulé mieux qu'elle ne l'avait imaginé. Les images qu'elle avait préparées pour Thomas avaient été très utiles, sans compter la passion de l'enfant pour tout ce qui touchait aux avions. Il avait fait une seule crise, lorsque son Snoopy était tombé dans l'allée, mais Émilie l'avait vite récupéré, sentant sur elle les regards réprobateurs de quelques passagers. «Quelle mauvaise mère!» disaient ces regards. Elle avait beau les avoir subis souvent, elle n'arrivait pas à s'y habituer.

Une fois dans l'aérogare, Émilie loua une voiture et se procura un plan détaillé des Prairies. Elle n'avait que dix-sept ans lorsqu'elle avait quitté le Manitoba, qui était devenu pour ainsi dire une contrée étrangère.

— On retourne chez nous? demanda Thomas, qui commençait à montrer des signes de fatigue et d'anxiété.

— On s'en va dans une belle maison, à la campagne.

À l'aéroport, en attendant le départ, Émilie avait repéré un poste internet et trouvé un bed and breakfast, «Le Cheval blanc», situé dans la municipalité rurale de Saint-François-Xavier, vingt-cinq kilomètres à l'ouest de Winnipeg. D'après les photos, l'endroit semblait joli et paisible. On pouvait accéder aux chambres par une entrée privée, ce qui lui convenait parfaitement.

En route pour l'auberge, Émilie retrouva avec émotion l'immensité du ciel, l'horizon si lointain qu'il semblait être à l'autre bout du monde. Elle dut mettre ses lunettes de soleil tellement la lumière était aveuglante. Il faisait frais, mais elle ouvrit sa fenêtre. L'air vivifiant, le bleu du ciel, la route infinie lui donnèrent un sentiment de liberté qu'elle n'avait pas éprouvé depuis longtemps. Elle en oubliait presque sa maladie.

*

À leur arrivée au bed and breakfast, dont la porte d'entrée était surmontée d'un écriteau en bois sur lequel un grand cheval blanc avait été peint, Émilie et son fils furent accueillis chaleureusement par un couple d'une soixantaine d'années, Mireille et Alexis Goulet. Ce dernier, un homme au visage mince et buriné par le soleil, expliqua que le village de Saint-François-Xavier avait été fondé au XIXe siècle par un Métis de Pembina du nom de Cuthbert Grant. La Compagnie de la Baie d'Hudson avait surnommé le village « Grantown », mais les Métis et les trappeurs canadiens-français l'appelaient familièrement « Plaine du cheval blanc » parce que, à l'époque, les Cris et les Sioux y chassaient le bison à l'aide de chevaux.

— D'où le nom de l'auberge, conclut-il en souriant.

Sa femme remarqua l'agitation de l'enfant.

— Écoutez pas mon mari, dit-elle à Émilie d'un ton gentiment moqueur, vous en auriez pour des heures ! Je vais vous montrer votre chambre.

M. Goulet fit un clin d'œil à Thomas, puis avança la main pour lui frotter la tête, mais l'enfant recula. Émilie intervint, mal à l'aise.

— Thomas est timide, il n'a pas l'habitude de voyager.

L'aubergiste haussa les épaules en souriant.

— J'ai été enseignant toute ma vie, je comprends ça…

Il saisit la valise et suivit sa femme dans l'escalier. La chambre à deux lits, lambrissée de planches de pin, aux fenêtres garnies de rideaux à motifs de fleurs, plut tout de suite à Émilie, lui rappelant celle qu'elle avait occupée chez son oncle Roland, dans son enfance. Le couple insista pour leur offrir une collation, mais Émilie refusa poliment.

— Je dois rendre visite à ma mère.

Les yeux de M. Goulet brillèrent.

— Vous êtes du coin ?

Émilie demeura évasive.

— Je suis née au Manitoba.

L'aubergiste la regarda avec curiosité.

— Dans quel coin ?

— Saint-Jean-Baptiste. Après, mes parents ont déménagé à Saint-Boniface.

— Si c'est pas indiscret, quel est votre nom de jeune fille ?

Émilie répondit avec réticence.

— Labrecque.

— J'ai connu une Labrecque à Saint-Boniface, dans le temps où j'étais instituteur, au collège Louis-Riel. Attendez que je me rappelle… Lucette… Ou bien Lorraine. Lorraine, c'est bien ça. Elle était conseillère pédagogique.

— C'est ma mère, admit Émilie, troublée.

M. Goulet voulut poursuivre la conversation, mais sa femme, sentant que leur hôte souhaitait être seule, ne lui en laissa pas la chance.

— En tout cas, vous êtes la bienvenue chez nous… Si vous avez besoin de quoi que ce soit, vous savez où nous trouver !

Elle prit son mari par le bras et l'entraîna vers la porte.

Émilie décida de ne pas défaire sa valise tout de suite. Il lui tardait trop de revoir sa mère. Elle prit toutefois le temps d'expliquer à son fils qu'il allait rencontrer sa grand-maman, dont elle lui avait souvent parlé, tout en restant vague sur la raison pour laquelle il n'avait jamais fait sa connaissance.

— Et papi ? Est-ce que je vais rencontrer papi ?

Elle se rembrunit. Elle ne lui avait jamais appris le décès de son grand-père, survenu en mai 2009, alors que Thomas n'avait que sept ans. Il était trop jeune, et puis le souvenir était trop douloureux, encore aujourd'hui.

— Ton papi est allé rejoindre les étoiles.

64

Saint-Boniface

La voiture s'arrêta devant une maison blanche, entourée d'une clôture. Émilie la reconnut aussitôt, bien qu'elle la trouvât plus petite que dans son souvenir. Elle ne sortit pas tout de suite, les yeux embrumés, tâchant d'imaginer ses retrouvailles avec sa mère. Avait-elle beaucoup changé, en quatorze ans ? Serait-elle heureuse de la revoir ? La rancœur que sa fille les ait abandonnés, qu'elle n'ait même pas assisté aux funérailles de son père, serait peut-être plus forte que l'affection qu'elle lui portait, autrefois. Peut-être la traiterait-elle comme une étrangère. Ne l'était-elle pas devenue, après toutes ces années d'absence ? Émilie avait écrit régulièrement à sa mère, lui laissant une adresse, poste restante, mais sa mère ne lui avait jamais répondu. Elle secoua ses appréhensions et finit par ouvrir la portière. L'air sentait la résine et le feu de bois. Un parfum d'enfance. Elle tendit la main à Thomas et l'aida à sortir. Il tenait son toutou aviateur par une patte.

— On est rendus. Ta grand-mère va être tellement contente de te rencontrer…

Thomas papillonna des yeux, l'air perdu. Puis il remarqua un bonhomme de neige achevant de fondre, portant un foulard et une carotte en guise de nez, qui pendait de guingois. L'enfant courut vers le bonhomme, le contempla en souriant, puis l'entoura de ses petits bras, abandonnant temporairement sa peluche. Émilie le laissa faire, ne voulant pas l'arracher à son jeu. Elle hésita devant la porte, ne se décidant pas à sonner. Elle sursauta lorsque celle-ci s'ouvrit. Une jeune femme se tenait sur le seuil. Une poussette traînait au milieu du hall.

— Je vous ai vue de la fenêtre du salon, expliqua la mère de famille en souriant. Vous aviez l'air de chercher votre chemin. Est-ce que je peux vous aider ?

Émilie la regarda, interdite, tâchant de comprendre. Qui était cette femme ? Était-ce une voisine ? Que faisait une poussette dans la maison ?

— J'aimerais voir ma mère, Lorraine Labrecque.

— Votre mère a vendu la maison, l'an dernier.

Émilie secoua la tête, comme si elle refusait d'accepter la réalité. Pourtant, elle avait continué à lui écrire, et ses lettres ne lui avaient jamais été retournées.

— Savez-vous où elle habite ?

— Notre agent d'immeuble nous a expliqué que votre mère se sentait trop seule dans la maison. Ça lui rappelait trop de souvenirs. Elle est allée vivre dans une résidence pour personnes âgées.

Émilie n'arrivait pas à imaginer sa mère parmi des vieillards. Elle revit son visage fin, auréolé de cheveux d'un blond cendré, ses yeux vifs, son air d'éternelle gamine, son sourire, qui semblait vouloir faire votre conquête… Ses parents avaient onze ans de différence. Ils étaient le jour et la nuit. Elle, avec sa silhouette d'elfe, son caractère gai et primesautier, sa prédilection pour la couleur rose ; lui, le visage rubicond et débonnaire, portant des lunettes de corne foncées qui le vieillissaient et son sempiternel gilet de lainage à losanges beige et brun… Il avait toujours les poches pleines de bonbons à la cannelle, qu'il lui donnait en cachette de sa femme, lorsqu'elle était petite, car sa mère les trouvait mauvais pour les dents. Émilie n'avait jamais aimé les bonbons à la cannelle, mais elle les acceptait pour lui faire plaisir. Elle se souvenait de la belle voix de baryton de son père lorsqu'il les emmenait faire des balades en voiture ou des pique-niques au lac Winnipeg, du rire joyeux de sa mère, de ses jolies robes qui virevoltaient autour de ses jambes fines, du journal *La Liberté*, que son père lisait religieusement, des baisers tendres que ses parents échangeaient parfois dans la cuisine. Du plus loin qu'elle se souvienne, ils avaient été un couple harmonieux. Jamais une dispute ou un différend, en tout cas, pas devant Léo et elle. Puis tout avait changé lorsqu'ils avaient pris la décision de placer Léo dans un centre pour jeunes délinquants. Un malaise insidieux s'était installé dans la maison. Son père avait cessé de lui donner des bonbons, de la prendre sur ses genoux, de lui planter des baisers sonores sur les joues avant qu'elle aille dormir. Du jour au lendemain, il avait instauré un couvre-feu, des règles de conduite strictes, quasi militaires, comme s'il avait peur de la jeune femme qu'elle était en train de devenir. Le sentiment de sécurité qu'elle avait si souvent éprouvé en compagnie de son père s'était graduellement transformé en défiance. Les rires joyeux de sa mère ne résonnaient plus dans la maison, quelque chose dans son regard s'était éteint. Puis, en juin 1997, enceinte de trois mois, Émilie était partie sans même leur dire adieu. Son père, qu'elle avait tant aimé, contre lequel elle s'était tant rebellée, était mort sans qu'elle ait pu le revoir. Plus jamais elle ne pourrait rebâtir des ponts avec lui, lui présenter son petit-fils, le remercier de tout ce qu'il avait fait pour elle. C'était pire de perdre quelqu'un qu'on avait quitté en mauvais termes, car il n'y avait plus de réconciliation possible, juste un sentiment d'inachèvement, de perte irréparable.

La propriétaire la regardait avec sollicitude.

— Je m'appelle Nathalie Gauthier. Voulez-vous entrer ?

Émilie tourna la tête du côté de Thomas, qui sautillait autour du bonhomme de neige en riant.

— C'est votre fils ?

Elle acquiesça.

— J'aimerais visiter la maison, si ça ne vous dérange pas.

*

Tandis que Thomas était accroupi devant une portée de chatons blottis autour de leur mère sur une vieille couverture, Émilie observait la cuisine, qui n'avait pas changé : le même papier peint à motifs floraux fuchsia, que sa mère aimait tant, les mêmes rideaux aux couleurs vives à la fenêtre, par laquelle entrait un flot de lumière.

— Vous êtes certaine que vous prendrez pas de café ? demanda la propriétaire. Je viens d'en faire.

— Non, merci. Est-ce que je peux voir le reste de la maison ?

— Bien sûr ! Faites comme chez vous.

Elle se rendit compte de sa gaffe et mit une main sur sa bouche, confuse. Émilie lui sourit.

— Merci, vous êtes gentille.

Avant de sortir de la pièce, Émilie jeta un coup d'œil à Thomas, qui était complètement absorbé par les chatons. Cela lui donnait un moment de répit. Elle longea le couloir et s'engagea dans l'escalier de bois. Elle reconnut la moquette, dont le rose s'était fané avec le temps. Tout lui était à la fois familier et étranger.

Lorsqu'elle fut à l'étage, elle se dirigea vers la chambre qu'elle avait occupée, à partir de l'âge de onze ans, lorsque ses parents avaient déménagé de Saint-Jean-Baptiste à Saint-Boniface pour se rapprocher du collège Louis-Riel. Elle s'immobilisa devant la porte fermée, l'ouvrit doucement et entra dans la pièce. Un lit pour bébé avait remplacé son lit de jeune fille. L'air sentait la poudre et le savon mêlé à l'ammoniac. Les affiches qui couvraient autrefois les murs avaient été remplacées par un papier peint parsemé d'oursons. Émilie s'approcha du lit. Un bébé y dormait, une main minuscule repliée sous son menton. Comme elle aurait voulu revenir au temps où son fils dormait ainsi, paisible, ne faisant qu'un avec le monde, sans césure, sans souffrance. Elle fit quelques pas vers la fenêtre, qui donnait sur le jardin. Les branches du grand pin se déployaient à contre-jour, telle une ombre chinoise.

*

Un samedi de mars 1997

Émilie sent le corps chaud de Michel contre sa hanche, sa joue un peu rêche contre la sienne. Elle n'ose pas bouger de peur de rompre le charme, même si elle commence à avoir des fourmis dans les jambes. Profitant de l'absence de ses parents, qui sont allés à leur club de bridge hebdomadaire, elle a invité Michel dans sa chambre. Ils ont fait l'amour pour la première fois. C'est bien différent de ce que ses copines lui ont raconté ou de ce qu'elle a pu lire dans les revues. À la fois maladroit et émouvant. «Je t'ai fait mal?» lui demande-t-il en lui caressant les cheveux, la mine désolée. Oui, il lui a fait mal. Elle a senti une brûlure, comme si une lame s'était enfoncée en elle, mais après, la douleur s'est atténuée et une joie sauvage s'est emparée d'elle. En commettant l'interdit, elle s'est affranchie du joug de ses parents, elle a abordé un nouveau rivage, découvert un monde dont elle apprivoise peu à peu les contours, sans barrière, sans couvre-feu, oubliant le regard anxieux de sa mère, la sévérité de son père qui est devenu, sans le vouloir, son geôlier.

*

Ma mère se sentait trop seule dans la maison. Elle vit maintenant parmi des vieillards. Trop de souvenirs… Trop de souvenirs.

Émilie s'éloigna de la fenêtre et quitta la chambre à pas de loup pour ne pas réveiller le bébé, puis elle redescendit à la cuisine. Thomas jouait toujours avec la portée de chatons. Nathalie Gauthier lui tendit une carte professionnelle.

— Mon agent immobilier. Il pourra sûrement vous renseigner mieux que moi au sujet de votre mère.

Émilie prit la carte et la rangea soigneusement dans une poche de son manteau.

— Merci.

Elle eut toutes les peines du monde à convaincre son fils de s'arracher aux «gentils miaous-miaous», comme il les appelait, mais réussit à l'amadouer en plaçant son iPod dans ses mains. Aussitôt dehors, elle téléphona à l'agent immobilier. Ce dernier refusa d'abord de lui donner la nouvelle adresse de sa cliente, mais elle insista, expliquant qu'elle avait été longtemps absente du Manitoba, qu'elle se faisait une joie de revoir sa mère et de lui présenter son petit-fils. L'agent, en entendant le mot « petit-fils », accepta de la renseigner. Émilie griffonna l'adresse sur l'endos d'une facture qu'elle trouva dans son sac à main et démarra la voiture, son cœur battant de joie à la perspective de revoir sa mère après tant d'années de séparation.

65

Émilie n'eut aucune difficulté à trouver la résidence Belle-Rive. Elle sortit de la voiture et se tourna vers Thomas, qui jouait à un jeu vidéo.

— Viens, Thomas. On va voir ta mamie.

L'enfant continua à jouer, comme s'il n'avait pas entendu.

— Tho-mas, martela-t-elle, je t'ai déjà parlé de ta grand-mère. On va lui rendre visite.

Elle dut lui répéter la même phrase à plusieurs reprises avant qu'il porte attention à ce qu'elle disait. Il finit par se laisser entraîner par le bras vers l'immeuble, tenant son toutou d'une main et son iPod de l'autre.

En entrant dans la résidence, Émilie eut un choc en apercevant les fauteuils roulants, les têtes blanches, les regards à la fois curieux et avides. L'odeur un peu aigre de corps sommairement lavés et un relent de nourriture et de poudre pour bébés lui rappelaient ceux d'un hôpital. Elle chercha sa mère des yeux parmi les vieillards, mais ne la vit pas. Elle prit Thomas par la main et se dirigea vers la réception, où se trouvait une femme habillée et maquillée avec soin.

— On m'a dit que Lorraine Labrecque habitait ici.

La réceptionniste lui sourit.

— En effet, Mme Labrecque est une de nos résidentes.

— J'aimerais la voir. Je suis… Je suis sa fille.

La femme arbora un air désapprobateur.

— Je ne savais pas qu'elle avait une fille. En tout cas, je ne me souviens pas de vous avoir vue au Château.

Elle avait prononcé le mot « château » comme s'il s'agissait de la demeure de la reine d'Angleterre. Émilie, bourrelée de remords, ressentit le besoin de se justifier.

— J'habite loin. Je…

Elle ne termina pas sa phrase. À quoi bon ? Elle s'était elle-même jugée et condamnée depuis longtemps.

La porte de la chambre 403 n'était pas fermée à clé. Émilie la poussa, tenant toujours Thomas par la main. La chaleur était telle qu'elle sentit des gouttes de sueur sur son front. Le son d'un téléviseur remplissait la pièce. Elle aperçut une petite tête cendrée émergeant d'un fauteuil, au fond de la pièce. Son cœur battait si fort qu'elle en sentait les pulsations jusque dans son cerveau.

— Maman ?

Il n'y eut pas de réponse. Émilie s'approcha du fauteuil. Sans s'en rendre compte, elle serrait la main de son fils si fort que ce dernier se dégagea en faisant la grimace. Elle parla un peu plus fort pour couvrir le bruit de la télé.

— Maman ! C'est moi, Émilie.

Elle contourna le fauteuil et vit une femme menue, blottie sous un châle d'un bleu pastel. Des cheveux bouclés, dont le blond était devenu gris, auréolaient un visage fin aux joues roses, qui la faisaient ressembler à une figurine en porcelaine de Saxe. La vieille femme leva les yeux vers Émilie, un vague sourire suspendu à ses lèvres pâles.

— Tu es jolie. Tu ressembles à quelqu'un que j'aime beaucoup.

— C'est moi, maman. Ta fille, Émilie.

Lorraine Labrecque caressa doucement le menton de la jeune femme.

— Émilie… Comme tu lui ressembles…

Elle prit sa mère dans ses bras, respira son parfum de savon, sentit la douceur de sa peau sur sa joue, comme du satin légèrement froissé. Elle en avait oublié son fils, qui s'était assis par terre devant le téléviseur, le regard rivé sur l'écran.

— La prochaine fois que tu verras ton père, dit soudain Lorraine, demande-lui donc de venir me sortir d'ici. Je m'ennuie de la maison.

Émilie se redressa lentement, heureuse que sa mère ait semblé enfin la reconnaître, mais peinée par son déni de la réalité.

— Papa peut pas venir te voir. Il est mort.

Sa mère rit, du même rire perlé dont Émilie avait gardé le souvenir.

— Qu'est-ce que tu racontes ? Bernard a même pas encore pris sa retraite ! Il va faire de vieux os, c'est moi qui te le dis...

*

15 mai 2009
Montréal

Émilie donne son bain à Thomas, qui rit aux éclats en tapant l'eau avec ses mains. Michel, debout sur le seuil de la salle de bain, les regarde avec une infinie tendresse. Le téléphone sonne. Émilie lève la tête vers son mari. Ses joues sont rosies par la chaleur de l'eau. « Mon amour, peux-tu aller répondre, j'en ai plein les bras... » Son mari s'éloigne. Elle entend sa voix à distance. Elle enlève le bouchon du bain, enveloppe son enfant dans une serviette éponge munie d'un capuchon. Au moment où elle s'apprête à sortir, tenant Thomas dans ses bras, Michel apparaît dans l'embrasure de la porte, à travers un voile de vapeur. « C'était qui, au téléphone ? » lui demande-t-elle, intriguée. « Va coucher Thomas. » Elle le regarde, les yeux agrandis par l'inquiétude, puis obtempère. Elle le rejoint ensuite dans la cuisine. Il est en train de boire une bière, la mine sombre. « Michel, qu'est-ce qui se passe ? Qui était au téléphone ? » Il dépose la bière sur le comptoir. « C'était Jacques. Ton père... » Il s'interrompt, puis s'éclaircit la gorge. « Ton père a eu un accident. Il a été renversé par un camion. » Émilie est incapable de dire un mot. « Ça s'est passé hier après-midi, poursuit Michel d'une voix atone. D'après ce que mon frère a pu savoir, ton père a eu une crevaison sur la route 75, il est sorti de sa voiture pour examiner le pneu. Le conducteur l'a pas vu. Il… Il est mort sur le coup. » Émilie s'assoit, les yeux secs, les membres engourdis par la douleur. « Je retourne au Manitoba, finit-elle par dire. Je veux assister à ses funérailles. » Michel s'y attendait. Il se marche sur le cœur. « C'est trop dangereux, Émilie. Je suis toujours recherché par la police. » Elle se lève d'un bond, hors d'elle. « Mon père est mort ! Je veux le voir une dernière fois. T'as pas le droit de m'en empêcher ! » Il la prend par les épaules : « Pense à Thomas. » Elle se dégage brusquement. « Je te déteste. J'ai jamais autant détesté quelqu'un de toute ma vie. »

*

— Ton père se surmène, poursuivit sa mère, le front soucieux. Ça va finir par nuire à sa santé.

Émilie se rendit compte qu'il ne servait à rien de ramener sa mère à la réalité. Peut-être même que ses pertes de mémoire étaient un rempart contre la souffrance.

— S'il fallait qu'il lui arrive quelque chose… Pas deux fois, non, non, *non*… Pas deux fois.

— Qu'est-ce que tu veux dire, maman ?

La vieille femme eut un air confus.

— Émilie est partie. Du jour au lendemain. Ma petite fille s'est envolée, *pffffuit* ! Comme un oiseau… Tu lui ressembles beaucoup.

— Je suis revenue, maman.

Émilie lui prit les mains, cherchant son regard.

— Je suis revenue.

Sa mère l'examina de nouveau, faisant un effort visible pour se concentrer.

— Je la vois derrière ton visage.

Thomas, qui en avait assez de regarder la télé, se leva et commença à courir dans la pièce, imitant le bruit d'un avion. La vieille femme l'aperçut et sourit.

— T'as emmené ton frère.

— C'est mon fils, Thomas.

Lorraine secoua la tête. Elle semblait désorientée.

— Léo, mon petit Léo… Il faut pas nous en vouloir. Ton père et moi, on savait plus par quel bout te prendre…

Elle fondit en larmes. Bouleversée, Émilie la berça comme si elle eût été son enfant.

— Vous avez fait votre possible, papa et toi. Vous avez rien à vous reprocher.

Bien que sa mère ne semblât pas saisir le sens de ce qu'Émilie lui disait, ses paroles la calmèrent. Elle l'embrassa.

— Tu as bon cœur. Oublie pas de dire à ton père de venir me voir.

Avant de partir, Émilie jeta un coup d'œil aux photos disposées sur une bibliothèque. Sur l'une d'elles, ses parents, enlacés et souriants, posaient devant le lac Winnipeg. Elle et son frère Léo étaient debout devant eux, en maillot de bain, une serviette autour du cou. Elle aurait voulu faire un voyage dans le temps et revivre ce moment de bonheur pur, sans nuages, sans tourment, la légèreté et l'insouciance de l'enfance à jamais perdues… Elle se reconnut sur une autre photo, à l'âge de dix-sept ans, à sa remise de diplôme, un sourire forcé aux lèvres, son début de grossesse caché sous sa toge. Lorsqu'elle avait eu ses premières nausées, quelques semaines après le départ de Michel, elle avait eu des doutes et acheté un test de grossesse dans une pharmacie de Winnipeg, pour éviter de tomber sur quelqu'un de Saint-Boniface. Le test avait été positif. Elle avait été tentée d'en parler à sa mère, mais craignant que celle-ci ne le dise à son père, qui aurait été dévasté, elle avait gardé le secret. Désespérée, elle avait pris son vélo et avait pédalé comme une folle, espérant qu'elle perdrait le bébé. Elle s'était arrêtée au bord de la rivière Rouge, là où Michel et elle s'étaient si souvent donné rendez-vous, et était restée longtemps au bord de la rive, attirée par la surface miroitante, mais elle n'avait pas eu le courage de se jeter à l'eau. Après des semaines d'angoisse et d'incertitude, elle s'était rendue en autostop chez Jacques, le frère de Michel, qui avait quitté la ferme de ses parents et s'était installé dans une maison préfabriquée, au village de Saint-Laurent. Il l'avait accueillie avec gentillesse, mais avait refusé de lui dire où était Michel, jusqu'à ce qu'elle lui avoue en pleurant qu'elle était enceinte de lui. Le lendemain, Jacques était allé la conduire à la station d'autocars, lui avait procuré un aller simple pour Montréal, un peu d'argent et l'adresse d'un cousin de Michel inscrite sur un bout de papier. À son arrivée à Montréal, elle avait été submergée par le bruit infernal des voitures, le va-et-vient incessant des passants. Elle avait hélé un taxi, désemparée, aux abois. Une fois à destination, elle s'était dirigée vers la station d'essence, une valise à la main, et avait aperçu Michel, portant un bleu de garagiste, qui terminait de faire le plein d'une voiture. Jamais elle n'oublierait son regard stupéfait, puis son sourire et sa joie, si sincères, mais après, l'inquiétude, les questions. Comment l'avait-elle trouvé ? Qui le lui avait dit ? Même le fait d'apprendre que c'était son frère ne l'avait pas rassuré.

Après son travail, il l'avait emmenée dans un minuscule deux-pièces qu'il occupait au-dessus du garage et lui avait fait comprendre que, si elle voulait rester avec lui, il lui fallait renoncer à retourner au Manitoba, couper tous les ponts avec sa famille. Était-elle prête à faire un tel sacrifice ? Le reste de sa vie s'était joué là, dans ce studio qui sentait l'essence. En fin de compte, elle avait fait une fausse couche. Ils avaient vécu ensemble, puis s'étaient mariés et avaient emménagé dans un plus grand logement, près du parc La Fontaine. Puis Thomas était né. Peu avant sa naissance, elle se rappelait, Michel et elle étaient assis sur un banc, devant le lac aux Castors, c'était en été, les mains d'Émilie étaient posées sur son ventre rond, des enfants déposaient un voilier miniature dans l'eau iridescente, d'autres se poursuivaient dans un sentier en riant, quelques cerfs-volants faisaient des taches de couleur dans le ciel bleu. Elle lui avait fait part de son rêve de retourner au Manitoba. Michel, après un long silence, lui avait dévoilé la vérité sur la nuit du 4 avril 1997, le plan de Léo, le cambriolage qui avait mal tourné, le meurtre du vieux Russell, comme s'il éprouvait le besoin de se décharger la conscience, ou de se mettre à nu devant sa femme avant de devenir père de famille, ou peut-être pour enterrer à jamais son souhait de retourner là-bas. Elle avait été surprise de ne pas détester son mari, et même, d'une certaine manière, de l'aimer encore davantage, car il faut beaucoup de courage pour dévoiler le pire de soi-même, mais quelque chose dans son amour pour lui avait changé, comme si, en écoutant ses aveux, en refusant de le condamner pour ce qu'il avait fait, elle était devenue en quelque sorte complice de son crime.

*

Émilie vit avec soulagement apparaître les toits pentus de l'auberge du Cheval blanc. Elle songea que ce voyage, qui devait être un pèlerinage dans les lieux de son enfance et sa planche de salut, s'était transformé en champ de ruines. Les maisons, les façades familières étaient toujours là, les paysages n'avaient pas changé, mais les personnes qu'elle avait connues et aimées n'étaient plus que des ombres. Ses retrouvailles avec sa mère, son regard perdu, son corps frêle et courbé, si fragile, comme une branche sur le point de se briser, avaient accentué sa détresse. Et le plus difficile restait à accomplir…

Après avoir à peine touché au repas plantureux que leur servit Mme Goulet, Émilie se retira dans sa chambre, coucha Thomas et chercha le site internet de la prison de Headingley sur son portable. Elle prit en note le numéro de téléphone et les renseignements sur les visites aux prisonniers. Comment réagirait Léo en la revoyant, après si longtemps ? La prison l'avait sûrement beaucoup changé. Il y a quelques années, elle avait vu un reportage sur la vie des détenus dans les prisons canadiennes, la surpopulation qui y régnait, le taux important de suicides. La pensée que son frère s'était peut-être enlevé la vie lui vint à l'esprit, mais elle refusa d'envisager cette possibilité. Malgré ses problèmes, Léo était un survivant, du genre à se battre bec et ongles. Elle tenta de se rappeler son visage, mais ne vit que des cheveux noirs et des traits aigus, comme coupés au couteau.

66

Mercredi 23 mars 2011
Saint-François-Xavier

Émilie fut réveillée par le chant saccadé d'un cardinal. Elle avait dormi comme une souche, oubliant, le temps d'une nuit, la mémoire à la dérive de sa mère et sa propre maladie. Maintenant, la réalité reprenait ses droits. Bien qu'une faiblesse insidieuse plombât ses jambes, elle fit un effort et se leva. Thomas gémissait doucement dans son sommeil, les bras écartés, comme les ailes d'un oiseau. Elle jeta un coup d'œil à l'horloge de l'auberge. Il était huit heures quarante-huit. Elle attendit qu'il fût neuf heures pile et téléphona à la prison de Headingley. Il lui fallut plusieurs minutes avant de parler à quelqu'un qui puisse la renseigner au sujet de son frère, car on la transférait d'un service à un autre. Finalement, un responsable des libérations conditionnelles lui apprit que son frère avait été libéré la veille et qu'il habitait désormais dans une maison de transition, à Winnipeg. Tout en inscrivant soigneusement l'adresse sur un bloc-notes de l'auberge, elle éprouvait une étrange anxiété à l'idée que Léo ait recouvré sa liberté. Il avait tué un homme. C'était à un meurtrier qu'elle devrait sa seule chance de survie.

*

Lorsque Émilie se rendit à la salle à manger avec Thomas, elle fut soulagée de constater que Mme Goulet servait seule, sans son mari. L'autisme de son enfant était un sujet délicat et elle se sentait plus à l'aise de l'aborder avec une femme. Profitant du fait que Thomas examinait avec circonspection les œufs sur le plat que l'aubergiste venait de lui servir, elle suivit cette dernière à la cuisine.

— Je dois m'absenter pour quelques heures, ce matin, lui expliqua-t-elle. Auriez-vous la gentillesse de vous occuper de Thomas ?

Mme Goulet accepta avec plaisir.

— Thomas est autiste, ajouta Émilie avec franchise. Il demande beaucoup d'attention.

— J'ai été travailleuse sociale avant ma retraite. J'ai remarqué au premier coup d'œil que Thomas n'était pas… enfin, pas tout à fait un enfant comme les autres. Ne vous inquiétez pas, j'en prendrai bien soin.

Après le petit-déjeuner, Thomas s'installa dans le salon et commença à aligner avec minutie ses avions miniatures sur le plancher. Émilie s'assit près de lui et lui expliqua qu'elle devait partir. Il fronça les sourcils.

— Combien de temps ?

— Trois heures.

Il la regarda de biais, comme il le faisait souvent lorsqu'il réfléchissait.

— Ça veut dire cent quatre-vingts minutes ou dix mille huit cents secondes.

Émilie sourit. Pour Thomas, définir le temps avec précision était une nécessité, lui permettant d'établir des balises dans un monde qui lui était étranger.

— Exactement. Tu pourras jouer avec tes avions et dessiner. Mme Goulet va prendre bien soin de toi.

Émilie enfila son manteau et quitta l'auberge, non sans que Mme Goulet lui ait remis un parapluie.

— On annonce du temps maussade.

*

Un crachin grisâtre tombait. Des filaments de brume s'enroulaient autour du faîte des arbres. Bien qu'Émilie eût examiné avec soin l'itinéraire pour se rendre à la maison de transition, elle se trompa de chemin à plusieurs reprises. Elle se sentait de plus en plus nerveuse. La perspective de revoir son frère l'angoissait. Depuis son départ de Montréal, elle avait échafaudé toutes sortes de scénarios. «J'ai un service important à te demander», lui disait-elle d'emblée. Elle aurait pu ajouter «ma vie en dépend», mais cela aurait eu l'air mélodramatique. Pas de pathos, surtout avec Léo. Elle lui parlerait de sa maladie, du fait qu'elle avait besoin d'un donneur de moelle osseuse, et que s'il acceptait de faire les tests de compatibilité elle lui en serait éternellement reconnaissante. Tout cela sans jamais faire allusion à Michel ni à Thomas. Il faudrait impérativement lui cacher quatorze ans de son existence. Car Léo voudrait savoir ce que Michel était devenu, où il habitait depuis son départ du Manitoba, et elle serait nécessairement condamnée au mensonge.

La bruine avait fait place à une pluie battante qui fouettait les vitres de la voiture. Le quartier de Winnipeg où vivait désormais son frère lui était parfaitement inconnu. Une frontière invisible semblait se dresser entre le quartier francophone et le reste de la ville. Elle s'étira le cou pour distinguer les numéros de porte des maisons toutes semblables qui s'alignaient de chaque côté de la rue et finit par trouver le bon. Elle sortit de la voiture, déploya son parapluie et marcha vers l'entrée de la maison, abritée par un petit toit en pente sur lequel l'eau ruisselait. Elle reprit lentement son souffle, essuya ses joues humides avec une manche de son manteau, puis elle appuya sur la sonnette. Le son se répercuta à l'intérieur. Après un moment, un jeune homme, portant des tatouages sur ses bras musclés, apparut sur le seuil.

— Je voudrais voir Léo. Léo Labrecque.

— He's out. Don't know when he'll be back.

— I'll wait for him, if you don't mind.

Il l'examina des pieds à la tête, puis la laissa entrer et lui montra une pièce remplie de chaises disparates qui la faisaient ressembler à une salle d'attente.

— You can wait here, if you want.

Émilie suspendit son manteau et son parapluie mouillés sur une patère, puis s'installa dans un fauteuil de velours élimé. Elle attendit. La maison était silencieuse, hormis les craquements dans les murs, le bruit d'une chasse d'eau, des voix à distance. Un homme aux tresses grisonnantes apparut dans l'encadrement de la porte et lui offrit une bière, mais elle refusa poliment. Elle appuya la tête sur le dossier du fauteuil et ferma les yeux. Une torpeur bienheureuse la gagna. Sa maladie, sa présence dans cette maison étrangère, son attente même perdaient peu à peu de leur réalité.

Le claquement d'une porte la fit tressaillir. Elle se redressa, à l'affût, et entendit une voix rauque.

— There's a cute babe waiting to see you.

C'était la voix de l'homme qui lui avait offert une bière. Après, il y eut un silence. Puis un bruit de pas sur le plancher de pin. Les pas se rapprochaient. Elle entendit quelqu'un se racler la gorge. Elle se leva d'un bond, se retourna. Un homme maigre, mais aux épaules larges pour sa taille, portant un perfecto noir, la fixait de ses yeux d'onyx. Deux rides amères creusaient des parenthèses autour de sa bouche mince. *Léo.* C'était bien lui. Elle trouva qu'il ressemblait à ces statuettes de bois sculpté qu'elle avait vues dans des échoppes, lorsqu'elle avait fait le tour de la Gaspésie avec Michel et Thomas.

Frère et sœur se regardèrent sans parler. Ce fut elle qui brisa le silence.

— J'ai téléphoné à la prison de Headingley. On m'a dit qu'on t'avait libéré et que tu vivais ici.

Léo eut un sourire amer.

— C'est gentil de venir me voir après si longtemps. Combien de temps? Quatorze ans?

Elle s'attendait à ce qu'il lui demande des comptes et avait préparé sa réponse.

— Je pouvais pas te rendre visite.

— Qu'est-ce qui t'en empêchait?

Il y avait une telle douleur dans la voix de son frère qu'elle en fut bouleversée. Léo, si intense, si assoiffé d'affection, un gouffre de colère et de révolte…

— Je suis partie au Québec pour faire mes études. Je suis devenue infirmière.

Elle sentit son regard posé sur elle. Il y avait de l'affection dans ce regard, mais aussi de l'hostilité, comme si les deux sentiments se battaient en lui.

— Ça t'empêchait pas de m'écrire.

Elle ne répondit pas. Qu'aurait-elle pu dire ? Qu'elle avait dû rompre tout contact avec les siens pour protéger Michel ? Il poursuivit sans la quitter des yeux.

— La dernière fois qu'on s'est vus, tu te rappelles, tu m'as annoncé que, toi et Michel, vous alliez vous marier. Après, vous êtes disparus dans la nature, j'ai plus jamais eu de vos nouvelles.

Le danger était là, palpable. Elle eut l'impression d'être au bord d'un précipice. Le moindre faux pas, et elle glisserait dans le vide.

— J'ai pas revu Michel depuis mon départ du Manitoba. Je sais pas ce qu'il est devenu.

Elle sentit ses joues devenir brûlantes. *Il sait que je mens.* Son frère s'avança vers elle, parcouru de tremblements.

— Pourquoi je suis pas capable de te croire ?

Il la saisit brusquement par les épaules.

— Pourquoi tu me mens en pleine face, toi, la petite fille modèle, qui disait jamais un mot plus haut que l'autre, qui était gentille avec tout le monde, que tout le monde aimait ?

Sa violence lui fit peur. Un souvenir d'enfance lui revint, du temps qu'elle vivait à Saint-Jean-Baptiste. Elle devait avoir six ou sept ans. Elle jouait dans le jardin lorsqu'elle aperçut une corneille dont les grandes ailes noires battaient l'air. L'oiseau s'approcha d'elle, au point qu'elle put voir ses yeux noirs et luisants, qui ressemblaient à des billes, et poussa un croassement féroce. Elle plaça ses bras autour de sa tête pour se protéger. La corneille passa tout près d'elle, puis disparut dans un froissement d'ailes. Léo avait ces mêmes yeux noirs, luisants, d'une fixité de pierre. Étaient-ce des larmes qu'elle voyait briller dans ses yeux sombres, ou des éclats de haine ?

— Léo, j'ai besoin de ton aide.

Une joie étrange, triomphante, éclaira le visage de son frère, comme un rayon de soleil qui percerait enfin une épaisse couche de nuages. Elle tenta de comprendre son brusque changement d'attitude. Était-ce le sentiment qu'elle lui devrait enfin quelque chose, elle qui n'avait jamais dépendu de lui, qui, au contraire, avait toujours été celle qui lui tendait la perche, le protégeait, tentait de le sortir des bourbiers dans lesquels il avait le don de s'empêtrer? Puis il prit un air roué, comme lorsque, enfant, il s'apprêtait à faire un mauvais coup.

Il fit alors un geste d'une étonnante tendresse. Il leva doucement la main et effleura de l'index la cicatrice qui se trouvait au-dessus de l'arcade sourcilière d'Émilie.

— Y a rien que je ferais pas pour toi, ma p'tite sœur.

— Il faut d'abord que tu me promettes de laisser Michel tranquille, dit-elle dans un souffle. Cherche pas à le revoir.

Elle vit tout de suite dans ses yeux noirs qu'elle venait de faire un faux pas. Une haine farouche, qu'il était incapable de cacher, crispa ses traits.

— Je veux bien t'aider, ma p'tite sœur, mais avant, je veux savoir où est Michel. Question de nous rappeler le bon vieux temps.

Elle le regarda longuement, cherchant à lire ses intentions au plus profond de lui, là où il se perdait lui-même dans ses propres méandres.

— J'aurais pas dû venir ici.

Elle se dégagea de son étreinte et fit un mouvement pour partir, mais Léo la retint par un bras. Des veines saillaient sur ses tempes. Ses yeux sombres étaient embrasés, comme s'il avait la fièvre.

— Reste, Émilie! Je te promets que je parlerai plus de Michel, je te jure que je lui veux pas de mal.

Son mensonge était si manifeste qu'Émilie eut honte pour lui. Son frère était devenu une bombe qui pouvait éclater à tout moment. Elle ne pouvait rien attendre de lui, ni apaiser ses tourments.

— Laisse-moi partir.

Elle se dirigea vers le hall, enfila son manteau, mit son sac à main en bandoulière, prit le parapluie encore humide et s'en alla sans se retourner, de crainte de changer d'idée.

Elle venait de renoncer à cinquante pour cent de chances de rester en vie.

67

Route transcanadienne

Des milliers de bernaches striaient le ciel. Émilie descendit la fenêtre de la voiture et entendit leurs cris aigus, qui lui parvenaient en vagues successives. L'air sentait la terre et l'herbe mouillée. La route droite, les cris des outardes lui donnaient presque le vertige. Elle laissa la fenêtre ouverte et jeta un coup d'œil au rétroviseur. Thomas dormait, la tête posée sur son toutou chien. Un filet de salive coulait d'un coin de sa bouche entrouverte. La perspective de mourir lui parut soudain lointaine devant la beauté du ciel et le visage pacifié de son fils. Elle s'arrêta à une station-service pour prendre de l'essence, acheta des sandwichs, un café pour elle et du lait pour Thomas, et poursuivit sa route.

Lorsqu'elle était revenue au Cheval blanc, après sa rencontre désastreuse avec son frère, Thomas avait fait une crise qu'elle avait eu du mal à désamorcer. Elle avait eu deux minutes vingt-trois secondes de retard sur l'horaire qu'elle lui avait annoncé. L'enfant avait besoin de tout savoir à l'avance ; le moindre changement le plongeait dans une angoisse sans nom. À force de douceur et de persévérance, elle avait fini par le calmer. Puis elle avait payé leur chambre, fait leurs bagages et patiemment expliqué à Thomas qu'ils avaient une dernière visite à accomplir avant de retourner à Montréal, prenant soin de lui montrer leur itinéraire précis sur le plan des Prairies qu'elle s'était procuré le jour de leur arrivée à Winnipeg.

Avant de quitter l'auberge, elle avait appelé Michel. Elle n'avait quitté Montréal que depuis la veille, mais elle savait qu'il se faisait un sang d'encre ; elle ne pouvait pas le laisser plus longtemps dans l'incertitude. Lorsqu'il avait répondu, son cœur s'était mis à battre à tout rompre. La voix tremblante, elle lui avait dit de ne pas s'inquiéter, qu'elle et Thomas allaient bien et seraient de retour dans quelques jours, puis elle avait raccroché, incapable de supporter plus longtemps la voix désespérée de son mari. « T'appelles d'où ? Est-ce que Thomas est avec toi ? » Elle n'avait pas parlé de la leucémie, ni du fait qu'elle était condamnée à mourir à plus ou moins brève échéance. Elle le lui apprendrait face à face, ce serait moins cruel. Elle avait ensuite téléphoné à son oncle Roland afin de lui annoncer sa visite et celle de Thomas. Son oncle avait eu une quinte de toux lorsqu'il avait reconnu sa voix, comme s'il était submergé par un trop-plein d'émotions. « Tant de choses se sont passées depuis ta dernière visite », avait-il dit sur un ton de doux reproche. Il lui avait donné rendez-vous au musée, ce qui l'avait étonnée. « Je t'expliquerai à ton arrivée. Sois prudente en chemin. »

*

Un panneau routier indiquait que Gravelbourg n'était plus qu'à soixante-quinze kilomètres. Le soir était tombé depuis plusieurs heures. Émilie avait hâte de parvenir à destination. Elle s'était arrêtée à quelques reprises sur l'accotement pour se reposer et, dans les moments où la fatigue prenait le dessus, elle s'encourageait en évoquant les souvenirs heureux de ses séjours chez les Labrecque : la grande maison de bois entourée d'une longue galerie aux colonnes tournées et aux balustrades peintes en blanc et rouge, le toit argenté, les lucarnes qui semblaient abriter des secrets, sa petite chambre, les stridulations des grillons, le mugissement du vent dans les arbres, les champs à l'infini… Son endroit préféré était le grenier, un capharnaüm d'objets hétéroclites : vieux métiers à tisser, tables et chaises empilées les unes sur les autres, têtes de lit en bois sculpté, anciens postes de radio, armoires, miroirs dont le tain s'effaçait… Elle pouvait y passer des heures avec son frère Léo, au grand dam de leur tante Aline, qui craignait qu'ils se blessent ou salissent leurs vêtements. Lorsque son oncle avait ouvert son musée, ces vieilleries, comme les appelait tante Aline avec une note de dédain, y avaient été déménagées, trouvant ainsi une nouvelle vocation. Émilie s'était toujours demandé pourquoi son frère avait soudain été «interdit de séjour», du moins, c'est ainsi que son père avait qualifié l'événement. Son oncle Roland n'avait jamais voulu commenter la raison pour laquelle Léo n'était plus le bienvenu chez lui, mais son père lui avait raconté que son frère avait tenté de subtiliser de l'argent qu'Aline rangeait dans un pot, dans une armoire de la cuisine, afin de payer les petites dépenses. Par la suite, Émilie était retournée à quelques reprises à Gravelbourg, puis ses visites s'étaient raréfiées. Accaparée qu'elle était par les études, les leçons de ballet et de piano auxquelles sa mère l'astreignait, les émois de l'adolescence, elle avait fini par reléguer son enfance dans le grenier des choses anciennes. Puis sa rencontre avec Michel, un soir de février 1996, au Festival du Voyageur, avait scellé le reste de sa vie.

*

Il était près de vingt et une heures lorsque Émilie parvint à Gravelbourg. Les deux tours de la co-cathédrale ressemblaient à des sentinelles gardant fidèlement le village. Elle reconnut avec émotion la rue Main, large et silencieuse. Les ombres des lampadaires s'allongeaient sur la chaussée déserte. L'enseigne d'un café se balançait au vent. Émilie chercha anxieusement des yeux la devanture du musée et finit par l'apercevoir, à proximité du café. La même inscription en lettres gothiques, «Musée de Gravelbourg», apparaissait sur la vitrine, éclairée par la lumière d'une lanterne suspendue au-dessus de la porte. Elle se rappelait son oncle, grimpé sur un escabeau, qui avait peint soigneusement les lettres. De temps en temps, il se tournait vers elle et lui demandait: «Est-ce que c'est bien droit?» Elle avait gardé un vague souvenir de l'inauguration, le flash d'un appareil photo, le soleil dans ses yeux, son oncle la tenant affectueusement par l'épaule…

Émilie trouva aisément une place libre devant le musée. Son fils était plongé dans un jeu vidéo. Elle se tourna vers lui.

— Thomas, on est arrivés.

Il continua à pianoter sur son écran, comme s'il ne l'avait pas entendue. Elle soupira et sortit de la voiture. Un vent vif balaya soudain la rue, soulevant des colonnes de poussière. Elle se dirigea vers l'immeuble et s'immobilisa devant la porte. Un écriteau sur lequel apparaissait le mot « Fermé » y avait été accroché. Elle appuya sur une sonnette et attendit. Pendant un instant, elle s'imagina que son oncle avait eu un accident. Depuis qu'elle avait reçu la nouvelle de sa leucémie, tous les malheurs lui semblaient plausibles. Une lumière parut à une fenêtre, au premier étage. Une silhouette se profila derrière un rideau. La croisée s'ouvrit. Un vieil homme, portant des lunettes, se pencha au-dessus de la fenêtre, puis l'aperçut.

— Attends-moi, je descends tout de suite ! cria-t-il.

Un peu plus tard, Émilie entendit le grincement d'un verrou et la porte céda, traçant un rai de lumière sur le sol. Son oncle se tenait sur le seuil. Il n'avait pas changé. Tout au plus ses épaules s'étaient-elles courbées avec les années. Il la regarda longuement, clignant des yeux.

— Je pensais pas te revoir de mon vivant, balbutia-t-il, ajustant ses lunettes sur son nez pour masquer son émotion.

68

Roland Labrecque tint mordicus à prendre la valise de sa nièce.

— C'est pas parce que je me fais vieux que j'ai oublié les bonnes manières !

Il aperçut alors un enfant qui sortait d'une voiture et s'approchait d'eux, tenant un toutou et un appareil électronique dans ses bras.

— C'est Thomas, mon fils, dit Émilie.

Le vieil homme observa l'enfant avec bienveillance.

— Quel âge tu as, Thomas ?

— Neuf ans, huit mois, quatre jours et trois heures vingt-deux minutes.

Roland ne put s'empêcher de sourire.

— Pour moi, tu vas devenir mathématicien plus tard...

Il se tourna vers sa nièce, visiblement ému.

— C'est le portrait tout craché de ta tante Aline.

Ils entrèrent dans le musée. Émilie jeta un coup d'œil attendri autour d'elle. Toujours le même fouillis indescriptible, la même odeur de poussière et de vieux bois.

— Suivez-moi, leur indiqua M. Labrecque.

Il s'engagea dans un escalier vermoulu, dont les marches craquaient à chaque pas. Émilie se retourna. Thomas, le pouce dans la bouche, était debout devant un ancien métier à tisser et le scrutait avec fascination.

— Viens, Thomas.

Elle dut revenir sur ses pas et lui prendre la main pour l'arracher à sa contemplation.

*

Roland Labrecque avait aménagé le premier étage du musée en appartement. Il installa Émilie et son fils dans une chambre d'amis qui lui servait également de bureau. Il désigna un divan-lit.

— C'est pas très confortable, j'en ai bien peur.

— Qu'est-ce qui est arrivé à votre maison ? s'enquit Émilie.

— Je l'ai vendue il y a quelques années.

Il ôta ses lunettes et les essuya avec une manche.

— Ta tante Aline est décédée. La maison était devenue bien grande.

Émilie mit une main sur le bras de son oncle.

— Je suis tellement désolée… Je l'aimais beaucoup.

— C'était une femme dépareillée, comme on dit. Au moins, elle a pu passer les derniers mois de sa vie chez elle.

Il ajouta avec un brin de fatalisme :

— La maison a été démolie pour faire place à une station-service. Que veux-tu, il faut vivre avec son temps.

Il hocha la tête, perdu dans ses souvenirs.

— Je me rappelle, tu pouvais passer des heures à explorer le grenier. Aline avait toujours peur que tu te blesses avec un des instruments aratoires.

La sonnerie d'un téléphone retentit. Il fronça les sourcils, étonné que quelqu'un l'appelle à une heure aussi tardive.

— Allô ?

Il écouta, puis parla un peu plus fort, comme s'il avait du mal à comprendre son interlocuteur.

— Allô ? Qui est à l'appareil ?

Émilie, sur le qui-vive, s'approcha de son oncle.

— C'est moi-même, dit-il. Qu'est-ce que je peux faire pour vous aider ?

Un silence. Puis il plaça sa main sur le récepteur et s'adressa à sa nièce.

— C'est un homme qui prétend être ton ami, murmura-t-il. Il me demande si j'ai eu de tes nouvelles récemment.

Émilie sentit la panique lui serrer la gorge. Personne n'était au courant qu'elle se rendait chez son oncle Roland. Elle eut soudain la conviction qu'il s'agissait de son frère. Ce dernier avait peut-être eu des remords pour sa conduite et tentait de la joindre pour faire amende honorable. Ou pire, sachant à quel point son oncle la tenait en affection, il cherchait à soutirer à ce dernier des renseignements sur Michel et elle, et s'était fait passer pour un ami, sachant que Roland Labrecque ne le portait pas dans son cœur. Cette dernière hypothèse lui donna froid dans le dos. Elle s'approcha de Roland, plaça un doigt sur sa bouche pour lui signifier de ne pas révéler sa présence. Ce dernier revint au téléphone.

— Je suis désolé, mais je peux pas vous aider. Ça fait une éternité que j'ai pas entendu parler de ma nièce.

Le vieil homme raccrocha. Il remonta ses lunettes d'un geste machinal et regarda Émilie, le front soucieux.

— Qui est cet homme ? Pourquoi tu refuses de lui parler ?

La jeune femme tâcha de masquer son anxiété.

— C'est rien, mon oncle. J'ai besoin d'un peu de solitude.

— S'il y a quelque chose qui te tracasse, tu sais que tu peux me faire confiance.

Les digues intérieures qu'elle avait construites pour se protéger furent sur le point de se rompre. Elle savait que, si elle laissait la vague d'émotion surgir, il n'y aurait plus rien pour l'arrêter, comme les débordements de la rivière Rouge dont elle avait été si souvent témoin lorsqu'elle était enfant. Il ne fallait pas qu'elle déverse sur son oncle sa peur de mourir, son chagrin de savoir sa mère malade, le deuil des personnes qu'elle avait tant aimées, ses craintes pour Michel… À quoi bon le chagriner avec des malheurs auxquels il ne pouvait rien ?

— C'était très important pour moi de vous revoir, mon oncle. J'ai jamais oublié mes étés chez vous. Je m'en souviendrai jusqu'à mon dernier souffle.

69

Le lendemain, Émilie dut se reposer une bonne partie de la journée. Elle ressentait les effets délétères de la maladie, une sorte de faiblesse, comme si du plomb coulait dans ses veines. Elle était si pâle que ses veines bleues traçaient un réseau visible sous sa peau. Son oncle, pressentant que sa nièce avait un problème de santé grave dont elle ne souhaitait pas parler, la prit sous son aile, lui intimant de rester au lit, lui apportant ses repas. Il avait la délicatesse et l'efficacité d'un bon infirmier. Émilie comprit qu'il avait dû prendre soin de sa femme lorsque cette dernière était tombée malade. Elle qui avait toujours soigné les autres éprouva du réconfort à se laisser dorloter, tout en sachant qu'il lui faudrait bientôt s'arracher à cette léthargie bienfaisante et reprendre la route.

Une complicité tangible s'était établie entre Thomas et le vieil homme. Ce dernier avait dégoté un vieux manuel de mathématiques et faisait apprendre quelques formules à l'enfant, dont la mémoire photographique ne cessait de l'étonner. M. Labrecque se rendait bien compte que le garçon avait parfois un comportement étrange, répétant les mêmes phrases, les mêmes gestes, de façon obsessive, mais il le trouvait attachant.

*

Au début de la matinée du 25 mars, Émilie fit sa valise en vue de son départ. Elle avait réservé deux billets d'avion pour un retour à Montréal le dimanche, planifiant de passer la nuit d'avant dans un hôtel à proximité de l'aéroport de Winnipeg. Il lui en coûtait beaucoup de quitter son oncle, mais elle se devait de dire la vérité à Michel au sujet de sa leucémie et de s'expliquer sur la raison pour laquelle elle était partie avec Thomas sans l'avertir. Il lui faudrait faire montre de prudence en lui parlant de sa rencontre avec Léo, afin de ne pas réveiller de vieux démons. Peut-être même devrait-elle tout simplement ne pas lui en faire part. Ensuite, elle se ferait admettre à l'hôpital, avec le mince espoir que les bombardements massifs de chimiothérapie lui permettraient de prolonger sa vie et d'avoir un peu de temps pour préparer son mari et son fils à sa mort, car elle n'avait guère d'espoir de s'en sortir sans donneur. Elle tourna la tête vers Thomas. Ce dernier, assis au pied du divan-lit, alignait inlassablement ses avions miniatures, replaçant un jouet lorsque celui-ci n'était pas assez droit à son goût. Elle se demanda quel souvenir il garderait d'elle. Quels mots trouverait-elle pour lui faire ses adieux ?

Un bruit de voix attira son attention. Croyant d'abord que son oncle écoutait la radio, Émilie sortit de la pièce, mais il n'y avait personne dans le logement et le poste de radio était éteint. Elle tendit l'oreille. Les voix semblaient provenir du rez-de-chaussée. Elle s'approcha de l'escalier qui menait au musée et entendit le timbre un peu éraillé de son oncle. Puis une autre voix, à la fois grave et claire, s'éleva. *Michel.* Elle comprit tout à coup que ce n'était pas son frère, mais bien Michel qui avait tenté de la joindre chez son oncle, le soir de son arrivée. Non seulement il avait deviné qu'elle était retournée dans les Prairies, mais il avait fait fi du danger et avait entrepris le voyage, ignorant que Léo était sorti de prison et qu'il était à sa recherche. Le cœur tambourinant dans sa poitrine, elle s'engagea dans l'escalier et descendit les marches en faisant attention de ne pas les faire craquer, tâchant de distinguer des bribes de la conversation. « ... me dit quelque chose. On se serait pas... téléphone ? » « ... des nouvelles... C'est ma femme. » « Pourquoi... pas dit... »

Lorsqu'elle fut à mi-chemin, elle entrevit le profil de son oncle, debout derrière sa caisse enregistreuse, et la silhouette de Michel, lui tournant le dos.

— Si vous savez quelque chose, je vous en prie, dites-le-moi! disait Michel avec véhémence. Tout ce que je veux, c'est comprendre pourquoi Émilie est partie, pourquoi elle a emmené notre fils. Thomas souffre d'autisme, je suis mort d'inquiétude.

Émilie s'immobilisa, une main moite agrippée à la rampe de l'escalier.

— J'aimerais bien vous aider, mais je suis au courant de rien. Si vous ne voulez plus faire la visite, je vous rembourserai vos trois dollars.

Il y eut un long silence, puis la voix de Michel s'éleva de nouveau.

— Je vais faire la visite.

Elle vit son oncle et Michel s'éloigner vers le fond du musée. Elle descendit les dernières marches, mais le courage la déserta. Elle ne se sentait pas prête à affronter son mari, à se transformer en un prophète de malheur. *Pas maintenant. Pas tout de suite.* Elle remonta lentement l'escalier puis retourna dans le bureau de son oncle, hors d'haleine. Elle remplit le sac à dos de Thomas, qu'elle déposa près de sa valise, puis enleva les draps du divan-lit et les roula en boule. Il faudrait qu'elle demande l'aide de son oncle pour refermer le lit, elle n'en avait pas la force toute seule. Épuisée, elle prit place dans un fauteuil, appuya sa tête sur le dossier et ferma les yeux. Elle fut réveillée par le son cristallin de cloches qui provenait de la cathédrale. Un peu perdue, elle consulta sa montre, constata qu'une bonne heure s'était écoulée. Elle jeta un regard effaré autour d'elle. Thomas n'était plus là. Prise de panique, elle se leva et cria:

— Thomas!

Pas de réponse. Michel était peut-être encore au musée et pouvait l'avoir entendue, mais la peur qu'il soit arrivé quelque chose à son fils avait pris le dessus sur tout autre sentiment. Elle sortit de la pièce et chercha Thomas du regard dans l'appartement. L'enfant n'était nulle part.

— Thomas !

Elle descendit l'escalier, s'accrochant à la rampe pour ne pas trébucher. Lorsqu'elle fut au rez-de-chaussée, à bout de souffle, elle scruta la grande salle. Son oncle, qui montrait à Thomas le fonctionnement d'une baratte à beurre, tourna la tête vers elle.

— J'espère que t'étais pas inquiète ! s'exclama-t-il en apercevant sa nièce, toute pâle. Thomas jouait tout seul, j'ai décidé de lui tenir compagnie.

Émilie soupira de soulagement.

— Merci, mon oncle. Je me suis assoupie, j'ai pas vu le temps passer.

Il vint vers elle et la prit à part.

— Ton mari est venu faire une visite, dit-il à mi-voix, l'air embarrassé. Il insistait pour avoir de tes nouvelles, il était très inquiet. Comme tu m'as dit que tu avais besoin d'être seule, j'en ai déduit que tu ne souhaitais peut-être pas le voir. J'ai prétendu que tu n'étais pas chez moi, mais je suis un mauvais menteur. Qu'est-ce qui se passe, Émilie ? Pourquoi ton mari te cherche ?

— Où il est ? demanda-t-elle, la voix blanche.

— Je lui ai fait visiter le musée, puis il est reparti.

Devant l'air catastrophé de sa nièce, il s'empressa d'ajouter :

— Il cherchait un endroit où passer la nuit. Je lui ai recommandé l'ancien couvent des Sœurs des Saints Noms de Jésus et Marie, à deux pas d'ici.

*

Suivant les instructions de son oncle, Émilie repéra facilement l'édifice de pierres grises, situé à quelques rues de la Main. Elle avait confié son fils à Roland, qui avait accepté sans poser de questions, visiblement dépassé par tant de complications et de mystères, lui dont l'existence était simple et sans histoire.

En entrant dans l'ancien couvent, Émilie fut frappée par les plafonds hauts et l'odeur d'encaustique. Une statue de la

Vierge, en plâtre peint, dominait l'entrée. La jeune femme s'avança dans le hall. L'écho de ses pas résonnait dans le silence presque sépulcral. L'endroit semblait inhabité. Une femme apparut dans l'embrasure d'une porte.

— Hello there, dit-elle d'une voix accorte. I'm Jenny. Can I help you?

— Je cherche mon mari. Je crois qu'il a pris une chambre ici.

La femme sourit.

— Je n'ai qu'un seul *guest* en ce moment. Quel est le nom de votre mari?

— Michel Sauvé.

Jenny fronça les sourcils, intriguée.

— Michel Sauvé… It's not the name I have in my guest book.

Une porte claqua. Émilie tendit l'oreille, aux aguets. Des pas se rapprochèrent. Une silhouette se dessina au fond du corridor. C'était Michel. Il se figea en apercevant sa femme. On aurait dit que l'oxygène s'était soudain raréfié.

*

Jenny Collins déposa deux tasses de café sur la table et s'éclipsa aussitôt, comprenant que le couple avait besoin d'être seul. Émilie ne toucha pas à sa tasse. Son regard se perdit dans les profondeurs de la grande salle qui servait de cafétéria. Un immense crucifix trônait au-dessus d'une porte en chêne. Elle était incapable de lever les yeux vers Michel, appréhendant le jugement impitoyable qu'elle lirait dans son regard, ou le chagrin qu'elle lui avait causé. Le silence se prolongea. Elle savait que c'était à elle de prendre les devants, puisque c'était elle qui avait pris la décision de partir de façon aussi brutale, mais Michel parla en premier.

— Thomas?

— Il va bien. Mon oncle s'occupe de lui. Ils s'entendent comme larrons en foire.

Après, les mots sortirent au compte-gouttes. Elle parla de son rendez-vous chez le Dr Faribault, du diagnostic de leucémie, de son besoin irrépressible de retourner au Manitoba, de sa rencontre déchirante avec sa mère. Elle hésita avant de mentionner son frère, puis décida de dire la vérité. Léo était son seul donneur potentiel. Seule une greffe de la moelle osseuse pouvait la sauver.

— Léo a été libéré de Headingley, poursuivit-elle. Je l'ai rencontré à sa maison de transition, mais, en fin de compte, je lui ai rien demandé.

Michel la regarda, en état de choc.

— Tu viens de me dire qu'il est ton seul donneur potentiel !

— J'ai aucune confiance en lui. Il t'a jamais pardonné d'avoir quitté le Manitoba, de l'avoir laissé prendre tout le blâme.

Michel resta silencieux un long moment.

— Pourquoi tu m'as rien dit ? J'aurais compris…

— Compris quoi au juste ? Est-ce que tu m'aurais laissée partir ?

Il ne répondit pas. Jamais ils n'avaient été aussi loin l'un de l'autre, chacun dans sa tranchée. Bien qu'il craignît la réponse, Michel lui demanda quelles étaient ses chances de s'en sortir.

— Avec un donneur, cinquante pour cent. Sans donneur…

Elle n'acheva pas sa phrase. Voyant que sa femme était à bout de forces, Michel l'emmena à sa chambre. Émilie aperçut au-dessus de la porte un écriteau sur lequel des lettres avaient été tracées au stencil : « La Providence est l'action de Dieu dans le monde. » Elle eut un sourire amer.

— Je suis fatiguée. Tellement fatiguée.

Elle s'étendit sur le lit. Michel la rejoignit et l'étreignit délicatement, avec le sentiment qu'elle était devenue si fragile qu'un faux mouvement pourrait la briser. Ils s'endormirent dans les bras l'un de l'autre.

*

Lorsqu'ils se réveillèrent, ils se rendirent compte qu'il était déjà plus de dix-sept heures.

— Mon Dieu, Thomas ! s'écria Émilie.

Ils se levèrent.

— Te sens-tu la force de retourner à Winnipeg ce soir ? demanda Michel. On pourrait passer la nuit dans un hôtel.

Elle acquiesça.

— Je vais régler la chambre.

*

Michel conduisit la Buick jusqu'au musée et se gara en face. Pendant le court trajet, Émilie et lui n'avaient pas échangé un mot, comme si le spectre de la leucémie était entre eux.

Roland Labrecque les accueillit avec un soulagement non dissimulé.

— Je commençais à m'inquiéter…

Thomas était assis sur un vieux cheval à bascule en bois lorsque Michel s'avança vers lui.

— Thomas.

L'enfant continua à se balancer sans un regard pour son père. Michel dut répéter son nom à plusieurs reprises avant que son fils ne se tourne vers lui. Ses grands yeux, si semblables à ceux de sa mère, étaient hostiles. Il ne fit pas un geste vers son père et continua à se balancer sur son cheval.

*

Michel déposa la valise de sa femme dans le coffre de la Buick, puis prit place sur le siège du conducteur et attendit. Il avait convaincu Émilie d'annuler son vol prévu pour dimanche afin qu'ils puissent partir tous ensemble pour Montréal et de confier à son oncle la responsabilité d'aller porter sa voiture louée dans une succursale de la compagnie de location à Regina. Cela lui éviterait d'avoir à conduire jusqu'à Winnipeg. Il lui avait dit : « Dans ton état, il vaut mieux… » Il avait été incapable de finir sa phrase. Les mots « dans ton état » avaient soudain une connotation sinistre, une couleur de fin du monde. Émilie lui avait souri, de ce sourire triste et amer dont elle l'avait gratifié lors de leurs retrouvailles, et lui avait répondu : « On dirait que tu m'as déjà condamnée. » Il avait été sidéré par la cruauté de ses paroles. La seule idée qu'Émilie pourrait mourir était si douloureuse qu'il était incapable de même l'envisager. Elle avait détourné le regard et s'était excusée à mi-voix. « C'est pas à toi de subir ma colère. »

La portière du côté du passager s'ouvrit brusquement. Quelqu'un s'assit à côté de lui. Michel n'eut même pas le temps de protester. L'intrus pointait un revolver dans sa direction.

Michel tourna lentement la tête et vit un homme au blouson noir et aux lunettes de soleil miroitantes. C'était le même type qu'il avait croisé à la station-service de Winnipeg. L'homme enleva ses lunettes. Michel le reconnut aussitôt, malgré le passage des années.

— *Long time no see*, dit Léo.

70

Léo ne quittait pas son ancien ami des yeux. Un léger tic soulevait sa paupière droite. Le revolver luisait dans la clarté diffuse d'un lampadaire. Michel resta immobile, comme s'il savait qu'un seul geste pourrait provoquer l'irrémédiable.

— Ça fait quatorze ans que j'attends ce moment-là, dit Léo d'une voix métallique. Quatorze ans enfermé avec cinq autres détenus dans une cellule grande comme ma main, à respirer le même air pourri.

Ses doigts se crispèrent sur la crosse de l'arme. Michel pensa à sa femme et à son fils, qui devaient le rejoindre d'un moment à l'autre.

— Pendant le procès, reprit Léo, mon avocat arrêtait pas de me répéter de vous dénoncer, c'était ma seule chance de m'en sortir, qu'il disait. Je l'ai pas fait. *Par amitié.*

Un sourire âpre étira ses lèvres pâles.

— Maudit cave. J'ai perdu quatorze ans de ma vie à cause de toi, pendant que tu t'envoyais en l'air avec le cash !

— Je sais pas de quoi tu parles. J'ai rien pris, Léo.

Ce dernier pointa le revolver vers la tempe de Michel.

— La police a rien trouvé dans le coffre du char. Benoit était dans le coma, je me suis réveillé à l'hôpital. T'es le seul qui a pu voler l'argent.

— Je te jure que c'est pas moi. Après l'accident, je me suis retrouvé dans le fossé, sans connaissance. Quelqu'un m'a trouvé et m'a ramené chez lui.

— Qui? demanda Léo, le visage méfiant.

Michel hésita. Il ne voulait surtout pas mettre ses parents en danger, mais il savait que l'ancien prisonnier détecterait le moindre mensonge.

— Mon père. Il revenait de Regina. J'étais blessé, ma sœur m'a soigné.

Un long silence s'ensuivit. Léo brandissait toujours son arme. Le tic agitant sa paupière s'était accentué.

— Qu'est-ce qui s'est passé après?

— J'ai quitté le Manitoba.

— T'es allé où?

Michel jeta un regard angoissé vers l'entrée du musée. *Émilie, Thomas.*

— À Montréal. J'ai travaillé un bout de temps pour un cousin qui possédait un garage. Ensuite, j'ai trouvé du travail dans un centre pour jeunes délinquants.

— Pourquoi t'es revenu?

Michel redoutait cette question, tout en sachant que Léo finirait par la poser. Il décida de jouer le tout pour le tout.

— Ma femme m'a quitté sans explication en emmenant notre fils. Je suis parti à leur recherche.

— Ta femme?

*

Émilie, tenant Thomas par la main, sortit du musée et referma la porte. Lorsqu'elle avait fait ses adieux à son oncle, il lui avait dit, les yeux pleins d'eau: «Prends bien soin de toi, ma petite Émilie. J'espère de tout mon cœur qu'on se reverra un jour.» C'était comme s'il avait pressenti qu'elle ne reviendrait jamais plus. Puis il avait serré Thomas contre lui, l'appelant «mon génie en mathématiques».

Elle ravala ses larmes et, tenant toujours Thomas par la main, marcha vers la Buick blanche. Elle vit un homme assis sur le siège du passager. Intriguée, elle tâcha de discerner ses traits, mais le passager était dans l'ombre. Quelque chose dans son maintien lui était familier. C'est alors qu'elle distingua un objet noir et oblong. Un revolver. Elle sut avant même de voir son visage que c'était Léo qui tenait l'arme. Elle se tourna vers son fils.

— Thomas, retourne chez ton oncle. Tout de suite.

Comme l'enfant ne faisait pas un geste, elle le saisit par les épaules.

— Retourne chez ton oncle Roland et sonne jusqu'à ce qu'il réponde, *tout de suite*!

L'enfant sembla percevoir l'urgence dans le regard de sa mère, car il courut vers le musée. Émilie continua à avancer vers la voiture. Maintenant, elle pouvait discerner les traits de son frère, ses yeux noirs, ses joues creuses, son rictus amer. Leurs regards se croisèrent. Le temps s'arrêta.

*

Une serveuse déposa deux bières et de l'eau pétillante sur la table en jetant un coup d'œil à l'un des clients, portant un blouson de cuir, et dont les épaules étaient secouées de sanglots. Des accords de piano et le son langoureux d'un violon accompagnaient en sourdine la voix rugueuse de Leonard Cohen.

Dance me to your beauty with a burning violin.
Dance me through the panic 'til I'm gathered safely in.

La brasserie était presque vide. De grandes fenêtres donnaient sur une rue déserte. Léo sanglotait. Des sanglots sourds, qui lui râpaient la gorge. Il était incapable d'arrêter, comme quand il avait le hoquet, enfant. Émilie fouilla dans son sac à main et y chercha un mouchoir, mais n'en trouva pas. Michel prit une serviette de table et la tendit à son ancien ami. Léo la saisit sans le regarder et se moucha. Émilie avait parlé brièvement, mais chaque mot avait porté. Léo comprenait maintenant pourquoi sa sœur était venue le voir à la maison de transition. Son désir de vengeance s'était dissipé dans le récit de la douleur. *La nuit, quand je dors, j'oublie que j'ai la leucémie. Quand je me réveille, je redeviens malade.* Il avait mal à la poitrine à force de pleurer. On aurait dit qu'il expectorait ses quatorze années de prison, la haine qu'il avait accumulée au fil des jours, ses nuits d'insomnie dans la promiscuité des autres prisonniers, son chagrin de savoir sa sœur malade.

Dance me to the children who are asking to be born.
Dance me through the curtains that our kisses have outworn.

Émilie attendit que les pleurs de son frère s'atténuent pour lui dire qu'elle avait besoin d'un donneur de moelle osseuse, et qu'il était le seul à pouvoir lui faire ce don, s'ils étaient compatibles. C'était son unique moyen de survie. Lorsque Léo comprit qu'une chance lui était donnée de sauver sa sœur, ses sanglots s'apaisèrent, comme la mer après une tempête. Un sentiment étrange de paix l'habita tout entier. Sa vie avait désormais un sens.

SIXIÈME PARTIE

LE MONDE DES VIVANTS

71

Samedi 26 mars 2011
Saint-Boniface

L'après-midi tirait à sa fin. Claire examina la courtepointe qu'elle venait de terminer dans la lumière orangée qui entrait par la fenêtre du salon, mais ses pensées étaient ailleurs. Michel ne lui avait pas donné de nouvelles depuis son départ, deux jours auparavant. Elle ne se pardonnait pas sa naïveté, ou plutôt sa stupidité, d'avoir révélé à Léo Labrecque que son neveu se rendait à Gravelbourg. Le curé Biron avait confirmé ses pires craintes : « La prison ne l'a pas assagi, bien au contraire. Il avait l'air d'un chien enragé. » Lorsqu'elle s'était écriée que Michel était en danger, qu'il fallait appeler la police, le prêtre avait dit une phrase énigmatique, qu'elle n'arrivait toujours pas à comprendre : « Si vous voulez aider votre neveu, madame Poitras, n'en faites rien. Laissez tout cela entre les mains de la Providence. » *La Providence…* Aussi bien compter sur du vent ! Sa réaction intempestive la surprit. Elle avait toujours eu la foi, même après la mort de son mari et, sans être une grenouille de bénitier, elle allait régulièrement à l'église. Jamais elle n'avait mis la religion en question.

Troublée par la tournure de ses réflexions, elle se rendit à sa chambre, plia la courtepointe et la rangea dans sa garde-robe. Le lendemain, elle l'apporterait au presbytère en vue du bazar de charité, qui se tiendrait dans le sous-sol de l'église Saint-Jean-Baptiste, après la messe. Au moment de refermer la porte de la penderie, elle avisa les habits de son mari. Elle n'avait pas eu le courage de les donner après sa mort, comme si elle craignait, en se défaisant de ce qu'il restait de lui, d'effacer encore plus son souvenir. Elle prit un complet-veston noir, un peu suranné, que Paul portait dans les mariages ou les enterrements, en caressa le tissu, le respira. Il sentait la poussière et la naphtaline. Elle déposa l'habit sur le lit, lissa les manches vides, sans vie. Paul était le seul homme à lui avoir fait la cour et à l'avoir demandée en mariage. Elle n'avait pas eu le coup de foudre pour lui, comme dans les romans Harlequin qu'elle lisait autrefois. C'était jour après jour qu'elle avait appris à l'aimer. Il était d'humeur égale, jamais un mot plus haut que l'autre. Il la complimentait toujours pour sa cuisine, prétendant qu'elle était la meilleure « cook » du Manitoba. Sa présence était rassurante, un gage de bonheur tranquille. Rien à voir avec la relation tumultueuse entre son frère Maurice et Marie-Louise. Ces deux-là s'étaient aimés avec passion, mais ils étaient si différents l'un de l'autre. Trop, sans doute.

D'un geste décidé, elle décrocha les autres vêtements et les plaça les uns par-dessus les autres sur le lit. Les cintres vides se balançaient en tintant doucement. Elle descendit ensuite à la cuisine et trouva des sacs à ordures dans un tiroir. Elle remonta à sa chambre et enfourna pêle-mêle les habits dans les sacs. Elle les apporterait au presbytère en même temps que la courtepointe. Après en avoir rempli deux, elle les transporta jusqu'au garage. La vue de la pièce vide la replongea dans l'angoisse. Il n'y avait que les traces plus foncées laissées par les pneus de la Buick.

Elle se rendit dans la cuisine et jeta un coup d'œil à l'horloge. Il était dix-sept heures et demie. Le cœur en berne, elle mit un tablier et commença à faire les préparatifs pour le souper. En temps normal, elle aimait faire à manger, mais on aurait dit que ses repères habituels, ses petites constructions de fourmi pour repousser les pensées négatives ne suffisaient plus à endiguer son humeur sombre. Ses yeux larmoyèrent à cause des oignons, mais c'était peut-être le chagrin d'avoir jeté les vêtements de son mari dans des sacs à ordures, comme un dernier adieu. Elle renonça à cuisiner, mit les oignons à la poubelle et sortit un plat surgelé du congélateur.

Le bruit d'un moteur se fit entendre. Claire se précipita vers le salon et regarda par la fenêtre. La Buick blanche était garée devant l'entrée du garage. La portière du côté du conducteur s'ouvrit, elle vit son neveu sortir de la voiture. Mais il n'était pas seul. Une femme était assise sur le siège du passager. Derrière elle, sur la banquette arrière, la silhouette gracile d'un enfant.

Oubliant d'enlever son tablier, Claire se précipita dehors et courut vers son neveu, qu'elle serra contre elle.

— Mon petit Michel, j'étais tellement inquiète… J'avais peur qu'il te soit arrivé malheur.

— Tout va bien, ma tante. Je voulais vous rapporter votre voiture.

Les traits tirés de son neveu contredisaient sa phrase rassurante, mais l'attention de Claire se porta sur la jeune femme qui venait de descendre de la Buick. Son joli visage, encadré par des cheveux noirs qui tombaient librement sur ses épaules, était très pâle, presque translucide, laissant paraître de fines veines aux tempes. Son regard était à la fois direct et réservé. Claire la reconnut sans peine. C'était Émilie, celle-là même qui posait avec son neveu et un enfant sur la photo qu'elle avait trouvée en fouillant dans sa valise. L'embarras la cloua sur place. Devinant son malaise, Michel prit les devants.

— Ma tante, je vous présente ma femme, Émilie.

Claire l'embrassa avec émotion.

— Ta mère m'a tellement parlé de toi…

Émilie fit un effort pour sourire, mais elle semblait à bout de forces.

— Vous restez à souper, j'espère ? poursuivit Claire. Après, vous passerez la nuit à la maison. Vous vous installerez dans ma chambre. Le petit pourra dormir dans ton ancien lit.

C'était davantage un ordre qu'une suggestion.

— Et vous, ma tante ?

Elle haussa les épaules.

— Il y a un divan qui s'ouvre dans le salon.

Michel consulta sa femme du regard. Celle-ci acquiesça avec lassitude, tout en tournant la tête vers la voiture.

L'enfant était resté assis sur la banquette arrière, serrant compulsivement son toutou contre lui. Michel ouvrit la portière et tendit la main à son fils.

— Allez, Thomas, viens.

Le garçon ne bougea pas. Michel dut le prendre dans ses bras pour l'extirper du véhicule. Thomas se débattit en hurlant :

— Je veux rester dans la voiture !

Michel perdit patience.

— Tu peux pas rester là, Thomas ! cria-t-il. Il faut que tu manges.

L'enfant fit une crise de larmes, puis cessa graduellement de se débattre et se laissa soulever dans les bras de son père. Claire observa la scène avec effarement.

— Thomas est autiste, lui expliqua son neveu. Il a de la difficulté à s'adapter aux situations nouvelles.

Claire avait entendu parler d'autisme, comme tout le monde, mais c'était la première fois qu'elle rencontrait un enfant qui en était atteint.

— Entrez, entrez, avant qu'on se transforme en glaçons ! s'exclama-t-elle avec une gaieté un peu forcée.

*

Rassurée par le retour de son neveu, Claire avait retrouvé le goût de cuisiner et prépara un rôti de bœuf. Elle déposa devant Thomas une assiette remplie à ras bord.

— Tu m'en donneras des nouvelles !

L'enfant renifla le contenu de son assiette avec méfiance et repoussa les légumes avec sa fourchette.

— Il faut y goûter, tu vas voir, c'est excellent, renchérit Claire, vexée.

Michel prit la défense de son fils.

— Thomas n'a pas l'habitude de manger de la nourriture en dehors de celle qu'on lui sert à la maison.

Émilie mangea à peine. Après le repas, elle voulut aider la tante de son mari à faire la vaisselle, mais cette dernière protesta.

— T'es toute pâlotte, va te reposer au salon. Michel va me donner un coup de main.

Au fond, ce n'était qu'un prétexte pour rester seule avec son neveu. Elle attendit qu'Émilie et Thomas aient quitté la pièce pour amorcer la conversation.

— Vous comptez passer combien de temps à Saint-Boniface ?

— On repart demain après-midi.

Claire ravala sa déception.

— Qu'est-ce qui vous presse tant ?

Michel fut peu loquace.

— Je dois retourner au travail. Et puis Thomas a de l'école.

Claire commença à rincer les assiettes, que son neveu plaçait au fur et à mesure dans le lave-vaisselle. Elle lui posa la question qui lui brûlait les lèvres depuis son arrivée chez elle avec sa famille.

— Tu m'avais pas dit que ta femme et ton fils étaient dans les Prairies.

Le jeune homme haussa les épaules, le visage fermé.

— Vous me l'avez pas demandé.

Elle fut heurtée par sa réponse cavalière.

— J'ai reçu la visite de la police, il y a deux jours, lança-t-elle soudain, comme une petite grenade.

Michel accusa le coup.

— La police ?

— C'était au sujet de la Buick. L'agent voulait s'assurer que c'était bien la mienne.

— Qu'est-ce que vous leur avez répondu ?

Se rendant compte que son neveu était tendu comme une corde de violon, elle regretta son mouvement d'humeur et tâcha de se faire rassurante.

— Pas grand-chose. Que je t'avais prêté la Buick, qui appartenait à mon défunt mari.

— Leur avez-vous dit mon nom ?

— Seulement que tu étais mon neveu.

— Ils vous ont rien demandé d'autre ?

— Non.

Il eut l'air soulagé. Claire songea alors à la visite de Léo Labrecque et à ce que le curé Biron lui avait révélé à son sujet.

Malgré sa honte, elle avait le devoir d'en parler à son neveu. Sa vie était peut-être en danger. Elle lui raconta la visite de son ancien ami, le subterfuge qu'il avait utilisé pour gagner sa confiance, ainsi que les révélations du curé Biron à son sujet.

— Léo a prétendu que tu étais recherché par la police, continua-t-elle, alors j'ai fait la gaffe de lui dire que tu étais parti pour Gravelbourg.

Michel devint méfiant.

— Comment avez-vous su que j'étais allé là-bas ? Je vous en avais pas parlé.

Elle baissa les yeux, craignant d'indisposer encore davantage son neveu.

— J'ai trouvé un article sur Roland Labrecque dans ta chambre. J'en ai déduit que tu étais allé là-bas. Je me suis fait tellement de mauvais sang à cause de tout ça ! Des fois, il vaudrait mieux que je me fasse couper la langue.

Michel comprenait maintenant comment Léo avait pu retrouver sa trace.

— Vous avez rien à vous reprocher, ma tante. Léo et moi, on avait des vieux comptes à régler.

Après que la vaisselle fut rangée, Claire s'attarda. C'était sa dernière chance d'intimité avec son neveu, et il lui restait un sujet délicat à aborder avec lui.

— As-tu l'intention de revoir tes parents avant ton départ ?

Michel resta silencieux un moment, puis secoua la tête.

— Tu veux même pas leur présenter ta femme et Thomas ? insista-t-elle. Leur seul petit-fils ?

Elle se tut, sentant qu'elle avait poussé le bouchon un peu loin.

— C'est l'heure du bain de Thomas, répondit sèchement Michel.

Il quitta la pièce. Claire mit de l'eau à chauffer pour du thé, puis, d'un geste impulsif, souleva le combiné du téléphone et composa un numéro. Elle savait que son neveu la vouerait aux gémonies, mais au point où elle en était…

— Michel est revenu, dit-elle à mi-voix. Sa femme et son fils sont avec lui. Il s'appelle Thomas.

72

Claire buvait son thé à petites gorgées, l'œil rivé sur l'horloge de la cuisine. Une forte averse commença à tomber, tambourinant sur les vitres. On frappa discrètement à la porte. Claire, qui était à l'affût, alla répondre. Sa belle-sœur était sur le seuil, détrempée par la pluie. Elle s'empressa de la laisser entrer et referma la porte.

— Ils sont là ? murmura Marie-Louise d'une voix vacillante.

Claire acquiesça.

— Émilie vient de se coucher, chuchota-t-elle. Michel et le petit sont dans le salon.

Marie-Louise enleva son imperméable et le suspendit à une patère. Elle fit quelques pas dans le hall, s'arrêta devant un miroir suspendu au-dessus d'une crédence et examina son reflet. Elle vit une femme au visage fatigué, dont le chignon laissait échapper des mèches mouillées par la pluie. Elle replaça une épingle dans ses cheveux.

— Crois-tu qu'il va me reconnaître ?

Claire leva les yeux au ciel.

— Tu parles d'une question… Un fils reconnaît toujours sa mère.

Marie-Louise restait immobile, incapable de faire un geste. Elle avait attendu ce moment si longtemps, mais ressentait une étrange léthargie. Ça lui était souvent arrivé dans les moments importants de sa vie, son mariage, la naissance de ses enfants, la mort de son fils Serge, comme si les émotions trop intenses provoquaient un court-circuit dans son cerveau, jugulant le trop-plein. Claire lui prit résolument le bras et l'entraîna vers le salon. Sa belle-sœur s'arrêta subitement, faisant la grimace. Claire la regarda d'un air inquiet.

— C'est rien, un caillou dans ma chaussure.

Elle enleva son soulier et en retira une petite pierre, qu'elle garda dans sa main, ne sachant qu'en faire. Elle entendit la voix flûtée et légèrement saccadée d'un enfant, sans doute le petit Thomas.

— Ceux-là, c'est des avions de guerre britanniques, le Supermarine Spitfire, le Fairey Firefly, le Hawker Hurricane, le Hawker Tempest, le Gloster Meteor...

Une voix plus grave s'éleva.

— Tu les connais par cœur ! Tu m'impressionnes, Thomas.

C'était la voix de son fils, qu'elle n'avait pas entendue depuis quatorze ans. Ses yeux restèrent secs, bien que l'émotion, qu'elle avait réussi jusqu'à présent à harnacher tel un barrage retenant une rivière, déferlât en elle. Elle serra son poing sur le caillou et s'avança dans le salon tandis que Claire restait en retrait. Elle aperçut un garçon, en pyjama, assis par terre, en train de placer de petits avions sur le sol. Un homme, qu'elle voyait de dos, était installé en face de l'enfant. Il dut sentir une présence, car il tourna soudain la tête. Des cheveux sombres et bouclés encadraient un visage mince, aux pommettes saillantes. Marie-Louise ne décela d'abord pas de sentiment particulier chez son fils, sinon la surprise. Puis il se rembrunit et lança un regard de reproche à sa tante, qui hocha la tête et s'éclipsa. Il se redressa lentement. Marie-Louise le trouva plus grand que dans son souvenir. Ils restèrent ainsi, à quelques mètres l'un de l'autre, paralysés. Ce fut elle qui, la première, s'approcha de lui, comme si elle franchissait le Rubicon. Elle serrait toujours le caillou très fort, sentant les angles pointus pénétrer sa chair.

— Ça fait longtemps.

Elle observa chaque trait du visage de son fils comme pour rattraper tout ce temps qui leur avait échappé. Il y avait tant de choses qu'elle aurait voulu lui dire, un mélange de reproches et de mots d'affection : *Était-il nécessaire de nous abandonner, de nous laisser sans nouvelles, pendant quatorze ans ? N'aurais-tu pas pu nous écrire, au moins à Noël et pour un anniversaire, un mot, un seul ? « Maman velours », tu te rappelles ? C'est ainsi que tu m'appelais quand tu étais petit. Te souviens-tu du grand pommier dans le jardin dans lequel tu aimais tant grimper ? On a dû le couper, l'été dernier, il avait été frappé par la foudre et il était devenu dangereux.*

Mais tout ce qu'elle parvint à dire était si banal…

— Claire m'a dit que vous repartiez demain après-midi.

Il acquiesça en silence.

— Ton père… Il file un mauvais coton, ces temps-ci. Ce serait important pour lui de te revoir.

Michel ne répondit pas. Elle soupira.

— Vous êtes pareils, deux vraies têtes de mule.

Elle se tourna alors vers Thomas. La langue un peu sortie, il avait commencé une nouvelle rangée. Elle fit quelques pas dans sa direction.

— Bonsoir, Thomas. Je suis Marie-Louise, ta grand-maman.

L'enfant poursuivit sa tâche sans la regarder. Michel tenta d'attirer son attention.

— Thomas, dis bonjour à ta grand-mère.

— Bonjour, grand-mère, dit l'enfant d'une voix mécanique, tout en continuant à jouer.

Marie-Louise sourit, attribuant son comportement à la timidité.

— On aura sûrement l'occasion de faire plus ample connaissance une autre fois.

Elle se rendit compte que cette « autre fois » ne se présenterait pas. Michel partirait le lendemain et elle ne le reverrait sans doute jamais plus. Le silence revint, barrière transparente, mais infranchissable, que le temps et les circonstances avaient élevée entre eux. Pourtant, le plus difficile restait à faire.

— J'ai reçu un appel, mardi dernier. C'était un travailleur social, Alan Taylor. Il essayait de te joindre.

— Me joindre ? demanda Michel sans comprendre. À quel sujet ?

Marie-Louise jeta un coup d'œil furtif à Thomas.

— Je dois te parler seule à seul.

De plus en plus intrigué, Michel se tourna vers son fils.

— Thomas, peux-tu aller jouer dans la cuisine ? J'en ai pour quelques minutes.

— Combien de minutes ?

— Cinq.

L'enfant obéit à contrecœur, transportant ses avions dans ses bras, son petit visage contrarié. Marie-Louise attendit qu'il soit sorti, puis elle contempla la pluie qui ruisselait sur la fenêtre comme si elle y puisait le courage de poursuivre.

— Ton père est pas au courant de ma démarche. Je suis certaine qu'il n'aurait pas été d'accord.

Elle se recueillit quelques instants, puis poursuivit.

— Alan Taylor a reçu une demande d'une femme qui cherche à te retrouver.

Sa voix s'était enrayée.

— Ta mère. Ta mère biologique.

Michel fut incapable de réagir. Il n'éprouvait rien, comme si la réalité derrière les mots ne l'atteignait pas encore. Ne tenant plus sur ses jambes, Marie-Louise prit place dans un fauteuil.

— Ton père… Maurice s'est jamais remis de la mort de Serge. C'était son fils aîné, son «bâton de vieillesse», comme il l'appelait. C'est à lui qu'il voulait léguer la ferme. Il aurait pu la laisser à ton frère Jacques, mais il l'a toujours blâmé pour la noyade de Serge. C'est injuste, mais tu le connais, une fois qu'il s'est mis une idée en tête…

Elle se tut un moment, réfléchissant à la façon dont elle présenterait la suite. La pluie martelait la fenêtre de plus belle.

— Maurice voulait absolument un autre garçon. C'était devenu une véritable obsession. J'ai eu quelques fausses couches. Notre médecin de famille m'a annoncé que je serais probablement plus en mesure d'avoir des enfants. On a commencé à faire des démarches d'adoption. Le curé Biron nous a parlé d'un orphelinat, près de Regina, en Saskatchewan. Il avait enseigné dans une école de la région et pris des orphelins sous son aile. On s'est rendus là-bas. Je pourrai jamais oublier les rangées de petits lits, tous pareils, les murs blancs, le regard des enfants, surtout. Intense, suppliant, l'air de dire : « Adoptez-moi, aimez-moi… » Ça brisait le cœur.

Elle se tamponna furtivement les yeux avec la manche de son chemisier.

— Une religieuse nous a menés vers ton lit. Tu étais le seul enfant à se tenir debout, tes menottes agrippées aux barreaux. Tu avais une mine grave, comme un petit homme. Quand on est arrivés à ta hauteur, tu as levé les bras vers moi. Je t'ai aimé tout de suite, comme si tu avais été mon propre enfant.

Michel avait écouté sans rien dire, ses yeux sombres rivés sur sa mère.

— Quel âge j'avais quand vous m'avez adopté ?

— Un an et trois mois.

Il secoua la tête.

— Sur mon acte de naissance, il y a juste vos noms, comme parents. Je suis né à l'hôpital Saint-Boniface. J'ai quand même pas inventé ça !

— Il y avait deux documents. Ton acte de naissance officiel et une déclaration de naissance, que j'ai jamais vue.

Michel se rendit compte qu'il avait les dents si serrées que ses mâchoires lui faisaient mal.

— Qui sont mes vrais parents ?

Le mot « vrais » la blessa, mais elle tâcha de n'en rien laisser paraître.

— Ni l'orphelinat ni le centre qui a fait les procédures d'adoption ont voulu nous révéler leur identité. Tout ce qu'on sait, c'est que ta mère était très jeune quand elle est tombée enceinte de toi, et qu'elle a pas pu te garder.

— Est-ce qu'elle sait qui je suis ?

Marie-Louise expliqua que le Centre d'adoption de Regina n'avait pas le droit de divulguer son nom tant qu'il n'aurait pas accepté de rencontrer sa mère. Puis elle se leva, fouilla dans une poche de son pantalon et en sortit un morceau de papier froissé qu'elle déposa sur la table.

— C'est le numéro de téléphone du travailleur social. Si tu veux la voir…

Elle ne termina pas sa phrase, se sentant à la fois honteuse et lâche.

— Embrasse Émilie de ma part, ajouta-t-elle d'une voix étouffée. J'ai gardé un bon souvenir d'elle.

Elle fit un mouvement pour s'en aller, ou plutôt, pour fuir. Michel la rattrapa.

— Pourquoi vous m'avez rien dit ?

— Ton père et moi, on pensait bien faire. Le curé Biron nous avait conseillé de pas te dire la vérité, que ce serait mieux pour toi d'ignorer d'où tu venais. On a eu tort. J'espère que tu pourras nous pardonner un jour.

Elle partit. Michel aurait voulu la retenir, mais il en fut incapable. Affection, culpabilité, chagrin, colère s'emmêlaient en lui en un écheveau douloureux et confus. Quand il était petit, il demandait parfois à sa mère s'il était vraiment son fils, comme la plupart des enfants le font. Elle haussait les épaules en souriant, lui répétant qu'il avait trop d'imagination. Du plus loin qu'il se souvienne, il avait remarqué qu'il était différent de son frère et de sa sœur, qui avaient le teint plutôt clair et les cheveux auburn, alors que lui se démarquait, avec sa chevelure sombre et son teint bistré, mais il se rassurait en constatant une certaine ressemblance avec son père. Lorsque ce dernier l'avait mis à la porte, Michel avait tout fait pour s'en distancier, s'en affranchir. Jusqu'à commettre l'irréparable, comme pour creuser à jamais un fossé entre son père et lui.

Il n'entendit pas sa tante entrer. Elle se racla la gorge pour signaler sa présence. Il se tourna brusquement vers elle.

— Étiez-vous au courant ?

— Ta mère m'en a parlé. Elle se sentait tellement coupable…

— Tout le monde le savait, sauf moi ! s'écria-t-il, révolté.

— Pas tout le monde. L'année de ton adoption, Geneviève avait juste cinq ans et Jacques était pensionnaire au collège. Ils se sont peut-être doutés de quelque chose, mais tes parents leur ont jamais dit la vérité. Même Paul l'ignorait.

J'avais promis à ta mère de garder le secret et, pour une fois, j'ai été capable de tenir ma langue.

La voix claire de Thomas s'éleva derrière eux.

— Ça fait cinq minutes et quatre secondes.

Dimanche 27 mars 2011

Michel fut réveillé par le son de la pluie. Pourtant, il avait l'impression de ne pas avoir dormi de la nuit, hanté par ses retrouvailles avec sa mère et ses révélations sur ses véritables origines. Il se tourna sur le côté et constata que la place qu'Émilie avait occupée était vide. Elle avait laissé une note sur l'oreiller.

Je serai de retour à la fin de l'avant-midi. Je t'aime, Émilie

L'inquiétude le tarauda. La veille, lorsqu'il était allé la rejoindre après avoir donné son bain à Thomas et l'avoir installé dans son ancienne chambre, elle dormait. Son visage était pâle, mais paisible. *La nuit, quand je dors, j'oublie que j'ai la leucémie. Quand je me réveille, je redeviens malade.*

En passant devant la chambre qu'occupait Thomas, Michel vit que celui-ci dormait toujours. Il décida de ne pas le réveiller. Pour lui aussi, le sommeil était un bienheureux oubli de la réalité.

Lorsqu'il descendit à la cuisine, sa tante l'accueillit avec un sourire un peu forcé.

— Avez-vous vu Émilie ? lui demanda-t-il.

— Je lui ai servi un bon déjeuner. Ensuite, elle a appelé un taxi.

— Savez-vous où elle est allée ?

Elle fit non de la tête.

Le repas se déroula en silence, rompu seulement par la pluie qui fouettait la fenêtre. Claire, d'habitude si diserte, ne disait pas un mot, n'osant pas déranger son neveu, qui semblait d'humeur sombre. Ne supportant plus le silence, elle finit par allumer la radio.

« … habitants des villages situés près de la rivière Rouge se préparent au pire. Ces dernières semaines, le redoux, accompagné d'une pluie abondante, a gonflé le niveau du cours d'eau, qui menace de sortir de son lit à tout moment. Des digues ont été creusées autour des villages situés au sud de Winnipeg, et la population, avec l'aide de l'armée, dresse depuis quelques jours des barrages à l'aide de sacs de sable, mais ces mesures ne suffiront peut-être pas à éviter la catastrophe appréhendée. On prévoit encore de quinze à vingt centimètres de pluie aujourd'hui et demain, ce qui risque d'aggraver la situation. »

Claire avait écouté la nouvelle, anxieuse.

— Pourvu que la Rouge inonde pas Saint-Jean-Baptiste, comme en 1997, ne put-elle s'empêcher de commenter. La ferme de tes parents avait subi d'importants dommages. Ton père a dû reconstruire une partie des bâtiments.

Michel n'avait rien oublié de l'inondation de 1997. Le 4 avril, lorsque la rivière Rouge était sortie de son lit, il était en fuite pour échapper à la police et à une accusation de meurtre. Sa tante, sentant qu'elle avait encore une fois marché sur une mine, se tut. Elle fut soulagée lorsque son neveu lui adressa enfin la parole.

— Je voudrais vous emprunter votre voiture pour une dernière fois.

— Bien sûr !

— Pourriez-vous vous occuper de Thomas ? Il aime bien jouer avec ses jeux vidéo.

Il fut surpris lui-même d'entendre sa voix calme, posée, alors qu'il éprouvait un tel tumulte intérieur.

— Tu peux compter sur moi.

Claire résista à la tentation de lui demander où il allait.

— Sois prudent en route, avec toute cette pluie…

*

Michel enfila son anorak, mit son capuchon et sortit. Des trombes d'eau se déversaient du ciel, frappant le sol avec un bruit assourdissant. Il se rappela une expression que son père utilisait quand il était enfant, « il mouille à siaux ». La pensée de son père, cet homme autoritaire, inflexible, qui avait dominé son enfance et son adolescence du haut de ses principes et de son mépris pour ceux qui osaient dévier du « droit chemin », décupla son ressentiment. Il s'engouffra dans la voiture et démarra. L'habitacle sentait encore les relents de fast-food que sa famille et lui avaient mangé en route, la veille. De grosses gouttes ruisselaient sur le pare-brise. Il mit les essuie-glaces en marche et s'engagea dans la rue déjà inondée. La lumière des phares perçait à peine le rideau de pluie, traversé de reflets bleuâtres. Il eut soudain l'impression de se confondre avec ce ciel de fin du monde, d'être au diapason de ce déluge. Il ne comprenait pas que ses parents lui aient caché la vérité sur son adoption. Pendant trente-deux ans, il n'avait pas su d'où il venait. Sa vie reposait sur un mensonge. *Un de plus.*

74

Hôpital Saint-Boniface

Léo Labrecque, portant une chemise d'hôpital, était étendu sur un lit entouré d'un rideau blanc. La lumière crue d'un néon accentuait sa pâleur. Son bras était entouré d'un garrot. Une infirmière tâtait d'une main experte la saignée de son coude.

— Vous avez de bonnes veines, dit-elle en souriant. Même avec votre tatouage, j'arrive à les voir.

Il fit un sourire crispé. Pendant quatorze ans, il avait affronté l'existence dure et sans pitié d'un pénitencier, mais il avait la phobie du sang, au point où il refusait de faire des tests de routine lors de la tournée du médecin de la prison. L'infirmière prit une compresse, désinfecta la portion de la peau où elle ferait la ponction, enfila des gants, puis saisit une aiguille papillon reliée par un tube étroit à une seringue de prélèvement. Léo suivait chacun de ses gestes avec anxiété. La vue des douze flacons alignés sur la table à côté de son lit n'avait rien pour le rassurer. Lorsqu'il avait demandé à l'infirmière à quoi servaient toutes ces bouteilles, elle lui avait gentiment expliqué qu'il fallait obtenir des échantillons sanguins pour s'assurer qu'il n'était pas porteur de maladies comme le sida ou l'hépatite B ou C, mais surtout pour vérifier sa compatibilité avec sa sœur.

— Prenez une grande respiration. Ça va piquer un peu.

Il obéit. Lorsque l'aiguille s'enfonça dans sa chair, il ferma les yeux pour ne pas voir le sang qui remplissait graduellement la seringue.

— Ça va être long ? gémit-il.

— Encore quelques minutes. Il reste seulement huit bouteilles à remplir.

Il regretta soudain d'avoir accepté de passer ces tests. Peu importait que la vie de sa sœur en dépende. Il était sorti de prison pour régler ses comptes avec Michel, et voilà qu'il se retrouvait cloué à un lit d'hôpital et qu'on le vidait de son sang…

— Salut, frérot.

Il leva les yeux et aperçut Émilie, dont la tête apparaissait entre deux pans du rideau. Elle avisa les flacons sur la table.

— Tu survis ?

Il haussa les épaules sans répondre. Elle repoussa le rideau, s'avança vers le lit et s'assit sur une chaise à côté de son frère. Elle posa doucement une main sur la sienne.

— C'est juste un mauvais moment à passer.

Il eut honte. Émilie l'encourageait pour une simple prise de sang, alors que c'était elle qui avait la leucémie. Elle avait toujours été comme ça. Consolant les autres au point de s'oublier elle-même.

— Dans combien de temps vous allez avoir les résultats ? demanda-t-elle à l'infirmière d'une voix faussement calme.

— Dans deux jours, trois tout au plus.

Elle ne savait pas où elle trouverait le courage d'attendre.

75

Il fallut près d'une heure à Michel pour parvenir à Saint-Jean-Baptiste à cause de la pluie. Pendant le trajet, il avait été hanté par ses questions demeurées sans réponses. Pourquoi le secret, pourquoi le silence, *pourquoi pourquoi pourquoi.*

La rue principale était déserte. Seul le clocher de l'église se distinguait à travers les nuées d'orage. Les façades défilaient devant ses yeux, enveloppées d'un voile gris. Un sentiment d'irréalité saisit Michel lorsqu'il reconnut le magasin général, où Léo et lui volaient parfois des bonbons à un sou lorsque Mme Gobeil, la femme du propriétaire, avait le dos tourné. Puis il entrevit l'école Saint-Jean-Baptiste, lieu si familier, mais qui, baigné dans une pâleur argentée, avait une allure fantomatique.

À la sortie du village, la visibilité était si mauvaise qu'il manqua la route de terre qui menait à la ferme de ses parents et dut revenir sur ses pas. Le chemin était cahoteux, creusé d'ornières remplies d'eau. Les pneus s'y englurent. Il dut s'y prendre à plusieurs reprises pour les dégager. Après avoir roulé pendant un kilomètre, il aperçut le contour de la maison où il avait grandi. La longue galerie était battue par la pluie. Le perron était éclairé par une lampe murale que quelqu'un avait sans doute oublié d'éteindre. À travers le déluge d'eau, il distingua les formes massives des élévateurs à grains et celle, plus modeste, de l'étable. Son cœur se mit à cogner fort dans sa poitrine tandis qu'il revoyait les lieux de son enfance. Déjà, les reproches qu'il avait forgés dans sa tête se délitaient.

Il immobilisa la Buick derrière un énorme tracteur. En marchant vers la maison, il remarqua une quinzaine de véhicules garés un peu partout sur le vaste terrain entouré de peupliers et de saules. Dans les Prairies, les cultivateurs avaient coutume de s'entraider lorsqu'un des leurs était en difficulté : refaire un toit, bâtir une grange, donner un coup de main pour l'ensemencement ou les récoltes… Parfois, c'était un rassemblement à l'occasion d'un décès, d'un baptême ou d'un mariage. Mais ce matin, à la fin du mois de mars, alors que les travaux de la ferme se limitaient au vêlage de quelques vaches ? Michel franchit les marches du perron et sonna, mais personne ne répondit. Il hésita, puis tourna la poignée, qui céda. Il s'avança dans le vestibule, se sentant comme un intrus, alors que cette maison avait déjà été la sienne. Tout était silencieux. Seule une horloge, qui avait appartenu à son grand-père, égrenait son tic-tac.

— Maman ?

Ce mot lui avait échappé. Marie-Louise n'était pas sa mère. Elle en avait joué le rôle, avait accompli les gestes qu'on attendait d'une mère, mais ce n'était qu'un faux-semblant, une illusion entretenue avec soin. Il fut étonné lui-même par le ressentiment qui le rongeait comme du vitriol.

Il défila dans les pièces vides. Rien n'avait changé. Le piano de Marie-Louise était toujours au même endroit. Des partitions traînaient sur le banc. Il hésita devant l'escalier, puis s'y engagea en retenant son souffle, comme s'il craignait ce qu'il allait découvrir. À l'étage, le même silence l'accueillit. Il remarqua que la porte de son ancienne chambre était fermée. Mû par une curiosité teintée d'angoisse, il l'entrouvrit. Il reconnut la machine à coudre, son lit. Une planche à repasser sur laquelle se trouvait une chemise d'homme. Il referma la porte et fit le tour des autres pièces. Il n'y avait personne.

Michel remit son capuchon et retourna dehors. Il entendit l'écho de voix humaines et une sorte de vrombissement, ressemblant à un bruit de moteur, qui semblaient provenir du côté de la rivière Rouge. Il marcha dans cette direction. Le sol était boueux et chuintait sous ses semelles. Le son des voix et du vrombissement s'amplifia. Bientôt, il aperçut des silhouettes qui allaient et venaient dans la clarté brumeuse. Un camion à benne se détachait dans le ciel métallique. En s'avançant, Michel vit une énorme pile de sacs de sable empilés sur le sol. Un homme dans la quarantaine, portant un ciré, le visage en partie masqué par un chapeau de pluie, en souleva un et le plaça sur son épaule. Michel s'approcha de lui et crut le reconnaître.

— Jacques? cria-t-il pour couvrir le crépitement de la pluie.

L'homme leva la tête vers lui, le regarda un moment, puis laissa tomber son sac par terre.

— Mon Dieu, Michel!

Les deux frères s'étreignirent, indifférents à l'eau qui ruisselait sur leur tête et leurs épaules. Jacques finit par desserrer son étreinte. Ses yeux doux brillaient dans son visage émacié.

— Je t'ai laissé un message à Montréal, dit-il d'une voix inquiète, lui parlant près de l'oreille afin qu'il l'entende. Léo Labrecque est sorti de prison. Il est venu me voir à Saint-Laurent. Il te cherche.

Michel n'eut pas le temps de lui répondre. Quelqu'un éleva la voix derrière eux.

— Tiens, tiens, le retour de l'enfant prodigue!

La voix était coupante, chargée d'ironie. Michel la reconnut aussitôt. C'était celle de son père. Il se tourna vers lui. Au lieu de l'homme baraqué, aux épaules larges, aux jambes solides et bien campées dont il avait gardé le souvenir, il découvrit un vieil homme amaigri, aux épaules courbées sous sa parka, aux jambes grêles. Seuls ses yeux avaient encore leur éclat charbonneux.

— Imagine-toi surtout pas qu'on va sacrifier le veau gras pour fêter ton retour! persifla Maurice, qui saisit un sac de sable et le souleva avec effort.

Jacques fit un pas vers lui.

— Laisse-moi t'aider, papa.

— J'ai pas encore un pied dans la tombe, tu sauras !

Il s'éloigna, ployant sous sa charge, le souffle court. Michel le suivit des yeux. Sa rancune s'était transformée en pitié à la vue de cet homme diminué, fragile sous ses dehors de mâle dominant. Il en ressentit une étrange frustration. Il s'était attendu à une altercation sans merci et voilà que son adversaire, qu'il avait aimé, craint et détesté pendant si longtemps, était déjà hors de combat.

Jacques posa une main pacificatrice sur l'épaule de son frère.

— Faut pas lui en vouloir. Il a fait plus pour toi que tu peux l'imaginer.

Un cri s'éleva.

— Dépêchez-vous ! Un embâcle a cédé, la Rouge va sortir de son lit !

Jacques se précipita vers le sac qu'il avait laissé sur le sol et le hissa sur son épaule. Il s'adressa à son frère cadet.

— Si tu veux nous donner un coup de main, ça sera pas de refus !

Michel souleva un sac de sable et suivit son frère en direction de la rivière. Une vingtaine d'hommes s'y trouvaient, empilant des sacs sur une digue en forme de demi-cercle qui s'élevait à quelques mètres de la rive. Michel y déposa sa charge et jeta un coup d'œil à la rivière. L'eau avait déjà atteint la première ligne de saules. Au loin, on pouvait apercevoir un amoncellement de glaces blanchâtres à travers lesquelles des vagues jaillissaient en flots bouillonnants. Il retourna vers le camion. Une femme jolie et rondelette, portant un imperméable et un chapeau de pluie, distribuait du café chaud dans des gobelets en plastique. Elle le regarda avec insistance, puis s'approcha de lui et lui tendit un gobelet.

— Merci.

Il but une gorgée tandis que la femme s'attardait.

— Michel ?

C'était sa sœur, Geneviève. Ils restèrent debout l'un devant l'autre, émus et embarrassés. Elle fit un pas vers lui, l'embrassa timidement sur une joue humide.

— Es-tu ici pour longtemps? demanda-t-elle.

Il perçut de l'anxiété dans sa voix, comme si elle craignait qu'il revienne dans les Prairies pour de bon.

— Je repars cet après-midi.

Il fut traversé par une bouffée d'affection en revoyant sa sœur après tant d'années. Geneviève avait toujours souffert du refus obstiné de leur père de la traiter d'égale à égal. Même enfant, il percevait sa frustration lorsque Maurice le prenait par la main et l'emmenait à l'étable et dans les champs, l'initiant aux soins des bovins et aux travaux agricoles, disant à qui voulait l'entendre qu'en tant que futur héritier de la ferme il lui fallait tout apprendre. Il fut tenté de lui demander si elle était au courant qu'il avait été adopté, puis y renonça. À quoi bon remuer des cendres? Dans son for intérieur, il avait décidé de ne pas rencontrer sa mère biologique. Il finit le café d'un trait et remit la tasse à sa sœur en la remerciant de nouveau.

Michel retourna vers le camion et se pencha pour prendre un autre sac. Sa main en effleura une autre. Il se redressa et vit son père. Ce dernier dégagea aussitôt sa main, mais sa bouche était crispée, comme s'il contenait une forte émotion. Pendant quelques secondes, les deux hommes restèrent côte à côte, unis par l'effort et par les chaînes du passé. Puis son père souleva un sac à bout de bras et s'éloigna dans la pluie, vacillant sous sa charge.

Hôpital Saint-Boniface

Murielle Forest était assise au chevet de son fils et lui faisait la lecture. Cette fois, il s'agissait de *La Détresse et l'Enchantement,* de Gabrielle Roy.

— « Quelquefois je m'avoue que ce qui me plaît le plus dans cette idée d'éternité, c'est la chance accordée, en retrouvant des âmes chères, de s'expliquer à fond avec elles, et que cesse enfin le long malentendu de la vie. »

Elle ne lisait pas tant pour son fils que pour elle-même. La lecture l'apaisait, lui faisait presque oublier la lente torture des longs jours qui se déroulaient, gris et sans espoir. Les yeux de Benoit étaient fermés, mais ils se crispaient de temps en temps, créant un faisceau de fines rides autour des paupières violettes.

*

Il nage dans une eau sombre traversée par des pans de lumière blanche, il fait des mouvements désespérés pour revenir à la surface, il manque d'air, ses poumons sont en feu, il donnerait tout pour pouvoir respirer, respirer à fond, sans s'étouffer. Il entend la voix de sa mère, des mots lui parviennent : avoue, chance, âmes, vie. Des images tantôt floues, tantôt d'une clarté brutale se succèdent rapidement. Il voit la ligne jaune d'une route, entend le son strident de tôle froissée, soudain apparaît le visage d'une femme aux cheveux blancs, puis celle d'un homme étendu sur le sol, du sang, beaucoup de sang sous lui, il voit ses propres mains agrippées à un volant, puis la route droite, la ligne jaune, la brume, le crissement de roues qui dérapent, le son terrifiant de cette tôle qui n'en finit plus de se défaire, puis une voix familière : « Mon Dieu, il a ouvert les yeux, il me voit, je suis certaine qu'il me reconnaît, Benoit, c'est moi, ta mère ! » Il a l'impression d'être éjecté sur un rivage, il respire à pleins poumons, il entend un bruit de vagues, il respire, enfin.

*

Benoit vit un visage penché au-dessus du sien. C'était celui de sa mère. Il la reconnut, même si ses cheveux avaient beaucoup blanchi et que ses joues étaient sillonnées de rides. Elle parlait. Il entendait sa voix, mais celle-ci était amortie, comme entourée de coton.

— Benoit, est-ce que tu me vois ? Est-ce que tu m'entends ?

Il tenta de parler. Il sentait ses lèvres remuer, mais aucun son ne sortait de sa bouche. Il voulut tourner la tête, mais elle était prise dans un étau dont il était incapable de se dégager. Mais ses yeux *voyaient*. Ses oreilles *entendaient*. Il vit une chambre aux murs nus, des fils et des appareils étranges, comme dans les romans de science-fiction qu'il dévorait lorsqu'il était adolescent.

— Benoit, c'est moi, ta mère, me reconnais-tu ?

Les joues de sa mère étaient mouillées de larmes. Il voulut à nouveau parler et réussit à émettre un son inarticulé. Un bruit étrange remplissait la pièce. De l'eau. C'était de l'eau qui ruisselait sur les vitres de sa chambre. *Je vois, j'entends.* Il était revenu dans le monde des vivants.

Il s'assoupit. Lorsqu'il se réveilla, il était entouré de personnes vêtues de blouses blanches. Des médecins et des infirmières. Il entrevit le visage radieux de sa mère, parlant à mi-voix avec un homme en retrait, qui s'essuyait le front avec un mouchoir. Était-ce son père ? Il n'en était pas certain. Quelqu'un prit son pouls. Une jeune femme se pencha vers lui. Il essaya de déchiffrer son nom sur une épinglette accrochée à sa blouse, mais ses yeux étaient embrouillés.

— Bonjour, lui dit-elle, un sourire encourageant aux lèvres. Je suis le Dr Neuville. Je travaille comme neurologue à l'hôpital Saint-Boniface.

Elle articulait chaque mot.

— Si vous comprenez ce que je dis, bougez votre main droite.

Bougez votre main droite. Benoit entendait les mots, mais ils se rendaient lentement vers son cerveau encore engourdi. Il remua une main en espérant que c'était la bonne.

— Quel est votre prénom ?

Il bougea sa main pour indiquer au médecin qu'il avait compris. Il tenta de répondre, mais avait l'impression d'avoir des cailloux dans la bouche.

— B… Be…

Sa mère s'approcha de lui, un mouchoir roulé en boule dans son poing, les yeux rouges.

— Qu'est-ce que je vous disais ! s'exclama-t-elle. Il est conscient, comme vous et moi !

Le Dr Neuville lui fit signe de ne pas intervenir.

— Quel est votre nom de famille ? reprit la neurologue.

Votre nom de famille. Benoit tâcha de se rappeler. Une image surgit dans sa tête. Des arbres. Une forêt. *Forest.* Il était fatigué, si fatigué. Il fit un effort pour parler, mais n'arrivait pas à articuler le mot.

— Où êtes-vous en ce moment ?

Benoit ferma les yeux. Le monde des vivants l'épuisait. Il avait perdu l'habitude de voir autant de gens, de percevoir le son des voix, les couleurs…

— Il faut le laisser se reposer, décida la médecin. Je reviendrai le voir en début d'après-midi.

Le vieil homme en pyjama, étendu sur le plancher. Il râle, ça ressemble à un ronflement, Léo est par terre, son corps est parcouru de tremblements, où est Michel ? Une femme aux cheveux blancs, son regard étrangement calme, Léo, le revolver, le vieillard, une flaque de sang qui s'agrandit sous lui…

Benoit sortit de sa somnolence. Il ne restait qu'une infirmière dans la chambre blanche, sa mère et l'homme qui était peut-être son père. Sa mère prit ses mains dans les siennes. Elle pleurait.

— Benoit, tu me vois! dit-elle entre deux sanglots. Tu m'entends!

Le jeune homme remua les lèvres. Les mots jaillirent soudain :

— Est-ce qu'il est mort?

Ses parents et l'infirmière le regardèrent avec stupéfaction. Il avait prononcé une phrase complète sans aucune hésitation. Sa mère crut qu'il parlait de lui-même et lui caressa doucement le visage.

— Tu es vivant, mon Benoit. Tu es vivant!

Le sang. Il y avait tellement de sang.

77

Hôtel Comfort Inn, Winnipeg

Geneviève était blottie dans les bras de son amant. Pour une fois, Fred ne l'avait pas fait trop attendre, mais elle avait fait l'amour avec lui sans son ardeur habituelle, comme si elle avait la tête ailleurs. Elle pensait à son frère, au fait qu'il n'avait pas beaucoup changé. Pourquoi était-il revenu au Manitoba, après tant d'années ? Elle s'en voulait de ne pas avoir été plus chaleureuse avec lui. Ce n'était pas sa faute si son père avait toujours misé sur ses garçons et jamais sur elle… La dernière fois qu'elle avait vu Michel, c'était lorsque leur père l'avait ramené à la ferme, le visage en sang. Elle n'avait jamais su comment c'était arrivé. Puis son frère était parti. Elle l'avait appris à son retour d'un cours de biologie. Elle ne l'avait plus revu avant ce matin. Ses parents ne parlaient pas de Michel devant elle. C'était un sujet tabou, une zone interdite.

Bien que ce fût une chambre non-fumeur, Fred fumait une cigarette, jetant la cendre dans un reste de tasse de café. Geneviève s'efforçait de ne pas regarder la cendre qui flottait dans le liquide refroidi, craignant d'avoir mal au cœur. Tout en expulsant la fumée, Fred lui expliqua qu'il devait retourner à Saint-Jean-Baptiste dès que possible afin de visiter les maisons et les commerces endommagés par l'inondation. Ce serait une occasion rêvée de présenter une bonne image de lui en tant que maire, en vue de sa possible candidature aux prochaines élections provinciales. Geneviève ne l'écoutait que d'une oreille.

— Mon frère est revenu, dit-elle soudain.

Son amant lança un jet de fumée.

— Ton frère ?

— Michel.

Fred, qui était sur le point de prendre une autre bouffée de cigarette, suspendit son geste.

— Depuis quand ?

Elle haussa les épaules.

— J'en ai aucune idée. Tout ce que je sais, c'est que je l'ai vu à la ferme ce matin. Il a aidé les hommes à terminer la digue.

Il laissa tomber sa cigarette dans la tasse. Le mégot s'éteignit avec un chuintement. Geneviève observa son amant.

— On dirait que ça te dérange.

— Pas du tout.

Le corps d'un deuxième homme, étendu dans le fossé. Il se penche vers lui, éclaire son visage avec le faisceau de sa lampe. Michel Perreault. Il ne le connaît pas beaucoup, mais il a fréquenté l'école Saint-Jean-Baptiste quelques années avant lui et il le croise de temps à autre à Saint-Boniface. Il tente de le retourner, mais le jeune homme geint de douleur. Ne le touche pas. Il ne faut pas bouger les blessés.

Fred se redressa. Son sexe, qui avait été si vigoureux un moment plus tôt, pendait entre ses bourses. Geneviève ne put s'empêcher de sourire. Il y avait quelque chose d'attendrissant et d'un peu ridicule dans ce membre soudain si petit, si vulnérable. Il sentit le regard de la jeune femme posé sur lui.

— Qu'est-ce que tu regardes comme ça ?

— Rien.

Elle étendit le bras, prit une montre en or sur la table de chevet et la tendit à son amant.

— Oublie-la pas, cette fois-ci.

Dimanche 3 avril 2011
Hôpital Royal Victoria

Émilie regardait par la fenêtre. Par un hasard dont seule la vie avait le secret, elle était dans la même chambre qu'avait occupée son ancienne patiente, Juliette Grenier. Elle avait eu un choc lorsqu'elle avait vu son lit vide. André, un infirmier qu'elle aimait beaucoup, l'avait rassurée : Mme Grenier avait eu son congé, et avait laissé une lettre pour elle. Elle l'avait lue si souvent que le papier en était tout froissé.

Chère Émilie,
Vous aviez raison, mes comptes sanguins ont remonté à la « presque » normale et j'ai pu prendre congé de l'hôpital en attendant le prochain traitement.
Je voudrais vous remercier pour tout ce que vous avez fait pour moi. Vous penserez peut-être que vous avez simplement accompli votre devoir, mais la compassion, l'humanité, la bonté ne s'enseignent pas dans les écoles. Vous ne m'avez pas accablée d'une bonne humeur factice, mais vous avez cru en mes chances de guérir. Je me suis accrochée à vos mots, à votre sourire, à la clarté de votre regard, comme un noyé s'accroche à sa planche de salut.
À ma sortie de l'hôpital, avec ma petite valise à la main, j'ai respiré l'air du dehors à pleins poumons. Je me sentais comme une prisonnière qui vient d'être libérée. J'ai hélé un taxi et je suis allée directement à l'école de ma fille. Je l'ai attendue à la sortie des classes, le cœur battant, comme avant un premier rendez-vous

amoureux. J'ai entendu la cloche sonner, puis les portes se sont brusquement ouvertes, laissant déferler le flot des élèves, leurs cris et leurs rires en cascades joyeuses. Je cherchais Delphine parmi tous les élèves, si jeunes, si pleins de vie. Puis je l'ai aperçue. J'ai remarqué tout de suite qu'elle n'avait plus sa frange sur les yeux. Ma sœur lui avait sans doute coupé les cheveux. Son front était soucieux, comme si elle portait des soucis d'adulte. Puis nos regards se sont croisés. Vous auriez dû voir la joie sur son visage ! J'ai couru vers elle, je l'ai serrée très fort dans mes bras. Je sentais les courroies de son sac d'école sur ma poitrine et son cœur, qui battait aussi fort que le mien. La vie vaut la peine d'être vécue, ne serait-ce que pour des moments comme ceux-là.

Avec ma sincère reconnaissance,
Juliette Grenier

Émilie jeta un coup d'œil au fil du cathéter relié à un sac contenant la moelle osseuse de son frère. Le fil qui la reliait à la vie. Elle sentait un étrange frémissement dans ses membres, comme si cette vie entrait en elle goutte à goutte. Elle tourna à nouveau la tête vers la fenêtre. Les arbres sur le point de reverdir, leurs branches striant le ciel, la lumière dorée, tout annonçait le printemps. Le Dr Faribault lui avait donné cinquante pour cent de chances de s'en sortir. Elle savait que sa maladie serait une course à relais, que tout pouvait survenir : un rejet du greffon, une infection dévastatrice, une fièvre mortelle… mais elle avait décidé qu'elle serait du bon côté des statistiques. Ne serait-ce que pour voir son fils grandir.

SEPTIÈME PARTIE

L'HOMME QUI VOULAIT SAVOIR

79

Vendredi 20 mai 2011
Winnipeg

Léo Labrecque avait rendez-vous avec son agent de probation, Andy Guibault. Il décida de se rendre à pied au Centre
des services correctionnels, situé au centre-ville. Il commençait à reprendre des forces, même s'il avait gardé un teint
cireux. Il avait eu du mal à se remettre du prélèvement de
sa moelle osseuse. Il se sentait toujours fatigué, sans énergie.
Le moindre effort le mettait à plat, au point où il avait dû
retourner à l'hôpital pour y subir des tests de sang. On avait
décelé un taux anormalement bas de globules blancs. Pendant quelques semaines, il avait eu des injections de vita-
mine B et avait même eu une transfusion sanguine. Mais il
ne regrettait rien. Lorsqu'il avait reçu un appel de sa sœur
lui disant que la greffe avait fonctionné et qu'elle était sur
la voie de la rémission, il avait été heureux comme ça ne lui
était jamais arrivé dans toute sa vie. C'était *son sang* qui avait
sauvé Émilie, *ses bonnes cellules* qui avaient combattu *les mau-*
vaises qui proliféraient dans le corps de sa sœur. Il avait le sentiment de s'être en quelque sorte racheté, d'avoir reconquis
un peu de son humanité perdue durant ses années délétères
en prison. Bien qu'il n'eût pas encore pardonné à Michel
de l'avoir laissé tomber et qu'il eût encore des doutes sur ce
qu'il était advenu de l'argent, son désir de sauver sa sœur
de la mort avait pris le dessus. Émilie lui envoyait régulièrement des nouvelles par courriel. Elle évitait soigneusement

de faire allusion à Michel, mais elle lui parlait volontiers des progrès qu'elle faisait chaque jour. Il ne savait pas si c'était par réelle affection ou par reconnaissance qu'Émilie lui écrivait ainsi, mais il s'en contentait.

Son agent de probation l'accueillit avec une poignée de main chaleureuse. Il était très satisfait de son cheminement et il avait fait des rapports positifs aux autorités carcérales. Le fait qu'il ait fait un don de moelle osseuse à sa sœur avait été bien perçu et jouerait certainement en sa faveur. Guibault avait même fait une demande pour accélérer le processus de libération conditionnelle.

— Je te conseille fortement de te trouver du travail, poursuivit l'agent de probation. Ça paraîtra encore mieux dans ton dossier.

L'idée de travailler ne déplaisait pas à Léo. Depuis sa sortie de prison, il recevait de l'aide sociale, mais il voulait sortir de cette dépendance.

— J'ai quelques offres d'emploi qui pourraient peut-être t'intéresser.

Léo jeta un coup d'œil à la liste que lui tendait son agent. Il y avait un emploi comme travailleur de la construction, un autre comme manutentionnaire dans un magasin de grande surface. L'ex-détenu secoua la tête. Il n'avait plus la force de soulever de lourdes charges. Guibault lui parla d'une autre offre. Il s'agissait d'un travail de camionneur.

— As-tu déjà conduit des poids lourds?

— Non, mais je pourrais apprendre.

Conduire un camion serait une façon de voyager, de parcourir le pays, sans avoir de patron tout le temps sur le dos. L'agent de probation lui conseilla de suivre une formation, qui pourrait être remboursée par un programme d'aide à la réinsertion au travail d'anciens prisonniers.

Lorsque Léo quitta le bureau, il se sentait plus léger, presque heureux. Il pensa à sa sœur. Elle serait fière de lui quand il lui annoncerait la nouvelle. Il était en voie de devenir un homme comme les autres.

Samedi 21 mai 2011
Quartier St. Andrews, Winnipeg

Gisèle Russell s'habilla chaudement, bien qu'il fît un temps radieux. Elle avait toujours été frileuse. C'était une femme frêle, de petite taille, mais à quatre-vingt-six ans bien sonnés, elle avait encore bon pied bon œil et refusait de se déplacer à l'aide d'une marchette, comme la travailleuse sociale, qui lui rendait visite chaque semaine, le lui recommandait. Elle se contentait d'une canne.

En sortant, elle fut surprise par la douceur de la brise et le bleu pur du ciel. La neige avait presque fini de fondre, ne laissant que des traces blanchâtres dans les fondrières et sur le bord de la route. Elle pouvait sentir l'odeur suave de la sève et de la terre réchauffée par le soleil. À travers le rideau de peupliers, elle aperçut les reflets chatoyants de la rivière Rouge. Il était difficile de croire que, deux mois auparavant, une pluie diluvienne était tombée et que la rivière, cernée d'embâcles, était sortie de son lit et avait débordé sur sa rue. Par chance, sa maison n'avait subi aucun dommage. Après l'inondation de 1979, son mari, qui était d'une nature prévoyante, avait fait creuser un fossé de drainage autour de leur propriété en plus d'une digue pour les protéger en cas d'inondation. Il aurait été satisfait de voir que son ouvrage avait résisté à l'assaut de la Rouge.

La pensée de son mari lui serra le cœur. Elle ne l'avait jamais aimé, ce qui rendait le fardeau de la tristesse encore plus lourd à porter. Elle l'avait épousé sur un coup de tête, à l'âge de vingt ans, parce que ses parents, des cultivateurs de Saint-Norbert, s'opposaient à ce que leur fille épouse un protestant, écossais de surcroît. Il ne l'avait pas rendue heureuse, c'était le moins qu'elle puisse dire. Non pas qu'il la maltraitât ni qu'il fût un coureur de jupons. Tout au plus buvait-il un verre de scotch de temps en temps. Mais c'était un homme ombrageux, austère, qui ne souriait presque pas. Jamais un merci lorsqu'elle s'échinait à lui faire un bon repas, jamais un geste de tendresse. Elle se rendait compte avec consternation qu'elle n'avait gardé aucun souvenir heureux de lui, en cinquante-deux ans de mariage. Pourtant, ils avaient eu quatre enfants et six petits-enfants. Elle avait été aux anges chaque fois qu'elle était tombée enceinte, espérant que la venue d'un nouvel enfant ferait fondre la froideur de son mari, aurait raison de cette forteresse inexpugnable dans laquelle il enfermait ses sentiments, mais Craig n'avait pas été un bon père, pas plus qu'il n'avait été un bon mari. Il avait été élevé « à la dure » et il était incapable de concevoir l'éducation autrement que par une discipline de fer et un régime de punitions et de récompenses quasi militaires. Elle avait passé sa vie de mère de famille à tenter de compenser cette dureté de cœur, ce qui n'avait pas empêché ses enfants de quitter la maison dès qu'ils avaient été en âge de le faire. L'un de ses fils était à Vancouver, l'autre à Montréal ; une fille s'était établie à Londres et une autre au Nouveau-Brunswick. Le plus loin possible de leur père. Aucun d'entre eux ne s'était déplacé pour ses funérailles, évoquant un prétexte ou un autre. Elle voyait très peu ses petits-enfants, parfois à Noël ou à Pâques. Elle devait se contenter de photos, que ses enfants lui envoyaient de temps en temps, davantage par devoir que par réelle affection.

Munie de sa canne, elle se rendit à pied au bord de la route pour y attendre la fourgonnette qui venait la prendre tous les samedis, à dix heures tapantes, pour l'emmener au cimetière St. Andrews. Les transports en commun étaient pour ainsi dire inexistants dans son district, et elle n'avait jamais appris à conduire, son mari considérant qu'une femme n'avait pas sa place au volant d'une voiture. Maintenant, il était trop tard. La vieille Lincoln Continental qu'il avait laissée ne lui servait à rien. Elle l'avait vendue pour une bouchée de pain à un jeune couple qui venait de s'établir près de chez elle et s'était rabattue sur le transport assisté, ce qui était mieux que rien.

*

La fourgonnette s'arrêta devant elle dans un grincement de roues. Gisèle y monta sans prendre le bras du chauffeur qui voulait l'aider, non pas parce qu'elle le trouvait antipathique, mais parce que, depuis la mort de son mari, elle ne voulait plus dépendre de qui que ce soit. Elle s'installa sur une banquette et attacha sa ceinture elle-même, bien que ce geste lui fît mal à l'épaule. Durant le trajet, elle regarda par la fenêtre, s'abreuvant de la clarté du jour, de la beauté du ciel presque sans nuages. Un répit avant d'affronter un fantôme.

Le véhicule s'immobilisa devant l'église anglicane St. Andrew's. Gisèle descendit en s'agrippant à la rampe, serrant sa canne dans sa main libre. Le cimetière, entouré d'un muret de pierres grises, jouxtait le presbytère. Les grilles du portail étaient ouvertes. Elle s'avança prudemment dans l'allée pour éviter les flaques d'eau boueuse qui la parsemaient et s'arrêta devant une pierre tombale en granit, sans aucune fioriture. Un seul nom y avait été gravé.

Craig Russell
1922-1997

Lorsqu'elle avait pris rendez-vous avec une entreprise de pompes funèbres pour faire les arrangements, l'employé qui l'avait reçue, un jeune homme obséquieux et condescendant, croyant avoir affaire à une veuve vulnérable, avait exercé beaucoup de pression pour lui vendre le cercueil le plus cher, les services d'un psychologue et d'un traiteur, sans compter des bouquets tous plus somptueux les uns que les autres. Gisèle, les yeux secs, avait tout refusé. Son mari avait été très clair dans ses dernières volontés : un cercueil en pin, aucune cérémonie, pas de fleurs.

Elle se recueillit sur la tombe, mais ne pria pas. Aucune prière ne pouvait changer ce qui s'était passé, la nuit du 3 au 4 avril 1997, ni alléger l'horrible mort de son mari. Pauvre Craig, pauvre vieux fou ! Sa folie lui avait coûté la vie.

Elle voyait encore la chambre sens dessus dessous, une des lampes de chevet sur le sol, juste à côté de la tête de son mari, éclairant ses yeux ouverts et déjà vitreux, le filet de sang au coin de sa bouche, la flaque qui s'élargissait sous lui. Lorsque les voleurs avaient fait irruption dans leur chambre à coucher, avec des cagoules noires sur la tête, Craig s'était emparé de la carabine qu'il gardait à côté de leur lit. Puis le coup était parti, atteignant l'un des voleurs à l'épaule. L'impact avait été si violent que l'homme avait été projeté par terre. Ensuite, tout s'était passé très vite. Il y avait eu un deuxième coup de feu, son mari s'était écroulé à son tour. Elle avait vu le regard bleu paniqué derrière la cagoule de l'un des voleurs, tandis qu'un troisième homme, également cagoulé, pointait un fusil vers elle, lui demandant d'une voix tremblante où était l'argent. Ou peut-être que cela s'était produit avant, elle n'arrivait plus à se rappeler. « On ne garde pas d'argent dans la maison », avait-elle répondu. Sur le moment, elle n'avait pas eu peur. Elle était au-delà de la peur, dans un état second où elle enregistrait mécaniquement la réalité, sans la comprendre.

Des mésanges s'envolèrent à tire-d'aile en turlutant. Elle suivit leur vol gracieux dans le ciel sans nuages. Quatorze ans s'étaient écoulés depuis la mort de son mari. Elle pensa à la grande solitude des morts, enfermés à jamais sous la terre. Ils ne pouvaient plus regarder le ciel, sentir la brise sur leurs joues, respirer l'odeur de la pluie ou des champs brûlés par le soleil. Les morts étaient à jamais séparés du monde des vivants.

81

Lundi 23 mai 2011
Détachement de la GRC, Saint-Jean-Baptiste

Des applaudissements crépitèrent, des bouchons de vin pétillant sautèrent, des coupes en plastique s'élevèrent pour porter un toast. Des ballons et une banderole « Bonne et joyeuse retraite, cher Gérald ! » avaient été suspendus au-dessus d'une grande table où trônaient des assiettes de crudités et des bols en plastique remplis de croustilles.

— Longue vie à Gérald !

— Bravo au jeune retraité !

Gérald Lavallée s'efforça de sourire. Il avait horreur des fêtes. Pourtant, il savait que ses collègues s'étaient donné du mal pour organiser cette petite célébration pour souligner ses vingt-neuf années de carrière et une retraite bien méritée, qui commencerait dans deux semaines. *Retraite.* Il n'arrivait pas à croire qu'il en était déjà là. Rien ne l'y avait préparé. Ses journées avaient été dévorées par le travail quotidien, parfois pénible, le plus souvent fastidieux, d'un policier. Il avait grimpé lentement mais sûrement les échelons, d'abord comme simple agent, ensuite comme enquêteur et, enfin, comme directeur du détachement de Saint-Jean-Baptiste. Le plus difficile était d'annoncer à une famille le décès d'un proche à la suite d'un accident de la route. Il n'avait jamais réussi à s'y habituer. Mais en presque trente ans de métier, à part le cortège sordide des braquages, de la violence conjugale, du trafic de stupéfiants, il n'avait eu qu'une affaire de meurtre à résoudre. Et il n'y était arrivé qu'en partie.

— Puis, mon vieux, qu'est-ce que tu vas faire de ton temps? lui dit un collègue en lui tapotant l'épaule. Tu vas pas trop t'ennuyer de nous autres?

Gérald Lavallée se contenta de sourire poliment. Il n'avait jamais adhéré à «l'esprit de corps» qui était la loi non écrite des gendarmes. C'était également un passionné de mots croisés et de lecture, deux activités qui n'étaient pas très populaires au sein des forces policières. La perspective de pouvoir s'adonner pleinement à ses «vices» le réjouissait, d'autant plus que sa femme, propriétaire d'une garderie, les préférait largement à son travail de policier.

*

Après la fête, Gérald Lavallée alla se chercher un café et retourna dans son bureau. Bien qu'il n'eût bu qu'un demi-verre de mousseux, il ne voulait pas prendre le volant tout de suite pour rentrer chez lui. Il prit une gorgée de café – toujours aussi amer – et commença à remplir une boîte avec des effets personnels: photos encadrées de sa femme et de ses trois enfants, quelques bibelots, des gravures. Il préférait que la pièce redevienne anonyme pour le temps qu'il lui restait, question de se préparer à la nouvelle vie qui l'attendait. Il jeta un coup d'œil à une pile de journaux qui encombraient son bureau et s'apprêtait à les jeter dans un bac de récupération lorsqu'un titre attira son attention: «Benoit Forest, un homme de trente-deux ans, se réveille après quatorze années passées dans un état végétatif.» Il prit place sur sa chaise et lut l'article avec intérêt.

«Benoit Forest, natif de Saint-Jean-Baptiste, qui était dans un état végétatif depuis quatorze ans, s'est réveillé hier matin dans sa chambre de l'hôpital Saint-Boniface, en présence de sa mère. Celle-ci a immédiatement alerté le personnel médical. Il semble que M. Forest se souvenait de son nom et a pu répondre à quelques questions. Rappelons que Benoit Forest avait été impliqué dans un grave accident de voiture en avril 1997. Il était au volant. Un deuxième homme, Léo Labrecque, se trouvait à l'arrière du véhicule et avait été par la suite accusé et condamné pour le meurtre sordide d'un homme de St. Andrews, Craig Russell. »

Gérald Lavallée se souvenait de tous les détails de cette affaire. Plusieurs indices – la portière du côté du passager grande ouverte, des traces de pas découvertes dans l'herbe boueuse, à droite de la voiture – corroboraient la présence d'un troisième homme, mais malgré tous ses efforts, la police n'avait jamais réussi à lui mettre la main dessus. Un sac de sport contenant trois cagoules, un serpent à crocheter et deux armes avait été trouvé dans le coffre, ainsi que quelques coupures de cent dollars. Peu après la découverte de la voiture accidentée, un meurtre avait été signalé à St. Andrews. Le vol en aurait été le mobile, bien qu'aucune somme n'ait été retrouvée dans la Pontiac, mis à part ces billets.

Lavallée replia le journal, pensif. Benoit Forest n'avait jamais été arrêté et n'avait pas subi de procès, étant plongé dans un coma végétatif, que les médecins disaient irréversible. Maintenant qu'il en était sorti, il redevenait un suspect.

82

Hôpital Saint-Boniface

Depuis qu'il était revenu dans le monde des vivants, Benoit faisait d'infimes progrès, suivis de rechutes. Il pouvait maintenant tourner la tête d'un côté ou de l'autre, se redresser dans son lit, le dos soutenu par des oreillers, mais il était incapable de s'alimenter seul, encore moins de marcher. Une équipe de personnes vêtues de blanc bourdonnait autour de lui, lui faisant faire des mouvements, des exercices, lui posant plein de questions auxquelles il répondait avec grande difficulté. Le moindre geste était exténuant. Même la présence de ses parents le fatiguait. Il était soulagé lorsque le soir arrivait et qu'on le laissait enfin tranquille, mais la nuit, des bribes de souvenirs, des images venaient le tourmenter. Parfois, il se demandait s'il n'aurait pas mieux valu qu'il demeure dans le monde des ténèbres, pour ne plus se rappeler, pour annihiler à jamais ce qu'il lui restait de mémoire.

Sa mère venait le voir tous les jours. Elle ne se lassait pas de le regarder, de prendre ses mains dans les siennes, comme si elle voulait s'assurer qu'il était bien réveillé. Souvent, lorsqu'il fermait les yeux, elle lui secouait le bras et il les ouvrait de nouveau, sentant son regard anxieux posé sur lui. Il aurait voulu lui demander de le laisser dormir, lui dire qu'une part de lui-même ne tenait pas à rester en vie, mais les mots ne franchissaient pas sa bouche.

Ce matin-là, le réveil fut particulièrement pénible, malgré une lumière rassurante qui pénétrait par la fenêtre de sa chambre. Sa nuit avait été hantée par des visions dont il ne savait plus si elles existaient réellement ou si elles étaient des cauchemars. Il y avait toujours cette image d'un vieil homme étendu par terre, la flaque de sang qui s'élargissait sous lui, les convulsions de Léo, les yeux paniqués de Michel, le revolver noir, gisant sur le sol, telle une bête inanimée, l'odeur âcre du soufre, le visage blême de la femme aux cheveux blancs. Des détails s'ajoutaient peu à peu, comme un puzzle dont on met patiemment les morceaux en place. Et avec la mémoire qui revenait, l'anxiété grandissait.

*

Lorsque Benoit émergea de son sommeil, la chambre était vide. Un silence inhabituel régnait. Il avait dû s'assoupir pendant un long moment, car il n'y avait plus de lumière entrant par la fenêtre. Une veilleuse avait été allumée, créant un halo orangé près de son lit. Une infirmière vint prendre ses signes vitaux, puis repartit. Benoit ferma les yeux et se laissa flotter dans le silence ouaté. Puis il entendit la porte s'ouvrir et se refermer, un bruit de pas qui se rapprochait de lui. Le grincement d'une chaise. Convaincu qu'il s'agissait de sa mère, Benoit fit un effort pour soulever ses paupières, déjà lourdes. Un homme, portant un pardessus, une casquette sur ses genoux, était assis près de lui et le regardait avec attention.

— Monsieur Forest ?

L'homme avait une voix ferme, habituée à commander. Benoit ne répondit pas. La peur s'insinua dans ses veines. C'était un sentiment étrange, qu'il n'avait pas éprouvé depuis longtemps.

— Je suis Gérald Lavallée. C'est moi qui ai mené l'enquête sur le meurtre de Craig Russell.

Le vieillard étendu sur le sol, le sang qui se répand autour de lui.

— Est-ce que vous comprenez ce que je vous dis ?

Ne pas parler. Si je ne dis rien, il ne saura rien.

— Qu'est-ce qui s'est passé la nuit du 3 au 4 avril 1997, monsieur Forest ? Vous conduisiez une Pontiac verte. Léo Labrecque était sur la banquette arrière. Vous rappelez-vous qui était assis sur le siège du passager ?

La route qui défile à toute vitesse. La ligne jaune, la voix paniquée de Michel : ralentis, tu conduis trop vite !

— La veuve de Craig Russell a affirmé que trois voleurs portant des cagoules ont fait irruption dans sa chambre. Le premier était Léo Labrecque. Vous étiez le deuxième. Qui était le troisième homme, monsieur Forest ?

Le regard chaviré de Michel, le revolver noir, comme une bête inanimée, le coup de feu, l'odeur âcre de soufre, le vieillard perdant son sang.

— Un pauvre homme a été lâchement assassiné. Rien ne pourra jamais le ramener à la vie, mais il n'est pas trop tard pour réparer en partie le mal qui a été fait. Si vous savez quelque chose sur le meurtre de M. Russell, c'est le moment ou jamais de le dire, monsieur Forest.

La voix de l'homme lui parvenait à distance, comme s'il l'entendait de l'autre côté d'un rivage. Il se rappelait maintenant qui avait tué le vieillard, qui avait tiré le coup de feu qui lui avait enlevé la vie.

Ne rien dire. Ne plus se souvenir. Oublier.

83

Samedi 16 juillet 2011
Banlieue de Regina, Saskatchewan

Michel gara la voiture qu'il avait louée à l'aéroport de Regina devant une petite maison recouverte de lattes d'aluminium peintes en blanc qui miroitaient au soleil. Il avait longuement hésité avant d'entreprendre ce deuxième voyage dans les Prairies. Bien qu'Émilie fût en rémission depuis plusieurs mois, il ne voulait pas la laisser seule, mais sa femme avait insisté pour qu'il parte, jusqu'à se fâcher : « Tu peux pas te servir de ma maladie pour éviter de faire face à ton passé ! » s'était-elle écriée dans un mouvement d'exaspération. Sur le moment, il avait été profondément blessé par ce qu'Émilie lui avait dit, mais force lui était d'admettre qu'elle avait raison. Depuis que sa mère lui avait révélé la vérité au sujet de son adoption, il était plongé dans une révolte permanente, contre ses parents, qui l'avaient maintenu dans l'ignorance pendant trente-deux ans, et contre sa mère biologique, qui l'avait abandonné. Il éprouvait en même temps de la honte, sans en comprendre la cause. Pourquoi avoir honte, alors qu'il n'était pour rien dans le fait d'avoir été abandonné à sa naissance ? C'était sans doute lié au secret qui avait entouré son adoption, au mensonge dont il avait été abreuvé depuis toujours sur sa véritable identité, mais il y avait autre chose. Comme s'il était responsable du fait que sa mère biologique n'ait pas voulu de lui. Il se demandait constamment pourquoi elle souhaitait le rencontrer, après toutes ces années.

Était-ce le remords ? Ou bien cherchait-elle simplement à s'exonérer, à se trouver des excuses de l'avoir ainsi rejeté de son existence ? En fin de compte, c'était Émilie qui l'avait convaincu d'accepter la demande de retrouvailles de sa vraie mère. « Tu as besoin de savoir, Michel. Je te connais, tu ne pourras pas rester dans l'incertitude jusqu'à la fin de tes jours. »

Pendant le trajet en avion, il n'avait cessé de penser à cette femme. Il n'avait aucune idée de ce à quoi elle ressemblait. Dans le dossier qu'Alan Taylor, le travailleur social du Centre d'adoption de Regina, lui avait fait parvenir, il n'y avait aucune photo d'elle. Tout ce que le dossier avait révélé, c'était son nom et son adresse, ainsi que quelques antécédents médicaux. Il se demandait s'ils auraient des traits communs, des affinités. Peut-être qu'il la trouverait antipathique, qu'il la détesterait même. Mais, au moins, il *saurait* qui elle est, il mettrait enfin un visage sur son nom.

Michel descendit de la voiture. La chaleur lui tomba dessus comme une chape de plomb. Le gazon devant la maison était jaune. Des roses trémières, adossées à un treillis, penchaient la tête. À la radio, on avait parlé d'une sécheresse qui sévissait en Saskatchewan depuis quelques semaines et menaçait les récoltes.

En s'avançant dans l'allée de ciment qui menait à la porte, il remarqua une vieille camionnette garée sous un toit de tôle. De toute évidence, sa mère ne roulait pas sur l'or. Il sonna. La nervosité le gagna peu à peu. Sa chemise était trempée de sueur. Il essuya ses mains moites sur son pantalon et se prit à espérer que sa mère ne serait pas là ou qu'elle ne répondrait pas. Soudain, il entendit le cliquetis d'une chaîne. La porte s'ouvrit. Une femme aux cheveux noirs, coupés court, le regardait, stupéfaite. Il la reconnut aussitôt. C'était la serveuse du resto-motel où il s'était arrêté, quatre mois auparavant, lorsqu'il était à la recherche d'Émilie. Elle avait regardé la photo de Thomas et avait dit quelque chose comme : « Il est beau, ton garçon. Il te ressemble. » Il revoyait son sourire empreint de tristesse.

Ils restèrent debout l'un devant l'autre sans faire un geste, intimidés. Puis Jacinthe lui tendit la main. Michel la serra dans la sienne. Tous deux se sentaient maladroits.

— Si j'avais su que c'était toi... En tout cas, bienvenue, dit-elle, la gorge serrée.

Elle recula pour le laisser entrer. Il s'avança dans le hall, qui sentait le pain grillé et le café. Il remarqua une vareuse d'homme suspendue à un crochet, ainsi qu'une paire de bottes de caoutchouc sur un tapis. Elle suivit son regard.

— C'est à mon mari. Il est parti travailler.

En réalité, Jo n'était pas parti travailler. Il y avait belle lurette qu'il avait perdu son emploi. Elle lui avait demandé de la laisser seule pour ses retrouvailles avec son fils, non pas qu'elle eût honte de lui, mais elle aurait été obligée d'expliquer à Michel que Jo n'était pas son père, et la question du vrai père aurait surgi. Elle ne voulait surtout pas parler de lui. *Jamais, tant que j'aurai un souffle de vie en moi.*

— Bienvenue, répéta-t-elle de sa voix douce et légèrement chantante. On va aller dans la cuisine, il y a un ventilateur. Il fait tellement chaud depuis des jours, on se croirait dans un four.

Elle parlait un peu trop vite, comme si elle cherchait à meubler le silence. Michel la suivit dans un couloir étroit et sombre, que la lumière éclatante du dehors n'arrivait pas à percer. Ils parvinrent à la cuisine. Michel cligna des yeux. Par contraste, un soleil aveuglant inondait la petite pièce. Un ventilateur, posé sur une table de bridge recouverte d'une nappe en vinyle, vrombissait.

— Assieds-toi.

Michel prit place sur une chaise pliante.

— J'ai fait de la limonade, poursuivit-elle. Tu dois avoir soif, avec cette chaleur...

Sans attendre sa réponse, elle alla vers un vieux frigo et en sortit un pichet et deux verres, qu'elle déposa sur la table avec la dextérité d'une serveuse expérimentée. Puis elle désigna une assiette couverte d'une pellicule de plastique.

— J'ai aussi fait des biscuits. Je les ai oubliés dans le four, j'espère qu'ils seront pas trop secs.

— Merci. Il fallait pas vous donner autant de mal.

— T'es mon invité.

Elle se tut. Elle aurait voulu trouver les bons mots pour parler à ce beau grand garçon qui était son fils et qu'elle avait servi, une fois, au bar-motel où elle travaillait. Elle l'observa à la dérobée, pour ne pas le mettre mal à l'aise. Elle l'aurait regardé pendant des heures, pour connaître chacun de ses traits, rattraper tout ce temps où il n'existait pas autrement que dans son rêve de le retrouver. Une mouche voletait et se cognait contre une vitre de la fenêtre.

— Merci d'avoir accepté de me rencontrer.

Elle eut une hésitation.

— J'avais peur que tu refuses.

— Ça m'a pris du temps avant de me décider.

Sa mère baissa la tête, comme les roses trémières que Michel avait aperçues dans le jardinet. Il se sentit coupable devant sa mine défaite. Des gouttes de sueur ruisselaient dans son dos. Le mince filet d'air que prodiguait le ventilateur ne suffisait pas à le rafraîchir. La mouche continuait à se frapper obstinément contre la vitre.

— Pourquoi vous m'avez abandonné ?

Les mots avaient jailli sans qu'il puisse les retenir. Sa mère se courba, comme si elle avait reçu un coup de poing dans l'estomac. Elle fut incapable de répondre tout de suite, sachant que l'avenir de leur relation reposait sur sa réponse.

— J'étais très jeune. Je savais pas quoi faire.

Elle s'empressa d'ajouter :

— Mais je t'ai jamais oublié ! J'ai gardé une empreinte de ton pied. Je la regarde tous les jours.

Il fut ému malgré lui par sa réponse, qui lui parut sincère.

— Quel âge vous aviez quand vous m'avez eu ?

Elle s'était attendue à cette question, mais éprouva tout de même une vive anxiété.

— J'avais quinze ans.

Michel leva les yeux vers cette femme dont le visage, encore beau, portait les marques d'une existence difficile. *Quinze ans.* Elle était elle-même une enfant lorsqu'elle était tombée enceinte de lui.

— Pourquoi ça vous a pris tant de temps avant de vouloir me retrouver ?

Elle réfléchit avant de répondre. Son regard fatigué s'attarda au ventilateur qui s'essoufflait, à la vieille cuisinière dont deux éléments ne fonctionnaient plus, à la nappe en vinyle.

— Je voulais que t'aies une meilleure vie que la mienne.

Le silence revint entre eux. La mouche se cognait toujours contre la vitre.

— Je voudrais savoir qui est mon père.

Elle avait beau s'y être préparée, avoir tourné cent fois une réponse dans sa tête, elle eut peur de bafouiller en parlant et de donner l'impression à son fils qu'elle lui mentait, alors qu'elle tentait de le protéger contre une vérité qui risquait d'empoisonner sa vie.

— Ça s'est passé juste une fois. Je… je l'ai jamais revu après.

*

Le poids de l'homme sur son corps frêle. Son visage crispé au-dessus du sien. Son haleine fétide, sa longue main blanche plaquée sur sa bouche pour l'empêcher de crier. La douleur aiguë dans son bas-ventre. Le froid du plancher de bois dans son dos. La peur, qui glace tous ses membres. Elle se rappelle avoir tenté de se débattre, mais l'homme était trop lourd pour elle. Après, elle a couru vers la salle de toilette commune où une vingtaine de lavabos tous semblables s'alignaient et elle s'est lavée frénétiquement, tâchant de se débarrasser du sang et du liquide visqueux qui coulait sur ses cuisses. Puis elle s'est rendue furtivement dans le dortoir, longeant les murs en priant pour ne croiser personne. Par chance, si on pouvait parler de chance, c'était un samedi, et la plupart des élèves avaient rejoint leur famille pour la fin de semaine. Elle a jeté des vêtements dans sa valise de carton bouilli, prenant soin de cacher la bourse que sa mère lui avait remise avant son départ de Willow Bunch sous le linge, puis elle s'est sauvée. Elle a fait une partie du voyage vers la Saskatchewan dans un train, enfermée dans les toilettes parce qu'elle n'avait pas assez d'argent pour payer son passage. Une fois à Melville, elle s'est procuré de quoi manger et a acheté un billet d'autobus en direction de Regina. De là, elle a fait du pouce. Une famille métisse a accepté de la conduire jusqu'à Willow Bunch. Elle a marché ensuite jusqu'à la maisonnette de ses parents. Jamais elle ne pourrait oublier la mine effarée de sa mère en la voyant. Elle n'avait pas reconnu son petit frère tellement il avait grandi.

*

— Vous ne vous souvenez pas du nom de mon père? insista Michel, bien qu'il perçût de la souffrance dans l'expression de sa mère.

Le besoin de savoir était plus fort que la compassion.

Elle ne répondit pas.

— Vous n'avez aucun indice sur qui il pourrait être, ou bien à quel endroit il habite? Ce serait important pour moi de savoir qui il est, d'où je viens, vous comprenez?

Jacinthe laissa échapper un soupir. Était-ce le remords de devoir mentir ou une colère jamais assouvie?

— Tout ce que je me rappelle, c'est que j'ai accouché dans un *maternity home*, à Regina. Après l'accouchement, j'ai pu te tenir un peu dans mes bras, mais une religieuse t'a emmené. Tout ce qui me restait de toi, c'était l'empreinte de ton pied.

Elle cessa de parler. Pendant tout ce temps, elle avait été incapable de regarder son fils dans les yeux.

Michel termina la limonade et mangea la moitié d'un biscuit pour être poli, mais celui-ci était dur comme de la roche. Lorsqu'il se leva pour partir, sa mère le pria d'attendre, et revint quelques minutes plus tard avec une photo d'elle, du genre que l'on prend dans les photomatons.

— C'est pas très ressemblant, mais c'est tout ce que j'ai. Si tu pouvais m'en envoyer une de toi, ça me ferait tellement plaisir…

— Bien sûr.

Ils se promirent de s'écrire. Alors qu'ils étaient sur le pas de la porte, elle l'embrassa furtivement sur une joue. Il y avait de la tristesse dans ses yeux cernés.

— Pense à moi de temps en temps, dit-elle avant de refermer lentement la porte.

Il retourna à sa voiture, se couvrant les yeux avec une main pour les protéger de la lumière. Avant d'ouvrir la portière, il leva la tête vers la maison et aperçut Jacinthe à une fenêtre. Elle le salua de la main. Il fit de même. Un sentiment de vide et d'incertitude l'habitait. Il croyait que le fait de rencontrer sa vraie mère apaiserait ses doutes, mais trop de questions demeuraient sans réponses. Il ne pouvait s'empêcher de penser qu'elle lui avait menti au sujet de son père et qu'elle savait qui il était. Encore une fois, le passé lui échappait.

Une fois sur la route, il se rendit compte qu'il avait oublié de demander à sa mère le nom de l'endroit où elle avait accouché. Tout ce qu'elle avait mentionné, c'était un « maternity home ». Il pensa rebrousser chemin, mais y renonça. Il n'avait pas le courage de la revoir, d'affronter la tristesse dans ses yeux. Il s'arrêta au même restaurant où il l'avait rencontrée la première fois, prit un café tout en faisant une recherche sur son portable, utilisant les mots-clés « Maternity home » et « Regina ». Le nom « Grace Haven » apparut sur son écran. Il nota l'adresse et reprit la route.

84

Regina

Grace Haven était une maison de briques orangées dont le toit pointu était soutenu par trois colonnettes blanches, qui lui donnaient l'allure pimpante d'une colonie de vacances. La porte était verrouillée. Michel sonna et dut s'identifier avant qu'on lui permette d'entrer. Il fut accueilli par une femme sans âge, aux cheveux blancs et au visage bienveillant. Elle ressemblait à une ancienne religieuse.

— What can I do for you? demanda-t-elle avec une réserve polie.

Michel raconta sa visite à sa mère biologique, qui aurait accouché au refuge Grace Haven à l'âge de quinze ans, en mars 1979. Il souhaitait en savoir davantage sur les circonstances de son accouchement. La femme l'observa un moment, puis lui tendit la main.

— Lorna Green. I'm the manager.

Elle le conduisit vers un bureau modeste, dont les murs, lambrissés de contreplaqué, étaient couverts de classeurs, puis le fit asseoir.

— Quel est le nom de votre mère? s'enquit-elle dans un français laborieux.

— Jacinthe Amyotte.

— Vous dites qu'elle a accouché ici en mars 1979? Quel jour?

— Le 2 mars.

Elle se dirigea vers l'un des classeurs et rechercha un dossier parmi les centaines qui s'y trouvaient. Elle finit par en dénicher un et revint vers sa table de travail.

— Que voulez-vous savoir, au juste ?

Michel réfléchit à la façon dont il formulerait sa demande.

— Ma mère m'a dit qu'elle ignorait qui était mon père. Ce serait très important pour moi de le savoir.

Lorna Green lui expliqua d'un ton posé qu'il s'agissait de renseignements confidentiels et qu'elle n'avait pas le droit de les divulguer.

— J'ai quand même le droit de savoir qui est mon père ! s'exclama Michel.

Elle le regarda d'un air pensif, puis jeta un coup d'œil au dossier.

— Qui étaient vos parents d'adoption ?

— Maurice et Marie-Louise Perreault.

Elle consulta le dossier.

— I have a notification of birth in here. *Une déclaration de naissance.* Normalement, le nom du père et de la mère biologiques y sont indiqués.

— Est-ce que je peux la voir ?

La directrice hésita, puis finit par hausser les épaules.

— Well, I don't see why not…

Elle lui tendit le document. Michel s'en saisit, tâchant de calmer les battements de son cœur. C'était bel et bien une déclaration de naissance. Un nom était inscrit : « Michel Amyotte, né le 2 mars 1979. » Ainsi, ses parents adoptifs lui avaient laissé le prénom que sa mère lui avait donné… Il en fut étrangement ému. Suivait le nom de sa mère, Jacinthe Amyotte. Quant au nom du père, il n'y avait qu'une mention : « Père inconnu. » *Père inconnu.* Sa déception fut si intense qu'il fut incapable de parler.

— Vous n'avez rien d'autre dans le dossier ? finit-il par demander d'une voix blanche.

— J'ai bien peur que non.

Elle lui tapota gentiment le bras.

— Sometimes, the past is better forgotten.

Après sa visite au refuge Grace Haven, Michel s'attabla à un petit café, situé à proximité du lac Wascana, qui scintillait dans la lumière estivale. La remarque de Lorna Green lui revenait constamment en tête. *Parfois, il vaut mieux oublier le passé.* Il ne voulait pas oublier le passé. Il voulait savoir qui était son père, il voulait comprendre pourquoi Jacinthe Amyotte tenait tant à le lui cacher, pourquoi Lorna Green lui avait dit cette phrase énigmatique sur le passé, comme si elle savait quelque chose qu'elle ne souhaitait pas lui dévoiler. Il griffonna des notes sur le napperon en papier. « Michel Amyotte, né le 2 mars 1979. Mère : Jacinthe Amyotte. Père : inconnu. Adopté par Maurice et Marie-Louise Perreault à l'âge de un an et trois mois. » Il réfléchit. Lorsque Marie-Louise était venue le voir chez sa tante Claire, quatre mois auparavant, et lui avait révélé qu'il avait été adopté, il lui avait demandé pour quelle raison elle et Maurice ne lui avaient jamais rien dit. Elle avait eu une réponse vague, du genre « Ton père et moi, on pensait bien faire », mais elle avait ajouté quelque chose. Il avait été si bouleversé d'apprendre la nouvelle qu'il avait de la difficulté à se rappeler ses mots exacts. Il contempla distraitement les reflets chatoyants du lac à travers la fenêtre du café. C'est alors qu'il se souvint. Le curé Biron. D'après Marie-Louise, le prêtre semblait croire que ce serait préférable pour leur fils adoptif d'ignorer ses véritables origines. C'était le même curé Biron qui avait parlé à ses parents d'un orphelinat, près de Regina, où il avait « pris des orphelins sous son aile ». Michel eut la certitude que cet homme détenait des renseignements précieux concernant sa naissance.

85

Route 75, Manitoba

Geneviève Perreault conduisait distraitement, l'esprit ailleurs. Fred lui avait donné rendez-vous au Comfort Inn à la dernière minute par texto et elle avait accepté tout de suite, sans même attendre avant de lui donner sa réponse, comme un affamé qui se jette sur un plat ou un drogué qui a besoin de sa dose. Elle se méprisa pour son manque de dignité. Pourtant, elle savait ce qui l'attendait : la chambre anonyme, les gestes pressés et le regard fuyant de son amant, le lit vide après son départ, son sentiment désespérant de solitude et d'avilissement lorsqu'elle se rhabillerait. Elle faillit rebrousser chemin, mais en fut incapable. Elle se dit qu'il devrait y avoir un recours collectif contre les hommes mariés qui ont une maîtresse, ce qui la fit sourire. Elle imagina la cohorte de femmes se présentant à la barre, exposant devant un juge à la mine austère et un parterre rempli à craquer de femmes les petites humiliations qui étaient le lot des maîtresses, l'attente interminable, le silence radio entre deux rencontres, l'exclusion absolue de la vie officielle de l'amant...

— Il paye la chambre d'hôtel une fois sur deux ! s'écria-t-elle à voix haute.

Tiens, il faudrait ajouter ça à la liste qu'elle avait dressée sur Fred, dans la colonne « Défauts »... Quelqu'un derrière elle la klaxonna. Elle regarda dans le rétroviseur et aperçut un camion qui la suivait de près. Le chauffeur la klaxonna de plus belle, puis la dépassa en se tapotant le crâne, comme pour lui faire comprendre qu'elle était folle. Il lui cria quelque chose qu'elle n'entendit pas, mais ça ne devait pas être un compliment. Le camion la collait de si près qu'elle dut faire une manœuvre pour se diriger vers le bas-côté de la route. Elle eut tout juste le temps de voir les mots «Fred Pothié Transport» s'étalant en grosses lettres rouges sur la paroi du véhicule, qui la dépassa et s'éloigna rapidement. Elle s'immobilisa sur l'accotement, en sueur et le cœur battant à tout rompre. Saisie par une rage incontrôlable, elle frappa son volant des deux mains, au point de se faire mal. Des larmes de colère et d'impuissance roulèrent sur ses joues. Elle pensa au film *Thelma and Louise*. Si elle avait eu une arme dans sa voiture, elle aurait tué cet enfoiré à bout portant. Il lui fallut quelques minutes pour se calmer, mais les pensées moroses continuaient d'affluer. Quelle différence cela ferait-il si elle avait un accident et mourait? Qui la pleurerait? Fred ne viendrait même pas à ses funérailles. Il aurait bien trop peur des mauvaises langues… Ses parents y assisteraient, bien sûr. Sa mère aurait du chagrin. Son père, lui, garderait les yeux secs. Un homme ne pleure pas, même s'il a perdu sa seule fille et qu'il porte encore le deuil de son fils aîné, comme une jambe amputée qui fait encore mal. L'évocation de son père amplifia sa détresse. Il n'avait jamais reconnu sa compétence et il continuait à la traiter comme une enfant, et elle se laissait faire, comme avec Fred, elle acceptait docilement son sort, n'avait pas le courage de mettre son pied dans la porte, de se révolter. Sans réfléchir, elle fouilla dans son sac à main, en sortit son portable et chercha ses contacts. Le nom de Fred apparut en premier. Elle commença à texter rapidement, sans même regarder les lettres, indifférente aux coquilles.

Fred ne m'atends +, c'st fini, cete fois c'est la bonne, je ne veuxx + jamais te revoiir.

Elle hésita, puis appuya sur l'icône d'envoi. Elle se demanda comment Fred réagirait en recevant son texto.

Il hausserait sans doute les épaules, se dirait que ce n'était qu'un caprice, ou bien qu'elle avait ses règles et lui reviendrait en criant ciseau. Elle redémarra, jeta un coup d'œil de chaque côté de la route pour s'assurer qu'il n'y avait pas d'automobiles, puis fit demi-tour et rebroussa chemin. Elle respirait déjà mieux, comme si son geste l'avait libérée d'un poids. Une sorte d'exaltation la parcourut. Elle avait franchi le premier pas, le plus difficile. Elle n'arrivait pas à comprendre ce qui l'avait retenue si longtemps. La crainte d'être seule, sans doute, le besoin d'être caressée, aimée, de se faire dire qu'elle était belle… Elle se regarda dans le rétroviseur. Elle avait les yeux rouges et légèrement gonflés, le rimmel qu'elle s'était efforcée de mettre avant son rendez-vous avait coulé et lui donnait l'air d'un raton laveur, mais elle ne se méprisa pas, ne se trouva même pas laide.

La déprime revint à la charge lorsqu'elle parvint à la ferme. Comme par miracle, celle-ci n'avait subi que quelques avaries à la suite de l'inondation de mars, alors que plusieurs villages du sud avaient été complètement submergés et que les habitants avaient dû être évacués. Geneviève s'était réjouie que la ferme familiale ait été épargnée, mais une part secrète d'elle-même aurait souhaité que la rivière Rouge la détruise sur son passage, anéantissant du même coup sa propre pusillanimité.

Elle se gara derrière une moissonneuse-batteuse. En sortant de la voiture, elle aperçut son père debout en bordure d'un champ en friche, en train d'arracher des broussailles asséchées et de les empiler. Elle s'approcha de lui.

— Papa…

Il se redressa, releva sa casquette. Son visage était rouge et en sueur.

— Papa, je m'en vais.

Il s'essuya le front avec sa manche.

— Tu choisis mal ton moment pour partir en vacances. J'ai besoin de toi pour soigner les animaux.

— Tu m'as pas comprise. Je m'en vais pour de bon.

Il la regarda sans la voir, comme s'il ne saisissait pas encore la portée de ce qu'elle venait de dire. Geneviève lutta de toutes ses forces contre la compassion.

— J'ai décidé de prendre un poste dans une clinique vétérinaire qui vient d'ouvrir, à Winnipeg, poursuivit-elle, parlant un peu trop vite, appréhendant l'orage. Je vais louer un logement en ville.

— Il fallait bien que ça arrive un jour ou l'autre.

Il lui tourna le dos et continua à travailler comme si de rien n'était. Geneviève, qui s'était attendue à une tempête, fut prise de court par la réaction calme et détachée de son père. Elle s'attarda, ressentant le besoin de s'expliquer, de lui faire comprendre que ce n'était pas contre lui, mais *pour elle* qu'elle quittait la ferme. Elle resta debout, immobile, irrésolue devant ce dos voûté, si vulnérable. Elle comprit que si elle ne partait pas maintenant, tout de suite, elle resterait à la ferme, enchaînée à jamais à la culpabilité et aux regrets. Elle enfonça ses mains dans ses poches, puis leva les yeux vers le ciel, qui lui parut plus grand que d'habitude.

86

Saint-Jean-Baptiste

Fred Pothié, installé à sa table de travail, dans un petit bureau qu'il louait dans un immeuble situé à quelques pâtés de maisons de la mairie, tentait de se concentrer sur la feuille de route de ses camionneurs. Bien qu'il sût à peine lire, il était capable de déchiffrer les nombres. Il consacrait tout au plus deux heures par jour à l'administration de sa flotte de camions. Le reste du temps, il se vouait à ses fonctions de maire. Il poussa un soupir et alluma une cigarette, malgré l'interdiction de fumer dans l'immeuble. Il n'avait toujours pas digéré la façon dont Geneviève venait de rompre avec lui, d'autant plus qu'il avait eu beaucoup de difficulté à décrypter son texto. Lorsqu'il avait compris qu'il s'agissait d'une rupture, il avait cru à une crise de SPM ou à un caprice féminin. Il lui suffirait de l'appeler et elle accourrait aussitôt, mais cela ne s'était pas produit comme il l'avait imaginé. Lorsqu'il avait tenté de la joindre sur son portable, elle n'avait pas répondu. Il avait rappelé à plusieurs reprises, mais il tombait toujours dans la messagerie vocale. Il avait alors abandonné sa prudence habituelle et avait laissé un message, mais elle ne l'avait pas rappelé.

Le maire jeta son mégot de cigarette dans sa tasse de café, mécontent. Il n'aimait pas perdre. Il n'aimait surtout pas qu'une femme ait le dessus sur lui.

On frappa discrètement à sa porte. La tête de sa secrétaire apparut dans l'embrasure.

— Il y a quelqu'un qui veut vous voir, monsieur Pothié.

— Vous voyez pas que je suis occupé ? rétorqua-t-il d'un ton sec.

Mme Hémont entra, la mine imperturbable. C'était une femme de petite taille, qui ressemblait à une souris avec son visage pointu et ses yeux noirs. Fred l'avait choisie pour sa compétence, mais aussi parce qu'avec son peu d'attraits elle ne risquait pas de provoquer les soupçons de Gladys. Depuis quelques années, sa femme faisait montre d'une jalousie presque maladive. Une fois, il l'avait même surprise à fouiller dans les poches d'un pantalon avant de l'envoyer chez le nettoyeur. Elle avait trouvé une facture de l'hôtel Comfort Inn. Il avait vraiment patiné pour trouver une explication plausible – un congrès sur l'eau potable, ou quelque chose du genre.

— C'est pour le poste de camionneur, précisa la secrétaire, tout en balayant un reste de fumée d'un geste ostentatoire de la main.

Il se rappela que l'un de ses employés avait pris sa retraite. Sa secrétaire avait fait paraître une annonce pour trouver un remplaçant.

— Très bien, faites-le entrer.

Un homme plutôt malingre, portant un blouson de cuir noir qui avait connu de meilleurs jours, fit quelques pas dans la pièce. Il tenait une casquette.

— Bonjour, monsieur Pothié. Je viens pour l'emploi de camionneur.

Fred désigna une chaise.

— As-tu de l'expérience ?

Le candidat lui tendit un document.

— J'ai terminé ma formation avec succès.

Fred Pothié jeta un coup d'œil à la feuille de papier et fit semblant de la parcourir.

— Qui offrait la formation ? demanda-t-il.

— C'est écrit sur la feuille, répondit le candidat, surpris.

— C'est moi qui pose les questions.

Déstabilisé par le ton agacé de son interlocuteur, l'homme poursuivit avec réticence :

— Un programme d'aide à la réinsertion au travail d'anciens prisonniers.

Fred fronça les sourcils.

— T'as fait de la prison ?

— J'ai été libéré. Tout ce que je veux, c'est travailler, comme tout le monde.

Le candidat était poli. Fred hésita. Il ne voulait pas avoir d'ennuis.

— Ton nom, déjà ?

— Léo Labrecque. C'est écrit dans mon dossier.

Le maire sentit son sang se retirer de ses veines. L'homme qui était assis devant lui avait beaucoup changé. Il ne l'aurait pas reconnu. Il alluma une autre cigarette pour se donner une contenance. Il dut s'y prendre à plusieurs reprises pour faire fonctionner son briquet en or tellement il était nerveux.

— Ma compagnie a une excellente réputation, dit-il d'une voix qu'il tâcha d'affermir. Si je te prends dans mon équipe, je veux être certain de qui j'engage, tu comprends ?

L'ancien prisonnier le regarda dans les yeux.

— J'ai été libéré pour bonne conduite. C'est mon agent de probation, Andy Guibault, qui m'a conseillé de me trouver un emploi. Je veux vraiment tourner la page. *Comprenez-vous ?*

La peur de Fred monta d'un cran. Se pouvait-il que Léo Labrecque ait deviné, pour l'argent ? Il se rappelait comme si c'était hier le bruit de ferraille, tandis qu'il creusait une fosse dans le cimetière Saint-Jean-Baptiste. Il avait traversé la route en courant, aperçu un jeune homme sur le siège du conducteur, la tête sur le volant, du sang sur une tempe. Un autre homme gisait dans le fossé, près de la route. Michel Perreault. Puis il avait vu Léo, affalé sur la banquette arrière, du sang sur l'épaule, le visage pâle comme la mort. Le coffre entrouvert. Le sac vert rempli d'argent, qu'il avait transporté jusqu'au cimetière et caché dans la fosse… D'un geste instinctif, il serra le vieux canif qu'il gardait toujours dans une poche de son pantalon. Il fit un effort pour parler normalement.

— Tout le monde a droit à une deuxième chance, mais…

— … mais vous me la donnerez pas, c'est ça ?

Léo s'était levé en faisant grincer sa chaise. Son visage était blême. Fred fut pris de panique, au point de songer à appeler la police. Peut-être que Labrecque était armé, et qu'il avait prétexté cette demande d'emploi pour le tuer. Son agitation était telle qu'il répandit de la cendre de sa cigarette sur son pantalon neuf, qui lui avait coûté la peau des fesses. Il ravala un juron et éteignit sa cigarette dans une soucoupe.

— Assis-toi, assis-toi, voyons ! J'ai jamais dit ça !

Léo reprit place sur la chaise. Fred se racla la gorge.

— À bien y penser, t'as raison. T'as payé ta dette à la société, y a pas de raison de… Je suis prêt à te prendre à l'essai. Disons pour un mois.

Le visage de Léo s'éclaira.

— C'est vrai ? Vous me donnez l'emploi ?

— Comme je viens de le dire, tu seras en *probation*. Après, si ton travail est satisfaisant, je t'engagerai. Je t'avertis, je suis un patron généreux, mais exigeant. Je veux pas de retard, pas de niaisage en route. Présente-toi demain à la première heure. Ma secrétaire, Mme Hémont, te donnera ton horaire.

Léo lui serra la main avec reconnaissance.

— Merci de votre confiance, monsieur Pothié. Vous le regretterez pas.

Il sortit. Fred prit un mouchoir et s'épongea le front. Il s'était souvenu d'une phrase célèbre du film *Le Parrain,* qu'il avait vu pour la première fois à la télé lorsqu'il était adolescent et avait revu ensuite au moins vingt fois. « Sois proche de tes amis, et encore plus proche de tes ennemis. »

87

Le soir tombait lorsque Michel arriva à Saint-Jean-Baptiste. Le soleil était descendu derrière les nuages, dont les nuées rougeoyantes s'éteignaient peu à peu dans le ciel indigo. Le clocher de l'église luisait dans l'éclat perlé de la lune qui venait de se lever. Le voyage l'avait épuisé, mais un sentiment d'urgence l'habitait. Il se dirigea vers le presbytère, dont le perron était éclairé par une lanterne en laiton. Il consulta sa montre. Plus de vingt et une heures trente. Le curé Biron était peut-être déjà couché. *Tant pis*, se dit Michel. Il voulait savoir. Il appuya sur le bouton de la sonnette. Quelques secondes s'écoulèrent. Il sonna de nouveau. Soudain, une lumière s'alluma dans une fenêtre, à l'étage. Un bruit de pas s'approcha de la porte. Une voix éraillée s'éleva.

— Qui est là?

— Michel. Michel Perreault. Je suis désolé de vous déranger à cette heure. Il faut que je vous parle.

Il y eut un silence. Puis Michel entendit le grincement d'un verrou qu'on tirait. La porte s'entrouvrit. Il eut peine à reconnaître le vieillard en soutane, aux cheveux blancs et au dos voûté, qui se tenait dans l'embrasure. Le souvenir qu'il avait gardé du curé Biron était celui d'un homme plutôt grand, au regard impérieux. Le prêtre tâcha de distinguer le visage du jeune homme dans la clarté brumeuse de la lanterne.

— Michel, murmura-t-il. Je t'en prie, entre.

Ce dernier remarqua que les mains du curé tremblaient légèrement tandis qu'il refermait la porte derrière lui.

— Je peux t'offrir du thé?

Michel refusa poliment. Le curé Biron l'escorta jusqu'à son bureau et lui désigna une chaise. Michel crut déceler une légère odeur d'alcool flottant dans la pièce. Le prêtre prit place derrière un vieux bureau en s'appuyant sur le rebord pour garder l'équilibre et observa son visiteur avec une curiosité teintée d'inquiétude.

— Ta tante est venue me voir, il y a un bout de temps, dit le curé. Elle s'inquiétait pour toi. Aux dernières nouvelles, Léo Labrecque te cherchait.

— C'est pas au sujet de Léo que je suis ici.

Le curé Biron croisa ses longues mains sur son bureau.

— Qu'est-ce que je peux faire pour t'être utile?

Michel avait préparé sa phrase, mais l'émotion lui serra la gorge au point qu'il eut de la difficulté à poursuivre.

— J'ai appris que j'avais été adopté.

Le vieil homme eut l'air stupéfait.

— Qui t'a dit une chose pareille?

— Marie-Louise.

Le prêtre fixa ses mains de ses yeux brouillés par des cataractes.

— Elle m'en avait parlé, dans le temps. Je me souviens, ton père voulait un garçon.

— Vous avez conseillé à mes parents de garder le secret au sujet de mon adoption. Je voudrais savoir pourquoi.

Le curé se troubla.

— C'était pour ton bien, balbutia-t-il.

— En quoi garder le secret sur une chose aussi importante pouvait être *pour mon bien*? s'écria Michel, révolté.

— Toute vérité n'est pas nécessairement bonne à savoir. *Parfois, il vaut mieux oublier le passé.*

— J'ai rencontré ma mère biologique, Jacinthe Amyotte, reprit Michel plus calmement. Elle prétend ne pas savoir qui est mon vrai père.

Au nom de Jacinthe Amyotte, le prêtre se rembrunit. Michel se pencha vers lui.

— Si vous savez qui est mon père, dites-le-moi. J'ai le droit de savoir.

Le curé Biron garda un silence pensif. Michel n'entendait qu'un léger craquement dans les murs. Peut-être des souris.

— Tu veux vraiment savoir la vérité? finit par dire le prêtre dans un murmure, le regard fuyant.

Michel retint son souffle, comme s'il marchait sur un fil ténu, au-dessus d'un précipice. Puis il acquiesça. Le curé hocha doucement la tête, comme s'il regrettait à l'avance ce qu'il allait dire.

— Ta mère a été violée à l'âge de quinze ans.

C'était donc cela. Jacinthe Amyotte avait cherché à lui épargner la vérité, mais la vérité s'étalait désormais sous ses yeux, aveuglante et atroce. Lorna Green était sans doute au courant. Elle aussi avait tenté de le mettre en garde. Michel parvint à articuler un mot, un seul.

— Qui?

Le curé avait toujours les yeux fixés sur ses mains, traversées par de grosses veines bleues.

— Un collègue. Il enseignait à l'école que ta mère fréquentait. Il a été muté dans une paroisse éloignée.

— Son nom?

Le prêtre haussa les épaules.

— Ça fait longtemps, j'ai oublié. Il avait déjà une soixantaine d'années à l'époque. Il est sûrement mort à l'heure qu'il est.

— Comment avez-vous su pour… pour le viol?

— J'étais directeur du pensionnat où ta mère étudiait. Elle est venue me voir dans mon bureau et m'a raconté ce qui lui était arrivé. Elle était désespérée. Je lui ai payé le voyage de retour dans sa famille, à Willow Bunch. J'avais déjà enseigné dans la région, je connaissais quelqu'un qui travaillait dans un centre d'hébergement pour les femmes en difficulté, à Regina.

— Lorna Green? dit Michel.

Le curé lui jeta un regard surpris. Le jeune homme lui expliqua qu'il s'était rendu au refuge Grace Haven dans l'espoir d'en apprendre davantage sur son père biologique. Il avait réussi à voir sa déclaration de naissance, mais il n'y avait que l'inscription « père inconnu ». Le vieil homme approuva.

— C'est ta mère qui tenait à ce que le nom du père ne soit pas inscrit dans ta déclaration de naissance. La dernière chose au monde qu'elle souhaitait, c'était que tu saches qui était ton géniteur. Lorna Green s'est bien occupée d'elle. Après ta naissance, elle a cherché une famille d'adoption pour toi. Le temps passait, elle n'avait toujours pas trouvé. Je savais que tes parents voulaient désespérément un autre enfant. Je leur ai suggéré de se rendre au refuge. Ils t'ont tout de suite choisi.

Michel était rivé aux paroles du prêtre. Tout se tenait. Marie-Louise lui avait parlé du désir de son mari d'avoir un garçon, après la mort de son fils aîné, et du fait qu'elle l'avait aimé tout de suite lorsqu'elle l'avait vu, debout dans son petit lit de fer...

— C'est pour te protéger, pour que tu aies les meilleures chances de réussite, un bon avenir, que j'ai conseillé à tes parents de garder le secret sur ton adoption, poursuivit le curé Biron. Même aujourd'hui, je pense que c'était la bonne décision.

Une horloge sonna vingt-deux heures. Michel était à court de mots. Cette vérité qu'il avait tant cherchée lui faisait mal, comme ces éclats de mine qui s'infiltrent sous la peau et font des ravages invisibles. Il se leva avec difficulté. Il avait des fourmis dans les jambes. Il murmura « Au revoir » et partit.

Le curé Biron suivit le jeune homme du regard, clignant ses yeux fatigués. Puis il ouvrit un tiroir et prit une flasque. Il la déboucha et but une longue rasade de gin. La sensation de chaleur dans sa gorge lui fit du bien. Il avait minutieusement observé son fils durant leur rencontre. C'était le portrait tout craché de Jacinthe Amyotte. Il ne lui avait trouvé aucune ressemblance avec lui-même. Cela le rassura.

ÉPILOGUE

Samedi 20 octobre 2012
Saint-Boniface

Benoit réussit à prendre une bouchée de potage sans aide. C'était la première fois qu'il y parvenait sans renverser le contenu de la cuillère sur son menton ou sur la bavette que sa mère lui attachait autour du cou avant chaque repas. Une petite victoire dans une existence quotidienne parsemée d'échecs. Près d'un an s'était écoulé depuis qu'il était sorti de l'hôpital et était revenu vivre chez ses parents. Il le savait parce que sa mère lui avait procuré une tablette électronique sur laquelle se trouvait un calendrier. À force d'essais et d'erreurs, il avait appris à s'en servir à peu près convenablement.

Il avait gardé des souvenirs précis de sa sortie de l'hôpital. Deux infirmiers l'avaient pris par les épaules et l'avaient aidé à s'asseoir dans un fauteuil roulant, sous le regard ému et vigilant de sa mère. « Faites attention, leur avait-elle conseillé, il est encore fragile ! » Elle l'avait accompagné dans une fourgonnette de l'hôpital, lui tenant la main durant le trajet jusqu'à la maison. Son père les attendait sur le perron, les bras croisés, portant des lunettes de soleil pour ne pas montrer son émotion. Il avait insisté pour pousser lui-même le fauteuil roulant sur la rampe d'accès qu'il avait fait construire en prévision du retour de son fils. Au rez-de-chaussée, une partie du salon avait été transformée en chambre, avec un lit ergonomique, une table ajustable et une sonnette à portée de main, au cas où il aurait besoin d'aide.

Benoit était revenu du royaume d'Hadès, avait surgi des ténèbres pour retrouver un monde familier, mais *autre*, comme les uchronies des romans de science-fiction. Il arrivait maintenant à dire quelques mots et parfois même des phrases complètes, mais c'était lent, ardu. Il avait de la difficulté à reconnaître sa voix, faible et hachurée, celle d'un étranger. Presque chaque jour, il recevait la visite de gens qui le faisaient bouger, parler, exécuter toutes sortes d'exercices qu'il ne comprenait pas toujours. Il n'avait pas recouvré toute sa mémoire, tant s'en faut. Des pans entiers de sa vie avaient disparu, s'étaient engouffrés dans les limbes de son cerveau. Sa mère avait beau s'ingénier à lui rappeler des anecdotes de son enfance, à lui montrer inlassablement des albums de photos, ses cahiers d'étudiant, il n'avait gardé aucun souvenir de sa vie avant l'accident, sinon des bribes éparses. Il se rappelait son propre nom, le visage de ses parents, des images vagues qui surgissaient parfois à l'improviste, sa première communion, son professeur de chimie, tellement nerveux qu'il brisait parfois les béchers, Élise, le prénom de sa première copine à l'école Saint-Jean-Baptiste. Et il se rappelait *le sang*. Sa peur lorsqu'il était entré dans la maison. L'escalier qui se profilait dans la pénombre. Le rectangle de la porte qui se découpait dans le faisceau de la lampe de poche. Le visage terrifié de la vieille femme, ses cheveux blancs qui tombaient sur sa robe de nuit blanche, Léo étendu sur le sol, le sang sur son épaule, comme une étoile. Michel qui s'était tourné vers lui, la panique dans ses yeux… La voix de Léo, étonnamment forte malgré sa blessure : « Le revolver… chargé… » *Le sang, tout ce sang…*

Il appuya sur la sonnette. Sa mère accourut vers le salon, avec cet air inquiet qui s'était inscrit en permanence sur son visage fatigué. Il fit un effort pour remuer les lèvres.

— Je… veux… sortir.

Murielle le regarda sans comprendre. Il fallut qu'il le répète à quelques reprises, et elle finit par acquiescer.

— Je vais t'emmener dans le jardin. Il fait vraiment beau, aujourd'hui, une belle journée d'automne.

Il fit non de la tête.

— Tu ne veux pas aller dans le jardin ?

Le simple fait de parler l'avait épuisé. Il prit sa tablette électronique et tapa avec maladresse sur le clavier. Sa mère jeta un coup d'œil à l'écran.

— St. Andrews ? Pour quoi faire ?

Il frappa sur la table avec son poing jusqu'à ce que sa mère accepte de l'y conduire.

*

Les Forest s'étaient procuré une camionnette avec une porte coulissante et une plate-forme rétractable pour pouvoir conduire leur fils plus commodément à ses nombreux rendez-vous à l'hôpital. Suivant les indications de Benoit, Mme Forest se gara dans une rue résidentielle, à proximité de la rivière Rouge, à quelques kilomètres de Winnipeg, devant une jolie maison à pignons rouges. Un vent d'automne souleva des feuilles mortes en un tourbillon mordoré tandis que Mme Forest poussait le lourd fauteuil sur un sentier pavé. Les roues se prenaient parfois dans des fissures. Au moment où elle parvint à la porte, essoufflée par l'effort, des cris stridents s'élevèrent. En levant les yeux, elle aperçut des centaines de bernaches qui s'éloignaient vers le sud, signe que l'hiver approchait. Benoit lui demanda alors de sa voix saccadée d'aller l'attendre dans la camionnette. Elle refusa, ne voulant pas le laisser seul, mais il insista, tapant impatiemment du plat de la main sur l'accoudoir de son fauteuil. Elle s'éloigna à regret, se demandant pourquoi son fils tenait à tout prix à venir dans ce quartier. Benoit appuya lui-même sur la sonnette. En se retournant, Mme Forest aperçut une très vieille femme, une canne à la main, qui ouvrait la porte. Benoit fit rouler son fauteuil à l'intérieur et la porte se referma sur lui.

*

Gisèle Russell, toute menue dans une robe noire au col blanc d'écolière, regardait avec étonnement cet homme en fauteuil roulant qu'elle ne connaissait pas. Il avait eu de la chance de la trouver chez elle, expliqua-t-elle. D'habitude, le samedi, elle se rendait au cimetière, mais, aujourd'hui, elle se sentait trop fatiguée et avait annulé le transport assisté.

— Je ne crois pas vous avoir déjà rencontré…

— Benoit Forest, articula le jeune homme avec difficulté.

— Prendriez-vous une tasse de thé ? demanda-t-elle par politesse.

— C'est moi qui l'ai tué.

La voix de l'homme était rauque et hésitante, comme un moteur usé. La vieille femme observa son visage si pâle, marbré par l'ombre des stores. Quelque chose dans le regard, ce regard bleu, mais éteint, évoquait un lointain souvenir.

— Qui êtes-vous ?

— J'ai tué votre mari, répéta Benoit.

Gisèle Russell resta muette. Chose étrange, elle n'éprouvait aucune émotion, sinon la surprise. Elle proposa à l'inconnu de passer au salon. Ce dernier fit avancer son fauteuil dans une grande pièce aux meubles de style victorien. La vieille femme prit place dans un fauteuil au dossier droit, en face du jeune homme. D'une voix vacillante, au débit très lent, parfois syncopé, Benoit raconta ce qui s'était passé la nuit du 4 avril 1997. L'idée folle de Léo Labrecque, la virée chez les Russell au milieu de la nuit, leur irruption dans la chambre, Léo étendu sur le sol, le sang sur son épaule, comme une étoile, le vieux Russell, tenant une carabine encore fumante, ses yeux hagards, un revolver à quelques mètres de Léo. La voix de Léo, étonnamment forte malgré sa blessure : « Le revolver… chargé… » Michel s'était tourné vers lui, pris de panique. Et Benoit, voyant que Russell pointait sa carabine sur son copain, avait pris l'arme et avait tiré sur le vieillard. Le reste des événements était flou. Il se souvenait de la flaque rougeâtre par terre, sous le corps de Russell, il y avait beaucoup de sang. L'argent, trouvé dans le coffre. La voiture, la route droite, la ligne jaune, puis plus rien.

Gisèle Russell l'avait écouté en silence, tout en contemplant les reflets mauves de la rivière Rouge à travers le rideau de dentelle. Elle se demandait pourquoi cet homme avait éprouvé le besoin de lui faire cet aveu. Souhaitait-il décharger sa conscience ? Lui demander pardon pour ce qu'il avait fait ? Sûrement un peu des deux. Elle ressentit une étrange paix, comme si la confession de Benoit Forest l'avait libérée du poids des remords de ne pas avoir aimé son mari et d'avoir même parfois souhaité qu'il meure.

— C'était donc vous, l'homme aux yeux bleus, dit-elle. Je me souviens de vos mains. Elles tremblaient.

Lentement, elle se pencha vers lui, puis déposa sa main noueuse sur celle, blanche et froide, du meurtrier de son mari.

Mot de l'auteure

En mars 2010, je suis allée au Manitoba et en Saskatchewan pour y effectuer des recherches. Tout ce que je
connaissais de ces provinces des Prairies se trouvait dans
les romans de Gabrielle Roy (ce qui est déjà beaucoup).
Lorsque j'ai vu pour la première fois ces paysages à la fois
austères et fastueux, ces grands ciels sans fin sculptés par
les nuages et la lumière, les routes droites qui semblaient
traverser l'infini, j'ai compris que ces lieux ne me laisse-
raient pas indemne, qu'ils marqueraient durablement mon
imaginaire.

Quelques années plus tard, j'ai entrepris l'écriture de
ce roman. Bien que je me sois inspirée des endroits que
j'avais visités, je les ai parfois « réinventés » aux fins de la
fiction. Par exemple, il existe un village nommé Saint-Jean-
Baptiste au Manitoba, mais le village dans mon roman est
le fruit de mon imagination. J'ai cependant tâché d'être
fidèle aux faits historiques évoqués dans *Ma vie est entre tes
mains*, telle la rébellion des métis de rivière Rouge de 1869-
1870 menée par Louis Riel ou la fondation du village de
Gravelbourg.

J'ai trouvé le chant religieux *Écoute la voix du Seigneur* sur
le site suivant :
http://st-maurand-st-ame.cathocambrai.com/fichs/424520.
pdf

Le conte amérindien sur le corbeau est tiré du manuel *Aboriginal Studies – Perspectives autochtones : les traditions orales*, aux Éditions Duval, p. 7.
http://www.learnalberta.ca/content/esbi/pdf/aboriginalperspectivestheoraltradition_bi.pdf

Le poème de Louis Riel intitulé « Mon Sauveur » fait partie du recueil *Poésies religieuses et politiques*, Bibliothèque électronique du Québec, collection « Littérature québécoise », volume 234.

La chanson « Le cœur de dire » est tirée de l'album *Inconditionnel*, du groupe Hart Rouge, sorti en 1991 (paroles Hart Rouge ; musique Daniel Lavoie.)
Source : http://www.leparolier.org/quebecois/classartistes/h/hartrouge.htm

Je souhaite remercier mon éditrice, Marie-Eve Gélinas, dont l'intelligence du texte alliée à une grande sensibilité fait honneur à sa profession ; Jules Chartrand, qui a eu l'amabilité de traduire quelques phrases en dialecte métis (mitchif), ainsi qu'Annie Gauthier, intervenante sociale, Service Adoption, Antécédents/Retrouvailles, Centre jeunesse de Montréal – Institut universitaire, dont les renseignements sur les procédures d'adoption et de retrouvailles m'ont été fort utiles. Je remercie également ma cousine, Sylvie Gräffner-Lamarche, pour son témoignage sur la réalité de l'adoption, qui m'a émue et inspirée. Toute mon estime va à Chrystine Brouillet, qui a eu la gentillesse de me permettre d'utiliser un extrait de son roman *Sous surveillance*, à Marie-Ève Sévigny, à qui j'ai emprunté les mots « fenêtres renfrognées », ainsi qu'à mon agent littéraire depuis plus de vingt-cinq ans, Évelyne Saint-Pierre. Enfin, merci aux Productions Rivard de m'avoir permis d'accomplir ce voyage dans les Prairies dont j'ai gardé un si beau souvenir.

TABLE

PROLOGUE 11

PREMIÈRE PARTIE. La fuite 15

DEUXIÈME PARTIE. La quête 69

TROISIÈME PARTIE. Les secrets 141

QUATRIÈME PARTIE. Le 4 avril 1997 225

CINQUIÈME PARTIE. Le verdict 281

SIXIÈME PARTIE. Le monde des vivants 345

SEPTIÈME PARTIE. L'homme qui voulait savoir 381

ÉPILOGUE 421

MOT DE L'AUTEURE 427